D1984566

Chris Niles
VERRATEN

Chris Niles

VERRATEN

Roman

Aus dem Englischen von Corinna Müller-Enßlin
und Astrid Finke

Marion von Schröder

Zur Erinnerung an
Muriel Watson McAlister
1914–2002

1

Freitagnachmittag. Eine Bar im Herzen von New York City. In dem schicken, teuren Laden wurde gehobene Langeweile gepflegt. Man hatte den Eindruck, die Besitzer müssten Anwälte und Buchhalter sein, und genau so verhielt es sich auch.

Es war ruhig, und Sophie polierte Gläser. Ihr einziger Kunde war Harold Spangle, ein Stammgast. Wie üblich starrte er trübsinnig in sein Glas. In seinem Heimatort – irgendwo in Westchester – war Harold ziemlich bekannt. Er betrieb ein florierendes Geschäft, fuhr einen großen Geländewagen und bewohnte ein Haus im Neokolonialstil mit Pool. Doch all das konnte ihn nicht glücklich machen, seit vor Jahren ein von ihm verfasstes Theaterstück von der Kritik verrissen worden war. Es handelte von einem Matratzenvertreter und spielte in seiner Heimatstadt. Selbst das sonst so zurückhaltende regionale Käseblättchen hatte eine vernichtende Kritik geschrieben, und bereits nach einer Woche war das Stück wieder abgesetzt worden.

Harold konnte die damaligen Rezensionen auswendig und wiederholte sie gerne unaufgefordert bei jeder Gelegenheit. Formulierungen wie »gähnend langweilig«, »völlig konfus« und »ein absolutes Schlafmittel« hatten sich für alle Zeiten in sein Gedächtnis eingegraben. Zwar tief enttäuscht, aber nicht gänzlich verzagt hatte sich Harold damals schließlich weit genug erholen können, um ein zweites und drittes Stück zu schreiben. Diese waren von den Lästerzungen der Kritiker verschont geblieben, aber nur, weil sie außerhalb von Familie und Freundeskreis kaum jemand gelesen hatte.

Doch Harold konnte damit leben, dass aus ihm kein berühmter Autor geworden war. Wie er Sophie bei fast jedem Besuch beteuerte, kam er mit der Situation gut zurecht, und Sophie nahm an, dass es sogar stimmte. Wahrscheinlich war es wirklich besser für Harold, auf dem Barhocker zu sitzen und darüber zu spekulieren, ob er es zu Literaturpreisen, einem Artikel im *New Yorker* und vielleicht sogar zu einem Zweitwohnsitz in Südfrankreich gebracht hätte, wenn das Schicksal ihm wohlgesonnener gewesen wäre.

Womöglich hätte er ein solches Leben in der Realität gar nicht verkraftet.

Sophie hingegen arbeitete gerade daran, ihre eigene jüngste Enttäuschung zu verdauen. Sie hatte vor einer Weile für eine Nebenrolle in einer kleinen Theaterproduktion vorgesprochen und erst vor kurzem erfahren, dass man sich für jemand anderen entschieden hatte. Harold erzählte sie nichts davon.

»Sei so lieb und gib mir noch einen Chivas.« Harold machte eine matte Bewegung mit der linken Hand. Er hing schon etwas schief auf seinem Hocker, obwohl das Glas vor ihm noch halb voll und erst sein erstes war.

»Bist du sicher, dass du noch einen verträgst?«, fragte Sophie streng. Sie wusste, dass Harold es von ihr erwartete. Es war wie eine Art Schauspiel, das sie aufführten. Das Stück lief schon sehr lange in der Nachmittagsvorstellung, und beide kannten ihren Text genau. Harold war nicht betrunken. Eigentlich mochte er Whiskey nicht einmal besonders, aber als verhinderter Schriftsteller glaubte er wohl, so tun zu müssen, als würde er ihn hinunterstürzen.

»Doch, doch. Nur zu.«

Sophie schenkte Harold nach. In ihren Augen bestand sein Hauptproblem darin, dass er die Sache mit dem Trinkgeld einfach nicht hinbekam, obwohl es ihm eigentlich an Geld nicht fehlte. Da trank er stundenlang nur zwei Whiskey und gab ihr am Ende einen popeligen Dollar – wenn er es nicht sogar ganz vergaß.

Harold blätterte träge durch einen Stapel grüner Geldscheine und schob Sophie einen Zwanziger zu.

Sie steckte den Schein in die Kasse und nahm das Wechselgeld heraus. Dann legte sie es vor ihn auf den Tresen, wobei sie eine Sekunde länger als nötig in der Bewegung verharrte. Doch Harold verstand den Wink nicht.

»Habe ich dir eigentlich je erzählt, dass ich mal ein Stück geschrieben habe?«, fragte er trübsinnig.

Ein neu eingetroffener Kunde bewahrte Sophie davor, Überraschung heucheln zu müssen, indem er sich mit einem kleinen Seufzer der Erleichterung auf einen Barhocker gleiten ließ. Er hatte feines blondes Haar und trug einen schlichten blauen Anzug. Mitte dreißig, schätzte Sophie, obwohl man im Schummerlicht der Bar leicht mal daneben lag. Ein schmaler blasser Streifen am rechten Ringfinger des Mannes zeugte von einem kürzlich abgelegten Ehering, und in seinen Augen erkannte Sophie den Blick des Jägers. Dieser Blick war ihr bestens bekannt, da sie ihm in der Bar häufig begegnete.

Mit einem zweiten kleinen Seufzer zog der Mann einige zerknüllte Geldscheine aus der Tasche, breitete sie vor sich aus, strich die Ecken glatt und legte sie säuberlich auf einen Stapel. Dann bestellte er ein Brooklyn Lager. Während Sophie das Bier einschenkte, nahm der Mann eine Hand voll Pistazien, brach die Schalen auf und warf sich mit einer lässigen Bewegung die grünen Kerne in den Mund. Die Pistazien waren umsonst, und Sophie vermutete, dass der Besitzer der Bar sie als eine Art Wiedergutmachung für die überhöhten Preise verstand.

»Könnte man vielleicht ein Spiel im Fernsehen anschauen?«, erkundigte sich der Neuankömmling zwischen zwei Nüssen.

»Das ist eine Bar für Literaten!«, fuhr Harold ihn an.

»Der Fernseher ist kaputt«, fügte Sophie hinzu. In der Woche zuvor hatten zwei betrunkene Wertpapiermakler ihren Unmut über den Ausgang eines Giants-Spiels bekundet, indem sie ihre Gläser gegen den Bildschirm schleuderten. Eines der beiden hatte sein Ziel nicht verfehlt. Reggie, der Manager der Bar, ein Mann mit der Seele und der Statur eines Türstehers, brach den Männern beim Rausschmeißen beinahe die Arme. Als sie ihm mit einer Klage drohten, packte Reggie nur noch härter zu und erklärte, dass er in diesem Fall in Erfahrung bringen würde, wo die beiden wohnten. Dann würde er schon dafür sorgen, dass sie die Klage bitter bereuten. Sie und alle, die sie kannten. Reggie, ein Vietnamveteran, hatte es mal wieder verstanden, seinen Worten den nötigen Nachdruck zu verleihen. So war es immer, selbst wenn sich die Angesprochenen im Suff kaum an die eignen Namen erinnerten.

»Kaputt. Okay, verstehe«, sagte der neue Gast jetzt und blickte Sophie an. Mit seinem Lächeln zeigte er ihr auf unmissverständliche Weise, dass ihm gefiel, was er sah. Er streckte ihr seine schmale, weiße Hand entgegen.

»Ich bin Ron.«

»Sophie.« Sie ergriff seine Hand, an der noch das Salz der Pistazien klebte. »Und das ist Harold«, fügte sie mit einer Kopfbewegung in Harolds Richtung hinzu, der gerade unauffällig gerülpst hatte und sie jetzt mit dem Blick eines kleinen Jungen ansah, der bei etwas Verbotenem ertappt worden war.

Sophie stellte das Bier vor Ron auf den Tresen.

»Danke.« Ron zahlte, schob ihr zwei Geldscheine hin und schüttelte den Kopf, als Sophie ihm das Wechselgeld herausgeben wollte. Sie schenkte ihm ein strahlendes Lächeln und konnte sich einen Seitenblick zu Harold nicht verkneifen. Vielleicht verstand er ja dieses Mal den Wink. Doch stattdessen rückte Harold ein Stück näher an den neuen Gast heran. »Machen Sie sich manchmal Gedanken über den Erfolg?«, fragte er.

»Sie meinen in Bezug auf Frauen? Ständig.« Ron grinste Sophie an.

Harold überging die Antwort. »Fragen Sie sich nicht auch hin und wieder, warum Sie keinen Erfolg haben? Und warum manchen Leuten alles einfach so zufällt, ohne dass sie sich überhaupt anstrengen müssen?«

»Ja, schrecklich, solche Leute«, kommentierte Sophie und dachte dabei an die Frau, die statt ihr die Rolle in dem Theaterstück bekommen hatte. »Man sollte sie alle zusammentreiben und erschießen.« Sophie hatte das Gefühl, Ron vor Harolds Geschwafel bewahren zu müssen. Sie wusste, dass Harold es verstand, den Leuten auf den Wecker zu gehen, insbesondere, wenn er erst einmal bei seinem Thema war.

»Ganz meine Meinung«, erwiderte Ron grinsend. »Erfolgreiche Menschen sind die Geißel der Gesellschaft. Durch sie fühlen sich alle anderen schlecht. Und das ist nicht in Ordnung. Man sollte etwas dagegen tun. Vielleicht ein Gesetz schaffen.«

Doch an Harold ging der ironische Ton der Unterhaltung offenbar vorbei. »Die Leute in dieser Stadt interessiert immer nur das Eine: Was machst du? Da lernt man jemanden auf einer Party kennen. Und was fragt er als Erstes? Was machst du? Jedes Mal! Die Leute interessieren sich nicht dafür, wer man wirklich ist, sie wollen wissen, wo sie einen einordnen können. In welche Schublade sie einen stecken können.« Harold machte eine Pause, nippte an seinem Whiskey und warf sich dann erneut ins Zeug. »Mein Problem ist, dass ich nichts tue, außer den verdammten Laden am Laufen zu halten. Geld ranschaffen, das ist alles. Keine *Selbstverwirklichung*.« Sein Kopf sank nach vorn. Er sah aus, als würde er gleich in Tränen ausbrechen.

»Wie schrecklich.« Ron klang nicht allzu ernst.

»Nicht wahr?« Harold klammerte sich an jeden Hauch von Anteilnahme wie ein Ertrinkender an einen Strohhalm. Er rückte mit seinem Hocker noch ein Stück näher an Ron heran. »Was würden Sie an meiner Stelle tun? Ich verkaufe Zeug. Und sagen Sie mir nicht, ich solle mir einen anderen Job suchen – ich habe eine Frau und Kinder, und alle haben ihre Ansprüche. Sie brauchen Geld. Privatschulen, teure Clubs ... Zweimal im Jahr fahren wir in Urlaub.«

»Wissen Sie, was Sie tun sollten, wenn die Leute Sie fragen, was Sie beruflich machen?« Ron beugte sich zu Harold hinüber und senkte die Stimme. »Erfinden Sie etwas Aufregendes. Erzählen Sie, Sie hätten einen fantastischen Job. Biegen Sie die Wirklichkeit ein wenig zurecht – sie ist immer nur so schlimm, wie Sie sie darstellen.«

»Bei mir gibt's nichts zu biegen«, klagte Harold. »Nur zu brechen.« Sein Gesicht hellte sich kurz auf, als hätte er sich mit seinem geistreichen Kommentar selbst überrascht, dann sackte er wieder in sich zusammen.

»Erzählen Sie doch, Sie dürfen nicht über ihre Arbeit reden. Sie wissen schon – Los Alamos, Pentagon. Produktentwicklung bei Microsoft.«

»Ich glaube, dazu fehlt mir der Mut.«

»Unsinn! Das ist wie Geschichten erzählen. Das können Sie doch, oder?«

»Schätze schon. Ich habe mal ein Stück geschrieben.«

»Es braucht nur ein bisschen Übung. Versuchen Sie es mal bei mir. Fragen Sie mich, was ich mache.«

»Was machen Sie?«

»Ich bin Privatdetektiv.«

»Im Ernst?« Harold blickte Ron forschend in die Augen und versuchte zu ergründen, ob er log oder nicht.

In diesem Moment kam Lulu aus Reggies Büro. Sie machte nicht den Eindruck, als wäre das Gespräch mit dem Manager der Bar besonders gut gelaufen. Ihr Gesicht wirkte blass, und sie hatte die Lippen fest aufeinander gepresst. Sophie winkte Lulu zu sich, da sie dringend zur Toilette musste. Lulu kam an die Bar und schlug mit der Hand auf den glänzenden Tresen.

»Zwei Extra-Schichten nächsten Monat, das war alles, worum ich ihn gebeten habe«, zischte sie. »Ist das denn zu viel verlangt?«

Sophie schüttelte den Kopf, obwohl sie auch die andere Seite verstand. Reggie war unerbittlich, aber er war auch fair. Es gab einfach nicht genug Arbeit. Sophie hätte Lulu gern eine ihrer Schichten abgetreten, aber ihre eigene Situation war um keinen Deut besser. Zu viele Rechnungen, zu wenig Einkommen. Sie kam kaum über die Runden.

»Dann beschatten Sie also zum Beispiel Ehebrecher?«, fuhr Harold an Ron gewandt fort. »Sie hängen vor zwielichtigen Motels rum und machen Fotos mit dem Teleobjektiv?«

»Nein, nein, ich mache nur langweiligen Firmenkram.«

»Verstehe. Aber warum sollte man Leuten erzählen, dass man einen langweiligen Job hat? Was bringt das?«

»Begreifen Sie denn nicht? Es darf eben nicht langweilig klingen, klar? Darauf kommt es an. Spielen Sie es herunter, und die Leute sind beeindruckt. Dann halten die Sie für einen großen Macker, weil Sie sich so verdammt bescheiden geben. Nur unwichtige Leute müssen ständig damit protzen, was sie alles Tolles machen. Erzählen Sie, Ihr Job sei langweilig, und danach lassen Sie beiläufig ein paar Bemerkungen fallen, als dürften Sie nicht zu viel verraten. Es kommt eher darauf an, was Sie *nicht* sagen, als darauf, was Sie sagen.«

»Springst du kurz für mich ein?«, bat Sophie Lulu. »Ich muss aufs Klo.«

»Mach nicht zu lange.« Lulu nickte in Richtung der Wandtäfelung, hinter der sich Reggies Büro verbarg. »Er ist heute nicht gut drauf. Ganz schön schwierig.«

Sophie nahm die Schürze ab, und Ron warf einen kurzen, anerkennenden Blick auf ihr schickes schwarzes Kostüm. Es passte zu dem Ambiente der Bar, in der junge, erfolgreiche Typen ohne mit der Wimper zu zucken zwölf Dollar für einen Drink hinblätterten. Eigentlich war es Reggie nicht recht, dass Sophie eine Schürze über dem Kostüm trug, aber sie konnte es sich nicht leisten, ständig ihre Sachen in die Reinigung zu schleppen. Also beugte sie lieber vor.

»Löst nicht allzu viele weltbewegende Probleme ohne mich«, warf sie den anderen über die Schulter hinweg zu.

2

Auf der Damentoilette spritzte sich Sophie Wasser ins Gesicht und betrachtete sich im Spiegel. Nicht zum ersten Mal stellte sie erstaunt fest, dass man ihr nicht ansah, dass sie eine Versagerin war. Ihre grauen Augen und das braune Haar glänzten, und ihre Haut, die sich längst von der heftigen Pubertätsakne erholt hatte, war glatt und ebenmäßig. Der einzige Hinweis auf ihre prekäre finanzielle Lage waren die etwas tieferen Ringe unter den Augen, doch die hätte man ebenso gut jenem exzessivem Arbeitsleben – oder der exzessiven Feierei – zuschreiben können, das für junge, im Berufsleben erfolgreiche Menschen typisch war.

Aber Sophie war im Berufsleben nicht erfolgreich, und an manchen Tagen beschlich sie das Gefühl, das Versagen wuchere in ihr wie eine heimtückische Krankheit. Dann dachte sie, dass es nur noch eine Frage von Tagen sei, bis die ganze Welt von dieser tödlichen Diagnose erfahren würde. Und Sophie konnte nichts dagegen unternehmen. Nicht jetzt, vielleicht sogar nie.

Sie war eine Schauspielerin, die vergeblich um Anerkennung kämpfte. An schlechten Tagen fragte sie sich oft, wofür oder wogegen genau sie eigentlich kämpfte. Es ging nicht darum, Anerkennung für ihre künstlerische Leistung zu finden, die Rechnungen zu bezahlen oder trotz ihrer unmöglichen Arbeitszeiten ein Sozialleben aufrechtzuerhalten: Es ging um etwas Tiefergehendes, um das unangenehme Gefühl, dass ihre Lage etwas mit mangelnder Charakterstärke und Entschlossenheit zu tun haben könnte. Ein Teil des Problems bestand gewiss in ihrer Liebe zur Schauspielerei. Aus einer Laune heraus hatte Sophie einst in der Inszenierung eines Freundes in einem Kaufhaus in Williamsburg eine kleine Rolle übernommen. Sie hatte sich nie für eine extrovertierte Persönlichkeit gehalten, doch zu ihrer eigenen Überraschung konnte sie auf der Bühne völlig aus sich herausgehen. Aus dieser Tatsache hatte sie geschlossen, dass sie wohl eine große Begabung für die Schauspielerei besaß. Daraufhin hatte sie vor Begeisterung – und in Ermangelung anderer richtungsweisender Interessen – einige Theaterkurse belegt.

Doch fünf Jahre später erfuhr sie nun am eigenen Leibe, wie schwer es war, eine Anstellung als Schauspielerin zu finden. Im erbitterten Konkurrenzkampf mit ihren Kolleginnen kam sie sich jedes Mal vor, als müsse sie mit blutenden Wunden in ein Piranhabecken springen. Sophie fiel es zunehmend schwer, genug Energie aufzubringen, um nicht aufzugeben und sich weiter um Rollen zu bewerben. Es war um einiges leichter, in der Bar zu arbeiten und am Ende des Abends das Trinkgeld zusammenzuzählen. Dabei empfand Sophie ihr Scheitern als Schauspielerin gar nicht als das Schlimmste; damit war sie schließlich nicht allein. Wirklich schlimm war, dass ihr partout nicht einfallen wollte, was sie stattdessen tun könnte.

Die Schuld an diesem Dilemma gab sie ihrem Vater, Jefferson Graham. Dieser hatte in den sechziger Jahren sein Studium in Yale abgebrochen, um durch die Lande zu reisen. In einer Kommune in Oregon hatte er Sophies Mutter Callie kennen gelernt. Ein Jahr später war Callie bereits schwanger gewesen und drei Monate nach Sophies Geburt an Blutvergiftung gestorben. Ihr Vater versuchte zunächst, allein für Sophie zu sorgen und sie zu erziehen, doch als sie acht war, hatten sich seine guten Vorsätze erschöpft, und er schickte sie nach Jersey City zu seiner Schwester Edie.

Für Sophie war das ein großer Schock, doch noch größer war der Schock für ihre Tante, die selbst keine Familie hatte und nichts mit dem Kind anzufangen wusste, das so plötzlich in ihr Leben trat. Doch Sophie war damals bereits daran gewöhnt, auf sich selbst aufzupassen. Nachdem sich die beiden erst einmal mit dem Gedanken angefreundet hatten, plötzlich eine Familie zu sein, war es ihnen schließlich gelungen, so etwas wie ein normales Leben zu führen.

Das änderte sich, als Sophie fünfzehn war. Auslöser war der Weihnachtsbrief, den sie ihrem Vater im Jahr zuvor geschrieben hatte. Am liebsten hätte sie ihm nur die eine Frage gestellt: »Warum hast du mich verlassen?«, doch ein Weihnachtsbrief schien ihr nicht der geeignete Rahmen dafür zu sein. Also hatte sie sich auf eine Beschreibung ihres Alltags beschränkt, hatte von der Schule, von sportlichen Ereignissen und Tante Edies Plänen für eine Silvesterparty geschrieben, zu der sie sämtliche Töpfer, Weber und Makrameekünstler im Umkreis von zwanzig Kilometern eingeladen hatte, und bei der es ausschließlich vegetarisches Essen und keinen Alkohol geben sollte. Tante Edie war begeisterte Anhängerin und Förderin des Kunsthandwerks.

Als Jefferson Graham damals den Brief seiner Tochter las, war er derart entsetzt über deren Grammatik- und Rechtschreibfehler, dass er sich umgehend mit ein paar Studienfreunden aus Yale in Verbindung setzte, die mittlerweile im Direktorium eines privaten Mädcheninternats saßen, der Mary Lovell Academy für Mädchen.

Sophie wurde zum Aufnahmetest eingeladen, der ihr nicht besonders schwer fiel. Andernfalls hätte die Schule allerdings ohnehin die Ergebnisse geschönt, um Sophie auf jeden Fall aufnehmen zu können, denn damals wollte man gerade den elitären Ruf loswerden und der Schule durch die Aufnahme einiger ärmerer Alibikinder ein neues Image verpassen. So kam es, dass Sophie mit fünfzehn zum zweiten Mal in ihrem Leben fortgeschickt wurde, um bei Fremden zu leben. Die Tatsache, dass sie im Internat leben musste, hatte in Sophie das Gefühl gefestigt, dass sie ganz allein auf der Welt war und niemanden hatte, auf den sie sich verlassen konnte.

Als Jahre später mit der Schauspielerei die zaghaften Versuche eines Lebensentwurfs zu scheitern drohten und Sophies Ziele immer mehr verschwammen, beschlich sie die Befürchtung, sie könne wie ihr Vater enden: in einem Leben, in dem sie außer ein paar großen Ideen und einigen Erinnerungen nichts vorzuweisen hatte.

Sophie seufzte, drehte den Hahn ab, tupfte sich das Gesicht mit einem Papierhandtuch trocken und legte etwas Lippenstift auf. Zumindest nach außen hin musste schließlich der Schein gewahrt bleiben.

Als sie die Bar betrat, sah sie, dass Harold immer noch dabei war, Ron auszufragen, während Lulu mit der Fernbedienung der Stereoanlage kämpfte. An einem Tisch in der Nähe des Fensters saß eine Frau in einem Sessel, und ihr Begleiter steuerte gerade mit zwei Martinis in der Hand auf sie zu. Er kam Sophie bekannt vor, doch sie wusste nicht woher. Als sie gerade wieder hinter die Theke schlüpfen wollte, wurde die Tür geöffnet, und eine Frau trat ein. Sie war groß und schlank und hatte ihr langes blondes Haar zu einem Pferdeschwanz gebunden. Eine enge schlammfarbene Lederhose und ein knappes Top in Cremeweiß betonten die perfekte Figur, die schmalen Hüften, die langen Beine und die makellose Haut. An dem einen Arm baumelte eine Kelly-Tasche, ein Lammfellmantel hing über dem anderen.

Unwillkürlich krampfte sich Sophies Magen zusammen. Sie hatte diese Frau seit Jahren nicht gesehen, doch sie hatte sie nie vergessen. Und Elektra Jordan war der letzte Mensch auf Erden, dem sie in diesem Moment begegnen wollte.

3 »Sophie Graham! Großer Gott, wir haben uns ja eine Ewigkeit nicht gesehen!« Elektra kam anmutig auf sie zugeschwebt und deutete eine Umarmung an. »Du hast dich aber verändert.«

»Du dich dafür gar nicht.« Sophie lächelte gezwungen. Elektra hatte schon mit siebzehn umwerfend ausgesehen und tat es auch heute noch. Hatte sich Sophie nicht eben noch mit Harold über Leute unterhalten, denen alles in den Schoß fiel? Nun, Elektra Jordan war das lebendige Beispiel für die Ungerechtigkeit der Welt.

»Was machst du denn hier?«

Sophie zuckte die Schultern, um Zeit zum Nachdenken zu gewinnen. Hatte Elektra mitbekommen, dass sie eben fast hinter die Theke gegangen wäre? Wohl kaum. Draußen war es hell und in der Bar relativ schummrig; Elektras Augen hatten sich wahrscheinlich erst an die Dunkelheit gewöhnen müssen. Sophie warf einen Blick in Richtung Lulu, die gerade mit Harold plauderte.

Doch Elektra erwartete offenbar gar keine Antwort. »Ich bin mit meinem Vater hier. Komm mit, ich stelle dir seine neue Frau vor.«

Was hätte Sophie sagen sollen? Oh, liebend gerne, aber leider muss ich zurück zu meinem tristen Job ohne Zukunftsperspektive? Wenn sie das gesagt hätte, hätte Elektra gewusst, dass Sophie einen tristen Job ohne Zukunftsperspektive *hatte.*

»Na ja, also ich …«

»Komm schon! Wenn du eine Verabredung hast, lassen wir dich gehen, sobald sie kommt. Großes Indianerehrenwort.«

Sophie saß in der Falle. Ohne Lulu noch einmal anzuschauen, die sich zweifelsohne bereits fragte, was da vor sich ging, ließ sie sich von Elektra an den Tisch führen.

»Richard, Margarite, das ist meine alte Freundin Sophie Graham.« Elektra ließ sich nieder und bedeutete Sophie, sich neben sie zu setzen. Alte *Freundin*? Stand Elektra unter Drogen? Alte Rivalin wäre wohl treffender gewesen. Nein, das hätte eine gewisse Gleichheit zwischen ihnen impliziert.

Mein alter Punchingball, das hätte sie sagen sollen. Mein liebstes Opfer aus alten Zeiten.

Richard Jordan war ein attraktiver Mann, schlank, grauhaarig, mit kleinen Fältchen um die Augen. Er trug ein Tweedjackett, ein blaues Hemd und eine Krawatte. Elektras Stiefmutter, die nicht viel älter als Elektra selbst zu sein schien, war ebenfalls blond. Sie trug ein blassblaues Chanel-Kostüm und hatte ein unverbindliches Lächeln aufgesetzt. Die Hand, die sie Sophie entgegenstreckte, fühlte sich wie ein nasses Handtuch an. »Sehr erfreut«, sagte sie mit einer Kleinmädchenstimme und schlug kokett die Beine übereinander. Unter der Seidenstrumpfhose glitzerte ein Fußkettchen.

»Ich könnte wirklich einen Drink gebrauchen«, verkündete Elektra. »Wo bleibt bloß die Bedienung?«

»Ich glaube, in dieser Bar geht man selbst zur Theke«, meinte ihr Vater. »Ich hol dir etwas, Schatz.«

»Lassen Sie mich das machen.« Sophie sprang auf. »Was möchtest du haben?«

»Einen Martini bitte.«

Sophie ging zum Tresen und beugte sich zu Lulu hinüber. »Vertritt mich noch ein paar Minuten. Tu, als würde ich nicht hier arbeiten.«

Lulu mixte den Martini und reichte ihn ihr. »Pass bloß auf«, warnte sie. »Du weißt schon, wegen Reggie ...«

Als Sophie mit vorsichtigen Schritten an den Tisch der Jordans zurückkehrte, als trüge sie nicht jeden Tag volle Martinigläser durch die Gegend, bemerkte sie, dass Elektras Blick kurz ihr Kostüm streifte.

»Also, dann erzähl mal«, sagte Elektra, als Sophie sich wieder gesetzt hatte.

»Sophie und ich waren zusammen im Internat«, erläuterte sie an ihren Vater gewandt. »Es wundert mich, dass du dich nicht an sie erinnerst, Richard.«

Ihr Vater erinnerte sich ganz offensichtlich nicht, doch er lächelte Sophie an und murmelte: »Aber natürlich.« Sophie wollte es einfach nicht gelingen, das Lächeln zu erwidern; die Situation war zu absurd.

Die Zeit hatte offenbar seltsame Auswirkungen auf das Gedächtnis einiger Leute. Im Laufe der Jahre war Sophie auch anderen Schulkameradinnen in die Arme gelaufen, die zu ihrem Erstaunen sogleich in freudigen Erinnerungen geschwelgt hatten, welch großartige Busenfreundinnen sie doch damals gewesen seien.

»Also, was ist bei dir in der Zwischenzeit so passiert?«, fragte Elektra. Sophie dachte angestrengt nach. Es musste doch *irgend*etwas geben, das sie erzählen konnte, was sie gut aussehen ließ. Aber es gab nichts. Ihre schauspielerische Karriere, die eher bescheiden als viel versprechend begonnen hatte, war mittlerweile nahezu völlig zum Stillstand gekommen. Sie hatte seit einem Jahr keine Rolle mehr bekommen, und ihr letzter Auftritt war auf einem Kinderfest gewesen, wo sie ein pinkfarbenes Bärenkostüm tragen musste.

»Ach, nicht viel«, versuchte sie erfolglos Elektras leichtfertigen Ton zu imitieren. »Und bei dir?« Sie glaubte sich zu erinnern, dass Elektra ans Bennington College gegangen war. Wahrscheinlich hatte sie sich mittlerweile einen Ölbaron geangelt.

»Tu nicht so bescheiden. Ich hab zuerst gefragt.« Elektra lächelte.

Sophie blickte in Elektras erwartungsvolles Gesicht. Offenbar wartete sie gespannt darauf, in welche Schublade sie Sophie stecken konnten.

Derweil spielte Margarite mit einem riesigen Diamantring, der ihren Ringfinger zierte. Trotz der niedrigen Außentemperaturen war ihre Haut gebräunt, was den Ring noch stärker zur Geltung brachte. Richards Blick wanderte träge zwischen den drei Frauen hin und her. Als Sophie bemerkte, dass Elektra auf ihre Schuhe blickte – billige Imitate aus einem Discountladen in Bay Ridge –, schob sie ihre Füße unter den Tisch.

»Na ja, also ich bin ...« Wo anfangen? Verzweifelt ging Sophie ihre Nebenjobs der zurückliegenden Jahre durch: Callcenter, Fahrradkurier (sie hatte gehofft, dadurch mindestens fünf Kilo abzunehmen), Blumenverkäuferin, Kellnerin. Nicht gerade die Karriere, die man von Mary-Lovell-

Absolventinnen erwartete. Für gewöhnlich stiegen sie in die Geschäftsführung bedeutender Unternehmen auf, glänzten in Sitcoms oder heirateten zumindest den Geschäftsführer eines bedeutenden Unternehmens oder einen Sitcom-Star.

»Das ist keine Fangfrage, Sophie«, sagte Elektra und zwinkerte Sophie zu, die sich plötzlich wieder daran erinnerte, wie gerne Elektra jene Klassenkameradinnen gequält hatte, die gesellschaftlich unter ihr standen. In der Schule hatte sie sich stets aufgeführt, als ginge es auf der ganzen Welt um nichts anderes als darum, sie zu unterhalten. Plötzlich spürte Sophie, wie wütend sie selbst nach so langer Zeit auf Elektra Jordan war. Sie verachtete diese Frau noch immer.

Sie räusperte sich und warf einen Seitenblick auf Ron, der noch immer an der Bar saß und sein Bier trank. Warum nicht einfach lügen? Nur um ein einziges Mal dieses überlegene Lächeln aus Elektras Gesicht zu wischen? Wem konnte es schon schaden? Sie holte tief Luft.

»Ich bin Privatdetektivin«, erklärte sie mit fester Stimme.

Elektra zog erstaunt die Brauen hoch. Einen Moment lang dachte Sophie, sie würde lachen.

»Sieh einer an!«, antwortete sie dann. »Wie erfrischend anders.«

Sophie vermochte nicht zu sagen, ob diese Bemerkung sarkastisch gemeint war.

»Und für wen arbeitest du?«, fuhr Elektra fort.

»Ich habe meine eigene Firma.«

»So wie Kinsey Millhone?«, fragte Margarite in einem Tonfall, als wäre eine derartige Arbeit – eigentlich sogar jede Arbeit – jenseits ihrer Vorstellungskraft.

Sophie hatte keinen Schimmer, wovon sie redete. Hilfe suchend blickte sie von Richard zu Elektra.

»Kinsey Millhone ist eine Romanfigur, Margarite«, sagte Elektra in einem leichtfertigen Tonfall, den Sophie sogleich wieder erkannte. So leichtfertig, dass schwer zu sagen war, was hinter den Worten steckte.

»An was für einem Fall arbeiten Sie denn gerade?« Wenigstens Richard Jordan schien beeindruckt zu sein. Sophie fragte sich, ob er in diesem Moment womöglich dachte, dass die Ausbildung am Mary-Lovell-Internat doch ihr Geld wert war.

»Kindesentführung«, erklärte sie. Darum war es in der Handlung des Theaterstückes gegangen, für das sie kürzlich vorgesprochen hatte. »Wussten Sie, dass Babys in Südamerika entführt und bei uns für Tausende von Dollar an kinderlose Paare verkauft werden? Ich helfe dabei, Zeugen für das Gerichtsverfahren ausfindig zu machen und arbeite für den Staatsanwalt. Mehr kann ich nicht dazu sagen, immerhin werde ich auch für meine Diskretion bezahlt.« Ihre Worte hatten so plausibel geklungen, dass Sophie beinahe selbst das Gefühl hatte, als hätte sie die Wahrheit gesagt. Sie befeuchtete sich die Lippen. Ihr Mund war trocken. Durch die Aufregung hatte ihre Stimme einen harten Klang bekommen; ein Phänomen, das sie von ihren wenigen Auftritten kannte. In der Sorge, dass Reggie plötzlich auftauchen könnte, blickte sich Sophie nervös um. Dann wechselte sie rasch das Thema. »Und du, Elektra. Was machst du so?«

»Ich stecke gerade in einer Übergangsphase«, erklärte Elektra. »Ich war am Pratt Institut, aber ich habe beschlossen, dass das nichts für mich ist. Im Moment versuche ich herauszufinden, was ich als Nächstes machen soll.«

Sophie zuckte innerlich zusammen. Das war der Unterschied zwischen Elektra und ihr. Elektra konnte einfach sagen, dass sie nicht arbeitete, es kümmerte sie gar nicht, denn zweifelsohne kam Daddy für ihre Lebenshaltungskosten auf. Keine zweitklassigen Jobs für Elektra!

Das Gespräch geriet ins Stocken. Margarite zupfte ihren Rock zurecht, und Richard inspizierte heimlich seine Fingernägel. Sophie versuchte, Margarites Alter zu erraten. Höchstens zweiunddreißig, schätzte sie und fragte sich, wie es wohl war, so jemanden als »Mutter« zu haben.

»Hast du noch mit irgendjemandem aus der Schule Kontakt?«, erkundigte sich Elektra.

»Eigentlich nicht. Ich bin ziemlich beschäftigt.« Schon wieder eine Lüge. »Und du?«

»Ein paar aus der alten Clique. Aber sie haben kaum Zeit, weil sie so beschäftigt sind.«

Sophie lächelte so angestrengt, dass es beinahe schmerzte. An Elektras alte Clique erinnerte sie sich nur zu gut. Das Natternest hatten sie sie genannt. Hübsche, reiche, erfolgsverwöhnte Mädchen mit einem Hang zur Boshaftigkeit. Noch zehn Jahre später jagte ihr der bloße Gedanke an sie kalte Schauer über den Rücken. Sophie warf erneut einen verstohlenen Blick auf Reggies Bürotür und spürte, wie sich ihr Magen unwillkürlich verkrampfte. Die Tür wurde soeben geöffnet, und im nächsten Moment würde Reggie herauskommen und ihre jämmerliche kleine Lüge platzen lassen. Der peinlichste Moment ihres Lebens stand kurz bevor.

Reggie betrat die Bar und sah sich mit einem leichten Kräuseln auf der Stirn um. Als er Sophie an dem Tisch entdeckte, kam er langsam in ihre Richtung. Während er sich Schritt für Schritt näherte, lief in Sophies Kopf das bevorstehende Szenario in doppelter Geschwindigkeit ab. Sie sah die peinlich berührten Gesichter von Margarite und Richard und das spöttische Lächeln von Elektra bereits vor sich. Das durfte einfach nicht passieren, sie würde es nicht zulassen.

Sophie sprang auf und hätte dabei fast Elektras Glas umgestoßen. »Entschuldigung, ich muss jetzt los«, sagte sie. »Ich habe einen Termin mit dem Manager dieser Bar. Ein Mitglied der Belegschaft stielt angeblich Champagner, und ich soll herausfinden, wer es ist.«

»Klar, geh nur.« Elektra stand ebenfalls auf. »Aber lass uns doch in Verbindung bleiben.« Sie zog eine Visitenkarte aus ihrem Portemonnaie, reichte sie Sophie und erwartete offenbar im Gegenzug Sophies Karte.

»So etwas Dummes, ausgerechnet heute habe ich keine Visitenkarte dabei«, sagte Sophie und heuchelte Verärgerung. »Aber du findest mich im Telefonbuch.«

»Hat mich gefreut, dass wir uns zufällig begegnet sind. Ich würde dich gern mal wieder sehen.«

»Ja, wäre das nicht schön?«, erwiderte Sophie, Elektras heitere Gleichgültigkeit imitierend. Wenn sie bloß der Theaterproduzent in diesem Moment hätte sehen können! Er hätte ihr die Rolle sofort gegeben. Sophie kehrte Elektra den Rücken und ging mit ausgestreckter Hand auf Reggie zu.

»Mr Wilson, schön, dass Sie Zeit gefunden haben«, begrüßte sie ihn laut. »Wollen wir in Ihr Büro gehen?«

Reggie besaß ein schnelles Auffassungsvermögen. Er blickte über Sophies Schulter und dann in ihr Gesicht. »Miss Graham«, erwiderte er mit einem leicht fragenden Unterton.

»Was zum Teufel sollte das denn gerade?«, fuhr er fort, sobald er die Bürotür hinter sich geschlossen hatte.

»Das ist eine lange Geschichte«, sagte Sophie. »Eine sehr lange Geschichte. Jahrelang, sozusagen.«

Zehn Minuten später ließ sie einen kopfschüttelnden Reggie im Büro zurück, der ihr nachrief, sie sei ein Dummkopf und sollte sich nicht darum scheren, was andere Leute von ihr dachten.

Die Jordans waren gegangen.

Und Sophie dachte, sie sei noch mal davongekommen.

4

Es ist ein seltsames Phänomen, dass sich die Mitglieder geschlossener Gesellschaften gegen jeden Eindringling zusammenschließen. Und manchmal wird dieser Drang zu einer Art Besessenheit. Ein solcher Fall trat im Mary-Lovell-Internat ein.

Ich war seit drei Wochen dort und hatte mich noch immer nicht von dem Streich erholt, den mir Elektra Jordan ein paar Tage nach meiner Ankunft gespielt hatte. Verletzt und verwirrt fragte ich mich, warum sich jemand, den ich nicht einmal kannte, solche Mühe gab, mich zu demütigen. Ich vermute, dass ihr irgendetwas an mir nicht gefiel, womöglich meine Kleidung oder meine Frisur, vielleicht auch mein Dialekt. Alles das hätte mich an dieser elitären Schule ohne weiteres zur Zielscheibe des Spotts der anderen Mädchen machen können. Was auch der Grund gewesen sein mochte, ich fühlte mich furchtbar einsam, doch zugleich brodelten in mir eine abgrundtiefe Wut und der Wunsch nach Rache. Und diese Gefühle waren umso schmerzhafter, da ich wusste, dass ich mich niemals würde rächen können. Elektra hatte mit ihrem ersten vernichtenden Schlag sozusagen die

Treibjagd auf Sophie Graham eröffnet, um sich anschließend gleich wieder von dem Geschehen zurückzuziehen. Ich meine mich zu erinnern, dass ich Elektra in den folgenden zwei Wochen nicht ein einziges Mal sah. Sie wusste, dass ihre Tat für sich sprach, und konnte es nun den anderen überlassen, es ihr gleichzutun. Und nachdem sie die Messlatte beim ersten Mal ziemlich hoch gehängt hatte, war sie sich wahrscheinlich ziemlich sicher, dass keines der anderen Mädchen sie an Grausamkeit würde überbieten können.

Alle wussten, was passiert war. Zwar sprach niemand mit mir darüber, aber ich bemerkte das Grinsen, das Tuscheln hinter vorgehaltener Hand und das nervöse Gekicher. Sollte es Mädchen gegeben haben, die Mitleid mit mir hatten, so hatten sie offenbar Angst, es zu zeigen. An diesem Internat regierten Elektra und ihr eingeschworener Kreis, und ich war eine Geächtete.

Der zweite Schlag folgte an einem Samstagabend. Ich lag im Bett und dämmerte soeben weg, als sie hereinkamen.

Drei Mädchen. Zwei packten mich an den Händen und zwangen mich auf die Beine. Die dritte stieß mir etwas Hartes in den Rücken. Ich konnte nicht erkennen, wer die drei waren, denn es war dunkel und sie trugen Theatermasken. Aber ich hatte eine Ahnung.

»Los!«, befahl die eine. Sie zerrten mich aus dem Schlafsaal und den Gang hinunter. Meine nackten Füße schrammten über den unebenen Boden. Als wir am Zimmer der Direktorin vorbeikamen, betete ich, sie würde in diesem Moment zufällig ihre Tür öffnen und uns sofort zurück ins Bett schicken. Andererseits konnte ich mir nicht vorstellen, dass sie die Übeltäterinnen irgendwie bestrafen würde. Miss Freeman war neu an der Schule, und es war offensichtlich, dass ihre reichen Schülerinnen sie einschüchterten.

Ein weiterer Stoß in die Nieren, diesmal fester. Ich unterdrückte einen Schmerzensschrei. Nach dem Streich, den Elektra und ihre Freundinnen mir in der Woche zuvor gespielt hatten, hatte ich mir geschworen, diesen Mädchen gegenüber nie wieder Schwäche zu zeigen. Hastig zerrten die drei mich weiter durch das alte Gemäuer.

Dann stieß eines der Mädchen die Tür zu einem der kleineren Waschräume auf. Eine Reihe Duschkabinen auf der einen Seite, eine Reihe Toiletten auf der anderen. Der Geruch von Putzmitteln. Ich ahnte, dass sie mir eine kalte Dusche verpassen wollten. Nicht das Ende der Welt, dachte ich. Ich hatte schon oft kalt geduscht. Mein Vater war ein Hippie, und warmes Wasser war bei uns zu Hause keine Selbstverständlichkeit gewesen.

»Die hier«, sagte eines der Mädchen. Ich erkannte ihre Stimme. Es war Pixie Wishart, die in Englisch neben mir saß. »Die hier«, wiederholte sie und öffnete die Tür einer Toilette. Die beiden anderen stießen mich durch die enge Türöffnung. Hier war nur noch Platz für zwei. Pixie übernahm die Aufgabe.

Ich hatte den handgeschriebenen Zettel an der Tür gesehen. ›Außer Betrieb‹, oder so etwas in der Art stand darauf. Aber auch ohne diesen Zettel hätte mir der Geruch verraten, was ich wissen musste.

Ich unternahm einen hektischen, aussichtslosen Fluchtversuch. Als ich um Hilfe rief, hielten mir behandschuhte Finger den Mund zu. Ich biss kräftig zu. Ein unterdrückter Fluch folgte, dann wurde die Hand durch eine andere ersetzt. Und plötzlich drückte Pixie meinen Kopf nach unten, auf die widerlich stinkende Toilettenschüssel zu. Ich schlug wie wild um mich, traf aber nur die Wände der Kabine.

Immer weiter drückte Pixie meinen Kopf hinunter. Ich versuchte, mich auf den Boden fallen zu lassen, aber sie hielt mich fest. Sie hielt mich fest und stieß meinen Kopf in die Toilette.

»Danke, dass ihr gekommen seid.« Reggie blickte in die Runde. Die Mitarbeiter der Bar standen im Halbkreis vor ihm, die meisten mit einem Kaffeebecher in der Hand. Es war zwei Uhr nachmittags, Frühstückszeit für Leute, die an die Arbeitszeiten in einer Bar gewöhnt waren.

Sophie war etwas zu spät gekommen und hatte sich neben Lulu gestellt. Als sie ihr jetzt eine Tüte mit einem Bagel in die Hand drückte, nickte Lulu ihr dankend zu. Sie wirkte ernst und heftete ihren Blick sogleich wieder fest auf Reggie. Sophie sah sich um und stellte fest, dass die Gesichter der anderen Mitarbeiter ähnlich angespannt wirkten.

»Ich brauche euch nicht zu erzählen, dass das Geschäft zurzeit nicht gut läuft«, begann Reggie. »Es läuft in der ganzen Stadt schlecht, aber in Lower Manhattan ganz besonders. Es kommen einfach nicht mehr so viele Leute hierher wie früher.«

Zustimmendes Gemurmel. »Gestern Nacht hab ich ganze dreißig Dollar eingenommen«, flüsterte Sophie Lulu zu. »Es war leerer als in der Kirche.«

»Fakt ist, wir fahren Verluste ein. Große Verluste«, fuhr Reggie fort. »Und das bedeutet, dass unsere Zukunft ungewiss ist. Tut mir Leid, dass ich das sagen muss.«

»Nicht so Leid wie uns«, rief einer von hinten. Der Rest der Belegschaft lachte, und Reggie stimmte nervös mit ein. Sophie sah ihm an, dass er sehr aufgeregt war. Er schob seine goldgefasste Brille hoch und warf einen kurzen Blick auf das Klemmbrett in seinen Händen. Offenbar hatte er sich als Gedankenstütze ein paar Notizen gemacht. »Ab nächster Woche verkürzen wir die Öffnungszeiten. Das heißt, weniger Arbeit für euch alle. Es tut mir Leid, Leute.«

»Gleiche Antwort wie vorher«, rief der Witzbold von hinten, nur klang er diesmal nicht mehr ganz so unbeschwert.

»Fürs Erste werden wir es auf diese Art weiter versuchen. Die Inhaber hoffen, dass sich die Lage wieder entspannt. Ihnen liegt viel daran, dass diese Bar die Krise übersteht.«

»Und was, wenn nicht?«, fragte einer der Mitarbeiter überflüssigerweise, denn alle wussten, was dann passieren würde. Ein paar Buchhalter würden vorbeikommen, um die Einrichtung der Bar zu schätzen, und dann würden andere Leute kommen und bis hin zur Klopapierhalterung alles wegschleppen.

»Ich will euch nichts vormachen. Ihr würdet es mir ohnehin nicht abnehmen, wenn ich es versuchte.« Wieder lachten alle.

»Ich rate euch, seht euch nach anderen Möglichkeiten um. Ich möchte keinen von euch gehen sehen, aber wenn jemand von irgendwoher einen Rettungsanker zugeworfen bekommt, sollte er zugreifen.«

»Und, sind bei dir irgendwelche Rettungsanker in Aussicht?«, fragte Lulu später, als sie sich in Sophies Wohnung auf dem Sofa räkelte, und biss ein Stück von ihrem Bagel ab. Die roten Lackleder-Stilettos hatte sie abgestreift.

»Nö«, sagte Sophie. »Bei dir?«

»Wenn ich was hätte, würde ich es dir nicht sagen. Es gibt nicht viele gute Barjobs heutzutage, wusstest du das noch nicht?«

»Ich werde an dich denken, wenn ich den besten Job aller Zeiten kriege und so viel zu tun habe, dass sie mich nach jemandem fragen, der für mich einspringen kann.« Sophie steckte einen Fuß in Lulus Schuh und fragte sich, wie in aller Welt man in solchen Dingern laufen konnte. »Vielleicht kann ich mir ja dann eine Wohnung leisten, in der es nicht durch die Decke regnet.«

»Ah, erinnerst du dich noch an unsere Träume, als wir anfingen in dem Laden? Was ist nur schief gelaufen?«

»Und was soll bloß aus Harold werden? Er wird sich eine andere Stammkneipe suchen müssen. Himmel, was für eine Tragödie!«

»Vielleicht könnten sie ihn zusammen mit den Barhockern versteigern«, schlug Lulu vor.

In diesem Moment klingelte das Telefon. Sophie erhob sich vom Sofa.

»Geh besser nicht dran«, warnte Lulu. »Es könnte dein Vermieter sein.«

Sophie hob ab, sagte ein paar Mal »ja«, dann »aber sicher« und schließlich: »Ich bin gleich bei Ihnen.«

»Wer war denn das?«, wollte Lulu wissen, als Sophie aufgelegt hatte.

»Das errätst du nie.« Sophie griff nach ihrem Schlüssel. »Ein Rettungsanker.«

Das Scheckheft lag auf einem riesigen Mahagonischreibtisch. Eigentlich gab es genug andere interessante Dinge zu sehen, aber Sophies Blick kehrte unwillkürlich immer wieder zu ihm zurück.

Sie stand in einem Salon, in den durch hohe Fenster die Sonne fiel. Draußen kochten die Straßen von New York. Obwohl erst Mai war, fühlte man sich wie Mitte August. Der Teer warf Blasen, U-Bahnen blieben in dampfend heißen Tunneln stecken, und überall in der Stadt drehten Kinder die Hydranten auf, so dass sich die Straßen allmählich in schlammige Bäche verwandelten.

Doch in der Wohnung im dreiundzwanzigsten Stock in Central Parks South war die Luft auf eine angenehme Temperatur heruntergekühlt.

Sophie war allein in dem Salon. Das Scheckheft, dunkelblau mit dem in Gold geprägten Namenszug der Bank, lag auf dem antiken Schreibtisch wie ein vernachlässigtes Kinderspielzeug. Sophie hätte zu gerne hineingeschaut, um zu erfahren, wofür reiche Menschen ihr Geld ausgaben.

Sie ging zum Fenster, betrachtete eine Weile lang die Aussicht und sah sich dann wieder im Zimmer um. Die durch und durch protzige Einrichtung schien verkünden zu wollen, dass Reichtum keinen Sinn hatte, wenn man ihn nicht zeigte. Die Besitzer der Wohnung hatten offenbar versucht, den Stil eines französischen Salons aus der Zeit vor der Revolution zu kopieren – jenen Stil, der sich unter anderem dadurch auszeichnet, dass die Räume mit Möbeln überladen wirken. Der Salon war riesig, und es standen eine Menge Möbel herum.

Sophie sah auf die Uhr. Ihre Gastgeber hatten sich verspätet, aber das störte Sophie nicht. Sie hatte keine anderen Termine. Allerdings wusste sie auch nicht, was sie hier eigentlich sollte. Die Sekretärin hatte am Telefon gesagt, es sei dringend, und sie solle sofort kommen. Sollte das tatsächlich der Rettungsanker sein, von dem Reggie gesprochen hatte? Kam es jemals vor, dass die Dinge wie im Märchen liefen?

Das Scheckheft schien eine kleine Melodie zu summen: *Money, money, money, must be funny* ... Sophie stellte sich vor, wie es wäre, wenn das Scheckheft ihr gehörte. Was würde sie tun, wenn sie die Möglichkeiten hätte, die diese unscheinbaren kleinen Zettel boten? Eine anständige Wohnung kaufen? Eine neue Garderobe? Endlich das Studiendarlehen zurückzahlen?

... must be funny in a rich mans world ...

Hey, warum nicht gleich Nägel mit Köpfen machen und eine Krankenversicherung abschließen? Aber auf der anderen Seite würde das dem Stadtleben die Spannung rauben.

Sophies Blick fiel auf eine kleine Porzellanfigur auf dem Kaminsims. Es war eine Schäferin, die sich zu einem Lamm hinunterbeugte. Sophie ging zum Kamin und streckte die Hand nach der Figur aus. Sie fühlte sich kühl an. Die Schäferin machte ein ernstes Gesicht, und Sophie streichelte ihr die Wange.

In diesem Moment wurde hinter ihr die Tür geöffnet, und der Wohnungseigentümer betrat den Raum. Sophie fuhr erschrocken zusammen. Die Porzellanfigur fiel zu Boden und zerbrach fein säuberlich in drei Teile.

»Sophie, es tut mir so Leid, dass ich Sie habe warten lassen.«

5

Richard Jordan hätte das Malheur mit der Porzellanfigur nicht gelassener aufnehmen können. Sophie solle sich keine Gedanken machen, sagte er, er habe die Figur ohnehin nie gemocht; sie sei das Geschenk einer schrulligen, alten Verwandten gewesen, die schon längst nicht mehr lebe. Anscheinend hatte Sophie ihm einen großen Gefallen getan.

Er forderte sie auf, auf dem Sofa Platz zu nehmen, und bestellte über das Haustelefon Tee und Plätzchen. Dann sammelte er die Porzellanstücke ein und warf sie beiläufig in den Papierkorb. Sophie atmete mehrmals tief durch, um sich zu beruhigen – eine Technik, die sie im Schauspielunterricht gelernt hatte. Sie hatte einen hochroten Kopf vor Verlegenheit. Warum um alles in der Welt hatte sie die Porzellanfigur nur angefasst?

Während sie auf den Tee warteten, plauderten Richard und Sophie ein wenig über dies und das. Wie war ihre Anfahrt von Brooklyn gewesen? Was sagte sie zu der Hitze?

»Ich bedaure, dass meine Frau nicht hier sein kann«, sagte Richard Jordan. »Sie lässt sich entschuldigen. Sie hat einen Arzttermin, den sie nicht verschieben konnte.«

Richard Jordan machte einen nicht ganz so entspannten Eindruck wie bei ihrem letzten Zusammentreffen im Februar. Die Fältchen um seine Augen traten deutlicher hervor, und obgleich er auch diesmal exklusiv und stilsicher gekleidet war, konnte sich Sophie des Eindrucks nicht erwehren, dass er irgendwie verwahrlost wirkte.

Eine Hausangestellte brachte ein Silbertablett mit einer Kanne Tee und einem Teller selbst gebackener Plätzchen. Sie schenkte Sophie und Richard ein und reichte ihnen die Tassen. Als Sophie am Tee nippte, verbrannte sie sich prompt die Zunge. Sie zuckte vor Schmerz zusammen, worauf die Tasse auf der Untertasse verrutschte und sich die Hälfte des Inhalts auf den Perserteppich ergoss.

»Mist! Verdammt, tut mir Leid.« Sophie war sich nicht sicher, ob sie sich für das Fluchen oder ihre Tölpelhaftigkeit entschuldigte.

Die Hausangestellte kniete sich auf den Boden und tupfte den Fleck mit einer Leinenserviette auf. Richard Jordan schien kaum Notiz davon zu nehmen. Er stand am Fenster und blickte auf die gebändigte Wildnis des Central Parks hinaus. Die Hausangestellte schenkte Sophie frischen Tee nach. Dieses Mal würde sie warten, bis er abgekühlt war. In der Zwischenzeit erzählte ihr Richard Jordan ja vielleicht, weshalb er sie eigentlich hergebeten hatte. Sophies verbrannte Zunge fühlte sich merkwürdig pelzig an. Sie nahm sich ein Plätzchen, legte es dann aber wieder zur Seite, als ihr einfiel, dass sie ohnehin nichts schmecken würde. Sie wartete darauf, dass Richard Jordan zu sprechen begann.

Was er schließlich auch tat.

»Ich nehme an, Sie fragen sich, warum ich Sie hierher gebeten habe.« Richard drehte sich um und sah ihr ins Gesicht. »Ich muss mich für den etwas geheimnisvollen Telefonanruf entschuldigen, aber ich wollte von Angesicht zu Angesicht mit Ihnen sprechen. Es geht um Elektra. Es ist nämlich so – sie ist verschwunden.«

»Verschwunden?«, wiederholte Sophie verblüfft.

Richard Jordan lief im Zimmer umher und betrachtete die verschiedenen Möbel und Sammlerstücke, als sei seine Wohnung ein Museum, das er zum ersten Mal besuchte. Schließlich blieb er vor einem Beistelltischchen stehen, auf dem ein ganzer Wald von gerahmten Fotografien stand. Richard griff nach einem winzigen Foto in einem Silberrahmen, das hinter den anderen fast verschwand, hob es auf, musterte es kurz und umschloss es dann mit seiner Hand.

»Wir haben seit fast einem Monat nichts mehr voneinander gehört.«

Das ist doch noch gar nichts, dachte Sophie. Sie selbst sah ihren Vater oft jahrelang nicht. Im Moment wusste sie nicht einmal mit Sicherheit, wo er wohnte. Die letzte ihr bekannte Adresse lag irgendwo im Südwesten und war wahrscheinlich gar nicht mehr aktuell. Sophie nahm einen Schluck Tee, knabberte an dem Plätzchen und fragte sich, was um alles in der Welt das alles mit ihr zu tun haben sollte. Suchte Richard Jordan eine neue Besetzung für die Rolle seiner Tochter?

Richard Jordan zog einen Stuhl neben das Sofa und setzte sich.

»Ich habe vor kurzem ein zweites Mal geheiratet. Es war nicht leicht für Elektra.«

»Das kann ich mir vorstellen«, erwiderte Sophie langsam. Sie versuchte sich auszumalen, wie es für sie wäre, wenn ihr Vater mit einem Barbiepüppchen wie Margarite bei ihr auftauchen würde. Allerdings konnte sie sich nicht einmal vorstellen, dass er überhaupt auftauchte, schon gar nicht mit einer Frau, die ihre Schwester sein könnte.

Richard Jordan sprang vom Stuhl auf und nahm seine ziellose Wanderung wieder auf.

»Hat Elektra Ihnen erzählt, dass ihre Mutter vor einem Jahr gestorben ist? Sicherlich hat sie das. Ich nehme an, Sie wissen, dass sie das schwer mitgenommen hat.«

Sophie nickte, als wüsste sie, worüber er sprach.

»Wie heißt es noch so schön? Selbstmord ist eine dauerhafte Lösung für ein vorübergehendes Problem.«

Selbstmord? Das Plätzchen blieb Sophie im Hals stecken, und sie musste husten. Elektras Mutter hatte Selbstmord begangen? Gütiger Himmel!

»Elektra gab sich die Schuld am Tod ihrer Mutter. Sie litt monatelang unter Depressionen.« Richard Jordan blickte auf das kleine Foto in seiner Hand. »Danach wurde unser Verhältnis etwas schwierig. Ich versuchte ihr Hilfe zu besorgen, weil ich mir Sorgen machte, sie könne genauso enden wie ihre Mutter. Aber Elektra wollte meine Hilfe nicht annehmen.«

Wieder nickte Sophie.

»Von Geburt an hatte Elektra alles, was sie sich nur wünschen konnte.« Richard Jordan warf einen kurzen, ungeduldigen Blick aus dem Fenster. »Ich habe versagt. Ich habe ihr nicht beigebracht, dass Reichtum nicht vor Schmerz bewahrt.«

»Oh.« Sophie senkte den Blick auf den Teppich. Auch wenn sie Elektra nicht ausstehen konnte, konnte sie dennoch Mitleid für sie empfinden.

»Dann habe ich ein zweites Mal geheiratet. Elektra war dagegen, sie sagte, es sei zu früh. Aber ich empfand es anders. Ich habe festgestellt, dass die Trauer die Zeit auf seltsame Weise verzerrt, sie verlangsamt sie. Susan fehlte mir – sie fehlt mir noch heute –, und ich trauerte um sie, aber ein Jahr nach ihrem Tod kam es mir vor, als sei sie bereits seit zehn Jahren fort. Dann traf ich Margarite, und es mag verrückt klingen, aber sie brachte mich zum Lachen.«

Sophie versuchte sich vorzustellen, wie Margarite einen Witz riss, aber es gelang ihr nicht. Aber man soll einen Menschen nicht nach einer zehnminütigen Begegnung beurteilen, ermahnte sie sich in Gedanken.

»Jedenfalls sah Elektra das anders. Sie hatte das Gefühl, ich hätte sie und ihre Mutter betrogen. Elektra kam nicht einmal zur Hochzeit. Seit ich ihr davon erzählte, hat sie kaum mehr mit mir gesprochen.«

»Aber als ich Sie im Februar in der Bar traf, schien doch alles in Ordnung zu sein«, wunderte sich Sophie.

»Ich bat Elektra, sich Margarite doch zumindest einmal anzusehen. Schließlich willigte sie ein. Eine Weile lang ging alles gut, doch dann sagte Margarite etwas Dummes, das Elektra kränkte.«

»Was war das?«

»Es war eine gedankenlose Bemerkung, die viel leichtfertiger klang, als sie gemeint war. Ich erinnere mich nicht mehr an den genauen Wortlaut, aber Margarite sagte sinngemäß, dass Elektra die Vergangenheit vergessen und sich der Zukunft zuwenden sollte. Es war ein Fehler, ihr das zu sagen. Margarite ist sich dessen bewusst. Sie wollte sich entschuldigen, aber Elektra ruft uns einfach nicht mehr zurück.«

»Und woher wissen Sie dann, dass sie verschwunden ist?«

»Sie war offenbar gar nicht mehr in ihrer Wohnung. Ich habe bei ihren Freunden angerufen, und die haben Elektra auch nicht mehr gesehen. Wann haben Sie sie denn zum letzten Mal gesehen, Sophie?«

»Seit Monaten nicht. Zuletzt an dem Tag, als ich Sie zusammen traf.«

»Seitdem nicht mehr?«

Sophie schüttelte den Kopf. Sie wollte Richard nicht sagen, dass sie ohnehin die Straßenseite wechseln würde, sollten ihr Elektra und ihre Clique je begegnen. Nach der Zeit am Internat war sie sehr froh gewesen, die ganze scheußliche Erfahrung hinter sich zu lassen.

Richard Jordan hielt Sophie ein Foto hin, auf dem Elektra und ihre Mutter lächelnd die Wangen aneinander legten.

»Sie hätten Schwestern sein können, finden Sie nicht auch?«

Es stimmte. Susan Jordan hatte ein paar Fältchen mehr um die Augen, und ihr Hals war etwas runzlig, aber es war ganz eindeutig, von wem Elektra das gute Aussehen geerbt hatte.

»Ja«, bestätigte Sophie, reichte das Bild zurück und fragte sich, wohin das alles führen sollte.

»Sophie, der Grund, warum ich Sie angerufen habe, ist folgender: Ich möchte Sie engagieren, damit Sie meine Tochter finden.«

»Mich?«, Sophie hätte sich beinahe verschluckt. »Warum denn mich?«

»Warum denn nicht?«, sagte Richard Jordan. »Sie sind doch Privatdetektivin. Sie wissen, wie man Leute aufspürt, oder?«

Sophie hatte die Geschichte, die sie den Jordans seinerzeit aufgetischt hatte, völlig vergessen. »Na ja, aber vermisste Personen sind nicht mein Gebiet. An Ihrer Stelle würde ich mich an die Polizei wenden. Die haben die Mittel, um solche Fälle zu untersuchen.«

»Wie sagten Sie gleich, als wir Sie das letzte Mal trafen? Man bezahlt Sie für Ihre Diskretion. Nun, ich lege in dieser Situation größten Wert auf Diskretion, und ich glaube nicht, dass die Polizei dazu in der Lage ist. Polizisten lassen gerne mal etwas an die Presse durchsickern, und dieses Risiko kann ich mir nicht leisten.« Richard Jordan trat erneut ans Fenster und blickte hinaus, die Arme hinter dem Rücken verschränkt. »Ich erzähle Ihnen etwas, das nicht viele Leute wissen. Ich habe vor, für den Senat zu kandidieren und kann mir vorstellen, dass Elektras Verschwinden ein gefundenes Fressen für die Republikaner wäre.«

»Wie wollen Sie eine Stadt kontrollieren, wenn Sie noch nicht einmal Ihre eigene Tochter unter Kontrolle haben?«, fragte Sophie.

Richard Jordan wandte sich vom Fenster ab. »Ganz genau das ist es. Sie verstehen also, wo das Problem liegt.«

Sophie schwieg. Was hätte sie auch sagen sollen? Es tut mir Leid, aber ich bin eine große Lügnerin, und im Übrigen ist mir egal, ob Elektra verschwunden ist oder nicht? Irgendwie wäre ihr das nicht richtig erschienen.

»Ich zahle Ihnen den doppelten Satz.« Richard Jordan trat an den antiken Schreibtisch und griff nach dem Scheckheft. »Plus sämtliche Spesen.«

Geld. Allmählich wurde die Angelegenheit heikel.

Was verdiente so ein Privatdetektiv eigentlich? Sophie hatte keine Ahnung. Außerdem spielte das keine Rolle, da sie den Auftrag sowieso nicht annähme. Es wäre Betrug gewesen und falsch. Sie erhob sich.

»Ich glaube nicht, dass ich Ihnen helfen kann. Das ist nicht mein ... Gebiet. Wirklich nicht. Normalerweise mache ich andere Sachen.« Ja, überteuerte Cosmos-Cocktails für Uptown Yuppies mixen – wirklich etwas ziemlich anderes.

»Es ist deshalb ihr Gebiet, weil Sie Elektra kennen. Meine Tochter mag Sie. Ich habe doch gesehen, wie sehr sie sich freute, Sie zu sehen.«

Das war nur gespielt, dachte Sophie. Elektra hatte in der Öffentlichkeit schon immer gern die Nette gespielt.

»Ich will immer alles unter Kontrolle haben; so bin ich es gewöhnt. Und dadurch habe ich auch mein Geld verdient.« Richard Jordan machte eine ungeduldige Handbewegung. »Aber das hier ist etwas anderes. Die Sache erfordert Fingerspitzengefühl. Meine Frau – meine erste Frau – hätte gewusst, was zu tun ist.«

Sophie fiel auf, dass Richards Gesicht plötzlich verändert wirkte; die Selbstsicherheit fehlte. Er ist auch nicht anders als wir, dachte Sophie verwirrt und mitleidig zugleich. Wenigstens machte er sich um seine Tochter Gedanken, was mehr war, als sie von ihrem eigenen Vater behaupten konnte. Sie setzte sich wieder.

»Und was soll ich tun? Ich meine, wenn ich sie finde?«

»Nichts«, beruhigte sie Richard Jordan. »Sollte sie sich aus freiem Willen entschieden haben zu gehen, muss ich nur wissen, ob es ihr gut geht. Sonst nichts.« Er setzte sich an den Schreibtisch und nahm einen Füllfederhalter. »Was sagen Sie zu achtzig Dollar die Stunde?«

Sophie schluckte. Das war eine Menge Geld. »Ich brauche etwas Bedenkzeit.«

»Lassen Sie sich so viel Zeit, wie Sie wollen.«

Jetzt war es an Sophie, ans Fenster zu treten. Und in diesem Moment wusste sie bereits, dass sie diesen Auftrag annehmen würde, ganz gleich, wie betrügerisch und unvernünftig es auch sein mochte. Dabei ging es nicht nur darum, dass sie das Geld brauchte, sogar dringend brauchte. Sophie ging durch den Kopf, dass der Hass zwei Menschen genauso stark aneinander ketten kann wie die Liebe, und dass sie jahrelang von Elektra geradezu besessen gewesen war. Sophie hatte Stunden, Tage und Wochen ihres Lebens damit verbracht, Rachepläne zu schmieden, und hier bot sich eine

Chance, die alten Dämonen endlich zur Ruhe zu bringen. Sie würde Elektra aufspüren und ihr ein paar Fragen stellen. Sie würde Elektra damit konfrontieren, was sie ihr in der Schule angetan hatte. Sie würde zusehen, wie sich Elektra angesichts Sophies vernichtenden Zornes wand.

»Also gut, ich nehme den Auftrag an.« Sophie wandte sich zu Richard um. »Und ich brauche fünftausend Dollar Aufwandsentschädigung im Voraus.« Das klang doch ganz professionell, oder etwa nicht?

Richard Jordan setzte den Betrag ein, ohne mit der Wimper zu zucken. »Ausgezeichnet«, sagte er und reichte ihr den Scheck. »Wann können Sie anfangen?«

6

Ein Schnappschuss von Elektra. Sie sitzt in einem Straßencafé mit einem Cappuccino in der Hand und lächelt geduldig in die Kamera.

»Das wurde vor ein paar Jahren aufgenommen«, erklärte Richard Jordan. »Kurz bevor ihre Mutter starb. Ich glaube, damals war sie glücklich. Bevor sich alles veränderte.«

Sophie hielt das Foto vorsichtig an den Rändern.

»Sie hatten ein schwieriges Verhältnis. Susan neigte schon immer zu Depressionen. An guten Tagen aß, trank und lachte sie gerne. Sie gehörte nicht zu denen, die sich vor dem Leben fürchteten. Aber sie litt unter extremen Stimmungsschwankungen. An einem Tag war sie in Hochstimmung, am nächsten kam sie nicht aus dem Bett. Eine Weile lang nahm sie Medikamente, und es schien zu helfen. Aber dann hat sie die Tabletten wieder abgesetzt. Als ich sie darauf ansprach, gab sie nur ausweichende Antworten, und ich bohrte nicht weiter. Ich dachte, alles wäre so weit in Ordnung. Nein, ich *hoffte*, dass alles so weit in Ordnung wäre. Ich hatte viel Arbeit und dadurch wenig Zeit, was die Situation natürlich auch nicht gerade vereinfacht hat. Susan konnte nicht gut allein sein.« Richard Jordan nahm eine Statuette vom Tisch, einen aus hellem Stein gearbeiteten Frauentorso, der eine sanfte Anmut ausstrahlte. Geistesabwesend strich

Richard mit dem Daumen über die Schultern der Figur, und Sophie hatte den Eindruck, als sei es eine Gewohnheit von ihm.

»Verstehen Sie, Sophie, ich mache mir Sorgen. Elektra hat das künstlerische Talent ihrer Mutter geerbt. Ich frage mich, ob sie vielleicht noch etwas anderes geerbt hat.«

»Glauben Sie, sie war depressiv?«

»Ich weiß es nicht. Sie kann ihre Gefühle sehr gut verbergen.« Richard stellte die Figur zurück.

»Was meinen Sie, wo Elektra sein könnte?«, fragte Sophie und imitierte dabei den energisch professionellen Ton einer Detektivin. »Haben Sie irgendeine Idee? Gibt es irgendwelche Orte, an denen sich Ihre Tochter besonders gern aufhält?«

»Dort habe ich es schon probiert. Ich habe ein Haus in den Hamptons, wo sie sich früher gern aufgehalten hat. Aber dort war sie nicht. Ich habe es auch bei ihren Freunden versucht, aber sie konnten mir nicht weiterhelfen.«

»War sie mit jemandem zusammen? Hatte sie einen Freund?«

»Nicht, dass ich wüsste.«

Richard reichte Sophie einen Zettel, auf dem eine Liste von Namen stand, die sie zum größten Teil noch aus der Schule kannte. Ihr Erschaudern hatte nichts mit der Klimaanlage zu tun.

»Das sind die Namen, an die ich mich erinnere«, sagte Richard. »Aus früheren Jahren. Ich weiß nicht, wie viel Elektra heute noch mit diesen Leuten zu tun hat.«

Sophie graute davor, die Frauen wieder zu sehen, deren Namen auf der Liste standen, aber es würde ihr nichts anderes übrig bleiben. Sie musste Elektra finden und endlich einen Schlussstrich unter dieses Kapitel ihres Lebens ziehen.

Richard Jordan hielt ihr einen Schlüsselbund hin. »Dies ist der Schlüssel zu Elektras Wohnung. Sie gehört mir.« Er reichte ihr einen weiteren Zettel. »Und das ist die Adresse. Ich nehme an, Sie werden die Wohnung durchsuchen wollen.«

Sophie las die Adresse. Elektras Wohnung lag mitten in SoHo. Wahrscheinlich ein Loft. Natürlich ein Loft, was sonst? Elektra hatte immer von allem das Beste.

»Sicher haben Sie noch mehr Fragen an mich«, sagte Richard. Seine Laune schien sich gebessert zu haben, als hätte er durch die Übergabe dieser Dinge seine Seele von einer Last befreit. »Schießen Sie los.«

Sophie hatte keine Fragen, und ihr fiel spontan auch keine einzige ein. »Ich, äh ...« Was sollte sie bloß sagen? Sie hatte keinen blassen Schimmer, wie man eine vermisste Person aufspürte.

Lass die Finger davon, das schaffst du niemals, meinte sie die Stimme der Vernunft in ihrem Kopf zu hören.

»Wie sieht es aus mit Rechnungen, Kreditkarten, Telefonanbietern und Bankauszügen?«, fragte sie schließlich.

»Ich zahle die Nebenkosten der Wohnung«, erwiderte Richard. »Elektra hat natürlich ihre eigenen Kreditkarten und Konten. Ich bin in ihrer Wohnung gewesen, fand aber keine Unterlagen. Sicherlich werden Sie mehr Glück haben.«

Darauf würde ich mich nicht verlassen, dachte Sophie. Ihr Magen verkrampfte sich. Noch war es nicht zu spät, noch nicht. Hau ab, und zwar jetzt!, dachte sie voller Panik. Sag, du bist krank, sag, deiner Tante geht es nicht gut. Irgendetwas wird dir schon einfallen!

»Könnten Sie mir vielleicht ein Foto von Elektra mitgeben?«, fragte sie stattdessen.

»Natürlich«, erwiderte Richard und reichte ihr das Foto, auf dem sie Wange an Wange mit ihrer Mutter abgebildet war.

»Wann haben Sie sie eigentlich zum letzten Mal gesehen?«

»Vor einem Monat habe ich mit ihr telefoniert.«

»Und was sagte sie da?«

»Sie sagte, dass sie ernsthaft über ihre Zukunft nachdenke.«

»Was hat sie damit gemeint?«

»Ihre berufliche Laufbahn, schätze ich. Sie hatte gerade die Kunstakademie abgebrochen. Aber sie hatte keine neuen Pläne, zumindest keine, von denen sie mir erzählt hat.«

»Und wie sah es finanziell aus?«

»Elektra hat ihr eigenes Geld. Ihre Mutter hat ihr alles hinterlassen.«

In diesem Augenblick begann das Telefon auf Richards Schreibtisch zu blinken.

»Sonst noch etwas?«, fragte er in einem Ton, der andeutete, er hoffe nicht, dass Sophie noch Fragen hatte.

»Eines noch«, erwiderte Sophie. »Fällt Ihnen irgendjemand ein, der ihr womöglich schaden will?«

»Großer Gott, nein!« Richard Jordan schien schockiert zu sein. »Elektra hat keine Feinde.«

Außer mir, dachte Sophie. Doch das behielt sie für sich.

7 »Das soll doch wohl ein Scherz sein, Süße!« Lulus Haare waren in dieser Woche pink und passten dadurch perfekt zu der pinkfarbenen Samtfliege, die ihrem minimalistischen Arbeitsoutfit den nötigen Pfiff verlieh. »Hast du was geraucht? Oder bist du krank?« Sie legte den Handrücken an Sophies Stirn.

»Natürlich bin ich nicht krank. Es ist leicht verdientes Geld, Lulu. Du hättest dasselbe getan. Außerdem hast du auch was davon, du kannst all meine Schichten haben«, versuchte sich Sophie zu rechtfertigen. Sie ahnte, dass Lulu dieselben Zweifel aussprechen würde, die sie selbst hegte.

»Das ist doch ein Kinderspiel«, fuhr sie fort. »Ich stelle ein paar Fragen und stochere ein bisschen herum. Irgendwann wird Elektra sowieso vergessen haben, dass sie böse auf ihren Daddy ist, oder sie ist fertig mit der Reha oder mit was auch immer sie gerade macht und meldet sich wieder. Ganz einfach.«

In der Bar waren nur zwei Gäste, ein Pärchen, das eng aneinander geschmiegt in einer der hinteren Sitzecken saß. Lulu dämpfte ihre Stimme. Sie packte Sophie am Ellbogen und sah ihr prüfend in die Augen, um sich zu vergewissern, dass die Größe ihrer Pupillen den Lichtverhältnissen angepasst war. »Warum in aller Welt tust du das?«

»Hab ich doch gesagt. Ich brauche das Geld.«

»Geld? Soll das eine Entschuldigung sein?« Lulu machte eine verächtliche Handbewegung.

»Aber hallo! Der Rettungsanker, weißt du noch?«

»Faule Ausrede!«, erwiderte Lulu. »Abgesehen davon, glaube ich dir nicht, dass es dir um das Geld geht. Ich kenne dich doch. Da steckt was anderes dahinter. Was ist es?«

Wäre sie nicht Sängerin gewesen, hätte Lulu eine ausgezeichnete Staatsanwältin abgegeben. Sie ließ einfach nicht locker.

»Das ist ein bisschen kompliziert.«

»Ich habe dein Gesicht gesehen, als Elektra damals hier reinkam, Sophie. Du sahst aus, als hätte dich jemand gezwungen, in eine Zitrone zu beißen. Ich habe genau gespürt, dass du sie nicht ausstehen kannst. Was hat sie dir angetan?«

»Ach nichts. Wir sind zusammen zur Schule gegangen, das ist alles.«

»Du lügst doch.«

»Nein!«

»Erzähl mir, was sie getan hat.«

»Ich möchte jetzt nicht darüber sprechen. Vielleicht erzähle ich es dir ein anderes Mal.«

»Gib mir einen Tipp.«

Die Cranberries CD war zu Ende, und in der Bar wurde es still. Das Pärchen in der Ecke befummelte sich unbeirrt weiter.

»Was hat sie getan?«, wiederholte Lulu.

Sophie seufzte. Sie wusste, dass Lulu niemals Ruhe geben würde, wenn sie ihr nicht wenigstens die Andeutung einer Antwort lieferte. »Sie hat mir einen wirklich üblen Streich gespielt. Rein aus Spaß, obwohl sie mich noch nicht einmal kannte. Für einen billigen Lacher.«

»Sophie« – Lulu nahm sie bei den Schultern und schüttelte sie sanft –, »das war sicher furchtbar, und es ist völlig okay, dass du sie deswegen nicht leiden kannst. Aber du musst die Vergangenheit abhaken und nach vorn blicken.«

»Ich blicke ja nach vorn. Ich werde Elektra finden, und dann plaudern wir über das, was passiert ist, und ich verzeihe ihr, und wir belassen es dabei.«

»Jetzt hör mir mal zu! Du betrügst Elektras Vater, und wenn er herausfindet, dass du nicht die bist, für die du dich ausgibst, kannst du ernsthaft in Schwierigkeiten geraten. Ich spreche von einer Anzeige und so.«

»Ich glaube, was du wirklich sagen willst, ist, dass ich das nicht hinbekomme. Du traust es mir nicht zu.«

Das Pärchen in der Ecke löste sich kurz voneinander und vereinte sich dann erneut in einem intensiven Zungenkuss. Solche Leute waren nachmittags kein ungewöhnlicher Anblick in der Bar.

»Sophie, du kannst nicht einfach machen, was du willst.«

»Weißt du was, dieser Quatsch geht mir furchtbar auf die Nerven! Natürlich kann ich nicht machen, was ich will, sonst wäre ich nämlich nicht hier.«

Der Mann in der hinteren Sitzecke hatte mittlerweile seine Hand unter den Rock der Frau geschoben. Sein Mund war über ihrer Nase und arbeitete sich weiter ihr Gesicht hinauf. Es sah aus, als versuche er, seiner Freundin das Auge aus der Höhle zu saugen, während sie ihr Gesicht wie eine Katze an seinem rieb. Dann lösten sie sich plötzlich voneinander. Ihre Gesichter waren gerötet, und das Augen-Make-up der Frau hatte sich über ihr ganzes Gesicht verteilt. Sie schob ihren Rock nach unten, und die beiden tranken ihre Gläser aus.

»Ich muss es wenigstens versuchen, Lulu, sonst hänge ich noch mit fünfzig hier fest. Dann bin ich die fette Alte mit den dicken Knöcheln, die immer mit der Zunge schnalzt.«

»So weit wird es nicht kommen, das verspreche ich dir, Sophie. Irgendetwas Tolles wird passieren, da bin ich mir sicher.«

Aber es sah nicht danach aus an diesem Nachmittag, als Sophie mit ihrer besten Freundin stritt und wider Willen Zeugin einer geschmacklosen Affäre wurde. Sophie fürchtete, sie würde nie auf einen grünen Zweig kommen, wenn sie nicht irgendetwas unternahm, selbst wenn es etwas Törichtes und Tollkühnes war, selbst wenn Lulus vernünftige Worte das Echo ihrer eigenen Befürchtungen waren.

Als der Mann in der hinteren Sitzecke mit einer Handbewegung signalisierte, dass er zahlen wollte, setze Lulu ihr geschäftsmäßiges Lächeln auf und eilte an den Tisch. Der Mann zahlte bar, vermutlich damit seine Frau ihm nicht durch irgendwelche Kreditkartenbelege auf die Schliche kommen konnte, und hinterließ demonstrativ ein großzügiges Trinkgeld. Dann stand er auf und ließ seiner Freundin den Vortritt. Im Vorbeigehen grinste er Sophie süffisant an und zog seine Krawatte zurecht.

»Also, Frau Privatdetektivin« – Lulu steckte das Trinkgeld in das Bierglas hinter der Theke –, »wenn du schon beharrlich meine gut gemeinten Ratschläge ignorierst, dann erzähl mir doch mal, wie zum Henker du auf die Schnelle lernen willst, wie man so etwas überhaupt anstellt?«

8

Es musste ein Buch geben; in Amerika gab es doch zu fast jedem Thema einen Ratgeber.

Der nächstgelegene Buchladen war Barnes & Noble am Union Square. In der Ratgeberecke entdeckte Sophie Bücher zu allen möglichen Themen, vom Bau und der Einrichtung einer Blockhütte bis hin zu der Frage, wie man zu grenzenlosem Reichtum gelangt, aber keinen Ratgeber darüber, wie man Privatdetektiv spielt. Sophie holte sich am Mud-Truck einen Kaffee und dachte nach. Sollte sie vielleicht selbst einen Privatdetektiv anheuern, als Berater?

Unsinn, dachte sie und trank den Kaffee aus. Mach es nicht komplizierter als es ist. Konzentrier dich einfach.

Sie konnte nicht widerstehen und überprüfte erneut, ob Richard Jordans Scheck noch in ihrer Brieftasche steckte. Eine kurze Panikattacke später – sie hatte den Scheck nicht sofort gefunden – entdeckte sie ihn nach hektischer Suche zwischen einigen alten Einkaufsquittungen.

Er war aus edlem, dickem Papier. Richard Jordan hatte mit schwarzer Tinte unterschrieben, unleserlich bis auf das R. Die Bank befand sich irgendwo auf der Wall Street, wo man vermutlich nur empfangen wurde, wenn man sieben- oder achtstellige Beträge auf seinem Konto hatte.

Sophie beschloss, als Erstes den Scheck einzulösen. Vielleicht würde ja das schlechte Gewissen wegen des unrechtmäßig erworbenen Geldes ihrem Gehirn auf die Sprünge helfen.

Nachdem sie den Betrag auf ihr Konto eingezahlt und einen Scheck über ihre Wohnungsmiete ausgestellt hatte, tat sie, was sie immer tat, wenn sie einen gut organisierten Eindruck machen wollte: Sie kaufte Schreibwaren – ein Notizbuch, einen Kuli und ein Päckchen bunter Karteikarten. Nachdem sie sich bei Kinko's ein paar Visitenkarten hatte drucken lassen, nahm sie die U-Bahn zur Atlantic Avenue und lief von der 4th bis zur Baltic Street, wo sie ihren Vermieter unter einem Saab antraf.

»Hallo, Bruno, ich bringe Ihnen die Miete.«

»Sophie Graham, meine Lieblingsmieterin!« Bruno kam unter dem Auto hervor. Er lag rücklings auf einem Rollbrett und erinnerte Sophie an eine auf dem Rücken liegende Krabbe. Ihr erster Gedanke war, dass Bruno sicher seine Position ausnutzen würde, um ihr unter den Rock zu schielen, und sie trat eilig einen Schritt zurück.

»Ihre *einzige* Mieterin.«

Bruno zog einen alten Lappen aus der Hosentasche, wischte sich die Hände ab und rappelte sich grinsend auf.

Sophie schätzte ihn auf ungefähr fünfzig, fand aber, dass er älter aussah, weil er offenbar zu oft auf die Sonnenbank ging. Er hatte widerspenstige schwarze Haare, und seine Oberarme verrieten seine Vorliebe für Fitnessstudios. Bruno war zwei Mal verheiratet gewesen; beide Frauen hatten Tracey geheißen. Und beide lebten mittlerweile auf Staten Island.

»Tut mir Leid, dass ich diesen Monat so spät dran bin. Ist nicht besonders gut gelaufen.«

»Sie gehören doch zur Familie. Ich weiß, dass Sie dem alten Bruno nicht einfach ausbüchsen.«

Damit hatte er allerdings Recht, Sophie war froh, dass Bruno ihr die Wohnung vermietet hatte. Sie war extrem günstig, allerdings auch recht »individuell« – eine Formulierung, auf die Bruno bestand. Der Hauptgrund für diesen Umstand bewohnte das Erdgeschoss und den ersten Stock des Hauses: Brunos Mutter, die bereits seit Carters Präsidentschaft nicht mehr ganz richtig im Kopf war. Um sie für das unberechenbare Verhalten seiner Mutter zu entschädigen, war Bruno Sophie mit der Miete etwas entgegengekommen, wie er es nannte.

Sophie wusste, dass die irre Mrs Mazzi nicht ewig allein leben konnte. Wenn Bruno eines Tages beschlösse, sie in ein Heim zu stecken, würde er das Haus entweder verkaufen oder sich andere Mieter suchen, denen das Vierfache von Sophies derzeitiger Miete schon wie ein Schnäppchen vorkäme. Sie hoffte, dass dieser Tag noch in weiter Ferne lag.

»Also, wie geht's Ihnen so? Warum kommen Sie nie vorbei?«, fragte Bruno.

»Ich war sehr beschäftigt in letzter Zeit.« In Gedanken fügte Sophie hinzu, dass sie ihre Freizeit – wenn sie denn welche hätte – wohl kaum in einer Autowerkstatt verbringen würde.

»Das ist das Problem mit den Leuten in dieser Stadt. Alle sind viel zu sehr mit ihrer Arbeit beschäftigt, um noch Zeit zum Leben zu haben.«

»Genau«, sagte Sophie. Sie bekam diese Predigt oft von Bruno zu hören, eigentlich fast jedes Mal, wenn sie mit ihm sprach.

»Möchten Sie bei Two Toms Mittag essen gehen?«

»Ich habe gerade erst gefrühstückt«, log Sophie.

»Na gut, dann lassen Sie mich Ihnen wenigstens ein tolles kleines Auto verkaufen. Ich habe einen kleinen Civic da, ein schnuckeliger Flitzer!« Bruno wies nach hinten auf den Hof, wo eine Reihe ausländischer Autos standen.

»Sie wissen doch, dass ich mir kein Auto leisten kann.«

»Aber warum denn nicht? Der da wird Ihnen keinen Ärger machen, dafür sorge ich schon.« Das stimmte wahrscheinlich sogar. Es war allgemein bekannt, dass Bruno der beste Automechaniker in ganz Brooklyn war.

»Man muss einfach Prioritäten setzen. Was mich momentan wirklich interessiert, ist meine Schlafzimmerdecke«, erwiderte Sophie. »Sie müssen wirklich etwas unternehmen. Das Haus riecht, als würde es allmählich vermodern. Mit einem Wasserschaden ist nicht zu spaßen, Bruno.«

»Ich hab schon jemanden Bescheid gesagt, der weiß, worum es geht. Aber der Mann ist gut, deshalb hat er viel zu tun, wissen Sie. Die besten Jungs sind immer ausgebucht.«

»Der Geruch wird langsam unerträglich«, drängte Sophie, obwohl sie wusste, dass sich selbst die Kontinentalplatten schneller bewegten als Bruno. Im Jahr zuvor hatte es mehr als sechs Monate gedauert, bis er endlich ein kaputtes Fenster repariert hatte. Für Sophie waren diese Gespräche mit ihrem Vermieter eine Art Theaterstück. Sie sagte ihren Text auf und Bruno seinen, und nichts, was sie sagte oder tat, konnte den Lauf der Dinge beeinflussen.

»Also, wie gesagt, hier ist die Miete. Danke, dass Sie keinen Aufstand gemacht haben.« Sophie überreichte den Scheck. Ihr war bewusst, dass andere Vermieter weit weniger entgegenkommend waren.

Bruno nahm den Umschlag entgegen und lugte hinein. Dann klappte er ihn schnellstens wieder zu und stopfte ihn in seine Gesäßtasche, als wäre ihm gerade aufgefallen, dass er einen misstrauischen Eindruck machte.

»Danke, Süße. Sie wissen ja, Onkel Bruno wird immer eine Schwäche für Sie haben.«

Gott sei Dank, dachte Sophie.

Der Weg nach Hause war kurz. Sophie machte einen Umweg nach Süden und überquerte den Gowanus Canal. Oben auf der Carroll-Street-Brücke blieb sie stehen und sah einem Kanufahrer zu, wie er das schwarze Wasser durchschnitt. Im Kielwasser seines Kanus tanzte eine tote Ratte.

Mrs Mazzi stand mit verschränkten Armen im Flur. Sophie war überzeugt, dass sie an der Tür lauschte, denn sie konnte nur sehr selten das Haus betreten oder verlassen, ohne ihr in die Arme zu laufen.

»Wo warst du?«, fragte Mrs Mazzi. Sie trug einen rosafarbenen Chenillemorgenmantel und Hausschuhe. Ihre Wangen wirkten eingefallen, da sie ihr Gebiss herausgenommen hatte. Sophie wusste, dass sie es nur einsetzte, wenn sie in die Kirche ging. Das struppige Haar, normalerweise feuerrot gefärbt, war zu einem fahlen Rostrot verblasst. Trotz dieser lächerlichen Erscheinung und trotz ihrer geringen Größe – sie war höchstens einen Meter fünfzig – wirkte sie ziemlich einschüchternd.

»Ich war bei Bruno«, erklärte Sophie, zog die schwere Eingangstür hinter sich zu und ging zur Treppe. Ihre Wohnung – als Bruno noch jung war, hatte sie ihm als Liebesnest gedient – war der einzige modernisierte Teil des Hauses. Die Yuppies, die das Haus einmal kaufen würden, würden wahrscheinlich darüber in Verzückung geraten, dass es beinahe noch im Originalzustand erhalten war.

»Lüg mich nicht an! Glaub bloß nicht, ich wüsste nicht, was du im Schilde führst. Jedes Mal, wenn ich dir den Rücken zuwende, bist du ungehorsam.«

Sophie erwiderte nichts. Vor vielen Jahren hatte Mrs Mazzi ihre einzige Tochter bei einem Autounfall verloren. Ihr Name war Sophia gewesen, und sie war damals erst fünfzehn und häufig mit einer draufgängerischen Clique deutlich älterer Jugendlicher unterwegs gewesen. Bruno hatte Sophie einmal erzählt, dass Sophias Freund, als er den Unfall baute, so betrunken war, dass man ihn für die Beerdigung kaum hatte einbalsamieren müssen. Mrs Mazzi hatte sich von dieser Tragödie nie erholt.

»Bruno lässt schön grüßen und ausrichten, dass er vorbeikommt, sobald er Zeit hat.« Sophie setzte den Fuß auf die unterste Stufe. »Brauchen Sie irgendetwas? Ich könnte bei Esposito's vorbeigehen.«

Mrs Mazzi funkelte Sophie an, und ihre blassblauen Augen schienen fast aus dem zerknitterten Gesicht herauszuspringen. Sophie fragte sich, ob die alte Dame jetzt wohl sie selbst oder ihre Tochter vor sich sah, oder ob sie den Unterschied überhaupt noch kannte.

»Du führst nichts Gutes im Schilde«, murmelte die alte Dame und schüttelte den Kopf. »Glaubst du, ich weiß nicht, was du vorhast?«

Sie sahen sich unverwandt an. Dann schien plötzlich ein Schalter in Mrs Mazzis müdem Gehirn umgelegt zu werden. Sie löste sich von Sophies Blick, und ihre schmalen Schultern sackten zusammen. Dann wandte sie sich um und ging in ihre Wohnung zurück.

9 Sophie atmete erleichtert auf, als sie ihre Wohnungstür hinter sich geschlossen hatte. Sie wohnte gerne in diesem Haus, auch wenn sie nicht immer Warmwasser hatte und ständig irgendetwas kaputtging. In der Woche zuvor hatte ein heftiger Regenguss Teile ihrer Schlafzimmerdecke durchnässt. Im Traum war Sophie geschwommen, bis sie um drei Uhr morgens von den Wassertropfen geweckt wurde, die kontinuierlich auf ihr Bett fielen. Daraufhin hatte sie die Matratze ans Fenster gezerrt, doch sie war noch immer nicht ganz trocken und das ganze Zimmer roch, als brüte irgendein Ungeheuer darin.

Brooklyn hatte sich in den zurückliegenden fünf Jahren stark verändert. Carroll Gardens, Cobble Hill und Boerum Hill, früher schlicht als Süd-Brooklyn bekannt, waren »entdeckt« worden. Wirtschaftsflüchtlinge aus Manhattan zogen über den Fluss, nisteten sich in billige Sandsteinhäuser ein und bildeten die Kundschaft für die Restaurants, Boutiquen, modernen Einrichtungshäuser und Yogastudios, die bald darauf folgten. Die Swift Street zog sich wie eine Hauptarterie durch den Stadtteil, wo man die Küchen sämtlicher Kontinente genießen und maßgefertigte Türknäufe oder Schmuck von Kunsthandwerkern erstehen konnte. Mittlerweile musste man fast so hart kämpfen wie in Manhattan, um einen Tisch für den sonntäglichen Brunch zu ergattern. Die Menschenschlangen waren genauso lang, die Ellbogen nicht weniger spitz.

Ein paar Straßen weiter, am Gowanus Canal, wo Sophie wohnte, hatte sich das Leben in den letzten fünfzig Jahren dagegen kaum verändert. Es war noch immer ein italienisch dominiertes Viertel, wo die Hausbesitzer versuchten, die allgemeine Sanierungswut um sie herum zu ignorieren. Der Gowanus Canal, eine kurze, stinkende Wasserstraße, die bis an den Rand von Süd-Brooklyn reichte, wurde kaum noch befahren und diente mittlerweile hauptsächlich als Mülldeponie. Die städtische Verwaltung spuckte große Töne, wie man den Kanal sanieren und in ein Freizeitgebiet integrieren könnte, doch die angrenzenden Straßen mit ihren heruntergekommenen Lagerhallen und den hässlichen Gebäuden, die unbekannten und höchstwahrscheinlich schändlichen Zwecken dienten, waren schmutzig und verwahrlost. Überall auf den Bürgersteigen lagen Glasscherben, rechtswidrig abgelegter Müll, gebrauchte Kondome und Crack-Pfeifen herum.

Im Wohnzimmer holte Sophie das neue Notizbuch heraus und legte es vor sich auf den Couchtisch. Der Raum war schlicht eingerichtet; Sophie mochte keine Unordnung und tendierte eher zu einer gewissen Kargheit. Sie gehörte ganz bewusst nicht zu den Leuten, die ihre Wohnung mit Flohmarktfunden und anderem Billigplunder voll stellten. Sie besaß ein paar Bücher, ein Futonsofa und einen alten Lederstuhl mit passendem Fußschemel, den sie von der Straße aufgelesen hatte. An der Wand hingen vier Schwarzweißaufnahmen, die sie vom Gowanus Canal gemacht hatte.

Die typischen Farben der späten sechziger Jahre waren es, die Sophies Wohnung den besonderen Charme verliehen. Von Bruno hatte sie die gelblich-beigefarbene Tapete mit den ovalen Mustern, die ehemals giftgrünen, jetzt ausgeblichenen Vorhänge und einen grasgrünen Zottelteppich übernommen. In den Secondhand-Möbelgeschäften in der Smith Street konnte man ein Vermögen für diesen Look ausgeben.

Sophie schlug das Notizbuch auf und schraubte die Kappe von ihrem Kuli ab. Dann ordnete sie die Fotos, die Schlüssel zu Elektras Wohnung, die Karteikarten und die Liste der Schulfreunde, die Richard ihr gegeben hatte, in einer säuberlichen Reihe vor sich an. Auf die erste Seite des Notizbuches schrieb sie *Strategie zum Aufspüren von Elektra Jordan.*

Als zehn Minuten später noch immer nicht mehr auf dem Blatt stand, entschied Sophie, dass sie erst einmal ein Bier brauchte. Doch auch als das Bier getrunken war, blieb die Seite stur leer, und Sophie entschied sich für einen Tapetenwechsel. Vielleicht würde es ja helfen, wenn sie eine Pause machte, um den Kopf frei zu bekommen. Sie nahm den Hörer ab und rief ihre Tante Edie an.

Ihre Tante arbeitete gerade im Garten, als Sophie in Jersey City eintraf. Es war ein großer Garten, und Edie unternahm regelmäßig entschlossene Versuche, ihn zu bändigen. Doch diese Versuche, so schien es Sophie, zeigten normalerweise wenig Wirkung. Der Garten wirkte stets wie der vergessene Teil eines abgelegenen Dschungels. Sophie hatte sich schon oft vorgestellt, wie ihre Tante eines Tages beim Unkrautjäten auf einen bis dato unentdeckten Eingeborenenstamm stoßen würde.

In der südwestlichen Ecke des Gartens stand eine Eiche, in der die Überreste eines Baumhauses hingen, das ein Bekannter von Edie Sophie zu ihrem elften Geburtstag gebaut hatte. Allerdings hatte Sophie es erst in ihren Teenagerjahren richtig schätzen gelernt – als einen Ort, an dem sie ungestört rauchen konnte.

Als sie jetzt einen Blick über den Zaun warf, stellte Sophie fest, dass sich die Nachbarschaft allmählich veränderte. Immer mehr Häuser wurden mittlerweile renoviert. Als sie noch bei ihrer Tante gelebt hatte, waren die Häuser entweder mit Brettern vernagelt oder von Leuten bewohnt gewesen, die ihre Gärten mit alten Kühlschränken und Autoteilen verzierten. Jetzt entdeckte Sophie Plastikschaukeln, Rutschen und gepflegte Rasenstücke. Ab und an drang das fröhliche Geschrei eines Kindes durch die laue Frühlingsluft.

»Hallo, mein Schatz. Wie schön, dich zu sehen.« Edie kam hinter einem Busch hervor und umarmte Sophie herzlich.

»Ich freue mich auch.« Sophie meinte es ehrlich. Ob es ihr nun gefiel oder nicht, Tante Edie war alles an Familie, was sie hatte, und Sophie besuchte sie viel zu selten in Jersey City.

Edie war Ende fünfzig, sah aber viel jünger aus. Sophie schrieb das der für ihre Tante typischen Sorglosigkeit zu, die in ihren Augen bereits an Irrsinn grenzte. Früher hatte es Sophie irritiert, dass Edie sich nie um Angelegenheiten wie ein festes Einkommen oder ihre Altersvorsorge kümmerte. Seit einiger Zeit jedoch betrachtete sie Edies weltfremde Haltung als Segen. Hätte sie nämlich den Ernst ihrer Lage erkannt, wäre sie mit großer Wahrscheinlichkeit Kandidatin für einen Nervenzusammenbruch gewesen. Ihre Tante hatte kaum Ersparnisse, und ihre berufliche Laufbahn bestand aus einer Serie gescheiterter Hobbys, die sie erfolglos in ein Geschäft zu verwandeln versucht hatte. Den einzig cleveren finanziellen Schachzug hatte sie zwanzig Jahre zuvor getätigt, indem sie ein großes Haus in einer einstmals schicken Gegend von Jersey City kaufte. Damals hatten sie alle für verrückt erklärt, aber mittlerweile war das Haus ein Vermögen wert, weil der heiß umkämpfte Immobilienmarkt die Gegend in ein Eldorado für Yuppies verwandelt hatte, die sich New York City nicht mehr leisten konnten.

Die Tatsache, dass ihre Tante dieses große, solide Haus besaß, bewahrte Sophie davor, sich allzu übertriebene Sorgen um Edies Zukunft zu machen. Gelegentlich musste sie ihre Tante daran erinnern, dass sie einen Handwerker bestellte, der Rohre, Kabel und das Dach in Schuss hielt, damit das Haus nicht eines Tages in sich zusammenfiel oder in Flammen aufging. Außerdem hatte sie Edie überreden können, ein paar Zimmer zu vermieten, was ihr ein kleines Einkommen sicherte.

»Sind die Jonquillen nicht wunderschön, Liebling?« Zum Glück zeigte Edie in Richtung der Eiche, sonst hätte Sophie nicht gewusst, wo sie hinschauen sollte. In der Nähe des Stammes sprossen blassgelbe Blüten aus dem Rasen. Sophie nickte. Die Blumen waren in der Tat entzückend.

»Ich wasche mir nur kurz die Hände, und dann trinken wir einen Tee zusammen.« Edie strich sich das störrische Haar aus der Stirn, wobei ihre Finger einen schwarzen Fleck über dem linken Auge hinterließen. »Es sei denn, du hast Hunger. Ich habe gekocht.«

»Ich habe schon gegessen«, log Sophie hastig und folgte ihrer Tante in die Küche. Edies Essgewohnheiten wechselten von einer laktovegetarischen Diät zur nächsten. Einmal hatte sie sich drei Monate lang von Misosuppe und irgendeinem anderen Sojabohnenprodukt ernährt, das aussah wie ein prähistorischer Hundehaufen und auch ungefähr genauso schmeckte.

Sophie setzte sich auf ihren Stammplatz vor dem Erkerfenster in der Küche und kraulte den Kater, der sich neben ihr zusammengerollt hatte.

»Der Garten sieht hübsch aus«, sagte sie.

»Mein Mieter, Brendan.« Edie errötete. »Er hat ein Händchen für die Gartenarbeit.«

»Brendan?«

»Er ist der Nachfolger von Ashleigh, der nach Ricardo kam, dem Italiener. Du erinnerst dich doch, Schatz.«

Sophie erinnerte sich nicht. Ihr letzter Besuch musste doch schon länger zurückliegen, als sie gedacht hatte.

»Brendan, sagtest du, ja?«

Edie errötete noch mehr und blickte zur Seite. »Es ist nicht so, wie du denkst.«

»Was denke ich denn?«

»Was immer du denkst. Das ist es nicht.«

»In Ordnung. Das ist es also nicht. Was ist es dann?«

»Ich sage doch. Es ist nichts.«

»Er gärtnert gerne?«

»Er ist Landschaftspfleger. Zumindest kommt er ursprünglich aus der Ecke. Jetzt macht er irgendetwas im Wohltätigkeitsbereich.«

»Seltsame Karriere.«

»Nicht unbedingt. Heutzutage arbeiten viele Leute in verschiedenen Branchen. Das habe ich gelesen.«

»Ich nicht. Ich arbeite nicht mal in einer.«

»Sag das nicht, Liebling. Du bist sehr begabt.«

»Im Ausschenken von Getränken. Wie ist er so?« Sophie beobachtete ihre Tante, die in der Küche herumfuhrwerkte. Die große, helle und gemütliche Küche war Sophies Lieblingsraum im ganzen Haus.

Edie füllte den Wasserkessel und stellte ihn auf den Herd. »Er ist sehr nett. Aber genug von mir. Wie sieht es bei dir aus, mein Schatz?«, erkundigte sie sich, während sie im Schrank nach dem Tee suchte.

»Gut. Ich habe einen neuen Job.«

»Was mit Schauspielerei?«

»So ähnlich.«

»Das ist schön. Kann ich kommen und dich auf der Bühne sehen?«

»Nicht ganz.«

Staubflocken schwebten durch den lichtdurchfluteten Raum, während Edie um Sophie herumwuselte. Sophie schloss die Augen.

In Gedanken war sie wieder Teenager, und ihr Vater hielt ihr einen Vortrag, dass niemals etwas aus ihr werden würde, wenn sie keine ordentliche Ausbildung hätte. Ausgerechnet er musste das sagen. Ohne Vorwarnung war er eines Tages bei Tante Edie aufgetaucht, seit mindestens einem Monat nicht rasiert, mit einem dreckigen Rucksack, und hatte seine Tochter zur Rede gestellt, die gerade zwei Häuser weiter einen Joint mit dem Nachbarjungen Juan Gomez geraucht hatte. Dementsprechend benebelt hatte sie sich gefühlt, doch der Schock, ihren Vater zum ersten Mal seit Jahren zu sehen, hatte sie ziemlich schnell ernüchtert. Und dann hatte er eine Bombe platzen lassen, indem er Sophie erklärte, dass er sie für den Aufnahmetest an der Mary Lovell Academy angemeldet hatte. Er hatte gesagt, er zweifele nicht daran, dass sie ihn bestehen würde, schließlich sei sie seine Tochter. Sophie hatte noch nie von diesem Internat gehört.

Sophies Gedanken kehrten in die Gegenwart zurück, als Tante Edie energisch eine Tasse mit dampfendem Inhalt vor sie hinstellte und Sophie überrascht feststellte, dass es Kaffee war.

»Hab ich extra für dich gekauft«, sagte Edie. Sophie war gerührt, da Edie eigentlich aus Prinzip nichts Stärkeres als Kamillentee in ihrem Haushalt hatte. »Der stammt aus einem nikaraguanischen Kollektiv. Du weißt schon, wo die Arbeiter nicht ausgebeutet werden.«

»Er ist gut«, lobte Sophie. »Mag Brendan Kaffee?«

»Ich sag dir doch –«

»Schon gut, schon gut! Hast du was von Dad gehört?«

»Ich habe letzte Woche versucht, ihn anzurufen. Offenbar ist er schon wieder umgezogen. Wieder mal, ohne ein Wort davon zu sagen.« Edie presste ihren Kamillenteebeutel zwischen zwei Löffeln aus und warf ihn in den Komposteimer. »Ich habe mit seinem Nachmieter gesprochen. Der meinte, dein Vater hätte sich an einen stillen Ort zurückgezogen.«

Sophie schnaubte verächtlich, und Edie musterte sie eindringlich. »Aber wieso fragst du eigentlich immer mich? Warum rufst du ihn nicht einfach selber an?«

»Ich vergesse es immer.«

Sophie schlürfte ihren Kaffee und schwieg für eine Weile.

»War er eigentlich schon immer so?«, fragte sie dann.

»Dein Vater?« Edie war plötzlich sehr beschäftigt damit, Plätzchen auf einem Teller zu arrangieren. »Ich schätze, ja. Jefferson ist ein intelligenter Mann. Zu intelligent, denke ich manchmal. Er ist völlig in seiner Gedankenwelt gefangen, und das rächt sich auf anderen Gebieten.«

»Das kann man wohl sagen.«

»Wusstest du, dass er sich selbst Altgriechisch beigebracht hat? Damals war er zwölf. Wer weiß in dem Alter überhaupt, dass es diese Sprache gibt? Außer den Griechen natürlich.«

Sophie umklammerte ihren Kaffeebecher und fragte sich, ob sie wohl jemals selbst Kinder haben würde, und wenn ja, ob sie sie besser behandeln würde, als ihr Vater sie behandelt hatte. Schließlich kannte man nur, was man gelernt hatte, und man hörte oft, dass misshandelte Kinder später ihre eigenen Kinder auch misshandelten. Vielleicht verhielt es sich bei vernachlässigten Kindern ja genauso.

Sie schüttelte unwillkürlich den Kopf. Kinder waren noch lange nicht in Sicht, schließlich hatte sie noch nicht einmal einen Freund.

Edie stellte den Plätzchenteller vor ihr auf den Tisch. Die nächste Überraschung: Es waren Schoko-Pfefferminzplätzchen. Dann setzte sie sich neben Sophie und schnupperte an ihrem Tee.

»Hast du eigentlich noch meine Jahrbücher aus der Schule?«, erkundigte sich Sophie.

»Natürlich habe ich die, Liebling; sie sind auf dem Dachboden«, gab Edie erstaunt zurück. »Aber ich dachte, du wolltest nie wieder an deine Zeit auf dem Internat erinnert werden?«

10 »Was läuft eigentlich so an diesen Mädcheninternaten?« Harold, der neben Sophie saß, lugte über ihre Schulter hinweg auf das goldgeprägte Emblem der Mary Lovell Academy – es zeigte Fahnen, aufgeschlagene Bücher und barfüßige Jungfern in langen weißen Gewändern.

»Eigentlich dreht sich alles um die ungestillte Lust auf Sex, Harold. Und das nicht zu knapp.«

»Oder vielleicht doch nicht ganz ungestillt?«, schaltete sich Lulu ein. »Ihr wisst schon – die vielen Mädchen mit ihren geschmeidigen, jungen Körpern. Sie schlafen in einem Raum, duschen zusammen, und weit und breit ist kein Mann in Sicht. Es ist wie ein Gefängnis, nur schöner eingerichtet.« Lulu legte die Hände in den Nacken und wackelte aufreizend mit den Hüften. Bei diesem Anblick klappte Harolds Kinnlade nach unten, doch er fing sich rasch wieder.

»Ich liebe euch Mädels«, sagte er grinsend. »Ihr bringt mich noch mal um den Verstand.«

Das Mary-Lovell-Internat hatte seine Schülerinnen stets ermuntert, sich allen möglichen Freizeitaktivitäten zu widmen. Offenbar war man der Überzeugung, dass Müßiggang aller Laster Anfang sei. Oder vielleicht hatte die Internatsaufsicht auch einfach nur Sorge, dass die vielen Teenager mit ihren überbordenden Hormonen in falsche Bahnen gelenkt werden könnten. Was auch der Grund gewesen sein mochte, das Jahrbuch zeugte von den mannigfaltigen Angeboten, die das Leben der Schülerinnen mit emsiger Tätigkeit zu füllen verstanden. Es beschrieb die Aufführungen der Theatergruppe, den literarischen Zirkel, den Französisch-Club und die verschiedenen Sportteams. Man las über den Club für soziales Engagement, der regelmäßig zu Wohltätigkeitsveranstaltungen einlud, und sich für die Unterprivilegierten in Trenton einsetzte. Aus irgendeinem Grund hatte man Sophie nie gefragt, ob auch sie sich für die glückloseren Mitbürger einsetzen wollte. Als einzige Stipendiatin ihres Jahrgangs war sie mit einer Mischung aus Mitleid und Verachtung behandelt worden. Die wenigen Klassenkameradinnen, die sie nicht konsequent ignoriert hatten, hatten ihr stets zu verstehen gegeben, dass Armut ein persönlicher Makel war, den man überwinden konnte, wenn man sich nur genug anstrengte.

»Dann zeig mir mal das Miststück«, forderte Lulu Sophie auf.

Sophie drehte ihr das Buch hin und zeigte auf ein Gruppenbild, das Elektra umgeben von ihrer Clique zeigte.

»Du meine Güte, die sehen ja alle gleich aus!«, staunte Lulu. »Diesem Club konnte man wohl nur beitreten, wenn man Haare wie eine Barbiepuppe hatte, was?«

»Diese Frisur war total angesagt.« Sophie drehte das Buch wieder zurück, um sich das Bild noch einmal genauer anzusehen. Tatsächlich trugen alle Mädchen die blonden Haare lang mit Pony. Irgendwie hatten sie es geschafft, selbst in ihren Schuluniformen glamourös zu wirken, als wären sie in Wahrheit Models, die für ein Modefoto posierten.

Elektra stand in der Mitte, hatte einen Fuß nach vorn gestellt und lächelte in die Kamera. Auf der einen Seite neben ihr stand Priscilla Wishart, die von allen Pixie genannt wurde, auf der anderen Seite Candace Gould und Bridget Deak. All diese Namen standen auch auf der Liste, die Richard Jordan Sophie gegeben hatte. Sie war allerdings nicht besonders erpicht darauf, die Bekanntschaft mit diesen Mädchen wieder aufzufrischen.

»Was willst du eigentlich jetzt mit diesen Jahrbüchern? Worum geht es bei der ganzen Geschichte?«, fragte Harold. Sophie blickte ihn überrascht an. Immerhin zeigte Harold selten Interesse für etwas anderes außer seiner eigenen Person.

»Ich habe einen Job angenommen.«

»Eine Rolle?«

»In gewisser Art ja«, antwortete Sophie.

Lulu zog eine Braue hoch, sparte sich aber den Kommentar.

»Und was für eine Rolle ist das?«

»Das weiß ich noch nicht genau.« Sophie fummelte an

ihrem Spiralblock herum. »Ich glaube, ich spiele eine Reporterin.«

Lulu zog die Stirn in Falten. »Ist es eigentlich nicht verboten, sich als jemand anderer auszugeben?«, fragte sie.

»Nur für Polizeibeamte oder Anwälte«, erklärte Harold.

»Woher weißt du das?«, wunderte sich Sophie.

»Ich weiß es eben.« Harold zuckte die Schultern. »Habe ich irgendwo gelesen, schätze ich. Außerdem ist so etwas ja kein Betrug, sondern Schauspielerei.«

»Ganz genau.« Ein Grund, warum Sophie ihre Jahrbücher aus Jersey City geholt hatte, war ihr Aberglaube. Sie hatte gehofft, dass die Bücher ihr als eine Art Talisman dienen würden und dass sie die Bücher nur zu berühren brauchte, um zu erfahren, wie sie bei der Suche nach Elektra weiter vorgehen musste. Auf der Zugfahrt nach Hause hatte sie mit den Händen auf den Büchern in ihrem Schoß dagesessen, die Augen halb geschlossen, und versucht, an nichts zu denken. Doch die Bücher hatten ihr nichts verraten, was sie nicht schon vorher gewusst hatte: dass sie sich mit Elektras Freundinnen in Verbindung setzen musste, angefangen bei Pixie Wishart.

Sophie griff nach ihrem Handy und wählte Pixies Nummer. Als sich die Mailbox einschaltete, hinterließ sie eine Nachricht.

Pixie Wishart lag gerade auf dem Rücken und versuchte sich zu entspannen, als ihr Handy durch Blinken einen Anruf signalisierte. Eigentlich hätte Pixie weder die Augen öffnen noch ihr Handy mit in den Yogakurs nehmen sollen, aber sie hatte sich verspätet und kein freies Schließfach mehr gefunden. Außerdem störte das Blinken ja keinen. Der schnarchende Teenager-Popstar neben ihr fiel viel unangenehmer auf. Es ärgerte Pixie immer, wenn Leute bei der Entspannungsübung wegdösten. Immerhin betonte die Kursleiterin jedes Mal, dass es kein Grund war, einzuschlafen, bloß weil man auf dem Boden lag. Die Rückenlage sei nicht da, um ein Nickerchen zu halten, sagte sie immer, es ginge schließlich um bewusstes Entspannen.

Und Pixie lebte in letzter Zeit extrem bewusst. Die Trainerin, eine Gazelle von einer Frau, die, soweit Pixie erkennen konnte, kein Gramm Fett am Körper hatte, wies die Gruppe an, nun langsam Arme und Beine aufzuwecken. Das Popidol schnarchte weiter, und Pixie musste den Impuls unterdrücken, ihm den Ellbogen in die Rippen zu stoßen. Sie richtete sich langsam auf und setzte sich in den Schneidersitz für den letzten Teil der Stunde, die Mantras.

Mit einem Ruck fuhr plötzlich auch der Popstar hoch, setzte sich umständlich hin und wischte sich verstohlen mit dem Handrücken über den Mund. Er hatte im Schlaf gesabbert. Wenn seine dreizehnjährigen Fans ihn jetzt sehen könnten!, dachte Pixie hämisch und wunderte sich über sich selbst. Normalerweise war sie entspannter nach fast zwei Stunden Yoga. Sie wagte einen weiteren Seitenblick auf ihr Handy. Es hatte aufgehört zu blinken. Pixie summte ein paar heilige OMs, obwohl sie in Gedanken nicht da war, wo sie sein sollte, nämlich ganz im Hier und Jetzt.

Nach der Yogastunde drängte die Gruppe aus dem Raum und kollidierte wie immer mit den Teilnehmern des nächsten Kurses. Im Umkleideraum war es nicht besser. Eine Frau rempelte Pixie unsanft an und entschuldigte sich nicht einmal dafür. Pixie stieß ihr den Ellbogen in den Rücken, worauf sich die Frau umdrehte und Pixie wütend anfunkelte.

»Entschuldigung«, flötete Pixie.

Als sie nach dem Umziehen die Anrufliste in ihrem Handy prüfte, stellte sie fest, dass sie nur einen Anruf verpasst hatte. Sie beschloss, die Mailbox auf dem Heimweg abzuhören und verließ das Yogastudio über die Treppe.

Auf der Straße atmete Pixie tief durch. Endlich Frischluft! Obwohl im Yogastudio Unmengen von Räucherstäbchen abgebrannt wurden, roch es dort immer ein wenig nach Kuhstall, und Pixie war jedes Mal erleichtert, wenn sie wieder draußen war. Trotzdem war sie froh, eine körperliche Aktivität für sich entdeckt zu haben, bei der sie sich mit einer Aura von Spiritualität umgeben konnte und gleichzeitig in Form blieb.

Es war halb acht. Um halb neun hatte Pixie eine Verabredung zum Abendessen – sie würde sich mit Bradley Pink, dem Bruder einer Kollegin, zu einem Blind Date treffen. Pixie hatte ein Foto gesehen, auf dem er ganz süß aussah, und sie wusste, dass er viel Geld verdiente. Wie immer hatte sie danach als Erstes gefragt, mit Versagern gab sie sich nämlich nicht ab. Bradley war zwar kein Oscar Wilde, wenn es um Konversation ging, hatte seine Schwester erklärt, aber dafür war er solide – was immer das heißen mochte. Außerdem würde Pixie Bradley sowieso nie heiraten können, weil sie dann nämlich Pixie Pink hieße, was wie der Name eines Pornostars klang. Und Pixie Wishart-Pink klang sogar noch schlimmer – nach einem Pornostar mit Allüren.

Pixie verabredete sich häufig, sowohl zu Blind Dates als auch mit Männern, auf die sie schon einen Blick geworfen hatte. Doch nur selten fand sie diese Verabredungen besonders aufregend; eigentlich hatten sie kaum einen anderen Stellenwert als die Nachfärbetermine bei ihrem Hairstylisten, ihre Moorbäder oder die Heißstein-Massage.

Plötzlich fiel ihr der Anruf auf dem Handy wieder ein. Sie blieb an der Ampel vor der Lafayette Street stehen und tippte, so schnell es ihre lackierten Fingernägel zuließen, die Nummer der Mailbox ein. Sie wusste, von wem die Nachricht stammte; sie hatte sie bereits erwartet.

11

»Hoffentlich kommt sie jetzt nicht gerade zurück und erwischt uns hier«, sagte Lulu. »Was sollen wir dann bloß tun?«

Das hatte sich Sophie auch schon gefragt. Nur weil Richard Jordan seine Tochter für vermisst hielt, musste das noch lange nicht stimmen. Mit beklommenem Gefühl ging sie auf Elektras Wohnungstür zu.

Sie klingelten dreimal, bevor sie die Tür aufschlossen und das Loft betraten.

»Wow! Kein Wunder, dass du diese Frau hasst!«, entfuhr es Lulu.

Das Wohnzimmer war mindestens achtzig Quadratmeter groß und ging in eine offene Küche über, die vor Stahl und Glas nur so funkelte. Große Fenster zeigten nach Osten und Süden. Mitten im Raum stand ein riesiges rotes Sofa mit einem zierlichen Eames-Couchtischchen davor. Auf einem weißen Esstisch mit ovaler Platte welkte stilvoll eine einzelne weiße Lilie in einer Terrakottavase, und an einer Wand hingen nebeneinander zwei überdimensionale abstrakte moderne Gemälde.

»Was für ein Designer-Overkill!«, hauchte Lulu. »Nicht gerade mein Geschmack, aber trotzdem nicht schlecht.«

Vom Wohnzimmer aus gingen zwei Türen ab. Sophie öffnete die eine und betrat gefolgt von Lulu einen kleineren Raum, in dem es deutlich weniger gestylt zuging. Auf einem schwarzen Ledersofa lag ein Stapel Modemagazine, an der Wand gegenüber dem Sofa standen ein Fernseher, eine Stereoanlage und mehrere CD-Ständer. Lulu trat darauf zu und ging in die Hocke. »Sie hat ihre CDs alphabetisch geordnet, ist das zu fassen?« Sie strich mit dem Finger die Reihen entlang. »Oder vielleicht hat sie jemanden engagiert, der sie für sie sortiert.«

»Guter Gedanke – sie hat bestimmt eine Haushaltshilfe.« Sophie notierte sich das Stichwort in ihrem Notizbuch. Sie hatte begonnen, jeden Gedanken aufzuschreiben, von dem sie annahm, dass er für die Suche nach Elektra wichtig sein könnte.

Von dem kleineren Zimmer aus gelangte man in Elektras Schlafzimmer, in dem außer ihrem Bett nur zwei Nachttischchen und zwei Stehlampen standen. Sophie drückte eine schmale Tür gegenüber vom Bett auf und entdeckte einen begehbaren Schrank, der fast noch einmal so groß war wie das Schlafzimmer.

»Komm und sieh dir das an!«, rief sie Lulu zu. »Ich hab dir doch gesagt, das wird unglaublich.«

Lulu trat neben ihre Freundin und starrte wortlos in den Schrank.

Hüte, Handschuhe, Schmuck und Schuhe waren in beschriftete Schachteln verpackt und säuberlich aufgereiht.

Die Kleidungsstücke auf den Bügeln waren nach Länge geordnet aufgehängt worden; es gab eine Sektion mit Blusen und Blazern und eine mit Kleidern und Hosen. Sophie schob die Bügel behutsam auseinander, als erwartete sie, dass sich Elektra dahinter versteckt hielt. Seide, Kaschmir, Leinen, Leder – es nahm kein Ende.

»Willst du etwas anprobieren?«, fragte Lulu. »Sieht aus, als hätte sie ungefähr deine Größe.«

»Nein, will ich nicht.«

»Natürlich willst du. Jetzt komm schon, hab dich nicht so!«

»Lu, ich bin hier, um einen Auftrag zu erledigen, okay? Außerdem haben nicht alle so einen Klamottentick wie du.«

»Schon gut, schon gut, ganz wie du meinst. Aber so eine Chance kriegst du kein zweites Mal.« Lulu folgte Sophie ins Bad.

Es war offenbar frisch renoviert. Nirgendwo konnte man ein Haar oder auch nur einen Anflug von Schmutz entdecken. In einem kleinen Schränkchen standen Kosmetika, mit denen man jeden eventuellen Makel abdecken und Augen, Wangen, Haut, ja, selbst das Dekolleté betonen konnte. Lulu sprühte sich Parfüm auf die Handgelenke. »Diesen Duft habe ich schon immer geliebt«, seufzte sie. »Schnuppere mal!«

»Das ist Diebstahl.«

»Red keinen Quatsch! Das wird ihr doch nicht einmal auffallen. Schau dir bloß dieses ganze Zeug an! Meinst du, die Frau ist kaufsüchtig? Sie könnte ihren eigenen Schönheitssalon eröffnen.«

Sie verließen das Bad und gingen zurück in das große Wohnzimmer. Sophie öffnete die zweite Tür und stellte fest, dass sie in Elektras Arbeitszimmer führte. An der Wand stand ein stählerner Aktenschrank, der einige alte Rechnungen, Kassenbelege von Einkäufen und Werbeprospekte enthielt, die Elektra nachlässig hineingestopft hatte. Auf dem Schreibtisch lagen Stifte, Klebeband, Schere und ein Block mit Haftnotizen. Die Korkpinnwand an der Wand über dem Schreibtisch war leer bis auf den Abriss einer Eintrittskarte zu einer Broadwayaufführung, die schon seit einem Jahr nicht mehr lief. Nachdem sie sich eine Weile lang in dem Arbeitszimmer umgesehen hatten, gingen Sophie und Lulu zurück ins Wohnzimmer.

Das Display des Telefons zeigte drei Nachrichten an. Sophie drückte auf »Start«. Sie hörte Elektras Stimme erklären, dass sie nicht ans Telefon kommen könne, man aber eine Nachricht hinterlassen solle. Alle drei Anrufer hatten aufgelegt.

Sophie wählte die Nummer des letzten Anrufers. Das Telefon klingelte fast eine Minute lang, bis endlich jemand abhob.

»Hallo?«, sagte Sophie. »Wer ist da?«

»Was soll die Frage? Das hier ist eine verdammte Telefonzelle, gute Frau!«

Der Hörer wurde auf die Gabel geknallt.

»Jemand hat von einer Telefonzelle aus angerufen«, berichtete Sophie.

»Oder sich verwählt und wieder aufgelegt. Kannst du nicht herausbekommen, welche Nummer Elektra zuletzt gewählt hat?«

Sophie tippte ein paar Tasten auf dem Telefon und prüfte die Anrufliste. Dann wählte sie die Nummer, die als letzte gespeichert worden war, und landete bei einem Pizzaservice.

»Sie hat Pizza bestellt«, sagte sie zu Lulu, nachdem sie sich entschuldigt und wieder aufgelegt hatte.

»Und wie soll es nun weitergehen?« Lulu saß auf dem Sofa und strich geistesabwesend über den roten Stoff.

»Ich weiß es nicht«, sagte Sophie. Sie hatte bereits Elektras drei Schulfreundinnen angerufen, aber keine von ihnen persönlich erreicht und deshalb Nachrichten auf den Anrufbeantwortern hinterlassen. Sie schätzte, dass es noch einiger Anrufe bedurfte, bis eine der drei zurückriefe.

»Oh, schau mal!«, rief Lulu, die in die Küche gegangen war und dort in den Küchenschubladen herumkramte. »Hier ist Elektras Mitgliedskarte vom Fitnesscenter. Equinox. Da kannst du eine Menge Spaß haben.

»Lulu!«

»Was denn?«

»Ich werde nirgendwo ›Spaß haben‹, okay?«

»Na klar.« Lulu legte die Karte zurück. »Entschuldige, dass ich es erwähnt habe. Also, was denkst du, wenn du das alles hier siehst? Meinst du, sie ist wirklich verschwunden?«

»Ich weiß es nicht.« Sophie fuhr mit dem Finger über das Fensterbrett und betrachtete den Staub, der an ihrer Fingerspitze hängen geblieben war. »Sieht aus, als wäre sie schon eine ganze Weile nicht mehr hier gewesen.«

Ihr ging durch den Kopf, dass Elektra ganz offensichtlich Geschmack hatte und über jede Menge Geld verfügte. Aber da war noch etwas: Alles war ordentlich und sauber. Die Wohnung wirkte so perfekt und unpersönlich wie jene, die in den Hochglanz-Einrichtungsmagazinen abgebildet waren.

Sophie versuchte sich vorzustellen, was für ein Leben Elektra in dieser Wohnung führen mochte. Ob sie wohl für ihre Freunde kochte? Partys feierte? Oder Freunde einlud und dann etwas zu Essen kommen ließ?

»Vielleicht ist sie ja einfach nur in Urlaub gefahren. Oder sie hat sich eine Hütte im Wald gemietet und denkt über den Sinn des Lebens nach«, schlug Lulu vor.

»Vielleicht.«

»Oder sie hat jemanden kennen gelernt und ist bei ihm.«

Sophie füllte Wasser in einen Kaffeebecher und goss es in die Terrakottavase, obwohl es aussah, als wäre die Lilie nicht mehr zu retten.

»Aber wäre ich an ihrer Stelle und lernte jemanden kennen, würde ich darauf bestehen, dass er zu mir kommt«, fuhr Lulu fort. »Ich meine, schau dir doch dieses Loft an! Es ist perfekt, eine absolute Traumwohnung! Ich meine, du und ich, wir werden nie so leben – niemals. Würdest du so eine Wohnung wegen eines Mannes verlassen?«

»Nein.« Sophie stellte den Becher kopfüber auf das Abtropfgitter. »Aber Elektra ist im Unterschied zu uns ein verwöhntes reiches Gör. Wer weiß? Womöglich ist dies hier für sie nur eine schlichte Atelierwohnung im fünften Stock ohne Aufzug.«

»Vielleicht hatte sie aber auch keine Wahl«, erwiderte Lulu. »Bezüglich ihres Verschwindens, meine ich.«

12

»Sophie? Sophie Graham? Meine Güte, wie lange ist das jetzt her?«, sprudelte Pixie heraus.

Sophie mochte kaum glauben, was sie da hörte. In den Zeiten an der Mary Lovell Academy war sie für Pixie Abschaum gewesen, und jetzt tat sie plötzlich so, als seien sie alte Freundinnen. Offenbar hatte Pixie mal eben die gemeinsame Geschichte umgeschrieben und sah die Vergangenheit etwas verklärt.

»Viel zu lange, Pixie«, flötete Sophie in den Hörer. »Was treibst du so dieser Tage?«

»Ach, Arbeit, Arbeit und noch mal Arbeit. Irgendwie komme ich nicht aus der Tretmühle heraus. Ich muss wohl in einem früheren Leben sehr böse gewesen sein.«

»Das musst du wohl«, stimmte Sophie ausdruckslos zu.

»Und wie sieht's bei dir aus?«

»Weißt du, eigentlich rufe ich wegen Elektra an. Sie hat mich gebeten, dass ich mich bei ihr melde, aber ich erreiche sie nicht in ihrer Wohnung, und ihr Handy ist abgestellt. Sie muss wohl weggefahren sein. Weißt du zufällig, wo sie ist?«

»Elektra? Nein, weiß ich nicht.«

»Wann hast du sie denn zuletzt gesehen?«

»Ach je, das ist Ewigkeiten her. Vor ein paar Tagen rief übrigens ihr Vater bei mir an und wollte dasselbe wissen. Ihm konnte ich auch nicht helfen.«

Sophie war verwirrt. »Ich dachte, Elektra und du wärt so gut befreundet.«

Ein winziges Zögern entstand am anderen Ende der Leitung. »Waren wir.«

»Was ist denn passiert?«

»Ach nichts – wir haben uns auseinander entwickelt. So was kann passieren«, gab Pixie leichthin zurück.

»Fällt dir sonst jemand ein, der wissen könnte, wo sie steckt?«

»Worum geht es denn eigentlich, Liebes?«

»Ich mache mir Sorgen. Es ist doch komisch, dass sie nirgendwo aufzufinden ist, oder nicht?«

»Ach nein. Elektra war schon immer ziemlich impulsiv. Vielleicht ist sie auf die Fidschi-Inseln gefahren oder so was. Hör mal, ich muss jetzt auflegen; es ist superhektisch heute Morgen im Büro. Aber es war toll, mit dir zu reden. Melde dich mal wieder, ja?«

»Okay«, sagte Sophie. »Wenn du doch noch von Elektra hörst oder sie triffst, würdest du ihr bitte sagen, sie soll mich anrufen?«

»Klar. Wo wohnst du denn zurzeit?«

»Brooklyn.«

»Brooklyn? Wie charmant. Das soll ja jetzt der letzte Schrei sein. Ich muss unbedingt irgendwann mal da rausfahren.« Pixie klang, als würde sie sich lieber mit einer rostigen Gartenschere den Bauch aufschlitzen.

Pixies perfekt manikürter Fingernagel drückte den Knopf am Telefon, und die Leitung war tot. In diesem Moment betrat James, ihr Assistent, das Büro und legte eine Mappe auf den Schreibtisch.

»Er will, dass das gestern erledigt wurde.«

»Er wird sich gedulden müssen.«

»Das wird ihm nicht gefallen.«

»Pech.«

»Seit wann?«

»Seit ich es sage.«

»Ich wusste gar nicht, dass du es bist, die bestimmt, wo es in diesem Laden lang geht.« James setzte sich mit einer Gesäßhälfte lässig auf die Schreibtischkante, wobei er das Hosenbein leicht nach oben zog, um die Bügelfalte zu schonen. Er war der am sorgfältigsten gekleidete Hetero-Mann, dem Pixie je begegnet war. »Warum hab ich eigentlich niemals die steinernen Gesetzestafeln dieses Büros zu sehen gekriegt?« Er griff nach der Schneekugel mit der Skyline von Manhatten und schüttelte sie, so dass der künstliche Schnee auf Empire State Building und Chrysler Building herunterrieselte. Pixie antwortete nicht. Sie konzentrierte sich auf ihre Adresskartei, die sie auf der Suche nach einer gewissen Telefonnummer durchblätterte.

»Wie war eigentlich deine Verabredung gestern Abend? Hat sich Mr Pink als Mr Right entpuppt? Ist die große Liebe der Grund für dein schockierendes Verhalten?«

»Bring mich nicht zum Lachen.« Verflixt, die Nummer musste doch irgendwo sein!

»Stimmt, ich hasse es auch, wenn das passiert. Lachen – furchtbare Sache! Also, erzähl schon.«

»Es gibt nichts zu erzählen. Bradley Pink Junior war ziemlich langweilig und hat fast nur über Geld gesprochen.«

»Das gilt für die Hälfte aller Männer in Manhattan, wo liegt das Problem? Erzähl mir nicht, er wollte getrennt bezahlen!«

»Er hat eine schwarze American-Express-Karte auf den Tisch geknallt und unterschrieben, ohne vorher auch nur einen Blick auf die Rechnung zu werfen. Dabei hat schon allein der Wein zweihundert Mäuse gekostet.«

»Der muss es ja hinterher ziemlich vermasselt haben, nach so einem Blitzstart«, bemerkte James neugierig. »Was hat er getan? Hat er auf den Gehweg gepinkelt?«

Pixie schüttelte den Kopf.

»Nein? Okay, lass mich weiter raten. Er hat die Kellnerin begrapscht. Auch nicht? Ah, jetzt hab ich's! Er hat den Kellner begrapscht.«

»Du solltest für *Sex and the City* schreiben.«

»Versuch nicht, das Thema zu wechseln. Los, erzähl schon, ich ertrage diese Spannung nicht.«

Pixie seufzte und trommelte mit den Fingernägeln auf den Tisch, als der Ärger des vergangenen Abends erneut in ihr aufstieg. »Er ist auf dem Heimweg im Taxi über mich hergefallen. Plötzlich hatte er eine Hand an meinen Titten, die andere unterm Kleid und seine Zunge in meinem Hals. Dabei waren wir mitten in einer meiner Ansicht nach gepflegten Unterhaltung über Immobilienpreise gewesen. Und dann dieser Überfall.«

»Der Überfall ...« James seufzte. »Enttäuschend, aber nicht unverzeihlich. Hast du eine Ahnung, was eine schwarze American Express bedeutet?«

»Ich weiß genau, was sie bedeutet«, gab Pixie kühl zurück. »Hör mal, ich bin keine Sozialarbeiterin, okay? Ich mag mir nicht ausmalen, was für ein Aufwand es wäre, einen normalen Menschen aus Bradley zu machen. Er schient nicht einmal die einfachsten Regeln zu beherrschen.«

James nickte wissend. In den Kreisen, in denen Pixie und er verkehrten, war ein Kuss das Einzige, was bei einem ersten Date erlaubt war. Sicher keine Zunge und ganz bestimmt kein solcher Überfall. Ausgeschlossen.

»Vielleicht lag es am Zweihundert-Dollar-Wein.«

»Es war Hundert-Dollar-Wein. Zwei Flaschen.«

»Na also. Ich bin sicher, dass der Gute einen sehr stressigen Job hat, schließlich muss er eine Menge Geld verdienen. Und mit dem Alkohol dazu wurde es dann alles ein bisschen zu viel.«

»Siehst du, das ist der Grund, warum du für mich arbeiten darfst – weil du so erstaunliche Einsichten hast. So, ich muss jetzt was tun, also raus hier!«

James erhob sich vom Schreibtisch und tat beleidigt. »Wenn du mich brauchst, ich bin draußen und versuche, mein zerstörtes Selbstbewusstsein wieder herzustellen.«

»Das kannst du machen, nachdem du meinen Termin zum Mittagessen abgesagt hast!«, rief Pixie hinter ihm her. Dann blätterte sie erneut durch das Telefonregister und fand endlich die Nummer, nach der sie gesucht hatte. Als sie die Zahlen energisch ins Telefon tippte, stellte sie sich vor, die Tasten seien Pink Bradleys selbstgefälliges Gesicht.

French McCall wachte mit einem Gefühl im Schädel auf, als würden sich tektonische Platten gegeneinander schieben. Er stand auf, zog seine Joggingklamotten an, spülte drei Schmerztabletten mit einem Glas Orangensaft herunter und band bedächtig die Schnürsenkel seiner abgetragenen Nike-

Turnschuhe. Dann drückte er auf den Knopf, der den Lastenaufzug zu seiner Höhle aus Beton und Glas rief.

Seit Jahren joggte French jeden Tag vierzig Minuten lang, ganz gleich, was am Abend davor geschehen war. An manchen Tagen fühlte sich jeder Schritt an, als würde ein riesiger Hammer gegen seinen Kopf schlagen, aber er versuchte, es zu ignorieren. Mit dem täglichen Training hatte er begonnen, nachdem er aus dem Gefängnis entlassen worden war.

An diesem Morgen ging ihm wieder einmal durch den Kopf, dass sich ein intensives Nachtleben und Sport eindeutig nicht miteinander vertrugen. Vor allem nicht in seinem Alter, das hieß, wenn man näher an der Vierzig als an der Zwanzig war. Einundvierzigeinhalb Jahre, falls irgendjemand mitgezählt hat, dachte French. Obwohl ihm niemand einfiel, der das täte. Nicht mehr.

Im Erdgeschoss schob er das Gitter vor der Aufzugstür beiseite und trat hinaus auf die Straße. Er versuchte, nicht zu tief einzuatmen, doch trotz dieser Vorsichtsmaßnahme verursachten die schwüle Luft und die scheußliche Mischung von Gerüchen, die wie immer über dem ehemaligen Schlachthofviertel hing, ein Würgen. French vollführte halbherzig einige Dehnungsübungen – er glaubte nicht ernsthaft an den Nutzen des Aufwärmens –, schob den Gedanken beiseite, dass er jetzt eigentlich lieber ein kleines Frühstücksbierchen tränke, und lief nach Süden in Richtung Battery Park los.

In der Nähe des Meeres war die Luft frischer, und French steigerte sein Lauftempo. Er versuchte, die Kopfschmerzen zu besiegen, indem er sich bildlich vorstellte, wie sie hinten aus seinem Schädel hinausglitten. Das funktionierte einige Minuten lang, während er die ersten Kilometer hinter sich brachte. Trotz seines ausschweifenden Lebensstils war French ziemlich gut in Form. Neben dem Lauftraining machte er jeden Tag jeweils einhundert Sit-ups, Klimmzüge und Liegestütze – ebenfalls ein Überbleibsel aus der Zeit im Bau. Die meisten Frauen, die er traf, schätzten ihn auf dreißig. Er kleidete sich modisch – das bisschen Geld, das er irgendwie erübrigen konnte, wanderte sofort zu Helmut Lang. Die wenigen grauen Haare, die er bereits hatte, fielen an den schummerigen Orten, an denen er sich normalerweise herumtrieb, nicht auf.

Eine Meeresbrise sorgte für lebhaften Wellengang im Hafen. Das Wasser wirkte wie immer grau. French wich einigen Fußgängern aus und lief den Pfad entlang des Hudson River nach Norden. Er fragte sich, warum der Fluss fast nie blau war. Den größten Teil des Jahres hatte er diese undefinierbare schlammig-graue Farbe.

Nach einer Weile übernahmen die Endorphine das Kommando über Frenchs Körper. Er lief jetzt ziemlich schnell und schwitzte bereits. French liebte diesen Zustand, der sich wie eine Art natürlicher Rausch anfühlte. Später am Tag würden eine ordentliche Dosis Sprit und Koks für eine billige Imitation dieser Empfindung sorgen, doch er musste sich eingestehen, dass er das Leben in diesen Momenten des Laufens am intensivsten empfand.

Als er auf dem Rückweg nur noch fünf Minuten von seiner Wohnung entfernt war und bereits zum Endspurt angesetzt hatte, klingelte sein Handy. French drosselte sein Tempo. Das Handy trug er aus Gewohnheit immer bei sich, obwohl ihn niemand, der ihn kannte, jemals vor zwei Uhr nachmittags anrufen würde.

»Hallo?«

»Pixie hier.«

»Hi Pixie.«

»Pixie Wishart.«

»Kenne ich Sie?«

»Wir haben uns mal bei Balthazar kennen gelernt.«

»Ich lerne viele Frauen kennen.«

»Das glaube ich Ihnen aufs Wort. Hören Sie, wir sparen uns eine Menge Zeit, wenn Sie mich mit keiner von den anderen Frauen verwechseln.«

French blieb stehen und wischte sich mit dem Ärmel den Schweiß vom Gesicht. Seine Wadenmuskeln machten ihm Probleme, und ihm ging durch den Kopf, ob an dieser Dehnerei vielleicht doch etwas dran war. Er balancierte mit den Fußspitzen auf dem Randstein und streckte die Muskeln sanft durch.

»In Ordnung. Ich bin interessiert.«

»Darum geht es nicht. Es geht um eine rein geschäftliche Angelegenheit«, gab Pixie zurück. »Haben Sie Zeit für ein Mittagessen?«

French McCall genoss das Mittagessen. Er aß gern – das war einer der Gründe, warum er so weite Strecken joggte –, und er saß Pixie Wishart gegenüber. Klasse Frau, befand er, als er ihr zusah, wie sie eine Flasche sehr anständigen Burgunder bestellte. Wein zum Mittagessen, sicherlich tat sie das nur seinetwegen, um ihm zu zeigen, dass sie keinen Eistee für sich bestellte, wie so viele magersüchtige Frauen in Manhattan.

Und dann diese Titten! Sie waren einfach unglaublich. Sollten sie nicht echt sein, sind sie von allerbester Qualität, dachte French. Er betrachtete sich als Experten auf diesem Gebiet. Pixie hatte zudem samtweiche Haut und schulterlanges blondes Haar, das so glatt wirkte, als habe sie es gebügelt. Sie trug eine pinkfarbene Hose und ein mit Pailletten besetztes Neckholder-Oberteil. Ihr Gesicht war sehr aufwändig geschminkt – Eyeliner, Konturenstift, drei Schichten Lidschatten, das volle Programm. French war mit genügend Models zusammen gewesen, um zu wissen, wie viel Arbeit hinter dieser Makellosigkeit steckte.

Aber noch etwas anderes fiel ihm auf: Pixie wirkte bei allem, was sie tat, vollkommen desinteressiert, und diese besondere Art von Arroganz war es, die ihn am meisten anturnte. Sie schien nicht aufgesetzt zu sein, dabei täuschten nach Frenchs Erfahrung die meisten Frauen nur vor, cool zu sein. Aber nicht diese Frau. Wenn er an ihrer Oberfläche kratzte, würde bestimmt nichts anderes zum Vorschein kommen, als er von außen sehen konnte. Pixie Wishart bestand durch und durch aus gehärtetem Stahl.

French rückte seine Krawatte zurecht. Nach dem faszinierenden Telefonat am Morgen hatte es eine Weile gedauert, bis er sich entschieden hatte, ob er seinen lässigen Dreitagebart behalten oder sich frisch rasieren sollte. Schließlich war seine Wahl auf den Dreitagebart gefallen – er wusste, dass reiche Frauen auf die verruchte Aura standen, die ihm die Bartstoppeln verliehen.

»Warum heißen Sie French?«, wollte Pixie wissen. Sie hatte einen Salade Niçoise bestellt, French ein blutiges Steak.

»Ist ein Spitzname. Meine Mutter stammt aus Toulouse«, erklärte French auf Französisch. Bei manchen Frauen funktionierte das. Selbst wenn sie die Worte nicht verstanden, bekamen sie mit, worum es ging.

»Da soll es um diese Jahreszeit ja ganz bezaubernd sein«, gab Pixie prompt zurück.

French grinste. Touché, hätte er beinahe gesagt, verkniff sich die Bemerkung aber lieber. Bloß nicht zu schnell vorpreschen, lautete seine Devise.

»Wie steht es mit Ihnen? Wo kommen Sie her?«, fragte er stattdessen.

»Ich wurde in der arktischen Wildnis von Wölfen aufgezogen«, antwortete Pixie. In diesem Moment brachte der Kellner den Wein und schenkte ihnen ein.

»Dann haben Sie es ja weit gebracht.« French sah ihr tief in die Augen und hob sein Glas an die Lippen.

»Nicht weit genug«, entgegnete Pixie. »Nicht annähernd weit genug.«

Als das Dessert serviert wurde, war die Weinflasche bereits leer. French vermutete, dass er den Großteil davon getrunken hatte, obwohl diese Tatsache seine Aussprache oder die Qualität seiner Konversation nicht im Geringsten beeinträchtigte. Er hatte versucht, mehr über Pixie Wishart herauszufinden, doch sie war offenbar nicht besonders mitteilsam. French musste sich eingestehen, dass sie bei dem Gespräch die Oberhand hatte, und das passierte ihm nicht oft. Es war aufregend.

Er nippte an seinem doppelten Espresso und wartete darauf, dass Pixie ihm erklärte, warum sie ihn angerufen hatte.

Pixie hatte sich einen koffeinfreien Cappuccino bestellt, ihn aber nicht angerührt. Der Kellner kam vorbei und stellte eine Platte mit Teegebäck auf den Tisch, aber auch das rührte sie nicht an. French bediente sich. »Fast so gut wie das von meiner Mutter«, bemerkte er, obwohl seine Mutter in ihrem ganzen Leben niemals gebacken hatte. French dachte sich gern spontan Dinge aus, betrachtete dies aber nicht als Lügen, sondern eher als kreative Ausgestaltung des Moments.

Pixie zog einen braunen Umschlag aus der Handtasche und schob ihn über den Tisch.

»Wird der sich in neunzig Sekunden selbst zerstören?«, fragte French und grinste. Pixie verzog keine Miene.

»Wir haben einen gemeinsamen Feind, der um einige seiner Besitztümer erleichtert werden muss. Alles, was zu erledigen ist, steht da drin«, erklärte sie, »einschließlich der Nummer, unter der Sie mich erreichen können, wenn Sie irgendwelche Fragen haben.«

French tippte mit dem Zeigefinger auf das Päckchen. Er war stolz auf seine Hände. Lange Finger, wohlgeformte Nägel. Doch Pixie würdigte sie keines Blickes, sondern stieß ein kaum hörbares, ärgerliches Schnauben aus, das French unglaublich anturnte. Er tippte noch einmal auf das Päckchen und zog es dann zu sich herüber.

»Ich habe tatsächlich eine Frage, Pixie. Warum sollte ich das tun?«

Pixie hob ihre Tasse an die glänzend roten Lippen. »Ganz einfach«, erwiderte sie, nahm einen Schluck Cappuccino und setzte die Tasse wieder ab. Dann zog sie einen zweiten Umschlag aus der Tasche. Er war kleiner und dicker als der erste. Die aufgestellten Härchen in Frenchs Nacken teilten ihm mit, dass dieser Umschlag Geld enthielt. Er rückte seinen Krawattenknoten gerade und beschloss, auf dem Heimweg bei Prada vorbeizugehen. Nur mal schauen, was es Neues gab.

»Wir haben noch nicht über den Preis gesprochen«, flüsterte Pixie. »Aber ich bin sicher, das hier wird Sie nicht enttäuschen.«

13

»Ich suche Elektra Jordan«, sagte Sophie zu der Frau mit den zerzausten Haaren, die misstrauisch durch den fünfzehn Zentimeter breiten Türspalt spähte.

»Wen?«

»Elektra Jordan.«

»Nie gehört.«

»Aber sie ist Ihre Nachbarin«, bemerkte Sophie.

»Was glauben Sie denn, wo wir hier sind? Im verdammten Kansas?«

Mit diesen Worten knallte die Frau die Tür wieder zu. Der andere Nachbar war zwar etwas höflicher gewesen, aber genauso wenig hilfreich. Er verbrachte die meiste Zeit in Kalifornien, kannte Elektra kaum und war schon seit Monaten nicht in New York gewesen. In der dritten Wohnung traf Sophie niemanden an, und sie schob ihre Visitenkarte unter der Tür durch.

Bevor sie bei den Nachbarn geklingelt hatte, hatte Sophie das Schloss von Elektras Briefkasten mit einer Büroklammer aufgebrochen und festgestellt, dass er leer war. Das war immerhin ein Fortschritt – Elektras Post wurde also irgendwohin nachgesandt. Vielleicht hatte Lulu ja doch Recht, und Elektra hielt sich irgendwo in einem Ferienhäuschen auf, um sich über ihr weiteres Leben klar zu werden.

Von Elektras Wohnung aus rief Sophie beim Postamt an und erfuhr, dass sie dort gegen Entrichtung einer kleinen Gebühr erfahren konnte, wohin Elektras Post nachgesandt wurde. Sie nahm die U-Bahn nach Penn Station, ging zum Hauptpostamt und stellte einen entsprechenden Antrag. Es war nicht sehr Erfolg versprechend. Aber es war alles, was sie hatte.

Anschließend kehrte sie in Elektras Wohnung zurück und durchsuchte sie noch etwas gründlicher. Dieses Mal fühlte sie sich weniger wie ein Eindringling, sondern eher wie eine professionelle Detektivin. Sie durchsuchte Elektras Schränke und Regale und zog sämtliche Schreibtischschubladen bis zum Anschlag heraus, um sich zu vergewissern, dass kein entscheidendes Indiz dahinter gerutscht war. Trotz intensiver Suche entdeckte Sophie keinerlei Hinweise auf Elektras Finanzen. Keine Kontoauszüge, keine Kreditkarten, nicht einmal ein Beleg über einen Investmentfond. Obwohl Sophie natürlich nicht einen Moment lang glaubte, dass Elektra so etwas Prosaisches wie einen Investmentfond besaß. Sie hatte wahrscheinlich ihre persönlichen Berater, die über das riesige Vermögen in der Schweiz wachten.

Als sich Sophie gerade erschöpft von der ergebnislosen Suche aufs Sofa fallen ließ, klingelte ihr Handy.

»Sophie, Richard hier. Wie läuft es?«

»Gut.«

»Irgendwelche Fortschritte?«

»Ich stehe noch ziemlich am Anfang.«

»Mir ist gerade eingefallen, dass ich Ihnen noch gar nicht den Namen von Susans Testamentsvollstrecker mitgeteilt habe. Er heißt Robert Bragg und hilft Elektra bei ihren Kapitalanlagen. Vielleicht weiß er etwas. So wie ich meine Tochter kenne, kommt sie ohne Taschengeld nicht weit. Ich würde ihn ja selbst anrufen, aber wir hatten ein paar Meinungsverschiedenheiten. Sie bekommen sicher mehr aus ihm heraus.«

»Danke.« Sophie notierte sich den Namen und die Telefonnummer des Mannes.

»Kann ich sonst noch etwas tun? Brauchen Sie noch irgendwelche Informationen?«

»Eine Frage hätte ich noch an Sie: Was für Interessen hat Ihre Tochter? Außer der Kunst.«

»Tja, warten Sie ... Nun, Elektra geht gerne shoppen und besucht schicke Restaurants. Außerdem ist sie oft im Fitnesscenter. Ach ja, natürlich fährt sie auch Ski ..., und sie reist gerne. Das Übliche eben.«

»Verstehe«, murmelte Sophie. »Das Übliche.«

Nachdem sie das Gespräch beendet hatte, wählte Sophie die Nummer von Robert Braggs Anwaltskanzlei und hinterließ ihm eine Nachricht, in der sie um Rückruf bat. Es war mittlerweile sechs Uhr abends, und ihr Kopf schmerzte. Sie stellte fest, dass die Detektivarbeit anstrengender war als das Kellnern.

Als sie gerade eine Flasche Wodka aus dem Eisfach nahm, klingelte Elektras Telefon.

»Hallo?«

»Hallo, Baby. Hier ist French. Wie läuft's?«

»Ich schätze, Sie wollen mit Elektra sprechen.«

»Oh, Verzeihung, das sind Sie offenbar nicht.«

»Ich bin ihre Freundin Sophie. Ich wohne während Elektras Abwesenheit in ihrer Wohnung.«

»Sie Glückliche!«, erwiderte der Anrufer. Seine Stimme klang verschlagen und verschmitzt zugleich.

Sophie beschloss, ihre spontane Abneigung gegen diesen Mann beiseite zu schieben und die günstige Gelegenheit zu nutzen. »Es gibt da ein Problem. Elektra hätte mir eigentlich ihre derzeitige Adresse hinterlassen sollen, aber ich finde sie nirgends. Ich habe keine Ahnung, wo sie steckt, und mit den Abflussrohren stimmt was nicht. Die Toilette ist total verstopft. Absolut eklig. Ich weiß nicht, was ich machen soll.«

»Wie außerordentlich bestürzend.«

»Haben Sie eine Ahnung, wo sie ist?«

»Nein. Ich wusste nicht einmal, dass sie nicht in der Stadt ist.«

»Kennen Sie jemanden, der etwas wissen könnte?«

»Wir hatten nicht regelmäßig Kontakt«, erklärte French. »Sie wissen ja, wie das manchmal ist.«

»Ich weiß wirklich nicht, was ich tun soll. Ich bin mit meinem Latein am Ende.«

»Sind Sie neu hier in der Stadt?«

»Mehr oder weniger. Brooklyn.«

»Vielleicht sollten wir uns mal treffen«, schlug French vor. »Und dann sehen wir gemeinsam im Branchenbuch nach, ob wir einen Klempner finden. Haben Sie heute Abend um neun Zeit?«

Es hatte keinen Zweck, jetzt noch zurück nach Brooklyn zu fahren. Bis sie geduscht, sich umgezogen und gegessen hätte, müsste sie schon wieder los. Außerdem war Sophies eigene, aufgeweichte Wohnung in diesen Tagen nicht sonderlich einladend, so gern sie sonst auch dort wohnte. Warum sollte sie also nicht einfach so tun, als gehöre ihr Elektras Wohnung? Es wäre ja nur für ein paar Stunden.

Sophie ging ins Badezimmer, öffnete das Schränkchen und betrachtete die reichliche Auswahl an Kosmetika. Sie entdeckte eine Flasche mit Lavendel-Badeöl und warf einen nachdenklichen Blick auf die Wanne. Ich wette, Elektra hat immer genug heißes Wasser, um sich stundenlang im Wasser zu aalen, dachte sie. Sie atmete tief durch, nahm das Badeöl aus dem Schränkchen und drehte die Wasserhähne auf.

Als sie ein paar Stunden später gerade die Wohnung verlassen wollte, um French McCall zu treffen, klingelte das Telefon noch einmal. Sophie nahm den Anruf entgegen.

»Hallo?«

Der Anrufer legte einfach auf. Sophie drückte die Taste für die Rückruffunktion und ließ das Telefon zwanzigmal klingeln, doch es nahm niemand ab.

Sie zuckte mit den Schultern und verließ die Wohnung. Schließlich hatte sie eine wichtige Verabredung.

Auf den Straßen von SoHo war jetzt kaum noch jemand zum Einkaufen unterwegs. Schnellen Schrittes ging Sophie die Prince Street entlang, während sie die Geräusche und Gerüche der abendlichen Stadt in sich aufnahm. Es roch nach gegrilltem Fleisch, überlasteten Abwasserkanälen, Gummi, Asphalt und Müll. Perlenschnüre von gelben Taxis fuhren auf dem Broadway in Richtung Zentrum. Frauen in knappen Oberteilen und atemberaubenden Schuhen bahnten sich ihren Weg um die überall herumliegenden schwarzen Müllsäcke.

Und Sophie befand sich mitten im Geschehen.

Westlich des Broadways wurden die Passanten immer weniger. Die Bar, in der sich French mit Sophie treffen wollte, war keine zehn Minuten mehr entfernt, und Sophie musste noch ein wenig Zeit totschlagen. Als sie stehen blieb und die Auslage eines Schaufensters betrachtete, fiel ihr eine Frau auf, die sich in der großen Scheibe spiegelte. Sie stand auf der anderen Straßenseite und hatte eine flauschige Kangol-Kappe tief in die Stirn gezogen. Seltsames Kleidungsstück für einen so milden Abend, dachte Sophie.

Gut gelaunt schlenderte sie weiter. Sie genoss es, an den Schaufenstern entlangzubummeln in dem Wissen, dass sie sich – dank Richard Jordans Scheck – in jedem dieser Läden etwas kaufen konnte, wenn sie wollte. Das Leben schien plötzlich voller Möglichkeiten zu stecken.

Nach einer Weile bemerkte Sophie, dass die Frau mit der Kangol-Kappe immer in ihrer Nähe blieb. Ganz gleich, wie oft Sophie stehen blieb, die Frau überholte sie nicht. Sophie bog links in die Mott Street ein und blieb vor dem Schaufenster eines Handtaschenladens stehen. Prompt blieb die Frau an der Ecke Mott und Prince Street ebenfalls stehen und betrachtete die Bar auf der anderen Straßenseite. Vielleicht hat sie ja auch eine Verabredung und ist genau wie ich zu früh gekommen, dachte Sophie. Sie spielte mit dem Gedanken, die Frau anzusprechen, doch dann verschwand diese plötzlich in der Bar. In Gedanken schalt Sophie sich selbst, während sie weiter die Straße entlangschlenderte. Nur weil sie sich als Privatdetektivin ausgegeben hatte, musste sie sich schließlich nicht gleich von verdächtigen Figuren umzingelt fühlen!

Erst, als sie die Glastür der Bar hinter sich schloss, in der sie mit French verabredet war, entdeckte sie die Frau wieder. Sie stand unter einer Laterne auf der anderen Straßenseite.

Sophie riss die Tür auf und stürzte nach draußen, doch als sie die andere Straßenseite erreicht hatte, war die Frau bereits wieder verschwunden.

14

Sophie musste zugeben, dass French sexy war. Doch dann sagte sie sich, dass Elektras Freunde vermutlich alle wie lässige Models aussahen. Seiner Kleidung nach zu urteilen schien French obendrein viel Geld zu besitzen. Er trug Designerjeans, ein blassblaues Prada-Hemd, Loafers und einen schlicht geschnittenen schwarzen Blazer, in dem er erstaunlicherweise nicht wie ein Greenwich-Yuppie wirkte. French hatte helle Haut, schwarzes welliges Haar und eine schlanke, muskulöse Statur. Unter den dunkelgrauen, tief liegenden Augen zeichneten sich bläuliche Ringe ab.

»Sophie? Ich bin French McCall. Schön, Sie kennen zu lernen.« Sein Händedruck war fest. In der kurzen Zeit, die er brauchte, um sich auf den leeren Hocker neben ihr zu setzen und ihr seine Visitenkarte zu geben, hatte er sie bereits von oben bis unten begutachtet und kategorisiert.

Sie befanden sich in Nolita, nördlich von Chinatown. Eine ehemalige Arbeitergegend, in der es von Boutiquen und hypermodernen Aufreißschuppen wie diesem nur so wimmelte.

Durch eine lässige Bewegung mit dem Finger winkte French die Barkeeperin zu sich, deren kurzes Top ihren flachen, sonnengebräunten Bauch enthüllte, über den eine tätowierte Eidechse huschte. Die Bar war gut besucht, und Sophie hatte schon geraume Zeit versucht, die Aufmerksamkeit der Barkeeperin zu erregen. French war vierzig Minuten zu spät gekommen, was ihre Laune auch nicht gerade verbessert hatte. Er bestellte ein Bier für sich und einen Weißwein für Sophie, legte einen großen Schein auf die Theke und murmelte der Barkeeperin »Danke, Baby« zu.

»Also, wie war Ihr Tag, Schätzchen?«, fragte er dann und ließ sich entspannt in die Rolle des Salonlöwen fallen. Seine langen Finger trommelten auf einer Schachtel Zigaretten herum. »Schon ein wenig eingewöhnt in Manhattan?«

»Ich würde mich viel leichter eingewöhnen, wenn ich wüsste, wo Elektra ist«, erwiderte Sophie, während sie die Barkeeperin beobachtete. Sie war gut. Schnell, aber nicht hektisch. Die Trinkgelder stopfte sie in ein Glas hinter der Theke. Komisch, was für einen Unterschied ein paar Häuserblocks ausmachen konnten. Sie waren gar nicht allzu weit von Reggies Bar entfernt, wo man um diese Uhrzeit wahrscheinlich eine Handgranate hätte werfen können, ohne jemanden zu verletzen. Sophie spielte mit dem Gedanken, später ein bisschen länger als French zu bleiben, um nachzufragen, ob sie in dieser Bar einen Job bekommen könnte. »Ich frage mich, ob ich nicht vielleicht die Polizei informieren sollte«, fuhr sie schließlich fort.

»Die Polizei? Nein, das würde ich nicht tun. Irgendwann taucht Elektra bestimmt wieder auf, und dann wäre sie stinksauer, wenn jemand ihretwegen einen Aufstand gemacht hätte. Ich wette, sie amüsiert sich mit irgendeinem rumänischen Prinzen, der ihr gerade das Schloss seiner Familie in den Karpaten zeigt.«

Sophie nippte an ihrem Wein, der erstaunlich gut war. Besser als das Zeug, das sie bei Reggie zum gleichen Preis ausschenkte.

»Was glauben Sie, wo sie ist?« French nahm einen langen Schluck von seinem Bier und klopfte eine Zigarette aus der Packung. »Auch eine?«

»Nein danke.«

»Sie sehen aus wie eine Ex-Raucherin.« French holte ein Streichholzbriefchen hervor und zündete seine Zigarette an. »Ich sollte wohl auch aufhören, aber ich habe eine Menge Laster und möchte die Sammlung lieber vollständig halten.« Er brachte diesen Satz routiniert hervor und erwartete offenbar, dass Sophie darüber lachte.

»Wann haben Sie Elektra zuletzt gesehen?«, fragte sie stattdessen.

»Du liebe Güte, ich habe keine Ahnung. Vor ein paar Monaten. Vielleicht Ende März?«

»Hatten Sie ein Verhältnis mit ihr?«

French gab vor, über die Frage nachzudenken. »Ob ich ein Verhältnis mit ihr hatte? Nun, so würde ich es nicht nennen. Gevögelt habe ich sie, das trifft es eher.«

Plötzlich bemerkte Sophie, dass es in der Bar heiß, voll und viel zu laut war. Die Luft schien mit Hormonen und Alkohol aufgeladen zu sein, und zu viele Leute trugen aufdringliche Parfüms.

»Wie lange?«

»Manchmal die ganze Nacht«, murmelte French mit einem schuldbewussten Grinsen.

Sophie überging die Antwort. »Aber im März haben Sie sich getrennt?«

»Wir haben uns nicht getrennt. Wir trafen uns einfach nicht mehr. Es war keine große Affäre und nicht einmal die einzige zu der Zeit, was mich betraf. Wir verabredeten uns ein-, zweimal die Woche, hatten eine tolle Zeit miteinander und gingen unserer Wege.«

»Hatte Elektra noch jemand anderen in der Zeit?«

»Das hätte sie mir wohl kaum erzählt, oder? Vor allem, weil ich sie nicht danach fragte.«

»Schien sie irgendwie besorgt zu sein? Niedergeschlagen?«

»Nein. Welchen Grund sollte sie auch haben, niedergeschlagen zu sein? Sie sieht gut aus, ist reich und führt ein Leben, von dem die meisten Frauen in dieser Stadt nur träumen. Wenn ich sie wäre, würde ich mich jeden Abend in den Schlaf lachen.«

»Ihre Mutter beging Selbstmord.«

»Das wusste ich nicht. Sie hat es nie erwähnt.«

»Na ja, Sie sagten ja schon selbst, dass Ihre Beziehung nichts Ernstes war.«

»Könnten wir jetzt nicht einmal über etwas anderes sprechen? Elektra gehört für mich der Vergangenheit an. Ich würde lieber mehr über Sie erfahren.«

»Warum haben Sie bei ihr angerufen, wenn Sie nichts mehr mit ihr hatten?«

French zuckte kaum merklich mit den Schultern und nippte an seinem Bier. »Ich bin nicht der Typ Mann, der den Kontakt zu Frauen abbricht, nur weil er nicht mehr mit ihnen schläft.«

Jetzt stand ein DJ am Plattenteller, und die Musik wurde noch lauter. Immer mehr Leute drängten in die Bar, und es wurde allmählich eng.

»Mal im Ernst, machen Sie sich keine Sorgen«, fuhr French nach einer Weile fort. »Elektra ist erwachsen. Ihr wird schon nichts passiert sein. Wahrscheinlich unterzieht sie sich gerade einer Schönheitsoperation oder so was.«

»Sie braucht keine Schönheitsoperation.« Sophie bemühte sich, ihren Ärger zu verbergen. »Sie ist perfekt.«

»Vielleicht sieht sie das ja anders.« French schnippte mit den Fingern und richtete den Zeigefinger auf Sophie. »Sie zeichnete gern. Hatte immer einen kleinen Block in der Tasche. Vielleicht ist sie irgendwohin gefahren, um an ihren Bildern zu arbeiten.«

»Hat sie Ihnen erzählt, warum sie die Kunsthochschule abgebrochen hat?«

»Wie ich schon sagte, Konversation war nicht gerade das Wichtigste in unserer Beziehung.«

»Hat sie überhaupt etwas von ihrer Familie erzählt?«

French schüttelte den Kopf.

»Was halten Sie von Elektra?«

»Sie ist heiß.«

»Ich meine, was halten Sie von ihr als Mensch?«

French gab überzeugend vor, über diese Frage nachzudenken, während er mit dem Finger leicht auf das Streichholzbriefchen tippte.

»Ich schätze mal, darüber habe ich nie wirklich nachgedacht«, sagte er. »Tut mir Leid.«

15

Die Sache mit der Kloschüssel war schlimm gewesen. Aber wenigstens war es schnell vorbei. Schlimmer, viel schlimmer war für mich die Holztruhe. Ich leide unter Platzangst. Ich mag keine Tunnels und Höhlen, und die schrecklichste Vorstellung für mich ist, lebendig begraben zu werden, in einem geschlossenen dunklen Raum zu liegen, in der Gewissheit, dass es kein Entkommen gibt und ich sterben muss. Und je klarer mir diese Tatsache wird, desto größer wird meine Panik. Eine grausame Vorstellung, so zu sterben. Sich die Fingernägel blutig zu kratzen in dem vergeblichen Versuch, an die frische Luft zu gelangen. Genau so stelle ich mir die Hölle vor, und Fakt ist, dass ich schon einmal dort war.

Die Sonntagnachmittage am Internat waren die schlimmsten Stunden der Woche, denn dann hatten wir »Freizeit«. Man durfte sogar das Schulgelände verlassen, vorausgesetzt, ein Elternteil oder ein anderer Erziehungsberechtigter holte einen ab. Mein Vater kam nie, um mich abzuholen, also hing ich normalerweise in der Bibliothek herum, streifte über den Sportplatz oder lag auf meinem Bett und versuchte zu schlafen. Nicht weil ich müde war, sondern weil beim Schlafen die Zeit schneller verging. Manchmal stellte ich mir vor, wie ich die Jahre bis zum Schulabschluss einfach durchschlafen würde.

Eines Tages lud Bridget Deak mich in ihr Zimmer ein. Sie habe einen Joint und wolle ihn mit mir teilen, erzählte sie. Blind wie ich war, dachte ich, die Dinge hätten sich womöglich geändert, ich hätte irgendeinen geheimen Test bestanden, indem ich niemanden etwas von dem Vorfall mit Elektra im Keller oder mit Pixie in der Toilette erzählt hatte, und würde nun in die Mädchenclique aufgenommen werden.

Bridget hatte eine Truhe in ihrem Zimmer, die wie einer dieser altmodischen Schrankkoffer aussah. Sie war aus Holz, hatte einen gewölbten Deckel mit Eisenbeschlägen und ein antikes Schloss.

Wir rauchten den Joint und wurden ein bisschen albern, lachten über die verrücktesten Sachen. Dann schlug Bridget plötzlich vor, dass ich in die Truhe klettern sollte. Sie fragte mich, ob ich Angst davor hätte, und ich war stoned genug, um zu behaupten, dass ich natürlich keine Angst hätte. »Na, dann beweis es«, sagte Bridget. Und um mir zu zeigen, dass es ihr selbst nichts ausmachen würde, stieg sie hinein, schloss den Deckel und forderte mich aus dem Innern der Truhe auf, dass ich den Schlüssel im Schloss umdrehen sollte. Ich zögerte, doch Bridget bestand darauf. Als ich die Truhe abgeschlossen hatte, blieb sie ein paar Minuten darin liegen und sagte dann: »Okay, lass mich jetzt wieder raus.« Ich öffnete die Truhe. Bridget war ein wenig rot im Gesicht, doch ansonsten offenbar völlig in Ordnung. »Jetzt bist du dran!«, sagte sie.

Und ich stieg hinein. Kann man sich das vorstellen? Ich stieg tatsächlich in die Truhe!

Sie roch unangenehm nach Mottenkugeln. Ich kauerte mich zusammen, die Knie neben den Ohren. »Du musst dich weiter ducken«, forderte Bridget mich auf. Sie hatte die Hand auf dem Deckel. Mir wurde schlecht, als ich mich noch kleiner machte und zusah, wie sich der Deckel schloss. Im Innern der Truhe war es jetzt völlig dunkel.

»Warte!«, rief ich, als ich hörte, wie Bridget den Schlüssel umdrehte. »Warte, ich kann das nicht! Ich muss sofort hier raus!«

»Nein, musst du nicht«, hörte ich sie sagen. »Du hast noch ewig Zeit. Und mach dir keine Sorgen, du hast genug Luft da drin, solange du nicht in Panik gerätst.«

Zwei Stunden und siebzehn Minuten lang ließ Bridget mich in der Truhe schmoren. Dann schickte sie ein anderes Mädchen mit dem Schlüssel vorbei. Sie musste mich auf dem Rückweg zu meinem Zimmer stützen, weil ich so verkrampft war, dass ich nicht richtig laufen konnte.

An diesem Abend ging ich nicht zum Essen. Ich war einfach nicht in der Lage, den anderen gegenüberzutreten. Stattdessen legte ich mich auf mein Bett und schmiedete Rachepläne.

»Sophie!« Bridget Deak empfing sie mit einem kurzen, festen Händedruck und einem flüchtigen Lächeln. »Meine Güte, siehst du gut aus!«

Sophie setzte sich in einen Polstersessel und nahm Bridgets Angebot für einen Kaffee an. Sie konnte einen Muntermacher brauchen. Es war noch früh, und sie hatten sich, wie Bridget es ausgedrückt hatte, zu einem Frühstücksmeeting verabredet. Ein Teller mit Muffins stand auf dem Schreibtisch.

Sophie stellte fest, dass Bridget sich völlig verändert hatte. Das begann schon damit, dass sie früher niemals den Ausdruck »meine Güte« benutzt hätte. Damals hatte das Wort »Scheiße« zu ihrem Standardwortschatz gehört. Überhaupt hatte Bridget am Internat einen ziemlich schlechten Ruf gehabt. In Anbetracht ihres reichlichen Konsums von Drogen und Alkohol und der unpassenden Männer, mit denen sie sich immer wieder eingelassen hatte, war es ein Wunder gewesen, dass sie den Schulabschluss überhaupt geschafft hatte – von einer beruflichen Karriere, die sie in ein Büro im fünfundvierzigsten Stock eines internationalen Bankhauses katapultiert hatte, ganz zu schweigen.

Doch offenbar war sie längst zu einer respektablen Bürgerin geworden. Obwohl draußen bereits eine Temperatur von über 20 Grad herrschte, trug Bridget ein Tweedkostüm mit einer perlmuttfarbenen Seidenbluse, eine Feinstrumpfhose und flache Pumps mit Goldschnallen. Ihr dunkelblondes Haar hatte sie zu einer klassischen Banane hochgesteckt.

»Möchtest du einen Muffin?«

»Danke.«

Sophie biss in ihren Muffin. Er enthielt so wenig Fett, dass er sich in ihrem Mund trocken wie Staub anfühlte.

Bridget schenkte Kaffee aus einer Silberkanne ein und reichte Sophie eine Tasse. Sophie legte den Muffin ab und konzentrierte sich auf das Wesentliche – die erste Dosis Koffein des Morgens –, während Bridget von ihrem Leben erzählte. Sophie hätte es für eine nette Plauderei zwischen zwei ehemaligen Schulfreundinnen gehalten, die sich zum ersten Mal nach langer Zeit wieder sahen, wäre ihr Bridgets Vertraulichkeit nicht so surreal erschienen. Sie fragte sich, ob sie womöglich die Einzige war, die sich noch an die Vorfälle in der Zeit am Internat erinnerte. Womöglich hatten alle anderen die Vergangenheit mittlerweile hinter sich gelassen.

Bridget erzählte, dass sie einen Mann namens Todd Thornquist geheiratet hatte – sie trug jetzt einen Doppelnamen – und nach Greenwich, Connecticut gezogen war.

»Das ist Todd«, sagte Bridget und reichte Sophie das Foto eines recht gut aussehenden Mannes in einem Poloshirt, der lächelnd auf dem Deck einer Jacht hockte. »Und das sind meine beiden Kleinen, Freddie und Todd Junior.« Die Kinder hatten blond gelocktes Haar und tief liegende Augen wie ihr Vater. Sophie schätzte sie auf fünf und zwei.

»Niedlich«, murmelte sie. Vielleicht hatte sie die falsche Bridget angerufen. Konnte dies wirklich dieselbe Frau sein, die sich einmal in einer Truckerkneipe in Trenton dermaßen betrunken hatte, dass sie oben ohne auf dem Billardtisch getanzt hatte?

»Und das ist unser Häuschen in Greenwich.« Bridget reichte Sophie ein drittes Foto. »Es ist zwar klein, aber es liegt direkt um die Ecke von Mummy und Daddy, das ist sehr praktisch. Und, wie sieht's bei dir aus? Ehemann, Kinder oder so?« Bridget stellte die Fotos zurück auf den Schreibtisch und rückte sie noch eine Weile demonstrativ hin und her.

»Nein, nichts dergleichen bis jetzt. Natürlich möchte ich später auch heiraten«, antwortete Sophie strahlend. Sie vermutete, dass Bridget genau das hören wollte. »Aber momentan konzentriere ich mich auf meine Karriere. Es kostet viel Zeit und Energie, als Autorin Fuß zu fassen, weißt du. Wie lange arbeitest du schon hier?«

»Ich wurde direkt von der Uni weg engagiert.«

Sophie schaute Bridget verblüfft an. Sie hatte immer geglaubt, dass Bridget eines Tages in der Betty-Ford-Entzugsanstalt landen würde.

»Also, womit kann ich dir helfen?«, fragte Bridget und rührte Süßstoff in ihren Kaffee.

»Neulich hat Elektra mir ihre Nummer gegeben, und wir haben verabredet, dass ich sie mal anrufe. Ich wollte für ein Designmagazin einen Artikel über ihr Loft schreiben. Aber merkwürdigerweise kann ich Elektra einfach nicht erreichen, und anscheinend weiß niemand, wo sie steckt.«

»Ihr Loft ist ja nicht so ganz mein Geschmack«, bemerkte Bridget, die immer noch in ihrem Kaffee rührte. »Ich bin da wohl eher der konservative Typ. Aber es macht natürlich ganz schön was her.«

»Oh ja. Und es muss ein Vermögen gekostet haben.«

»Um Himmels willen, nein! Ihr Vater hat das Ding vor vielen Jahren gekauft. Wusstest du, dass Elektras Mutter Bildhauerin war? In den Sechzigern hat sie dort gelebt und gearbeitet, bis sie den aufstrebenden Immobilientycoon Richard kennen lernte, der gerade zu Geld gekommen war und ein bisschen

Kunst kaufen wollte. Er hat die Wohnung damals sozusagen aus der Portokasse bezahlen können. Hast du übrigens schon mit ihm gesprochen? Er könnte wissen, wo Elektra ist.«

»Er weiß es nicht. Er erzählte mir, dass sie eine kleine Auseinandersetzung hatten«, sagte Sophie. »Elektra war offenbar nicht besonders glücklich über seine neue Frau. Nach allem, was mit ihrer Mutter passiert war und so.«

»Das ist ja noch viel zu freundlich ausgedrückt.« Bridget schnaubte und ließ ein wenig von ihrem früheren Temperament erkennen. »Diese Frau kann man doch wirklich nirgendwohin mitnehmen! Hast du ihr Fußkettchen gesehen? Was für ein Horror! Und die eine oder andere Schönheitsoperation hat sie auch schon hinter sich. Nicht besonders gelungen, wenn ich das bemerken darf.«

»Schwer vorstellbar, was Richard in ihr sieht«, pflichtete Sophie ihr bei. Im selben Moment wurde ihr bewusst, dass sie eigentlich nicht über ihren Arbeitgeber klatschen sollte. »Er sagt, sie bringe ihn zum Lachen«, fügte sie eilig hinzu.

»Sie bringt *mich* zum Lachen, so viel ist sicher«, gab Bridget zurück. »Elektra hat getobt.« Sie sah auf die Uhr. »Aber ich komme vom Thema ab. Die Sache ist die, ich weiß nicht, wo Elektra ist. Ich habe sie seit Monaten nicht gesprochen. Sie war zuletzt im März zu Besuch bei uns, an Todd Juniors Geburtstag. Sie blieb nicht lange.«

»Und wie wirkte sie damals?«

»Normal.«

»Nicht besorgt oder niedergeschlagen?«

»Nein, warum?«

»Na ja, vielleicht wegen ihre Mutter. Ihr Vater scheint zu glauben, dass Elektra ihren Tod nicht gut verwunden hat.«

»Ich weiß nicht. Wir sehen uns wirklich selten, und an dem Tag hatte ich alle Hände voll zu tun. Der Partyservice hatte uns versetzt, obwohl sie uns versichert hatten, sie würden sich um alles kümmern.« Bridget beherrschte die Rolle der berufstätigen Ehefrau und Mutter aus Greenwich wirklich perfekt.

»Nicht zu fassen«, sagte Sophie in einem Tonfall, als kenne sie die Probleme, gutes Personal zu finden, aus eigener

Erfahrung. »Hat Elektra eigentlich je einen gewissen French erwähnt? Oder einen anderen Mann?«

»Was hat das mit deinem Artikel zu tun?«

»Nichts. Ich mache mir nur langsam Sorgen.«

Würde ihr Bridget diese ungeheuerliche Lüge abkaufen? Sophie hielt den Atem an.

»Mir war gar nicht bewusst, dass ihr euch so nahe steht.«

»Na ja, das tun wir eigentlich auch nicht.« Es hatte keinen Sinn, Bridget in diesem Punkt anzulügen, sie hätte es sofort durchschaut. »Ich bin nur neugierig, das ist alles. Findest du es nicht seltsam?«

Bridget blätterte durch ihren Kalender. »Ich erinnere mich gerade, dass ich Elektra doch noch einmal nach dem Kindergeburtstag gesehen habe. Sie hat uns zum Abendessen eingeladen. An dem Abend hat sie von einem Mann gesprochen – es gab da wohl jemanden, mit dem sie sich öfter traf. Hier.« Bridget tippte mit einem rosafarben lackierten Fingernagel auf ihren Kalender. »Achtzehnter März. Sie wollte, dass ich ihn kennen lerne. Er sollte an diesem Abend auch zum Essen kommen. Aber er hat es dann doch nicht geschafft und schickte ihr als Entschuldigung eine Blume.«

»Eine Lilie?«

»Daran kann ich mich nicht erinnern. Wie auch immer, ich bin ihm nie begegnet.«

»Weitere Einzelheiten? Aussehen? Beruf?«

»Nichts!«

»Warum hat sie denn so ein Geheimnis daraus gemacht?«

»Elektra liebt Geheimnisse. Das gibt ihrem Leben einen dramatischen Anstrich.«

Bridget schenkte sich eine zweite Tasse Kaffee ein und hielt Sophie die Kanne hin. Sophie schüttelte den Kopf. »Also, jedenfalls rief ich Candace an, und die erzählte mir, dass Elektra etwas mit einem Typen namens French hätte. Normalerweise hätte ich Pixie angerufen, um Näheres zu erfahren, aber seit diesem ominösen Streit zwischen ihr und Elektra war das ja nicht mehr möglich.«

»Worum ging es bei dem Streit?«

»Das ist ja das Seltsame. Normalerweise kann keine von

uns ein Geheimnis bewahren, aber weder Pixie noch Elektra haben je darüber gesprochen, was zwischen ihnen vorgefallen war.«

16

»Hallo, Süße, hier ist Bruno«, ertönte es aus dem Handy.

Sophie hatte sich eine Brezel gekauft und aß sie im Sitzen auf den Stufen eines Bürogebäudes gegenüber von der Bank, in der Bridget arbeitete. Wie zwanzig oder dreißig andere Leute, die hier an der frischen Luft ihr Mittagessen zu sich nahmen, ignorierte sie die Schilder, die das Verweilen auf der Treppe verboten. Zwei Streifenpolizisten warfen im Vorübergehen einen gelangweilten Blick auf die Szene und schlenderten weiter.

»Sagen Sie bloß, sie haben jemanden gefunden, der meine Wohnung renoviert?«, fragte Sophie.

»Ich habe jemanden gefunden, der Ihre Wohnung renoviert.«

»Wann kommt er?«

»Heute Abend.«

»Bestimmt?«

»Er hat es versprochen.«

»Und wie lange wird es dauern?«

»Das müssen Sie ihn selbst fragen. Er kann Ihnen eine ungefähre Einschätzung geben, wenn er vorbeikommt.«

»Das sind ja tolle Neuigkeiten, vielen Dank Bruno.«

»Ich hab Ihnen doch gesagt, ich kümmere mich drum.«

»Hören Sie, Bruno, ich wollte Sie noch etwas anderes fragen.« Sophie schob spontan sämtliche Bedenken beiseite, ihrem Vermieter zu viel von ihrem Privatleben anzuvertrauen. »Ich habe da ein Problem, bei dem ein gewisses Spezialwissen gefragt ist, über das ich nicht verfüge. Und ich habe mich gefragt, ob ich Sie ein bisschen ausquetschen dürfte.«

»Worum geht's denn?«

»Das würde ich lieber nicht am Telefon besprechen. Ich muss noch ein paar Dinge in der Stadt erledigen, aber ich bin rechtzeitig wieder in Brooklyn, wenn der Handwerker kommt. Wir sehen uns dann dort.«

»Ich kann Ihnen nicht weiterhelfen«, sagte Robert, nachdem er einen kurzen Blick auf Sophies Visitenkarte geworfen hatte. Er war ein gut aussehender Mann, leicht übergewichtig, aber mit ausgeprägten Wangenknochen und dichtem braunem Haar. Sein teurer Anzug wirkte in dem schäbigen Büro mit dem verschossenen Teppich und den abgewetzten Möbeln ein wenig unpassend.

»Richard Jordan erzählte mir, Sie seien Susans Testamentsvollstrecker.«

Robert nickte. »Aber ohne gerichtliche Verfügung kann ich Ihnen keine Informationen über den Besitz geben.«

»Wann haben Sie zuletzt mit Elektra gesprochen?«

»Ungefähr vor drei Wochen.«

»Wie wirkte sie auf Sie?«

»Das kann ich nicht sagen. Wir haben nur kurz über Geld gesprochen. Ich habe sie nicht gefragt, wie es ihr geht. Aber sie hat auch nichts von sich aus erzählt.«

»Hat sie irgendwelche Reisepläne erwähnt?«

»Nein.« Robert nahm ein paar Papiere in die Hand und blickte demonstrativ auf seine Uhr.

»Wie kommt es, dass Sie Elektras Vermögensverwalter sind?«

»Ich war seit dem College mit ihrer Mutter befreundet. Ein paar Jahre vor ihrem Tod bat sie mich, dass ich mich um ihre Angelegenheiten kümmern sollte. Sie hinterließ alles Geld ihrer Tochter. Manchmal berate ich Elektra bei Investitionen und dergleichen. Sie kann nicht sehr gut mit Geld umgehen. Außer beim Ausgeben.« Robert lächelte.

»Sprach Susan jemals über ihre Beziehung zu Elektra?«

»Sie hatten gelegentlich ihre Schwierigkeiten. Ist das nicht normal bei Mutter und Tochter?«

»Richard erzählte mir, Elektra sei sehr aufgebracht darüber gewesen, dass er erneut geheiratet hat.«

»Das stimmt. Sie mag Margarite nicht. Sie glaubt, sie sei nur auf sein Geld aus. Mal abgesehen davon, dass Susan noch nicht einmal ein Jahr tot war, als die beiden geheiratet haben.« Roberts Wangen röteten sich leicht, und Sophie fragte sich, ob er früher womöglich tiefere Gefühle für Susan gehegt hatte.

»Wissen Sie zufällig, wie Richard seine neue Frau kennen gelernt hat?«

»Sie sind sich bei irgendeiner Wohltätigkeitsveranstaltung begegnet. Ein beliebter Aufenthaltsort für Frauen, die sich einen reichen Ehemann schnappen wollen.« Jetzt lag eindeutig Bitterkeit in seinem Ton. »Richard war ein leichtes Opfer.«

»Hat Elektra Ihnen von ihrem Freund erzählt?«

»Freund?«, fragte Robert barsch. »Nein. Warum sollte sie? Ich bin doch nicht ihr Psychotherapeut.«

»Das dauert drei Tage. Mindestens.« Bob Sock, der Handwerker, verschränkte die Arme vor seiner imposanten Brust. »Wir müssen komplett neu verputzen. Das gibt eine ziemliche Sauerei. Können Sie in der Zeit irgendwo unterschlüpfen?«

Bob, Bruno und Sophie standen in Sophies Schlafzimmer.

»Ja, sie kann bei mir wohnen«, schlug Bruno vor.

»Treiben Sie es nicht zu weit«, warnte Sophie. »Ich kann sehr gut hier bleiben.«

»Glauben Sie mir, das wird kein Spaß. Überall Gipsstaub.« Bob Sock kletterte auf einen Stuhl und klopfte mit seiner großen weißen Faust gegen die Decke. »Das ist ein ganz schönes Loch. Und wir müssen es noch vergrößern, um alles in Ordnung zu bringen. Verstehen Sie?«

»Ich kann solange in einer Wohnung in Manhattan bleiben«, sagte Sophie ohne Bruno dabei anzusehen. »Wann können Sie anfangen?«

Zu Sophies Erstaunen fuhr Bruno einen sehr seriösen Volvo Kombi. Doch noch erstaunlicher war, dass der Wagen äußerst gepflegt und sauber wirkte und im Innenraum angenehm nach Kiefernholz roch. Bruno saß hinter dem Lenkrad und grinste wie ein Kind, das gerade ein riesiges Eis ergattert hat. Bei seinem Anblick fragte sich Sophie, ob es womöglich ein Fehler gewesen war, der Beziehung zu ihrem Vermieter eine neue Dimension zu verleihen, doch jetzt war es zu spät. Mittlerweile waren sie per du, und ob sie nun wollte oder nicht – Bruno führte sich bei dieser Verabredung auf, als handele es sich um ein Rendezvous. Er trug saubere Jeans, nagelneue Reebok-Turnschuhe und ein pinkfarbenes Poloshirt.

Sie fuhren zu Montero's. Sophie hatte eigentlich dorthin laufen wollen, doch als sie es vorgeschlagen hatte, hatte Bruno ihr klargemacht, dass es gegen eines seiner Grundprinzipien verstieß, zu laufen, wenn die Möglichkeit des Fahrens bestand. Also fuhren sie jetzt langsam zum westlichen Ende der Atlantic Avenue, wobei Sophie durch den Kopf ging, dass sie um diese Tageszeit – auf der Atlantic Avenue staute sich wie üblich der Verkehr – zu Fuß schneller gewesen wären.

In den Tagen, als der Hafen von Brooklyn noch floriert hatte, war das Montero's eine beliebte Kneipe der Hafenarbeiter gewesen. Heute waren die Arbeiter längst verschwunden, doch die verrufene Aura und die Seefahreratmosphäre waren geblieben. Als Sophie und Bruno die Bar betraten, fütterten gerade ein paar heruntergekommene Kerle die Jukebox, und drei andere beugten sich über den Billardtisch. Bis nach einer Weile schließlich Neil Diamond aus dem Lautsprecher dröhnte, war das Klacken der Billardkugeln das lauteste Geräusch im Raum.

»Also, was hast du für ein Problem?« Bruno nahm einen Zwanziger heraus und warf ihn auf die Theke. »Abgesehen davon, dass du nicht bemerkst, was für ein Supertyp ich bin.«

Der Kellner stellte ihre Biere vor sie hin, Budweiser für Bruno, Corona für Sophie. Sie drückte die Zitrone in den Flaschenhals, wobei sie ein wenig Bier auf ihr T-Shirt kleckerte.

»Lass mich das machen.« Bruno hatte ein Stofftaschentuch gezückt. Es war sauber und gebügelt, noch eine Überraschung.

Sophie stieß seine Hand weg. »Geh nicht zu weit, okay?«

»Na, na, du weißt doch, dass ich nur Spaß mache. Ich meine es doch nicht ernst.« Bruno klang ehrlich gekränkt und schob das Taschentuch wieder in die Hosentasche zurück. Einen Moment lang dachte Sophie, sie hätte ihn womöglich verletzt, doch dann lächelte er schon wieder. Ihr fiel auf, dass Bruno eigentlich immer gute Lauen hatte. Er war wirklich ein fröhlicher Mensch.

»Klar weiß ich das«, sagte sie.

»Nun entspann dich doch ein bisschen, wenn wir schon mal was zusammen unternehmen.«

Sie tranken schweigend, bis ein alter Bekannter von Bruno die Kneipe betrat. Die beiden Männer schüttelten sich die Hände und tauschten ein paar Worte. Dann steuerte der Neuankömmling auf den Billardtisch zu.

»So, nun aber heraus mit der Sprache: Wie kann dir der alte Bruno denn helfen?«

Sophie antwortete nicht sofort, und Bruno interpretierte ihr Schweigen prompt falsch.

»Du bist doch nicht in irgendwelchen Schwierigkeiten? Geht es um etwas Illegales?«

»Selbstverständlich nicht.« Jetzt war Sophie an der Reihe, die Gekränkte zu spielen. Obwohl sie sich eingestehen musste, dass es sich eigentlich um Betrug handelte, dass sie den Auftrag von Richard Jordan angenommen hatte. »Das Problem ist Folgendes: Ich muss jemanden finden. Genau gesagt, Elektra, eine alte Freundin von mir. Und sie scheint einfach verschwunden zu sein.«

»Von wo verschwunden?«

»Von hier. Aus New York City. Aus ihrer Wohnung. Seit Wochen hat keiner von ihren Bekannten sie gesehen.«

»Hat sie irgendwelche Probleme? Schuldet sie jemandem Geld? Oder hat sie vielleicht Streit mit irgendjemandem?«

»Das glaube ich nicht«, erwiderte Sophie, obwohl sie sich in diesem Moment fragte, woher sie eigentlich die Gewissheit nahm, dass Elektra niemandem Geld schuldete. »Ihre Mutter beging vor ungefähr einem Jahr Selbstmord, und ihr Vater hat irgendein geldgeiles Dummchen geheiratet. Darüber war sie aufgebracht.«

»Verständlich.« Bruno nickte. »Selbstmord, das muss hart sein. Hat sie vielleicht Feinde? Wollte ihr jemand schaden?«

Außer mir?, dachte Sophie.

»Warum grinst du denn so?«

»Ach nichts.« Sophie schüttelte den Kopf, um den Gedanken zu verscheuchen. Sie wollte Elektra nicht schaden. Eine furchtbare, entstellende Krankheit hätte sie ihr vielleicht gegönnt. Aber schaden – nein. »Es gibt da einen Typen, mit dem sie sich getroffen hat. Sie hat ihn in einer Bar aufgegabelt, oder er sie, oder was auch immer. Sie hatten so eine Neuneinhalb-Wochen-Sache am Laufen.«

»Eine was?«

»Na, du weißt schon, wie in diesem Film.«

»Ach, der.«

»Der Typ ist ein unangenehmer Zeitgenosse, aber ich glaube nicht, dass er gefährlich ist. Er hat versucht, sie zu erreichen, also scheint er davon auszugehen, dass sie noch lebt.«

»Oder er will dich das glauben machen«, bemerkte Bruno trocken. Sein Bier war noch halb voll, aber er bestellte schon ein neues.

»Das wäre allerdings kein sehr überzeugendes Alibi.«

»Vielleicht ist er nicht so clever. Außerdem, wenn man keine Leiche findet, braucht er auch kein Alibi. Was ist mit Drogen? Hatte deine Freundin irgendwelche teuren Hobbys?«

»Nicht, dass ich wüsste«, antwortete Sophie. Ihr fiel auf, dass sie trotz ihrer Bemühungen noch sehr wenig über Elektra wusste. »Und dann ist mir da gestern diese Frau gefolgt. Zumindest glaube ich, dass sie mir gefolgt ist, aber vielleicht drehe ich ja auch schon durch.«

»Vielleicht«, sagte Bruno. »Und du gehst davon aus, dass diese Elektra noch lebt und nicht irgendwo die Radieschen von unten betrachtet?«

»Natürlich lebt sie«, sagte Sophie. »Warum sollte sie nicht mehr leben?«

»Fehlt irgendetwas aus ihrer Wohnung?«

»Ich weiß nicht. Sie hat so viel Zeug, es ist schwer zu sagen. Ich konnte allerdings keinerlei Papiere finden, weder Pass noch Führerschein oder Kontoauszüge oder sonst etwas in der Art.«

»Die könnte ein anderer mitgenommen haben. Damit es so aussieht, als sei deine Freundin abgehauen.«

»Ich glaube nicht, dass jemand ihr den Tod gewünscht hat«, sagte Sophie mit einer Sicherheit, die sie nicht empfand.

»Tja.« Bruno nahm einen tiefen Schluck aus seiner Bierflasche. »Dann sollte es einfach sein.«

»Wie? Sie könnte überall auf der Welt sein.«

»Sicher. Aber irgendwann braucht sie schließlich Geld. Sie wird über kurz oder lang eine Kreditkarte benutzen müssen, schließlich kann man nicht von Luft allein leben. Und auf diese Art wirst du sie finden.«

»Ich habe schon überall nach irgendwelchen Kreditkartenabrechnungen gesucht«, gab Sophie zurück. »Aber ich finde einfach nichts.«

»Sieh noch einmal nach. Vielleicht hat sie sie im Badezimmer unter dem Waschbecken versteckt. Manche Leute bewahren solche Dinge an seltsamen Orten auf – in der Gefriertruhe, unter dem Bett, hinter der Heizung.«

»Nicht Elektra. Sie ist sehr ordentlich. Du solltest die Wohnung mal sehen, die ist – «

Sophie stockte. Dann lächelte sie plötzlich. »Sie ist Malerin.«

»Spielt das eine Rolle?«

»Es sind keinerlei Malutensilien in der Wohnung. Kein Pinsel, kein Skizzenblock, keine Leinwand. Aber sie zeichnet noch, das hat mir French erzählt.«

»Ja und?«

»Sie muss irgendwo ein Atelier haben.«

17 »Elektra war eine viel versprechende Studentin.« Janis Neuman tippte mit dem Teelöffel seitlich an ihre Porzellantasse, bevor sie ihn auf der Untertasse ablegte. Sie nahm einen winzigen Schluck Tee und führte die Tasse dann geziert mit beiden Händen zurück. »Aber sie konnte sich nicht für eine Richtung entscheiden. Dieser Studiengang verlangt den Studenten einiges ab. Wir erwarten großen Einsatz. Elektra entschied, dass sie so viel Engagement in dieser Phase ihres Lebens nicht bringen wollte.«

»Erzählte sie von ihren Plänen, als sie hier fortging?«

Janis Neuman schüttelte den Kopf. Sie war dünn und hatte das frühzeitig ergraute Haar kurz geschnitten. Sie trug schwarze Kleidung und abstrakt geformte Silberringe an den Daumen. Ihr Büro war aufs peinlichste sauber. Selbst die Bücher auf dem Schreibtisch standen ordentlich in Reih und Glied. »Ich glaube, sie wusste selbst nicht, was sie wollte.«

»Was ist mit den Arbeiten aus ihrer Studienzeit?«

»Die hat sie mitgenommen. Sie wollte alles vernichten. Sie war mit keinem ihrer Bilder zufrieden. Ich habe ihr geraten, sie zu behalten, von Zeit zu Zeit zu betrachten und zu versuchen, sich selbst zu vergeben.«

»Sich selbst zu vergeben?«

»Dafür, etwas produziert zu haben, was nicht perfekt war. Sie stellte extrem hohe Ansprüche an sich selbst. Nie war ihr etwas gut genug. Es war eine sehr frustrierende Zeit für sie. Ich habe sie ermutigt, hier aufzuhören und für eine Weile etwas ganz anderes zu machen. Ein wenig arbeiten. Reisen. Lebenserfahrungen sammeln. Die Malerei läuft ihr nicht davon.«

»Haben Sie ihre Adresse?«

Janis Neuman schaute in einem dünnen Schnellhefter nach. »Wir haben eine Anschrift in Spring Street«, sagte sie schließlich.

»Hatte Elektra denn kein Atelier?«

»Nicht dass ich wüsste.«

French McCall genoss das gute Gefühl, wieder flüssig zu sein, als er seine neue Krawatte vor dem Spiegel zurechtrückte. Diese Stadt wurde quasi stündlich teurer, man konnte die Preise praktisch steigen hören. An einem normalen Abend konnte man mittlerweile gut und gern mindestens zweihundert Dollar ausgeben, und das ohne Drogen, nur für Essen, Getränke, Trinkgelder und Taxen. Man kann es wirklich mit der Angst zu tun bekommen, dachte French. Irgendein Finanzberater hatte ihm erzählt, dass er mindestens eine Million bräuchte, wenn er sich mit sechzig zur Ruhe setzen wollte. Und selbst diese Million würde ihm nur ein bescheidenes Leben ermöglichen – eine Eigentumswohnung mitten in Floridas Orkanschneise, Treuepunkte sammeln, Hosen mit Gummizug, Abendessen um halb fünf und einen klapprigen, alten Chevy.

Nicht gerade das Leben, das French McCall anstrebte.

Aber in letzter Zeit war ihm das Schicksal offenbar freundlich gesonnen. Und es wurde immer besser. Wenn es so weiterginge ... French nahm einen großen Schluck Wein – ein äußerst passabler Bordeaux, den er allein leerte, während er sich zum Ausgehen fertig machte. Er sah es nicht ein, einen so guten Tropfen an die Sorte Frau zu verschwenden, mit der er sich normalerweise abgab.

Eine raffinierte Komposition, dachte er bei einem letzten ausgiebigen Blick in den Spiegel. Zu seinem Anzug – er hatte die dunkelbraune Farbe von Zartbitterschokolade – trug er ein stahlblaues Hemd, dazu die Krawatte in blassem Lindgrün. Er würde auffallen an diesem Abend, doch das war durchaus seine Absicht.

Elektras Kreditkartenabrechnungen waren nicht im Bad versteckt und auch nicht hinter der Heizung. Sie hatte sie weder in einer Schuhschachtel verstaut noch unter die Matratze geschoben. Sophie ging sogar die Stapel mit den Magazinen und Zeitungen durch, doch dabei stellte sie lediglich fest, dass Elektra das InStyle mochte und eine Vorliebe für Todesanzeigen zu haben schien.

»Das gibt es doch gar nicht, nun sag schon, wo du deine Papiere versteckt hast!«, sagte Sophie laut.

Erwartungsgemäß erhielt sie keine Antwort, die Wohnung blieb stumm. Der ganze Tag war voller Enttäuschungen gewesen. Sophie hatte mit einigen von Elektras Kommilitoninnen an der Kunstakademie gesprochen, doch niemand hatte ihr weiterhelfen können. Elektra war nach den Seminaren immer sofort wieder verschwunden und hatte an der Akademie keine Freundschaften geschlossen. Keiner hatte von ihr gehört, seit sie ihr Studium abgebrochen hatte.

Sophie ging ins Badezimmer und spritzte sich Wasser ins Gesicht. Dann inspizierte sie ihr nasses Gesicht im Spiegel. Wie ein Garderobenspiegel im Theater war er umrandet von kleinen Glühbirnen, die unerbittlich Dinge enthüllten, die Sophie vorher nie bemerkt hatte. Die Fältchen um ihre Augen waren markanter denn je, und das Gleiche galt für die senkrechte Linie zwischen den Brauen, die von zu häufigem Stirnrunzeln zeugte. Aber noch etwas anderes entdeckte Sophie in ihrem Spiegelbild, eine gewisse Härte im Blick, die ihr das Gefühl gab, eine Fremde anzusehen, die sie nicht besonders gut kannte, so wie eine Zwillingsschwester, von der man bei der Geburt getrennt worden war. Wenn man mir vor einem Monat erzählt hätte, dass ich mich eines Tages in Elektras Wohnung herumtreiben werde, hätte ich gelacht, dachte sie. Aber jetzt waren die Dinge ins Laufen geraten, und Sophie wurde mitgerissen wie ein Holzstück von der Strömung im Fluss.

Sie seufzte. Elektra war nicht die Einzige, die nicht wusste, wohin sie in ihrem Leben steuerte. Sophie war völlig versunken in ihre unerfreulichen Gedanken, als sie plötzlich eine Stimme hörte. »You are my sunshine, my only sunshine ...«, sang sie.

Jemand war in der Wohnung.

18

»You make me happy when skies are grey ...« Der Klang war so klar, als stünde der Sänger direkt hinter Sophie. Aber das war unmöglich. In diesem kleinen Bad hätte man noch nicht einmal ein Stück Seife verstecken können.

Sophie holte tief Luft und trat aus dem Bad. Im Geiste sah sie Elektra vor sich, die mit verschränkten Armen vor ihr stand, mit der Fußspitze ungeduldig auf den Boden klopfte und den Mund zu einem höhnischen Grinsen verzogen hatte.

Kannst du mir bitte erzählen, was du hier zu suchen hast, Sophie Graham? Hier in meiner Wohnung?

»Hallo?«, rief Sophie und versuchte, ihrer Stimme einen beiläufigen Klang zu verleihen. Sie warf einen Blick in das Zimmer mit dem schwarzen Ledersofa. Alles stand an seinem Platz. Dann ging sie weiter. Zwanzig Schritte bis zum Wohnzimmer.

Für wen hältst du dich eigentlich, hier in meinem Leben herumzuschnüffeln?

»Hallo? Elektra?« Es war niemand da. Das riesige Wohnzimmer war sauber und leer wie immer.

Was interessiert es dich, was mit mir passiert?

Dann also im Arbeitszimmer. Einen Fuß vor den anderen.

»Elektra? Bist du hier? Hallo?«

Sophie trat ins Arbeitszimmer. Leer.

Verwirrt kehrte sie ins Bad zurück. Das Singen hatte aufgehört, aber jetzt hörte sie deutlich Wasser laufen. Das Geräusch kam von oben. Sophie kletterte auf den Badewannenrand und stützte sich am Handtuchhalter ab. Über dem Badezimmerschränkchen befand sich eine vergitterte Öffnung in der Wand, die offenbar zum Lüftungsschacht führte. Durch ihn drangen nun ganz deutlich die Geräusche aus der über Elektras liegenden Wohnung ins Badezimmer. Sophie hörte den Hahn knirschen, als das Wasser abgedreht wurde. Dann sang die Stimme weiter.

»You'll never know, dear, how much I love you …«

Ein klares Falsett. Es war, als stünde der Sänger direkt neben Sophie.

Sophie lief die Treppe hinauf und klopfte an die Tür. Sie hörte ein Klicken, dann wurde die Tür einen Spalt breit geöffnet.

»Ja?«, fragte eine Männerstimme.

»Ich bin Sophie. Ich wohne unter Ihnen.« Die Kette wurde ausgehängt und die Tür geöffnet. Elektras Nachbar trug eine anthrazitfarbene Hose und ein schwarzes T-Shirt, das Haar hatte er zu einem Pferdeschwanz gebunden. Er hatte einen dunklen Teint und tiefe Fältchen um die Augen. Neugierig musterte er Sophie von Kopf bis Fuß und zog schließlich eine Braue hoch.

»Wollen Sie etwas borgen?«

»Nicht ganz. Ich wollte mich eigentlich mit Ihnen unterhalten.«

Der Mann machte eine einladende Bewegung mit dem Arm. »Das können Sie gerne. Wollen Sie etwas trinken?« Er sprach mit einem Akzent, den Sophie nicht einordnen konnte. Erst kam er ihr britisch vor, aber da war noch eine andere Färbung. Vielleicht kam der Mann aus Australien oder aus Südafrika.

»Gerne.« Sophie folgte ihm in die Wohnung, die genauso groß und genauso minimalistisch eingerichtet war wie Elektras, doch die Möbel wirkten ein wenig maskuliner. Sophie setzte sich auf ein schwarzes Ledersofa, vor dem ein heller Holztisch mit Glasplatte stand, während ihr Gastgeber, der sich als Gary vorstellte, im Kühlschrank herumwühlte. Wie bei Elektra hingen auch in dieser Wohnung große abstrakte Gemälde an den Wänden. Sophie vertiefte sich in eines der Bilder und versuchte, seine Bedeutung zu ergründen, scheiterte aber.

Dann wurde Gary im Kühlschrank offenbar fündig. Er kam mit einem Glas Weißwein zurück, das er ihr in die Hand drückte. Dann setzte er sich gegenüber von Sophie in einen Sessel und schlug lässig die Beine übereinander. Sophie sah, dass er Halbschuhe ohne Socken trug. Seine Unterschenkel waren genauso braun wie sein Gesicht.

»Schön, dass Sie mal vorbeischauen«, sagte er. »Und dabei heißt es immer, dass die New Yorker so distanziert seien.«

»Ich habe Sie singen gehört.«

»Und deswegen sind Sie gekommen? Faszinierend! Normalerweise hat mein Gesang den gegenteiligen Effekt.«

»Sie waren im Bad, nicht wahr?«

Gary nickte. In diesem Moment klingelte das Telefon, aber er nahm nicht ab, sondern lächelte Sophie weiter an. Der Anrufbeantworter schaltete sich ein, und eine Stimme mit ähnlichem Akzent wie Garys sprach eine Weile lang über irgendwelche Verträge und Kunden.

»Hübsche Wohnung«, bemerkte Sophie.

»Allerdings.«

»Wohnen Sie schon lange hier?«

»Wer sagt denn, dass ich hier wohne?«

»Tun Sie das denn nicht?«

»Ich habe mich hier nur eingenistet.«

»Verstehe.«

»Ja. Als ich sah, dass die Wohnung leer stand, habe ich sie aufgebrochen, und seitdem mache ich mich hier breit.«

»Klar.« Sophie lächelte und stellte ihr Weinglas auf den Glastisch. Es hinterließ einen Ring auf der Platte. Sie wischte ihn mit der Hand weg und hinterließ dadurch eine Schliere auf dem Glas.

»Okay, ich gestehe«, sagte Gary ebenfalls lächelnd. »Die Wohnung gehört meiner Firma. Die Mitarbeiter, die in New York zu tun haben, können sie nutzen«, erklärte er. »Ich bin in Europa stationiert, aber ein paar Mal im Monat halte ich mich hier auf.«

»Und wer benutzt die Wohnung außer Ihnen?«

»Zwei andere Typen. Also, eine davon ist eine Frau, um genau zu sein.«

»Dann kennen Sie Elektra also gar nicht?«

»Wer ist Elektra?«

»Sie wohnt unter Ihnen.«

»Ich reise so viel herum, ich weiß kaum mehr meinen eigenen Namen. Aber jetzt beginne ich zu verstehen – Sie sind es, die mir neulich die Karte unter der Tür durchgeschoben hat! Ich muss sie noch irgendwo haben.« Gary zog sein Portemonnaie heraus, fischte Sophies Karte hervor und betrachtete sie eine Weile lang.

»Sie erwähnten zwei andere Kollegen, die auch manchmal hier wohnen. Wissen Sie vielleicht, wo ich die beiden erreichen kann?«

»Ja. Ich gebe Ihnen die Nummern.«

Nach ein paar Gläsern Wein fiel es Sophie leicht, ohne schlechtes Gewissen nach unten in Elektras Wohnung zu tapsen, eine Decke und ein Kissen aus dem Schrank zu zerren und sich auf dem Sofa im kleineren Zimmer auszustrecken. Viel leichter, als sich ein Taxi nach Brooklyn zu suchen, oder, schlimmer noch, Ewigkeiten auf die U-Bahn zu warten. Bob Sock, der Maurer, wollte am nächsten Morgen mit der Renovierung ihrer eigenen Wohnung beginnen, aber Bruno hatte angekündigt, er würde ihn hereinlassen, weil er sich ohnehin noch mit ihm über ein paar Zusatzarbeiten unterhalten wollte, die in der Wohnung seiner Mutter anstanden.

Außerdem war Elektra ihr sowieso etwas schuldig. Das war Sophies letzter Gedanke, bevor sie sich die Decke über den Kopf zog und sofort in Tiefschlaf fiel.

19

Die Disko lag ziemlich weit nördlich, nahe der Columbia Universität. French McCall saß mit geschlossenen Augen hinten im Taxi, das in dem zäh fließendem Verkehr immer wieder anhalten musste. Er hatte gerade zwei Lines Koks gezogen und war bereit, sich ein wenig zu amüsieren.

Vor dem Club standen die Gäste in einer langen Schlange an, aber French kannte den Türsteher. Als er das Seil aushängte, um French durchzulassen, steckte er dem Mann unauffällig einen Zwanziger zu. Dann knöpfte er sein Jackett zu, zahlte den üppigen Eintritt, nahm den Stempel auf dem Handrücken in Empfang und trat ein.

Der DJ, ein hagerer Weißer, war irgendeine Berühmtheit, obwohl French sich nicht erinnerte, wie er hieß. Wie üblich lief Dance, Trance, Hip Hop oder irgendeine schreckliche Mischung aus sämtlichen kurzlebigen Musiktrends der letzten fünf Jahre. French hatte keine Ahnung, wie sich die Musik genau nannte, und es kümmerte ihn auch nicht. Für ihn klang alles gleich; er tanzte ohnehin nicht gern. Was seinen

Musikgeschmack anging, war er in den Achtzigern hängen geblieben und hörte gern Roxie Music, Brian Eno und David Bowie.

French ging direkt zur Bar, bestellte sich einen Martini mit Zitrone und sah sich in dem Laden um.

»He, Süßer, lange nicht gesehen.« Donna Conran, siebenunddreißig Jahre alt und ein wandelnder Beweis für die Möglichkeiten der modernen Chirurgie, trat neben ihn. »Ich dachte schon, du wärst gestorben.«

»Bin ich auch. Gestorben und in den Himmel gekommen.«

Donna küsste ihn, wobei sie seine Zunge in einer Art Würgegriff umschlang, was French deprimierend unerotisch fand. Er schob Donna von sich.

Sie trat einen Schritt zurück und tat, als wäre es ihre Idee gewesen. »Siehst gut aus«, sagte sie, zupfte an seiner Krawatte und grinste süffisant. Er war der einzige Mann im ganzen Laden mit Krawatte, doch das kümmerte ihn nicht. Er hatte seine Standards, und dazu gehörten weder Tätowierungen, noch Piercings oder Muskelshirts. Von ihm aus konnten sich die Hipsters in Manhattan gern wie Proleten kleiden, aber ohne French McCall.

»Du auch.« Donnas Titten waren definitiv nicht echt, das wusste er, und ihr Gesicht trug jenen höflich überraschten Ausdruck, der das Gütesiegel mittelmäßiger Schönheitschirurgie war.

Donna stemmte eine Hand in die Hüfte. Sie trug eine verspielte Bluse mit Puffärmelchen und derart enge Jeans, dass, wer auch immer sie heute mit nach Hause nahm, wohl einen Bolzenschneider brauchen würde, um sie daraus zu befreien. Eigentlich ist sie gar nicht schlank genug, um so viel Bauch zu zeigen, dachte French und ärgerte sich, dass er überhaupt einen Gedanken daran verschwendete. Schließlich war ihm Donna gleichgültig.

Sein Martini kam, und er nahm dankbar einen Schluck. »Kann ich dir was bestellen?«, fragte er dann.

Donna schüttelte den Kopf. »Nicht nötig. Ich fühle mich auch so gut, Süßer.«

»Klar tust du das.« French wunderte sich insgeheim, wie sich diese Disko halten konnte – sämtliche Geschäfte spielten sich in den Toiletten ab, nicht an der Bar.

»Und was gibt's bei dir Neues?«, fragte Donna.

»Nicht viel. Bei dir?«

»Immer das Gleiche.« Donna arbeitete für einen Konzertveranstalter, und den größten Teil ihres Gehaltes steckte sie in Operationen. French hatte sie vor diesen Zeiten nicht gekannt, aber er hatte einmal ein Bild von ihr gesehen. Sie war zwar keine umwerfende Schönheit, aber durchaus hübsch gewesen. In Frenchs Augen war Donna auf die große amerikanische Lüge hereingefallen, dass man alles sein konnte, was man nur wollte. Und dabei hatte sie sich nach und nach in ein Monster verwandelt.

»Bist du sicher, dass du nichts trinken möchtest?«

»Was willst du eigentlich von mir, French?«

French stürzte seinen Martini herunter und bestellte einen zweiten. Er wünschte, er hätte den Alkohol schon gespürt.

»Ich will dir einen Vorschlag machen.«

»Ach wirklich?« Donna verlagerte ihr Gewicht von einem Bein auf das andere und blickte über Frenchs Schulter zur Tanzfläche. Ihr Kopf wippte im Rhythmus der Musik, aber sie hatte so viel Spray im Haar, dass es sich nicht bewegte.

»Es geht darum, dass viel Geld ausgegeben werden soll.«

»Du weißt doch, dass ich nicht –«

Er hob abwehrend die Hand. »Doch nicht dein eigenes!«

Donna blickte sich in der Diskothek um, als suche sie eine versteckte Kamera. Ihre Augen verengten sich, soweit es ihre chirurgischen Eingriffe erlaubten.

»Wo ist der Haken an der Sache?«

»Es gibt keinen.«

»Verstehe. Kein Haken. Dann bis bald.«

Er hielt sie zurück, als sie sich zum Gehen wandte.

»Es ist wahr, es gibt keinen Haken.«

»Hör auf, French, ich bin schließlich nicht bescheuert. Und ich traue dir nicht.«

»Es ist nichts Verbotenes. Und es gibt kein Risiko dabei, das verspreche ich dir.«

»Du sagst das so, dass ich dir fast glauben möchte. Sorry, Meister.« Donna entwand ihren Arm aus Frenchs Griff.

»Kein Risiko, aber viel Geld. Haufenweise.«

»Warum ich?«

»Ich mag dich.« French deutete ein Lächeln an, aber sie beide wussten, dass er log.

»Fick dich.« Donna wandte sich abrupt ab.

»Du bist nicht interessiert? In Ordnung. Ich finde bestimmt auch jemand anderen.« French gab dem Barmann ein Zeichen und bezahlte seinen Martini.

Donna drehte sich wieder zu ihm um.

»Warum ich? Das ist eine berechtigte Frage, French.«

»Du wärst dafür qualifiziert, deshalb.« French strich Donna über das platinblonde Haar. Danach klebte seine Hand vor Haarlack, und er wischte sie unauffällig an einer Serviette ab, die auf der Theke lag. »Schau, du bist nicht interessiert. In Ordnung. Ich frage jemand anderen. Du willst dir eben nicht ein paar hübsche Sachen kaufen, ein bisschen durch die Gegend reisen. Auch gut.« Er rutschte von seinem Hocker hinunter und strich sich reflexartig über die Vorderseite seines Jacketts. Donna legte ihm eine Hand auf den Arm.

»Warte. Ich möchte doch einen Drink. Apple Martini.«

French winkte dem Barmann und bot Donna seinen Hocker an. Gekleidet wie ein Kavalier fühlte er sich verpflichtet, sich auch wie einer zu benehmen. Die Musik war mittlerweile so laut, dass er das Gefühl hatte, seine Trommelfelle schwingen zu spüren.

»Und ich komme nicht in Schwierigkeiten?«, fragte sie, als ihr Cocktail kam.

»Traust du mir etwa nicht, Süße?«

»Gibt es irgendeinen Grund, warum ich das sollte?«

»Keinen, der mir einfiele.« French lächelte. »Aber in diesem Fall würde ich mich an deiner Stelle davon nicht abhalten lassen.«

Sophie erwachte mit steifem Hals und schlechtem Gewissen. Sie hatte geträumt, dass Elektra nach Hause gekommen wäre und sie schlafend auf dem Sofa vorgefunden hätte.

Sie sprang auf, als Elektras Telefon klingelte, und stolperte darauf zu, um abzuheben.

»Hallo?«

»Elektra?«, hauchte eine leicht näselnde Frauenstimme.

Sophie holte tief Luft und räusperte sich. Immerhin war sie Schauspielerin, warum sollte sie nicht versuchen, sich für Elektra auszugeben? Aber dummerweise konnte sie sich in diesem Moment nicht erinnern, wie Elektras Stimme klang. Sie hüstelte, um etwas Zeit zu gewinnen. Es war halb sieben Uhr morgens. Wer in aller Welt rief um diese Uhrzeit an? Bestimmt ging es um eine schlechte Nachricht.

Denk nach, Sophie. Konzentrier dich.

»Wer ist da?«, fragte sie schließlich mit tiefer Stimme. Elektras Stimme hatte immer tiefer und irgendwie auch selbstbewusster als ihre eigene geklungen.

Entspann dich. Lass es von allein kommen. Nicht erzwingen.

»Ich bin's, Chantal. Wo hast du gesteckt? Wir müssen reden.«

Sophie konnte Chantals Tonfall entnehmen, dass Elektra gewusst hätte, worüber sie mit ihr sprechen wollte. »Aha?«, fragte Sophie deshalb vage.

»Wir müssen jetzt sofort reden. Ich stehe vor dem Haus.«

Sophie ging mit dem schnurlosen Telefon am Ohr zum Fenster und lugte hinaus auf die Spring Street. Sie sah keine Telefonzelle, aber immerhin war »vor dem Haus« – genauso wie »gleich um die Ecke« – ein dehnbarer Begriff.

»Wir treffen uns an der Spring Street, Ecke Thompson.« Mit diesen Worten beendete Chantal das Gespräch.

Sophie zog sich an, spritzte sich kaltes Wasser ins Gesicht und durchsuchte Elektras Schrank nach einem Sweatshirt und einer Mütze, unter der sie ihr Haar verbergen konnte.

Dann verließ sie das Haus und ging nördlich in Richtung Prince Street bis zur Thompson Street. Dabei hielt sie den Kopf gesenkt und marschierte mit entschlossenem Gesichtsausdruck voran, wie jene Frauen, die vor ihrem anstrengenden Arbeitstag eine Runde Power-Walking absolvieren.

An der Kreuzung Spring Street Ecke Thompson stand ein Kleinlaster, der gerade ein kleines Lebensmittelgeschäft belieferte. Sophie schaute sich um, konnte aber ansonsten niemanden entdecken. Dann ging sie einen halben Block weiter, machte kehrt und ging zurück. Von Chantal keine Spur. Eine alte Frau kam aus dem Laden und begann, Orangen zu einer Pyramide zu stapeln. Dann gesellte sich ein Mann zu ihr, und die beiden redeten kurz wild gestikulierend miteinander, bis der Mann schließlich wieder nach drinnen schlurfte. Die Lieferung war beendet, der Laster fuhr davon.

Als Sophie begriff, dass Chantal nicht mehr kommen würde, rannte sie zurück zu Elektras Wohnung.

Die Nachricht hing an der Eingangstür. Sie war in großen Druckbuchstaben auf ein Blatt aus einem Spiralblock geschrieben.

Sag Elektra, dass ich mit ihr reden muss. Es ist sehr wichtig. Sie weiß, worum es geht. Halt mich nicht länger hin, sonst werde ich sagen, was ich weiß, und das wäre nicht gut für sie. Ich meine es ernst.

Sophie ging in Elektras Wohnung zurück und drückte die Taste für die Rückruffunktion am Telefon. Es läutete, doch niemand nahm ab. Sie hätte wetten können, dass Chantal von einer Telefonzelle aus angerufen hatte.

20

»Kennen Sie eine gewisse Chantal?«, fragte Sophie Richard Jordan. Sie widmete sich schon wieder dem Power-Walking, diesmal, um mit Elektras Vater Schritt zu halten, während er seine morgendliche Runde im Central Park drehte. Das Wetter war perfekt – es war einer jener Morgen, an denen man am liebsten laut losgesungen hätte –, und im Park herrschte Hochbetrieb.

»Chantal? Der Name sagt mir gar nichts. War sie mit Elektra in der Schule? Oder an der Uni?«

»Ich weiß es nicht«, gestand Sophie. »Ich glaube aber nicht.« Sie hatte beschlossen, Richard den drohenden Unterton von Chantals Nachricht vorerst zu verschweigen. »Sie hat versucht, sich mit ihr in Verbindung zu setzen.«

»Haben Sie sie gefragt, warum?«

»Sie will nicht mit mir reden. Nur mit Elektra.«

Richard hielt an und blickte Sophie ins Gesicht.

»Geben Sie mir ihre Nummer, ich finde heraus, was sie will.«

»Ich habe ihre Nummer nicht. Sie hat von einer Telefonzelle aus angerufen.«

»Was zum Teufel soll denn das?«

»Ich weiß es nicht.«

Elektras Vater schnaubte und lief wieder los, diesmal noch ein wenig schneller. Er war offenbar sehr gut in Form, und Sophie musste förmlich rennen, um auf einer Höhe mit ihm zu bleiben.

»Wissen Sie, ob Elektra ein Atelier zum Malen hat?«

»Wozu sollte sie eines brauchen? Ihre Wohnung ist groß genug. Susan hat damals auch dort gearbeitet.«

»Ich weiß, aber in der Wohnung gibt es keinerlei Malutensilien, und ich habe mich eben gefragt, ob sie vielleicht lieber woanders arbeitet.«

»Das Malen war nicht ihre Arbeit. Es war ihr Hobby, und sie gab es auf, nachdem sie von der Akademie abgegangen war«, klärte Richard sie auf. »Fragen Sie mich nicht warum. Eines Tages entschied sie einfach, dass es nicht zu ihr passte.«

Sie näherten sich dem Ende seines Rundgangs, und zu Sophies Erleichterung wurde Richard langsamer. Sie hatte schon lange nichts mehr für ihre Kondition getan und war mittlerweile völlig außer Atem.

»Margarite bedauert, dass sie nicht dabei sein kann.« Richard war nun ganz stehen geblieben und dehnte seine Wadenmuskeln an einem Laternenpfahl. »Normalerweise drehen wir diese Runde gemeinsam, aber sie fühlte sich heute Morgen nicht besonders und beschloss, sich ein wenig auszuruhen. Aber bitte sagen Sie mir doch, wie weit sind Sie gekommen? Ich brauche Ihnen wohl kaum zu sagen, wie erpicht ich darauf bin, Erfolge zu sehen.«

»Ich habe derzeit mehrere Spuren, die ich verfolge«, erklärte Sophie und täuschte dabei mehr Sicherheit vor, als sie empfand. »Ich gebe Ihnen Bescheid, sobald sich etwas ergibt.«

*

Telefonate über Telefonate. Sophie kehrte in Elektras Wohnung zurück und holte die Nummern von Garys Kollegen hervor, die sich mit ihm die Wohnung über Elektras Loft teilten. Einer war in Australien, die andere in London. Sie wählte die Londoner Nummer und landete bei einem Anrufbeantworter. Nachdem sie eine Nachricht hinterlassen hatte, entschied sie, mit dem Anruf in Australien zu warten, bis sie sich genau über die Zeitverschiebung informiert hatte. Schließlich wäre es nicht besonders geschickt, jemanden zu verärgern, den sie gar nicht kannte, indem sie ihn mitten in der Nacht aus dem Bett klingelte. Sophie ging in die Küche und entdeckte ein kleines Päckchen Kaffee hinten im Kühlschrank. Sie brühte sich eine Tasse auf, setzte sich auf das Fensterbrett und schaute hinaus auf die hektische Betriebsamkeit eines typischen Morgens in New York. Lebensmittel wurden angeliefert, Stände aufgebaut, Ladenbesitzer fegten die Bürgersteige vor ihren Türen.

Da sie zwischendurch nicht zu Hause gewesen war, um sich frische Sachen zu holen, borgte sie sich ein Paar Jeans aus Elektras Schrank. Die Marke war Sophie unbekannt, aber sie ahnte, dass die Hose nicht billig gewesen war. Als sie sich im Spiegel betrachtete, stellte sie fest, dass sie in der Jeans wie eine jener Frauen aussah, die sich auf den Vernissagen in SoHo herumtrieben. In einer der Gesäßtaschen entdeckte Sophie die Visitenkarte eines Friseurs. Sie rief an, um einen Termin zu vereinbaren. Vielleicht wusste der Mann ja etwas über Elektra.

Die Empfangsdame des Salons erklärte ihr am Telefon in einem ziemlich patzigen Ton, dass Philip bis zum jüngsten Tag ausgebucht sei, und vielleicht sogar auch noch danach, je nachdem, wie sich die Schlacht von Armageddon entscheide. Doch so einfach ließ sich Sophie nicht abspeisen.

Sie *müsse* einfach zu Philip, sagte sie, ihre Freundin Elektra habe ihr erzählt, er sei der einzige Friseur der Stadt, dem sie vertrauen könne.

Während sie in der Warteschleife hing, suchte sich Sophie eines von Elektras T-Shirts aus. Es war ein verspieltes pinkfarbenes Ding mit einer Katze aus Pailletten auf der Brust. Normalerweise nicht ganz ihr Stil, aber in diesem Moment, während sie sich einen Termin in einem schnieken Friseursalon in Uptown erkämpfte, erschien es ihr absolut passend.

»Also in Ordnung«, meldete sich die Frau schließlich wieder. »Ich habe mit Philip gesprochen, und er quetscht Sie dazwischen, als besonderen Gefallen für Elektra. Kommen Sie morgen um drei.«

»Fantastisch«, jubelte Sophie. »Ich komme.«

Nachdem sie aufgelegt hatte, machte sie sich auf den Weg, um Elektras Nachbarschaft zu erforschen. Selbst wenn Elektra nicht kochte, nahm Sophie an, dass sie ab und zu mal eine Tüte Milch kaufen musste. Vielleicht hatte sie ja einer der Ladenbesitzer gesehen oder mit ihr gesprochen. Sie steckte Elektras Foto ein und begann beim nächstgelegenen Lebensmittelgeschäft. Dem Ladenbesitzer kam die Frau auf dem Foto bekannt vor, aber er war sich nicht sicher. Sophie versuchte es in einigen anderen Lebensmittelläden, mit dem gleichen Ergebnis. Dann ging sie zu den Boutiquen über. Sie klapperte eine vornehme Straße nach der anderen ab. Immer wieder erklärte sie, dass sie ihre vermisste Freundin suche, hielt Elektras Foto hoch, reichte es über Ladentheken in manikürte Hände und bekam es mit einem bedauernden Kopfschütteln zurück.

Gegen Mittag kaufte sich Sophie ein Putensandwich und kehrte in Elektras Wohnung zurück. Nach dem Essen – das Sandwich war köstlich: Vollkorntoast, Preiselbeerkonfitüre, Pute, Salat, Tomate – rief sie Garys Kollegen in Australien an, der erklärte, er sei seit Monaten nicht in New York gewesen und kenne Elektra nicht.

Sophie warf ein paar Eiswürfel in den Rest Kaffee, der vom Morgen übrig geblieben war und stellte sich vor, es sei Eiskaffee. Sie hasste es, Dinge verkommen zu lassen. Später spülte sie ihr Geschirr und stellte es zum Abtropfen auf die Geschirrablage. Aus alter Gewohnheit wischte sie anschließend mit einem Küchentuch über die Arbeitsflächen, die ein wenig staubig wirkten.

Dann fummelte sie ihr Handy aus der Tasche, wählte die Nummer von Pixies Arbeitsstätte und erkundigte sich bei der Frau am Empfang nach der Adresse der Firma.

21

Um halb sechs verließ Pixie das Büro, über der Schulter eine großräumige Handtasche, auf dem Arm einen Stapel Kleidungsstücke, die sie aus der Reinigung abgeholt hatte. Sie fädelte sich in die Menge Fußgänger auf der West 57th Street ein und lief mit raschen Schritten los. Sophie folgte ihr und hatte sie schon bald eingeholt.

»Pixie?«

Pixie drehte sich um und blieb stehen. Falls sie verärgert darüber war, Sophie zu sehen, ließ sie es sich nicht anmerken.

»Sophie! Schön, dich zu sehen.«

»Hast du einen Moment Zeit?«

»Eigentlich nicht.« Pixie sah auf die Uhr. »Sogar ganz und gar nicht. Mein Chef gibt heute eine Party, und das ganze Chaos der letzten Vorbereitungen ist an mir hängen geblieben.«

»Es dauert nur fünf Minuten. Ich muss unbedingt mit dir über Elektra sprechen. Ich glaube, sie steckt vielleicht in Schwierigkeiten.«

»Warum interessiert dich das?«

»Warum interessiert es dich nicht?«

Es muss an Elektras Kleidern liegen, dachte Sophie. Sie fühlte sich wie ein völlig anderer Mensch. Sie sah Pixie direkt in die Augen und hielt deren Blick stand, bis Pixie schließlich blinzelte.

Sie zögerte einen Moment lang. »Hör mal, warum kommst du nicht einfach mit zu der Party? Dort können wir uns unterhalten. Im Moment kann ich keinen vernünftigen Gedanken fassen. Ich gebe dir die Adresse. Um acht geht es los, ich lasse dich auf die Gästeliste setzen. Falls es Probleme geben sollte, beruf dich auf mich.« Pixie kritzelte eine Adresse auf die Rückseite einer Visitenkarte. »Zumindest ist es eine gute Gelegenheit, dein kleines Schwarzes mal wieder aus dem Schrank zu ziehen.«

Sophie verschwieg Pixie, dass sie kein kleines Schwarzes besaß.

Sophie öffnete die Türen des Wandschranks.

»Sie hätte bestimmt nichts dagegen.«

»Natürlich hätte sie nichts dagegen, immerhin besitzt sie genug Klamotten. Außerdem muss sie endlich mal lernen, zu teilen.« Lulu zog ein Vera-Wang-Kleid heraus, hielt es sich an und betrachtete sich im Spiegel. Sie war mindestens zehn Zentimeter zu klein für das Kleid, so dass der Saum am Boden schleifte.

Sophie fischte eine Lederhose aus dem Schrank. Es war dieselbe, die Elektra an jenem Februartag getragen hatte, als sie einander in der Bar begegnet waren. Sie hielt sie sich an die Taille und hängte sie dann behutsam wieder in den Schrank zurück. Es war sowieso viel zu warm für Leder.

»Schuhe, Schuhe, Schuhe!«, Lulu wühlte sich auf Händen und Knien durch die Schachteln. »Oh mein Gott! Ich kann es nicht fassen! Sieh dir die an!« Sie zog ein Paar lavendelfarbene, mit Perlen bestickte Samtslipper aus einem Karton und hielt sie ehrfürchtig hoch.

»Die fallen doch nach dem ersten Tragen auseinander«, bemerkte Sophie.

»Solche Schuhe sind doch nicht zum Laufen gemacht, Dummerchen! Du fährst mit dem Taxi zu deiner todschicken Party, und dann stehst du den ganzen Abend herum und flirtest mit einem ganzen Schwarm gut aussehender Männer. Am Ende bringt dich einer von ihnen in seinem Mercedes nach Hause und zieht dir die Pantöffelchen persönlich aus. Verstehst du? Nix mit Laufen.« Lulu legte die Schuhe vorsichtig zurück in ihr Bett aus Seidenpapier. Als sie aufstand, fiel ihr Blick auf ein elegantes Kleid in changierendem Dunkelgrau. »Wow! Issey Miyake. Das ginge. Probier mal an.«

Sophie schlüpfte in das Kleid. »Grau ist eigentlich nicht meine Farbe.«

»Vielleicht hast du Recht. Zu streng. Ich glaube, du brauchst etwas ... Freizügigeres. Man weiß nie, vielleicht legt dich ja später am Abend noch jemand flach.«

Sophie ignorierte die letzte Bemerkung. »Ich glaube, diese Party wird ziemlich formell.«

»Keine Sorge. Auch für diesen Fall haben wir hier das nötige Equipment.« In Nullkommanichts hatte Lulu eine Auswahl an Kleidern auf dem Bett drapiert. Sophie probierte sie nacheinander an, und Lulu schüttelte jedes Mal den Kopf und tauchte wieder im Schrank ab. Schließlich erschien sie mit einem rubinroten Kleid mit Spaghettiträgern. »Das ist es.«

»So etwas würde ich nie im Leben –«, setzte Sophie an, doch Lulu zerrte schon am Reißverschluss.

Als sie mit dem Kleid vor dem Spiegel stand, erkannte Sophie sich kaum wieder. Verblüfft drehte sie sich zu Lulu um.

»Perfekt. Die Haare stecken wir hoch, und mit ein bisschen Make-up und dem einen oder anderen Accessoire wirst du auf jeden Fall heute Abend noch abgeschleppt.« Zufrieden verschränkte Lulu die Arme.

»Könnten Sie bitte hier halten?«, bat Sophie den Taxifahrer.

Sie trug das rote Kleid und ein Paar von Elektras Slingpumps. »Emma Hope«, hatte Lulu anerkennend genickt, als sie die Schuhe entdeckt hatte. »Gut. Sehr gut.« Sie waren eine halbe Nummer zu klein und deshalb ziemlich unbequem, doch Sophie hatte beschlossen – das heißt, eigentlich hatte Lulu es für sie beschlossen –, dass es an der Zeit war, für die Schönheit zu leiden. Sophie hatte sogar ihren Rucksack zu Hause gelassen und stattdessen ein Handtäschchen dabei, in dem lediglich ihre Kreditkarte, der Schlüssel und ein paar gefaltete Geldscheine Platz fanden.

Sophie sprang aus dem Taxi. »Was zum Teufel tust du da?«, wollte Lulu wissen. Sie hatte unbedingt mitfahren wollen, um sicherzustellen, dass Sophie wirklich auf die Party ging und sich nicht unterwegs abseilte. »Du willst doch nicht etwa kneifen? Ehrlich, dann erwürge ich dich auf der Stelle!«

»Natürlich nicht. Mir ist nur gerade etwas eingefallen, was ich vergessen habe. Ich bin gleich zurück.«

Die Idee war so simpel, dass Sophie zunächst gar nicht darauf gekommen war. Elektras E-Mail-Adresse stand auf der Visitenkarte, die sie Sophie gegeben hatte. Warum sollte sie ihr nicht einfach eine E-Mail schicken? Es war Sophie fast peinlich, dass sie nicht gleich daran gedacht hatte. Sie kannte sich mit dem Internet nicht besonders gut aus und besaß nicht einmal einen Computer, aber immerhin hatte sie sich irgendwann einmal eine E-Mail-Adresse eingerichtet, die sie gelegentlich checkte.

Sie betrat das Internetcafé und ließ sich an der Kasse einen PC zuteilen. Während sie ihren Benutzernamen eintippte, schoss ihr durch den Kopf, ob ihr Vater wohl auch eine E-Mail-Adresse hatte. Das wäre immerhin eine Möglichkeit, auf relativ unverbindliche Weise Kontakt mit ihm aufzunehmen. Sie würde Edie beim nächsten Mal fragen.

»Sophie, jetzt komm schon. Der Taxameter steigt ins Unermessliche, und der Fahrer hat gedroht, abzuhauen.« Lulu stand in der Tür und winkte nervös zu ihr herüber.

»Sag ihm, er soll warten«, gab Sophie zurück. »Er bekommt auch ein schönes Trinkgeld.«

Sie dachte einen Moment lang nach und schrieb dann eine Nachricht.

Na, du blöde Kuh? Ich wohne in deiner Wohnung, trage deine Klamotten und treffe mich mit deinem Freund. Willst du nicht endlich was dagegen unternehmen?

Nein, das traf nicht ganz den richtigen Ton. Etwas Neutraleres wäre vielleicht angebracht.

Hallo, Elektra, ich würde dich gern sehen. Können wir uns treffen? Schreib mir doch zurück oder ruf mich an. Sophie.

Schon viel besser. Sophie tippte ihre Telefonnummer unter den Text und schickte die E-Mail ab.

»Na, dann amüsier dich mal gut auf dem Ball, Aschenbrödel«, rief ihr der Typ hinter der Theke nach, als sie nach dem Bezahlen so schnell es die unbequemen Schuhe ermöglichten hinauseilte.

22

Die Verandatüren standen offen, und die Menge ergoss sich wie die Schleppe eines Brautkleides über die barocken Stufen bis auf den Rasen. Ein Streichquartett spielte Bach. Sophie überprüfte verstohlen, ob sie jemanden vom Personal kannte. Immerhin arbeiteten viele arbeitslose Schauspieler für Cateringfirmen.

»Lass dich mal ansehen! Du siehst fabelhaft aus. Ich habe dich zuerst gar nicht erkannt.« Pixie schwebte in einer Wolke teuren Dufts heran.

»Danke.« Sophie hoffte, Pixie würde Elektras Kleid nicht erkennen. Doch dann ging ihr durch den Kopf, dass es ihr eigentlich gleichgültig wäre. »Reizende Party.«

»Leider nicht. Sie ist entsetzlich langweilig, aber wenigstens gibt es genug Alkohol. Schon jemanden entdeckt, dem du gerne vorgestellt werden möchtest?«

Ich muss ja ganz schön verzweifelt aussehen, wenn mich alle verkuppeln wollen, dachte Sophie. Sie schüttelte den Kopf. »Ich bin eigentlich nicht hier, um Leute kennen zu lernen.«

»Rein geschäftlich also.«

»Können wir offen miteinander sein?«

»Natürlich«, Pixie angelte sich ein Glas Champagner von einem vorbeischwebenden Tablett.

»Ich weiß, wir sind in der Schule nie gut miteinander ausgekommen –«

»Nicht?« Pixie runzelte die Stirn.

»Nein. Es gab euch, die In-Clique, und dann gab es den Rest, das waren wir.«

»Ach! So hast du das empfunden?«

»Natürlich. Erinnerst du dich nicht mehr an den Abend, als du meinen Kopf in die Toilette gehalten hast?«

»Ach das?« Pixie lachte. »Das war dein Initiationsritus. Da musste jede durch, ich auch. Eine Gruppe Mädels aus der Klasse über mir. Mein Gott, war das ekelig!«

»Warum habt ihr es dann weitergemacht?«

»Wir waren dumm und unreif und kämpften alle um einen Platz am Totempfahl«, erklärte Pixie. »Alle. Nicht nur du.«

»Ich finde es trotzdem nicht richtig.«

Pixie lachte. »Natürlich war es nicht richtig. Viele Dinge sind nicht richtig, aber sie geschehen trotzdem. Außerdem, sieh es mal von der positiven Seite, es war ein perfektes Training für das Leben in New York City. Oh je, da ist mein Chef und guckt nervös durch die Gegend! Ich glaube, ich muss ihn besänftigen. Du amüsierst dich doch, versprochen?«

Bevor Sophie antworten konnte, eilte Pixie bereits die Treppe hinunter auf einen dicken grauhaarigen Mann mit einem sehr roten Gesicht zu.

»Mich amüsieren!«, brummte Sophie. »Klar, Pix, mach ich.« Ihr war klar, dass sie sich auf dieser Party sowieso nicht würde amüsieren können.

Sie lehnte sich an die steinerne Balustrade, wobei sie darauf achtete, Elektras Kleid nicht zu beschmutzen. Als sie Pixie nachblickte, die sich einen Weg durch die Menge bahnte, fühlte sich Sophie noch stärker als zuvor fehl am Platz, und sie verspürte nicht die geringste Lust, sich unter die Gäste zu mischen. Sie ließ ihren Blick über die gepflegten, vom Schönheitschirurgen gestylten Körper in den teuren Fummeln und den Fünfhundert-Dollar-Schuhen schweifen. Ausgeschlossen, dass sie mit diesen Leuten ein interessantes Gespräch führen konnte, völlig ausgeschlossen.

Jenseits des großen Gartentores sah sie Jogger und Hundehalter vorbeilaufen, die offenbar auf dem Weg in den Central Park waren. Der Abend war mild und verheißungsvoll, und Sophie wünschte, sie hätte die Schuhe ausziehen und barfuß durch den Park laufen können. Seufzend stellte sie ihr Champagnerglas auf einem Tablett ab, das in der Nähe auf einem Tischchen stand.

French McCall stieg aus dem Taxi und betrat den Garten, wo die Gäste mittlerweile dicht gedrängt standen. Während er sich einen Weg durch die Leute bahnte, ging ihm durch den Kopf, dass es Pixie bestimmt nicht gefallen würde, ihn auf der Party zu sehen. Scheiß drauf, dachte er, immerhin bin ich eingeladen, wenn auch nicht von ihr.

Er entdeckte eine große Frau in einem roten Kleid. Sie stand auf den Stufen, umklammerte ihre Handtasche und ließ den Blick über die Leute schweifen. French fand, dass sie einfach umwerfend aussah. Er schnappte sich zwei Gläser Champagner und drängelte sich durch die Menge auf sie zu. Als er näher kam, drehte sie sich plötzlich um. Er merkte ihr die Überraschung stärker an als sie ihm.

»Für die Qualität kann ich nicht garantieren, aber er ist umsonst.« Er hielt ihr ein Glas hin.

»Ich wollte gerade gehen«, erklärte Sophie.

»Normalerweise sagt man Danke. Wie auch immer, Sie können nicht gehen, bevor ich Gelegenheit hatte, Sie zu bewundern.« Er meinte es ernst. Sophie hatte ihr Haar hochgesteckt, was ihre Wangenknochen vorteilhaft zur Geltung brachte, und trug ein dezentes Make-up. French warf einen anerkennenden Blick auf ihr dichtes braunes Haar. Könnte mal einen anständigen Schnitt und ein paar Strähnchen vertragen, dachte er, aber manchmal ist es einfach erfrischend, eine Frau zu sehen, die nicht herausgeputzt ist wie ein Pudel von der Upper East Side.

»Sind Sie ein Fan von unserem Designerfreund?«, erkundigte er sich.

»Nie vorher von ihm gehört. Und Sie?«

»Mit dem Geld, das ich schon für die Klamotten dieses Herrn ausgegeben habe, finanziert er seine Häuser in East Hampton und Miami. Von dem BMW und seinen halbjährlichen Skiurlauben mal ganz zu schweigen.« French schlug sein Jackett zurück, damit Sophie das Label inspizieren konnte.

»Sie sind also nicht hier, um Pixie zu sehen?«

»Spielen Sie eigentlich immer die eifrige Detektivin?«

»Nein. Spielen Sie eigentlich immer den lüsternen Partyhengst?«

French tat, als dächte er über die Frage nach. »Ja, normalerweise schon«, sagte er schließlich.

»Ist das auf Dauer nicht ermüdend?«

»Ohne Fleiß kein Preis.«

Sophie zuckte verächtlich die Schultern.

»Lust hier abzuhauen?«, entrutschte es French zu seiner eigenen Überraschung. Das war eigentlich nicht Teil seines Plans gewesen.

»Ich wollte gerade gehen, als Sie kamen.«

»Ich meinte, mit mir.«

Obwohl Sophie noch nichts gegessen hatte, hatte sie plötzlich das Gefühl, als ob Elektras Kleid viel zu eng wäre, und sie befürchtete, dass es womöglich vor allen Leuten aufplatzen könnte. Sie zog den Bauch ein und verlagerte ihr Gewicht von einem Fuß auf den anderen, wobei ihr die zu kleinen Schuhe unangenehm die Zehen einquetschten.

»Na los, kommen Sie! Ich würde ja behaupten, dass ich nicht beiße, aber das wäre gelogen. Aber immerhin beiße ich nicht ohne Erlaubnis. Gehen wir.«

French legte einen Zeigefinger auf ihren Arm und zu ihrem Erstaunen – und Entsetzen – ließ seine Berührung sie erschauern. »Ich lasse eine Flasche Champagner mitgehen und wir machen ein Picknick im Park.«

Sophie sah sich nach Pixie um, konnte sie aber nicht entdecken. Es gab massenhaft schöne, aufwändig zurechtgemachte Frauen auf dieser Party. Sie hielten Gläser, aus denen sie nicht tranken, und wandten ihre Blicke mit einem nervösen Nein-Danke-ich-hab-schon-gegessen-Lächeln von Servierplatten ab, die vom Personal angeboten wurden. Die meisten trugen ärmellose Tops oder Kleider, die ihre schlanken Figuren betonten und viel Haut zeigten. Sophie hatte das Gefühl, dass sich ihr geliehenes – oder war es gestohlen? – Kleid noch enger um ihren Brustkorb zusammenzog und die Luft aus ihr herauszupressen schien.

»Ich denke nicht«, sagte sie. Im selben Moment glaubte sie, ein leises Geräusch zu hören, wie ein Reißen. Gleich würden die Nähte nachgeben. Langsam stellte sie ihr Glas ab, da sie befürchtete, dass jede plötzliche Bewegung das Ende für den zarten Stoff bedeuten könnte. *Atmen, Sophie! Keine Panik!* »Ich muss jetzt wirklich los«, sagte sie gepresst. »Ich habe noch etwas zu erledigen.« French starrte entgeistert hinter ihr her, als sie ihn stehen ließ.

23

Als Sophie gerade die Party verlassen wollte, kam ihr Margarite Jordan entgegen.

»Guten Abend, Mrs Jordan«, grüßte sie. »Ich bin Sophie Graham.«

»Sophie«, wiederholte Margarite bedächtig, als versuche sie sich zu erinnern. »Aber natürlich. Wie geht es Ihnen?«

»Mir geht es gut. Ist Richard auch hier?«

»Nein. Er hasst solche Feste. Aber mir macht es nichts aus, allein zu kommen. Auf diese Weise habe ich etwas Zeit für mich.«

Sophie unterdrückte ein Lächeln. Sie konnte sich kaum vorstellen, dass sich Margarite irgendwann mit etwas anderem befasste als mit sich selbst.

»Was für eine bezaubernde Party!«, flötete Margarite, die bereits ihren Blick über die Gäste schweifen ließ. »Amüsieren Sie sich gut?«

»Ja, danke.« Sie musterte Margarites Gesicht und suchte nach den Spuren der plastischen Chirurgie, von denen Bridget geredet hatte, konnte aber keine entdecken. Margarite hatte die nichts sagende, glatte Schönheit eines Seifenopernstars.

»Ich würde Sie gern einmal wegen Elektra sprechen. Es interessiert mich zu hören, was Sie von der Sache halten.«

»Elektra? Ach ja, das ist sehr unerfreulich, nicht wahr? Richard hat furchtbare Laune. Stellen Sie sich vor, er hat sogar unseren Urlaub gestrichen.«

»Und was halten Sie von der Sache?«

»Ich finde, Elektra führt sich auf wie ein verzogenes Kind.

Einfach so zu verschwinden ohne jemandem Bescheid zu geben! Ich meine, was soll dieses Benehmen?«

»Kannten Sie Susan?«

Margarite begann das Thema offenbar bereits zu langweilen. Ihre Augen wanderten durch den Raum auf der Suche nach einem angenehmeren Gesprächspartner. »Ja«, antwortete sie schließlich. »Ich bin ihr ein paar Mal auf Partys und bei ähnlichen Anlässen begegnet.«

»Und wie war sie so?«

»Ein bisschen neurotisch«, antwortete Margarite mit einem Hauch von Selbstgefälligkeit.

»In welcher Hinsicht?«

»Na ja, Richard und sie hatten eindeutig Eheprobleme, das konnte man allein schon an ihrer Körperhaltung ablesen. Richard erzählte mir später, er habe den Verdacht gehabt, dass Susan eine Affäre hatte. Er konnte es aber nie beweisen.«

»Eine Affäre? Mit wem?«

»Mit irgendeinem Anwaltstypen. Den Namen habe ich vergessen.«

»Robert Bragg?«

»Ich glaube ja. Der Name kommt mir bekannt vor. Er war schon immer in Susan verliebt, hat Richard erzählt. Aber jetzt kommt das Sahnehäubchen –« Margarites Augen leuchteten, und sie befeuchtete sich die Lippen. »Ich habe es Richard nie erzählt, weil er sich nur aufregen würde, aber ich glaube, dass Elektra mit dem gleichen Typen schlief.«

»Warum?«

»Ich habe einen Brief gefunden, den Susan angefangen hatte. Er lag ganz hinten in einer Schublade.«

»Woher wissen Sie, dass er von Susan war?«

»Na ja, ich habe ihn in ihrem Arbeitszimmer gefunden. Er war an Elektra adressiert. ›Ich kann nicht glauben, dass mich meine eigene Tochter auf diese Art betrügt‹, oder so ähnlich begann er.«

»Haben Sie den Brief noch?«

»Ich habe ihn zerrissen.«

»Warum?«

»Ich wollte nicht, dass Richard ihn findet. Er hätte sich nur noch mehr aufgeregt. Das alles ist Vergangenheit und spielt keine Rolle mehr.«

Mit diesen Worten verschwand Margarite in der Menge, bevor Sophie noch etwas sagen konnte.

Sie schaute auf und sah, dass French in ihre Richtung blickte. Er zog eine Braue hoch, als wolle er sagen, dass sein Angebot noch stand. Sophie schüttelte den Kopf. Sie war nicht an Elektras abgelegten Liebhabern interessiert.

Zurück in Elektras Loft schälte sich Sophie sofort aus dem Kleid. Sie begann allmählich, sich an die Wohnung zu gewöhnen. Vielleicht würde Elektra ja nie zurückkehren, und sie konnte dieses unwirkliche Leben für immer weiterleben.

Sie merkte plötzlich, dass sie beinahe am Verhungern war. Zeit für ein großes Stück fettige Pizza. Oder sogar zwei.

Sie blätterte einen Stapel mit den Angeboten verschiedener Lieferservices durch. Chinesisch, Griechisch, noch mal Chinesisch, diesmal Hunan, Shanghai Spezialitäten, Singapur.

Pizza. Sie wollte Pizza. Sie ging den Stapel noch einmal durch, fand aber keinen Pizzaservice. Doch dann erinnerte sie sich, dass die letzte Nummer, die Elektra von ihrem Telefon aus gewählt hatte, ein Pizzaservice gewesen war. Die Nummer musste eigentlich noch in der Anrufliste gespeichert sein.

»Pizza Palast.« Die Stimme der Frau am anderen Ende der Leitung klang gehetzt.

»Hallo, ich hätte gerne eine Pizza bestellt. Salami mit extra viel Käse.«

»Salami mit extra Käse. Wie lautet Ihre Adresse?«

»Spring Street«, Sophie nannte die Hausnummer.

»Tut mir Leid, so weit nördlich liefern wir nicht.«

»Sind Sie sicher?«

»Ganz sicher.«

Sophie legte auf. Warum rief Elektra bei einem weit entfernten Pizzaservice an, wo es doch praktisch an jeder Ecke einen gab? Es sei denn, sie hatte sich verwählt. Ja, das musste es sein, sie hatte sich bestimmt verwählt.

Aber wenn sie sich verwählt hatte, hätte sie dann nicht die Nummer überprüft und neu gewählt?

Sophie zog ihre Jeans und die Turnschuhe an. Dann holte sie das Telefonbuch aus Elektras Arbeitszimmer, um die Adresse des Pizzaservices herauszusuchen. Und plötzlich fiel ihr wieder ein, was sie Richard Jordan bei ihrem letzten Treffen eigentlich hatte fragen wollen, dann aber vergessen hatte. Was hatte Elektra und ihren Vater samt Stiefmutter eigentlich in Reggies Bar verschlagen? Richard Jordans Büro und seine Wohnung lagen in Uptown, und Elektra wohnte in SoHo. Sie hätten sich in hundert anderen Bars treffen können – warum also hatten sie die lange Reise nach TriBeCa gemacht?

Sophie fand die Antwort auf diese Frage im Telefonbuch. Der Pizza Palast lag am Broadway, zwei Straßen von Reggies Bar entfernt.

24

Der Pizza Palast befand sich in einer Straße mit schäbigen viktorianischen Gebäuden, in denen Discount-Kleiderläden, Schusterwerkstätten und Cafés untergebracht waren.

Die Pizzeria lag im Erdgeschoss eines vierstöckigen Hauses. Sophie las die Namen auf den Klingelschildern. Bei den meisten schien es sich um kleine Firmen zu handeln. Auf dem Schild für den vierten Stock stand kein Name.

Sophie betrat die Pizzeria, in der sich mehr Angestellte als Kunden aufhielten. Zwei einzelne Gäste saßen an mit Plastikdecken bezogenen Tischen, der eine starrte gleichgültig auf seinen Teller, der andere schaufelte sich mechanisch Essen in den Mund, während er die Augen starr auf den Fernseher gerichtet hielt. Vor dem Pizzaofen scherzten drei lateinamerikanische Köche herum, und eine Frau mittleren Alters, deren Haare in einem nicht besonders überzeugenden Schwarz gefärbt waren, nahm eine Bestellung am Telefon entgegen. Sie hatte eine brüchige, maskuline Stimme, die sich anhörte, als rauche sie zu viel.

Ein dritter Gast betrat den Laden, ein Mann im Geschäftsanzug.

»Hallo, Pearl«, begrüßte er die Frau.

»Hallo, Roy. Das Übliche?«

»Natürlich.« Der Mann ließ sich schwerfällig auf einem Plastikstuhl am Fenster nieder.

Pearl bellte den Köchen einige Befehle zu, die daraufhin begannen, Beläge auf Pizzateig zu werfen.

Sophie trat auf die Frau zu. »Pearl? Ich bin Sophie Graham, eine Freundin von Elektra.«

»Und?« Pearl tätschelte ihre Hosentasche, als wolle sie sich versichern, dass ihre Zigaretten noch darin waren.

»Sie hat noch ein paar Sachen von mir und sagte, ich solle mich an Sie wenden, wenn ich in die Wohnung wollte.«

»Mir hat sie nicht erzählt, dass jemand kommt«, entgegnete die Frau, holte die Zigaretten aus der Tasche und legte sie behutsam vor sich auf die Theke.

»Vielleicht hat sie es vergessen. Sie musste schnell weiter.«

Der Kunde, der auf seine Pizza gestarrt hatte, stand auf und ging, und ein paar Sekunden später folgte der andere Gast. An Roys Haltung ließ sich ablesen, dass er etwas zum Mitnehmen bekam, er musste also nicht bedient werden.

»Mir hat sie nicht erzählt, dass jemand kommt«, wiederholte Pearl, wobei sie nicht Sophie, sondern ihre Marlboros ansah.

Sophie begriff, dass Pearl gern nach draußen gegangen wäre, um eine Zigarette zu rauchen.

»Sie ist nicht in der Stadt«, sagte Sophie. »Sie bleibt für eine Weile weg, und ich brauche meine Sachen.«

»Was für Sachen eigentlich?«, fragte die Frau schroff.

»Ein paar Bücher. Es dauert nur ein paar Sekunden.«

»Und Sie sind Elektras Freundin?«

»Noch aus der Schule.«

»Sie hat nie erwähnt, dass jemand kommt.«

»Sie ist ein bisschen vergesslich. Ich hätte ihr die Bücher nicht leihen sollen, sie vergisst immer, sie zurückzugeben.« Sophie konnte das Verlangen der Frau nach einer Zigarette fast greifen. Sogar sie, die selten rauchte, bekam allmählich Lust, sich eine anzustecken.

»Sie hat mir von dem Atelier erzählt. Ich war noch nie da oben, aber es muss wirklich nett sein. Wirklich eine Schande, dass sie ihr Kunststudium abgebrochen hat. Ich war froh, als ich hörte, dass sie trotzdem weitermalt. Ich glaube, sie hat echt Talent. Aber das hat sie ja bestimmt von ihrer Mutter geerbt.«

»Sie hat mir nicht erzählt, wofür sie die Wohnung wollte, und ich habe nicht gefragt.« Die Frau wühlte in einer Tasche und brachte einen großen Schlüsselbund zum Vorschein. Die Pizzen waren mittlerweile im Ofen und rochen überraschend appetitlich. Sophies Magen knurrte, und sie nahm sich vor, später noch etwas zu essen.

»Ich bringe Sie nach oben«, seufzte die Frau schließlich und hievte sich von ihrem Hocker hoch.

»Nicht nötig, danke, ich kann auch schnell allein hinaufspringen. Vierter Stock, richtig?«

Die Frau nahm die Schachtel Marlboro von der Theke und hielt einen Moment lang inne. Sophie ahnte, dass es Pearl wegen der Raucherei recht schwer fallen würde, in den vierten Stock hinaufzusteigen. Heimlich drückte sie ihre Daumen, sagte aber nichts und wartete, wobei sie sich bemühte, einen freundlichen, Vertrauen erweckenden Gesichtsausdruck auszusetzen.

»Also gut, gehen Sie hinauf.« Die Frau löste einen Schlüssel von dem Bund. »Sie sehen mir nicht aus, als würden Sie Schwierigkeiten machen.«

25

Die Tür zum Appartement im vierten Stock hatte ein neues Schloss, und Sophie musste ein wenig an dem Schlüssel rucken, bis sie es schließlich aufbekam. Sie drückte die Tür auf und verharrte ein paar Sekunden lang auf der Türschwelle. Bei dem Gedanken daran, was sie womöglich vorfinden könnte, war ihr leicht mulmig zumute.

»Hallo?«, rief sie leise, während sie nach dem Lichtschalter tastete und die Deckenbeleuchtung einschaltete. »Ist hier jemand?«

Niemand antwortete.

Das Atelier war das genaue Gegenteil von Elektras nüchterner Wohnung. Leinwände lehnten dreifach und vierfach hintereinander gestapelt an den Wänden, Farbtuben, Buntstifte und andere Malutensilien lagen durcheinander auf einem großen Tapeziertisch. Ungerahmte Poster von Kunstausstellungen und Skizzen waren mit Reißzwecken an den Wänden befestigt. In einer Ecke befanden sich ein kleines Waschbecken, eine Herdplatte und eine Mikrowelle. Ein vereinsamter Dean-and-Deluca-Kaffeebecher stand kopfüber auf der Geschirrablage. Am Fenster stand ein abgewetzter Polstersessel, neben dem sich diverse Kunstbücher stapelten.

Sophie trat auf die Leinwände zu und sah sich die Bilder an. Die meisten waren abstrakt, großflächig in kräftigen Farben gemalt. Sophie kannte sich mit Kunst nicht aus, aber die Bilder wirkten ganz passabel, durchaus die Sorte, von der sie sich vorstellen konnte, sie aufzuhängen.

Sie lehnte die Leinwände wieder an die Wand zurück und blätterte durch einen Stapel Papiere, der auf dem Tapeziertisch lag. Dabei stellte sie fest, dass es sich um jene Hinweise auf Elektras Alltag handelte, die in ihrer Wohnung fehlten. Sie fand Briefe vom freien Sender NPR, dem Zoo in der Bronx, den Samaritern und einem Frauenhaus – sie alle dankten Elektra für eine großzügige Spende. Zwischen den Briefen lagen mehrere Kassenbelege von Kleidungskäufen und unzählige Angebote für Kreditkarten. Ganz unten in dem Stapel Papier entdeckte Sophie eine Abrechnung von Elektras American-Express-Karte, die sie in ihre Tasche steckte.

Auf der Straße polterte ein Lastwagen vorüber, und durch die Vibrationen wurden im Haus gleich mehrere Alarmanlagen gleichzeitig ausgelöst. Sophie machte vor Schreck einen kleinen Luftsprung. Zeit, hier zu verschwinden, dachte sie.

Als sie gerade die Tür hinter sich zuziehen wollte, fiel ihr ein, dass sie ein Buch mitnehmen musste, damit Pearl keinen

Verdacht schöpfte. Sie drehte sich noch einmal um und entdeckte eine bunte Sammlung von Taschenbuchromanen, die Elektra zusammen mit ein paar Videokassetten in grauen Plastikhüllen lieblos in ein niedriges Kiefernholzregal gestopft hatte. Sophie trat vor das Regal, zog eine der Videokassetten heraus und las den Namen der Produktionsfirma: Parker Pictures. Seltsam, dass Elektra so etwas besitzt, dachte sie. Weder in diesem Atelier, noch in Elektras Wohnung gab es einen Videorekorder, auf dem sie die Bänder hätte abspielen können. Als Sophie die Hülle öffnete, fiel ihr eine Visitenkarte entgegen. Sophie steckte sie zu der Kreditkartenabrechnung in ihre Tasche, schnappte sich einen Graham-Greene-Roman und verließ das Appartement. Die Tür schloss sie sorgfältig hinter sich.

Die American-Express-Abrechnung hatte sich letzten Endes doch nicht als so großartiger Fund erwiesen. Am Tag nach dem Besuch in Elektras Atelier hatte Sophie das Kreditinstitut angerufen und sich als Elektra ausgegeben. Man hatte ihr gesagt, dass ihre Rechnungen bezahlt seien und keine weiteren Buchungen ausstünden.

Sophie war enttäuscht und zugleich ein wenig verwirrt. Wenn Elektra auf Reisen war, wie die meisten Leute, die sie kannten, vermuteten, warum gab sie dann kein Geld aus? Ihr Vater hatte gesagt, das sei ihr Lieblingshobby. Warum vernachlässigte sie es also?

Am nächsten Morgen war Sophie nach dem Aufstehen direkt zu Kinko's gegangen, wo sie sich neue Visitenkarten mit dem Aufdruck »Sophie Graham, Privatdetektivin« drucken ließ.

Wenn sie diese Lüge schon leben wollte, sollte sie es richtig tun.

Dann war sie in das Loft zurückkehrt, hatte eines von Elektras schicken Kostümen angezogen, bei Parker Pictures angerufen und ein Treffen mit einer gewissen Sandy Marshall vereinbart. Sandy hatte Sophies Geschichte nicht einmal hinterfragt oder sie gebeten, sich irgendwie auszuweisen.

»Setzen Sie sich, wenn Sie einen Platz finden«, begrüßte Sandy Sophie freundlich. Mit ihren schokoladenbraunen Locken, die ihr bis zur Schulter fielen, und der porzellanweißen Haut wirkte sie wie ein Filmstar aus längst vergangenen Zeiten. Sie trug Chinos, ein loses Herrenbaumwollhemd und einen flotten Schal um den Hals. Außer einem dunkelroten Lippenstift hatte sie kein Make-up aufgelegt. »Stellen Sie die Kassetten einfach auf den Boden«, schlug sie vor.

Das Büro war geräumig und voll gestopft mit Videokassetten. Sie standen auf fast jeder Ablagefläche und stapelten sich auf dem Boden. Die Wände waren kahl. Unter dem Fenster lehnten ein paar gerahmte Urkunden an der Wand – Parker Pictures hatte offenbar mehrere Fernsehpreise gewonnen –, als hätte niemand Zeit gefunden, sie aufzuhängen. Das Büro wirkte, als sei es erst vor kurzem bezogen worden.

Sophie räumte ein paar Kassetten von einem Stuhl und setzte sich vorsichtig auf die Kante. Sandy trat vor eine Kaffeemaschine, die auf dem Sideboard stand, und schenkte zwei Tassen Kaffee ein.

»Elektra Jordan –«, sagte sie, reichte Sophie eine der Tassen und rieb sich die Augen, bevor sie sich in einen Sessel fallen ließ. »Gott, was ist das nur für ein Monat! Also, Elektra war Praktikantin bei uns. Russ Parker, mein Boss, hat sie eingestellt. Ich schätze, sie hatte eine seiner Vorlesungen besucht und war dermaßen beeindruckt von ihm, dass sie gleich hier angerufen hat. Ich hielt sie für ein reiches Gör, das die Flucht ergreifen würde, sobald sich die Arbeit das erste Mal mit ihren Lunchverabredungen im Cipriani's überschnitten hätte. Wenn es nach mir gegangen wäre, hätten wir jemanden genommen, der ein paar Kenntnisse in Journalismus oder gar Erfahrung mit Filmproduktionen mitbringt, aber Russ setzte sich durch. Na ja, schließlich ist es sein Name, der an der Tür steht, also kam Elektra Jordan zu uns.«

»Wann war das?«

»Im Januar.«

Dann hatte Elektra also bereits bei Parker Pictures gearbeitet, als Sophie sie in Reggies Bar getroffen hatte. Sonderbar, dass sie es nicht erwähnt hat, dachte Sophie. »Und was waren ihre Aufgaben?«, fragte sie.

»Sie katalogisierte Videokassetten. Arrangierte Interviews. Holte Kaffee. Nun ja, die üblichen Aufgaben von Praktikanten eben. Und ich muss sagen, sie hat hart gearbeitet und sich richtig reingehängt. Nachdem sie ein paar Wochen bei uns war, musste ich Russ gegenüber eingestehen, dass ich mich in ihr getäuscht hatte.«

»Was wird hier eigentlich produziert?«, fragte Sophie.

»Zuletzt haben wir eine Dokumentation über Insidergeschäfte gemacht«, erwiderte Sandy Marshall tonlos. Sie klang nicht besonders begeistert von dem Thema – aber vielleicht war sie auch einfach nur müde. Sophie bemerkte die dunklen Ringe unter ihren Augen. »Sie lief vor ein paar Wochen auf PBS, wahrscheinlich haben Sie davon gehört.«

Sophie schüttelte den Kopf. »Hat Elektra Ihnen gesagt, warum sie ging?«

»Das musste sie nicht.«

»Warum nicht?«

»Sie wissen also gar nicht, was passiert ist?« Sandy Marshall lehnte sich in ihrem Sessel nach vorn.

»Nein.«

»Ah.« Sandy nahm einen Bleistift und tippte damit auf ihre Schreibtischunterlage.

Sophie schoss durch den Kopf, dass Elektra vielleicht etwas falsch gemacht hatte und deswegen gefeuert worden war. Bei dem Gedanken keimte eine gewisse Schadenfreude in ihr auf, die sie schnell und beschämt beiseite schob. Dann sah sie, dass Sandy Marshall weinte. Hastig wischte sie sich die Tränen aus den Augenwinkeln.

»Russ ist gestorben«, erklärte sie schließlich. »Und jetzt ist alles ein riesiges Chaos.« Sie stand auf, ging zur Kaffeemaschine und schenkte sich noch eine Tasse ein.

»Das tut mir Leid.«

»Es war ein dummer Unfall. Er fiel die Treppe hinunter und brach sich das Genick, können Sie sich das vorstellen?« Sandy setzte sich wieder. »Dabei hatte ich ihm schon oft gesagt, er solle Teppich auf diese beschissenen Stufen legen.«

Sie zupfte ein Papiertaschentuch aus einer Packung auf dem Tisch und putzte sich geräuschvoll die Nase. »Und wie Sie sich vielleicht vorstellen können, ist seitdem alles ziemlich durcheinander. Elektra hat uns verlassen. Sie sagte, sie sei zu traurig, um bleiben zu können, und wer kann es ihr verübeln? Hier herrscht zurzeit nicht gerade beste Stimmung. Und Gott weiß, wie es mit der Firma und mit mir weitergehen soll. Ich musste Russ' Assistentin bereits kündigen, weil alles so unsicher ist. Obwohl das, ehrlich gestanden, ein Segen ist, denn sie war ein hinterhältiges kleines Biest. Russ beging einen großen Fehler, als er sie einstellte. Ich habe jedenfalls keine Aufträge in Aussicht. Russ war der Chef, er hatte die Kontakte. Ich weiß nicht, ob ich es schaffe, ihn zu ersetzen, im Moment fehlt mir einfach die Kraft dazu.«

Sie schnäuzte sich noch einmal. »Entschuldigung, ich sollte Sie nicht mit dem Ganzen belasten. Sie wollten wissen, was mit Elektra ist. Ich weiß nicht, wo sie ist. Ich habe sie seit dem Tag, an dem Russ starb, nicht mehr gesehen. Das war am achtundzwanzigsten April. Sie erzählte nicht, was sie für Pläne hatte, und ich habe nicht gefragt.« Sandy Marshall wischte sich erneut mit dem Handrücken die Tränen weg. »Vielleicht weiß die Polizei Bescheid. Sie haben uns alle befragt. Vielleicht hat Elektra ihnen etwas gesagt.«

»Was hat die Polizei für Fragen gestellt?«

»Sie wollten wissen, wann wir Russ das letzte Mal gesehen hatten, wie er sich da fühlte – solche Sachen.«

»Und was sagte Elektra?«

»Ich weiß es nicht. Sie haben uns einzeln befragt. Erst mich, dann Chantal, dann Elektra. Und hinterher sagte Elektra, sie könne nicht mehr hier arbeiten. Ich konnte ihr nicht böse sein, aber ich war ein bisschen neidisch, dass sie einfach so weggehen konnte.«

»Chantal? Ist das der Name von Russ' Assistentin?« Sophie schrieb den Namen auf ihren Block und setzte ein großes Ausrufungszeichen daneben.

»*Ehemaliger* Assistentin. Chantal Ryder.«

»Hey, wie geht es unserem Aschenbrödel? Wie war der Ball? Ist der Märchenprinz in seiner goldenen Kutsche aufgekreuzt?«

»Dem Märchenprinzen ist offenbar was dazwischen gekommen. Vielleicht ist er ja im Stau hängen geblieben.«

»So ein Pech.« Der Typ vom Internetcafé hatte braune Augen und einen dunklen Teint, was in Verbindung mit dem aschblonden Haar exotisch wirkte. Er ist bestimmt fotogen, dachte Sophie. Vielleicht ein Schauspieler. Sie sah auf seine Hände. Die Finger waren lang und schlank und im Gegensatz zur restlichen Erscheinung sehr gepflegt. An der linken Hand entdeckte Sophie ein paar Schwielen. Offenbar war der Typ also doch kein Schauspieler. Vielleicht eher Musiker? Arbeitslos, natürlich, sonst würde er schließlich nicht im Internetcafé arbeiten.

»Wie heißt du eigentlich?«, fragte er.

»Sophie.«

»Ich bin Thomas.« Er schüttelte ihr die Hand und lächelte. Sophie fiel auf, dass er wunderschöne schwarze Wimpern hatte. Sie waren länger als ihre eigenen.

»Hallo, Thomas.«

»Deine neue Frisur gefällt mir.«

Sophie fuhr sich unwillkürlich mit der Hand an den Kopf. Sie trug ihr Haar jetzt kürzer, mit einem Pony über der Stirn. Und sie war blond. »Ich wurde von einem verrückten Egomanen gefangen gehalten, der mich nicht gehen ließ, bis ich mich völlig seinem Willen ergab.« Elektras Friseur hatte leider keine brauchbaren Informationen über den Aufenthaltsort seiner Lieblingskundin für Sophie gehabt. Aber er hatte Elektra so lange nicht gesehen, dass er fest davon überzeugt war, dass sie einen neuen Stylisten gefunden hatte. Auf jeden Fall hatte er darauf bestanden, bei Sophie sein Bestes zu geben, damit Elektra ihren Fehler einsähe und zu ihm zurückkehrte.

»Vielleicht solltest du mir seine Nummer geben.« Thomas zeigte auf seine Locken, die in alle Richtungen vom Kopf abstanden.

»Ich würde ihn dir nicht empfehlen, es sei denn, du bist Drogenbaron oder im internationalen Waffengeschäft tätig.

Ich wäre fast in Ohnmacht gefallen, als er mir die Rechnung präsentierte. Abgesehen davon, dass der Typ komplett durchgeknallt ist.«

»Dann gehe ich vielleicht doch weiter zu meinem alten Friseur. Mit ihm kann ich mich sowieso immer bestens unterhalten. Hast du eigentlich gefunden, wonach du suchst?«, fragte er unvermittelt.

»Elektra?«, erwiderte Sophie, bevor ihr bewusst wurde, dass Thomas ihre Internetrecherche gemeint hatte. »Oh sicher. Ja, danke.«

»Sehr gerne«, sagte er. »Schau bald mal wieder vorbei.«

Alle Nachrichtenmeldungen zum Tod von Russ Parker stimmten in den entscheidenden Punkten überein. Am letzten Sonntag im April hatte er in seiner Stammkneipe in Brooklyn Heights ein Glas zu viel getrunken, war zu Fuß nach Hause gegangen und dort eine rutschige Treppe hinuntergefallen. Sein Tod war eine Tragödie, darin waren sich die Medien einig – Russ Parker war ein preisgekrönter Dokumentarfilmproduzent, der eine viel versprechende Zukunft vor sich hatte. Selbst seine Frau, mit der er in Scheidung lebte, hatte erklärt, Russ Parker sei der netteste Mann gewesen, der ihr je begegnet war. Dabei hatten einige Boulevardzeitungen hervorgehoben, dass die Scheidung der beiden nicht besonders harmonisch verlief: Pietra Parker hatte offenbar einen Rechtsanwalt engagiert, der für sie durchsetzte, dass sie das alleinige Sorgerecht für ihre beiden Töchter erhielt. Die Polizei hatte Parkers Tod untersucht und erklärt, dass sie ihn nicht als verdächtig einstuften. Der Fall war abgeschlossen. Ein tragischer Unfall.

Aber warum hatte Elektra dann so kurz nach dem Tod von Russ bei Parker Pictures aufgehört, und warum versuchte Chantal, auf diese seltsame Art mit ihr in Verbindung zu treten?

26 »Chantal! Schön, dass wir uns endlich treffen«, sagte Sophie. Sie lief leichtfüßig neben Chantal her, die auf Stöckelschuhen aus ihrer Wohnung gewackelt gekommen war. Chantal trug eine enge schwarze Lederhose und ein Top mit Leopardenmuster, und Sophie fragte sich, wohin in aller Welt sie in einer derartigen Aufmachung in Brooklyn gehen wollte. Chantal wohnte in Park Slope, nicht weit von Russ Parkers ehemaliger Wohnung entfernt. Es schien, als führten alle Wege nach Brooklyn. »Du erinnerst dich sicher an mich. Ich bin Sophie. Du hast angerufen, aber wir scheinen nie die Gelegenheit zu finden, uns zu unterhalten.«

»Ich muss mich nicht mit dir unterhalten.«

»Nein, musst du nicht, aber es wäre nett, findest du nicht?«

»Wie bist du an meine Adresse gekommen? Hast du vor meiner Wohnung gewartet?«

»Spiel hier nicht die Entrüstete, Süße. Gerade du solltest wohl kaum Moralpredigten wegen Herumschnüffeleien halten.«

»Hau einfach ab, okay?«

»Ich will nur zehn Minuten mit dir reden. Ich bezahle dich auch dafür. Du bist arbeitslos, stimmt's?«

Chantal zögerte. »Wie viel?«

»Hundert Dollar.«

»Hundertfünfzig.«

»Hundert.«

»Hundertfünfundzwanzig.«

»Hundert.«

»In Ordnung. Zehn Minuten.«

Im Café stellte sich Sophie in der Schlange am Tresen an, während sich Chantal an einen Tisch am Fenster setzte, ihr Handy herausholte und ihre Nachrichten abhörte.

»Ich will das Geld vorher sehen«, sagte sie, als Sophie die Kaffeetassen auf den Tisch stellte.

»Du bekommst es danach.«

»Ich will das Geld vorher sehen.«

»Okay, von mir aus.« Sophie holte das Geld aus ihrer

Börse. Sie hatte es am Geldautomaten geholt, um den Friseur damit zu bezahlen. Aber der Haarschnitt war so teuer gewesen, dass sie mit ihrer Karte bezahlen musste. Die Noten waren steif und neu. Sie zählte einhundert Dollar ab und legte sie auf den Tisch.

Chantal griff nach den Scheinen und ließ sie in ihrer Tasche verschwinden.

»Zehn Minuten«, sagte sie. »Keine Minute länger.«

»Ja, du bist wirklich schwer beschäftigt, das kann ich sehen.«

»Neun Minuten und fünfzig Sekunden.« Chantal sah auf ihre Uhr, nahm sie dann vom Handgelenk und legte sie auf den Tisch, so dass sie beide das Ziffernblatt sehen konnten. »Ich schlage vor, du vergeudest keine Zeit.«

»Du lungerst um Elektras Wohnung herum. Warum tust du das?«

»Sie ist eine Freundin. Ich will mir ihr reden.«

»Warum rufst du sie dann immer von Telefonzellen aus an?«

»Wer sagt, dass ich das tue?«

»Ich habe mit dir gesprochen.«

»Beweise es«, erwiderte Chantal grinsend. Sophie schloss die Augen und versuchte, nicht daran zu denken, wie gern sie dieses Grinsen aus Chantals Gesicht wischen würde.

»Wie lange kennst du Elektra schon?«

»Seit sie als Praktikantin ins Büro kam. Aber das weißt du bestimmt schon. Vergeudete Zeit.«

Sophies sah im Geiste vor sich, wie Richard Jordans hundert Dollar mit dem Wind fortwehten und sie vergeblich versuchte, sie zu fest zu halten.

»Weißt du, wo sie ist?«

»Nö.«

»Weißt du, warum sie verschwunden ist?«

Chantal nahm betont langsam einen Schluck Kaffee und tupfte sich geziert die sehr roten Lippen mit einer Papierserviette. »Nö.«

»Was willst du von ihr?«

»Nur ihre Freundin sein.«

»Du hast sie von Telefonzellen aus angerufen, obwohl du ein Handy besitzt. Du hast ihr einen Drohbrief an die Tür gehängt. Keine Freunde, die ich kenne, verhalten sich so.«

»Okay, okay. Elektra schuldet mir Geld, und ich habe versucht, es mir von ihr zurückzuholen.«

»Wie viel?«

»Zweihundert. Ich schätze, in ihrer Glitzer-Schickimicki-Welt hat sie keinen Gedanken daran verschwendet, dass zweihundert Dollar für jemanden viel Geld sein können. Außerdem ist sie mit schuld daran, dass ich meine Arbeit verloren habe. Und jetzt sieht es so aus, als müsste ich aus meiner Wohnung raus. Wie auch immer, die Situation nervt mich tatsächlich ein bisschen, wenn du es genau wissen willst.«

»Wann hast du Elektra das letzte Mal gesehen?«

»An dem Tag, als sie kündigte. Sie sagte, sie würde einen Scheck ausstellen und ihn mir schicken, aber das hat sie nie getan.«

»Sandy sagte, Elektra wäre wegen Ross' Tod total aufgelöst gewesen.«

»Das waren wir alle. Deswegen muss man noch lange nicht andere Leute hängen lassen.«

Sophie nickte. Das klang nach der Elektra, die sie kannte. Andere Leute kümmerten sie nicht.

»Wie war es, mit ihr zu arbeiten?«

»Sie wollte zu Sandy und Russ gehören, obwohl sie nur Praktikantin war. Meistens versuchte sie mit den beiden zu fachsimpeln und ließ dabei wichtige Namen fallen und so.«

»Was für wichtige Namen?«

»Künstlergrößen und dergleichen. Kannte ich nicht. Ich mochte Elektra nicht sonderlich.«

»Und trotzdem hast du ihr Geld geliehen?«

»Sie kann nett sein, wenn sie etwas von einem will. Überzeugend, weißt du? Eines Tages kam sie zur Arbeit und sagte, sie habe ihre Scheckkarte verloren. Sie fragte mich, ob ich ihr zweihundert Dollar leihen könnte. Also bin ich mittags zum Automaten gegangen und hab das Geld geholt. Ich Idiotin! Genauso gut hätte ich es in den Müll werfen können.«

»Hat sie dir manchmal etwas von sich erzählt? Oder irgendwelche Lebensgefährten erwähnt? »

»Nein, wie gesagt, ich war ihr nicht wichtig genug.«

»Hat sie je einen Typen namens French McCall erwähnt?«

»Nein.«

»Robert Bragg?«

»Nein.«

»Was war Russ für ein Mensch?«

»Er war okay. Hat mich nicht besonders gut bezahlt. Ich schätze, er ging davon aus, dass die meisten Leute Treuhandfonds besitzen. Und die Arbeit war ziemlich eintönig, lauter Finanzierungs- und Geschäftskram. In der Mode- oder Beautybranche wäre es mir besser ergangen. Ich musste Überstunden machen und manchmal sogar an den Wochenenden arbeiten. Meine Freunde beschwerten sich immer, dass ich nie mit ihnen ausgehen konnte«, fügte Chantal verdrossen hinzu.

»Was haben die Polizisten gefragt, als sie nach Russ' Unfall ins Büro kamen?«

»Das Übliche. Ich erzählte ihnen, dass er an jenem Freitagabend um sieben gegangen war, und das war's.«

»Hat er öfters viel getrunken?«

»Er arbeitete viel. Damit verbrachte er seine Zeit. Hatte ein hübsches Haus und alles, aber seine Frau und die Kinder waren weg, und ihm blieb nur die Arbeit. Na ja, und die Blumen natürlich.«

»Was für Blumen?«

»Lilien. Das war sein einziges Interesse außer der Arbeit. Er züchtete Lilien.«

27

Lulu hatte Sophie für den Abend eine Überraschung versprochen. Sie trafen sich in einer Bar in der Lower East Side, wo sie sich jetzt, jede mit einem Bier in der Hand, ihren Weg durch die Menge ins Hinterzimmer bahnten. Es war – abgesehen von einer kleinen Bühne – völlig leer. Eine

Band baute gerade ihr Equipment auf, testete Mikrofone und verlegte Kabel.

Lulu war wie immer in dem für sie typischen raffinierten Secondhand-Stil gekleidet. Sie hatte die Gabe, Klamotten für ein paar Dollar zu erstehen und in aufregende Outfits zu verwandeln. Ihr normalerweise dunkles Haar, das sie an diesem Abend zu einer Art Igelfrisur geföhnt hatte, war grün gefärbt. Lulu wechselte die Haarfarbe je nach Stimmung.

»Sieh mal einer an«, sagte sie mit einem Blick auf Sophies kurze blonde Haare. »Neue Frisur. Ganz bezaubernd.«

»Also, wo ist die versprochene Überraschung?«, fragte Sophie.

»Robbie, mein neuer Quasi-Freund.« Lulu deutete auf die Bühne, wo ein dünner junger Mann in einem ausgeblichenen Clash-T-Shirt ein Mikrofon testete. Als er Lulu sah, kam er von der Bühne und begrüßte sie mit einem flüchtigen Kuss auf die Wange. Seine Haut war so bleich, als hätte sie noch nie das Tageslicht gesehen. Sophie schüttelte ihm die Hand, und dann standen sie alle drei ein wenig verlegen da. Robbie hatte nicht viel zu sagen und wollte offensichtlich schnell zu seinem Equipment zurück. Ein paar Minuten später sprang er wieder auf die Bühne und nahm seinen Platz hinter dem Schlagzeug ein.

»Er ist süß«, sagte Sophie.

»Ja«, seufzte Lulu. »Das ist er.«

»Und wo liegt das Problem?«

»Kein Problem.«

»Warum sagtest du dann ›Quasi-‹Freund?«

»Er kam zu mir nach Hause, als ich krank war. Hat mir Suppe gebracht. Das hat mich umgehauen.«

»Ein Drummer, der Suppe kochen kann?«

»Suppe *kaufen* kann«, stellte Lulu richtig. »Sie war von Hale und Hearty. Aber immerhin.«

»Wo liegt also das Problem?«

Lulu trommelte mit ihren silbern lackierten Fingernägeln auf ihre hölzernen Armreife. Dann beugte sie sich vor, bis ihre Lippen beinahe Sophies Ohr berührten.

»Wir haben noch nie miteinander geschlafen«, flüsterte sie und sah sich um, als erwarte sie, im nächsten Moment von der Sittenpolizei abgeführt zu werden. »Vier Wochen, und absolut nichts. Keinen Schritt weitergekommen.« Sie errötete leicht. »Ich meine, liegt es an mir?«

»Quatsch! Und er sieht auch nicht schwul aus. Obwohl das mit der Suppe natürlich ein bisschen beunruhigend ist ...«

»Wir gehen miteinander aus, und alles ist toll. Dann bringt er mich nach Hause, gibt mir einen Abschiedskuss, und das war's. Gute Nacht. Ich gehe allein hinauf in meine kleine Nonnenzelle.«

Sophie wusste, dass Lulus Appartement mit einer umfangreichen Sammlung afrikanischer Fruchtbarkeitssymbole dekoriert war und nicht die geringste Ähnlichkeit mit einer Nonnenzelle hatte, aber sie ließ ihrer Freundin die Bemerkung durchgehen.

»Vielleicht solltest du ihn betrunken machen und dann die Situation ausnutzen«, schlug sie vor.

»Tolle Idee! Was, wenn er seine Unschuld bis zur Ehe bewahren will? Dann wird er mich am nächsten Morgen hassen.«

»Würdest du mit einem Mann zusammen sein wollen, der seine Unschuld bewahrt?«

»Da ist was dran«, musste Lulu zugeben. Sie warf Robbie einen sehnsüchtigen Blick zu.

Als die Band begann, auf ihre Instrumente einzudreschen, strömten die Gäste aus der Bar ins Hinterzimmer, und Sophie sah, dass einige von ihnen Stöpsel in den Ohren hatten. Sie wünschte, sie hätte auch welche dabei gehabt. Es war schon spät, und sie war müde und spürte, dass sich Kopfschmerzen ankündigten. Mit Zeichensprache gab sie Lulu zu verstehen, dass sie zur Bar gehen wollte, wo es nicht ganz so laut war. Aber Lulu war völlig in die Musik versunken und hatte Sophies Anwesenheit offenbar vergessen.

Sie drängelte sich mit vielen Entschuldigungen zur Theke durch. Ihre Gedanken kreisten um Elektra. Hatte der Tod ihres Chefs etwas mit ihrem Verschwinden zu tun? Vielleicht war es nach dem Selbstmord der Mutter einfach zu viel für sie gewesen, wieder einen Menschen zu verlieren. Womöglich war sie weggefahren, um über alles nachzudenken. Aber wenn es so war, warum in aller Welt hatte sie niemandem gesagt, was sie vorhatte?

Sophie spielte in Gedanken weitere Möglichkeiten durch. Vielleicht hatte Russ Parker, der bekannte Dokumentarfilmer, etwas herausgefunden, weswegen er ermordet worden war. Und Elektra hatte gewusst, um was es sich handelte. Aber das war albern. Sie war Praktikantin gewesen, und ihre verantwortungsvollste Aufgabe hatte wahrscheinlich darin bestanden, die richtige Menge Süßstoff in die verschiedenen Kaffeebecher zu geben.

Dann war da noch die Sache mit den Lilien. In Elektras Wohnung stand eine Lilie, was eigentlich nichts Besonderes war; viele Leute mochten diese Blumen. Aber Bridget hatte gesagt, Elektras neuer Mann habe ihr eine Blume geschickt, als er nicht zum Abendessen kommen konnte. Was, wenn der neue Mann nicht French gewesen war, sondern Russ?

»Alles okay?« Als Lulu sich neben Sophie an die Theke quetschte, wurde ihr bewusst, dass sie schon geraume Zeit dasaß und ihr Bierglas anstarrte. Die Band legte bereits die erste Pause ein.

»Weißt du, ich habe herausgefunden, dass Elektra einen Job hatte und ihr Chef unmittelbar vor ihrem Verschwinden ums Leben gekommen ist.«

»Wow! Vielleicht hat sie ihn ja umgebracht und ist jetzt auf der Flucht.«

»Es war ein Unfall. Zumindest sagt das die Polizei.«

»Die Polizei macht ständig Fehler. Denk nur an all die Leute, die im Nachhinein aufgrund von DNA-Tests freigesprochen wurden. Zwanzig Jahre im Gefängnis und dann heißt es, ›Hoppla, tut uns Leid. Aber wir waren uns einfach sicher, dass du schuldig bist, weil du nun einmal arm und schwarz bist‹.«

»Ich weiß nicht. Dieser Fall scheint ziemlich eindeutig zu sein. Der Mann hatte zu viel getrunken, rutschte auf der Treppe aus und brach sich das Genick. Und es gab offenbar niemanden, der ihm den Tod gewünscht hätte. Aber ich vermute, dass Elektra ein Verhältnis mit ihm hatte.«

Lulu steckte sich eine Zigarette an und ignorierte Sophies letzte Worte. »Unser Strafrechtssystem funktioniert nicht, weil die meisten Menschen nicht in der Lage sind, eine Situation vorurteilsfrei zu betrachten. Sobald wir an einer Situation beteiligt sind, werden wir ein Teil des Problems. Du zum Beispiel. Du denkst, du seiest nur eine Beobachterin in dieser Situation, aber das bist du nicht. Du steckst mittendrin.«

»Red keinen Unsinn.«

»Das ist kein Unsinn. Das sind die Grundlagen der Physik. Der Betrachter verändert das Ergebnis des Experiments durch seine bloße Anwesenheit. Nichts dagegen zu machen.«

»Wie kann das sein?«

»Es stimmt. Auf der Quantenebene.«

»Russ Parkers Tod ist nicht auf der Quantenebene passiert.«

»Das Prinzip ist aber dasselbe.«

»Du redest Unsinn. Immerhin gibt es so etwas wie objektive Beweise.« Sophie massierte sich die Schläfen. Mittlerweile hatte sie definitiv Kopfschmerzen. Sie fühlte sich, als treibe sie orientierungslos auf einem Meer aus Unentschlossenheit und Verwirrung. »Du meinst also, ich sollte Russ Parkers Tod hinterfragen?«

Lulu schlug mit der flachen Hand auf die Theke. »Nein, Sophie. Ich meine, du solltest dich selbst und deine Gründe, diesen Auftrag anzunehmen, hinterfragen. Die Tatsache, dass Elektra dir vor Jahren einen Streich gespielt hat, ist noch lange kein Grund, dass du dich jetzt in ihre Geschichte einmischt.«

»Das war mehr als ein Streich.«

»Aber es ist vorbei. Verstehst du das nicht? Diese alte Geschichte bringt dich völlig aus dem Gleichgewicht. Sie blockiert dich.«

»Die Vergangenheit spielt bei dem Ganzen keine Rolle. Es geht mir nur um das Geld, mehr nicht.«

»Es hat nichts mit Geld zu tun, das weißt du.«

Lulu legte Sophie die Hand auf die Schulter, als wolle sie durch die Geste die Schroffheit ihrer Worte ein wenig mildern. »Geh nach Hause und denk drüber nach, Süße. Du weißt, dass ich Recht habe.«

Auf dem Heimweg ließ Sophie den Kopf hängen. Sie hatte die Hände in den Taschen vergraben und dachte nach.

Als sie noch ein Kind gewesen war, hatte Tante Edie ihre Geburtstags- und Weihnachtsgeschenke immer in riesigen Schachteln mit Schleifen verpackt. Wenn Sophie die erste dieser Schachteln entdeckt hatte, war sie jedes Mal entzückt gewesen. Sie dachte, sie bekäme von Edie genau das Spielzeug, das sie sich so gewünscht hatte. Und dann musste sie sich minutenlang durch Lagen von Papier arbeiten, bis sie schließlich ihr Geschenk in den Händen hielt, welches dann ausnahmslos eine Enttäuschung war. Ihre Tante hatte ihre Geschenke in Secondhandshops oder in einem Genossenschaftsladen gekauft, der »Freiheitskämpfer« in irgendeinem Drittweltland unterstützte, von dessen Existenz Sophie kaum wusste.

Als sie jetzt durch die nächtlichen Straßen ging, wurde ihr bewusst, dass sich Richard Jordans Angebot allmählich als ähnliche Mogelpackung entpuppte. Anfangs war ihr der Auftrag wie ein wertvolles Geschenk vorgekommen, doch je länger sie daran arbeitete, desto stärker hatte sie das Gefühl, dass sie nicht viel mehr als einen Trostpreis zu erwarten hatte.

Sie stand auf dem Bahnsteig Richtung Downtown und freute sich auf Brooklyn und ihr Zuhause, selbst wenn es ein Zuhause mit einem Loch in der Decke war. Sie hatte sich so sehr in Elektras Leben gestürzt, dass sie begann, sich selbst aus den Augen zu verlieren. Es wurde Zeit, für eine Weile von der Bildfläche zu verschwinden, um ein wenig Abstand zu gewinnen. Sie war seit Tagen nicht im Waschsalon gewesen und hatte sich schon lange nichts Anständiges mehr gekocht. Ihr Kühlschrank war leer; sie musste einkaufen und putzen und ihre Schuhe zum Schuster bringen. Eben einen normalen Alltag leben.

Sophie hasste es, auf die U-Bahn zu warten, und um diese Uhrzeit kamen nur selten Züge. Eine Gruppe Touristinnen mit toupierten Haaren und gefälschten Designerhandtaschen drängelte an ihr vorbei und schnatterte aufgeregt über ihre Einkäufe. Eine alte Chinesin wühlte in einer Plastiktüte. Jemand hatte einen Essenskarton fallen gelassen, und der Inhalt lag auf dem Boden verstreut wie ein avantgardistisches Kunstwerk. Die warme Luft roch nach den Essensresten und nach ungewaschenen Körpern. Und noch immer war keine U-Bahn in Sicht.

Zehn Minuten vergingen, und Murphys Gesetz des öffentlichen Nahverkehrs gehorchend fuhren zwei Züge Richtung Uptown ein und wieder ab, aber keiner nach Downtown. Die Touristinnen sprachen jetzt über ihre Handtaschen. Sie waren offenbar überzeugt davon, dass sie ein echtes Schäppchen gemacht hatten, nur weil sie die angeblichen Designertaschen in einem Hinterzimmer gekauft und dreißig anstatt zehn Dollar dafür bezahlt hatten. Dabei handelte es sich eindeutig um billigste Imitate.

Jeder freut sich, wenn er etwas umsonst bekommt, dachte Sophie. In Gedanken ging sie ihr Gespräch mit Lulu noch einmal durch, nur dass diesmal sie selbst die schlüssigen Argumente hatte und Lulu überzeugte, indem sie ihr die Dinge aus ihrem eigenen Blickwinkel schilderte. Sie hatte diesen Auftrag angenommen, weil es jeder in ihrer Situation getan hätte. Es ging schlicht und einfach um Geld, und daran war ja wohl nichts auszusetzen.

Übermüdet und schlecht gelaunt stand Sophie auf dem Bahnsteig. Weitere zwanzig Minuten vergingen, doch wie oft sie sich auch vorbeugte, um in den Tunnel zu spähen, kein Licht näherte sich. Sophie massierte sich die rechte Schläfe, um die Kopfschmerzen zu verscheuchen. Sie dachte an Elektras Wohnung, die nur wenige Gehminuten entfernt lag. Ein Spaziergang dorthin wäre sicher angenehmer, als auf dem schmuddeligen Bahnsteig herumzustehen. Außerdem käme es auf eine Nacht mehr oder weniger nun auch nicht mehr an.

Sophie beschloss, noch fünf Minuten auf die Bahn nach Brooklyn zu warten. Wenn sie dann immer noch nicht käme, würde sie in Elektras Wohnung übernachten.

28 Donna Conran war unentschlossen. Seit zwei Tagen war sie stolze, wenn auch illegale Besitzerin einer American-Express-Karte in Platin. Sie trug die Karte in ihrer Brieftasche umher und hatte noch nichts damit angefangen. Dabei hatte French McCall behauptet, dass sie der Schlüssel zu einem magischen Königreich sei. Donna könne so viel ausgeben, wie sie wolle, ohne dass der Eigentümer sich beschweren würde. Auf Donnas Nachfragen war French allerdings nicht eingegangen. »Vertrau mir«, hatte er gesagt. »Es ist eine todsichere Sache.«

Und genau da lag das Problem. Donna vertraute French nicht. Und nichts war jemals todsicher.

Aber warum sollte er sie übers Ohr hauen? Er hatte doch nichts gegen sie, oder? Klar, sie hatten ein paar Mal gevögelt, manchmal sogar in einem richtigen Bett. Doch sie hatte nie irgendwelche Erwartungen daran geknüpft, hatte sich nie beschwert, weil er nicht anrief. In Wahrheit wollte sie in nüchternem Zustand gar nicht, dass er anrief. French erinnerte sie an eine Filmrolle von Al Pacino, in der er den Teufel spielt – seine Verachtung für die Menschheit im Allgemeinen und die Frauen im Besonderen hatte irgendwie etwas Anziehendes an sich. Dabei umgab ihn eine Aura von Gefühllosigkeit. Nein, irgendetwas stimmte nicht bei ihm.

Vielleicht ist er ja wirklich der Teufel, dachte Donna und lachte nervös. Sie trank einen großen Schluck Wein.

Nein. Sie würde es nicht tun. Sie würde French anrufen und ihm sagen, er solle seine gestohlene Karte wieder abholen. Sollte er doch tun, was er wollte, sie wollte nichts damit zu tun haben.

Bei dem Gedanken fühlte sie sich schon viel besser.

Doch dann geriet sie erneut ins Grübeln.

Tatsache war, dass sie Geld brauchte. Sie hatte zwar genug für das Fettabsaugen gespart, doch sie brauchte dringend etwas Neues zum Anziehen. Im Musikbusiness war Kleidung besonders wichtig. Donna musste immer perfekt gestylt aussehen. Perfekt gestylt, jung und schlank. Sie war fast vierzig und spürte genau, welcher Druck dadurch auf ihr lastete.

Sie nahm die Karte heraus und klopfte damit auf den Kaffeetisch, als würde sie eine Line Koks zurechtschieben. Das war die andere Sache. Donna hätte sich nicht unbedingt als abhängig bezeichnet, aber das Koksen war doch eine recht feste Angewohnheit. Danach fühlte sie sich jedes Mal großartig und machte sich keinerlei Sorgen mehr um Alter und Aussehen. Sie liebte dieses Gefühl und wollte es so oft wie möglich spüren.

Oberflächlich betrachtet war die Rechnung also ganz simpel: Je mehr sie mit dieser Karte ausgäbe, desto mehr Pulver würde sie sich durch die Nase ziehen können.

Das Telefon klingelte. Es war French. Es ist das erste Mal, dass er mich anruft, dachte Donna.

»Hallo, Schätzchen.«

»Mistkerl!«

»Wie läuft's? Hast du die kleine Karte ein bisschen hausieren geschickt?«

»Verpiss dich!«

»Ts, ts«, tadelte French. »Du wirst doch wohl keine Angst haben?«

Donna nahm noch einen Schluck Wein. »Mach dich nicht lächerlich, Kleiner«, erwiderte sie. »Ich war beschäftigt. Ich habe schließlich auch noch andere Verpflichtungen.«

»Wenn du aussteigen willst, sag es. Dann gebe ich die Karte jemandem, der sich gerne mal ein bisschen amüsiert.«

»Ich wette, das sagst du zu allen«, zischte Donna und legte auf.

Sie steckte die Karte in die Brieftasche zurück, ergriff ihre Tasche und verließ das Haus. Sie würde auf ein spätes Abendessen im Orsay vorbeischauen, immerhin hatte sie den ganzen Tag noch nichts gegessen.

Das Essen war ausgezeichnet. Donna bestellte sich eine halbe Flasche Sauvignon Blanc dazu und blieb nach dem Dessert noch ein Weilchen bei einem Cognac sitzen. Dann war Showtime. Donna bat um die Rechnung, und der Kellner schwebte heran. Vorsichtig legte sie die Kreditkarte auf das Silbertablett. Die Quittung kam mit einer Praline zurück. Donna aß sie. Zum Teufel damit, sie würde sich ja sowieso das Fett absaugen lassen.

Sie nahm den Stift und stellte fest, dass sie gerade eben betrunken genug war, um die Unterschrift ziemlich gelungen zu fälschen. Doch die Mühe war umsonst. Der Kellner sah nicht einmal hin, während er den Beleg an sich nahm und abrauschte.

Donna suchte ihre Sachen zusammen und durchquerte das Restaurant. Weil sie damit rechnete, jeden Moment zurückgerufen und als Betrügerin entlarvt zu werden, versuchte sie, sich zu beeilen. Doch ihre Schritte waren so langsam und schwer, als watete sie durch tiefen Schnee. Sie hatte das Gefühl, als ob sämtliche Gäste ihr nachstarrten und darauf warteten, Zeugen ihrer Verhaftung zu werden.

Oh Gott, sie wollte nicht ins Gefängnis! Sie wollte nicht von Frauen zum Sex gezwungen werden!

Ganz ruhig, ermahnte sie sich ärgerlich. Die Unterschrift war in Ordnung gewesen, und außerdem hatte der Kellner gar nicht genau hingesehen.

Sie war schon fast an der Tür, als ihr jemand auf die Schulter tippte.

»Hey!«

Donna drehte sich langsam um, mit einem noch starreren Gesichtsausdruck, als er durch die vielen Operationen ohnehin schon wirkte.

»Entschuldigung«, sagte der Mann. »Ich habe Sie verwechselt.«

»Das macht doch nichts«, gab sie zurück.

Die Luft draußen war drückend und schwül, doch Donna erschien sie so frisch wie eine Frühlingsbrise in den Rocky Mountains. Erleichtert atmete sie tief und genussvoll ein und vollführte dann einen kleinen Freudentanz.

Am nächsten Morgen wachte Donna früh auf. Trotz eines leichten Katers fühlte sie sich gut. So gut, dass sie den Telefonhörer nahm und sich krank meldete.

29

Das Gerät sah auf den ersten Blick aus wie ein extraterrestrisches Raumschiff, und Sophie begann ihre Entscheidung bereits zu bereuen.

Dabei hatte sie es am Morgen noch für eine gute Idee gehalten, Elektras Mitgliedskarte für das Fitnesscenter zu benutzen. In gewisser Weise war es ihr geradezu nahe liegend erschienen, wo sie doch ohnehin schon in Elektras Bett geschlafen hatte. Sophie hatte sich vorgenommen, anständig zu trainieren, um in Endorphinen schwelgen zu können und das geistige Getriebe wieder in Schwung zu bringen.

In das Studio hineinzukommen war kein Problem gewesen. Zwar war ein Foto von Elektra auf der Karte, aber mit den blondierten Haaren konnte Sophie leicht für sie durchgehen. Außerdem hatte sich sowieso keiner dafür interessiert. Sophie hatte die Karte lediglich am Eingang neben der Drehtür durch einen Schlitz ziehen müssen, genau wie bei der U-Bahn.

In den Umkleideräumen standen teure Vasen mit frischen Blumen, und in einem Regal lagen stapelweise weiße Handtücher, die die Kunden für die Sauna und das Dampfbad nutzen konnten. Ein wenig eingeschüchtert von den vielen überheblich wirkenden Frauen mit den durchtrainierten Körpern wâr Sophie in Elektras Gymnastikanzug geschlüpft. Zehn Jahre zuvor war sie eine Zeit lang Mitglied im Fitnesscenter des YMCA in der 3rd Avenue in Brooklyn gewesen, wo eine ganz andere Art von Leuten trainierte.

Jetzt stand sie in dem gepflegten, modernen Trainingsbereich, wo es jedes nur erdenkliche Fitnessgerät gab, und hatte keinen Schimmer, wie irgendeine von diesen Maschinen funktionieren sollte.

Um sie herum wurde bereits verbissen trainiert. Ernste Gesichter starrten gebannt auf eine Reihe von Bildschirmen, die oben an der Wand befestigt waren. Gierige Hände griffen nach Wasserflaschen. Hauptmuskelstränge wurden gedehnt und wieder zusammengezogen. Schweißnasses Haar klatschte auf entblößte Schultern. Sophie stellte sich vor, hier trainierte eine Rasse von Supermenschen, die die Weltherrschaft an sich reißen könnten, wenn sie nur wollten. Und zwar noch vor der Mittagspause, mit nichts im Magen außer mit Vitaminen angereichertem Mineralwasser.

Vorsichtig stieg Sophie auf ein Laufband. Sie studierte die Programmauswahl, konnte aber nicht viel damit anfangen.

»Hey«, sagte ein freundlich aussehender Typ in einem T-Shirt, auf dem »Trainer« stand. »Kann ich dir helfen?«

»Ja«, erwiderte Sophie. »Ich hab dieses Gerät noch nie benutzt.«

»Was für ein Training willst du machen?«

»Na ja, am liebsten eigentlich gar keins. Hier geht es nicht ums Wollen, es ist mehr ein Fall von Müssen.«

»Das Gefühl kenne ich«, sagte der Trainer fröhlich.

»Vielleicht so etwas wie dreißig Minuten zügiges Laufen«, sagte Sophie, wobei ihr durch den Kopf schoss, dass sie das auch anders hätte erreichen können. Sie hätte einfach – wie sie es so oft tat – durch die Stadt wandern können, wo es zumindest Interessanteres zu sehen gab als schwitzende Yuppies.

»Es ist ganz leicht.« Der Trainer drückte ein paar Knöpfe. »Hier musst du Gewicht und Alter eingeben.«

»Ist das nicht ein bisschen indiskret?«

»Ich schaue nicht hin.«

Sophie gab die Zahlen ein.

»Am besten fängst du langsam an, aber du kannst die Geschwindigkeit und den Widerstand mit diesen Knöpfen hier regulieren. Fertig?«

Sophie nickte. Der Trainer drückte auf »Start«, und das Laufband setzte sich langsam in Bewegung.

»Das Programm hat eine Aufwärmphase. Nach fünf Minuten wird es automatisch schneller. Und am Ende wird es von allein wieder langsamer – du hast dann fünf Minuten zum Auslaufen.

»Holt mir das Ding auch meine Hausschuhe und mixt mir einen Martini?«

»Nein, das kann nur das Nachfolgemodell, aber das haben wir noch nicht da. Die Dinger sind sehr gefragt.« Er lächelte ein perfektes, weißes Lächeln. »Viel Spaß beim Training.«

Ich hätte ihn nach Elektra fragen sollen, dachte Sophie, während der Trainer ging, um mit einem seiner Kollegen zu plaudern. Egal, später würde sie noch genug Zeit haben. Sie konnte sich erst einmal ein wenig Zeit für sich nehmen, oder etwa nicht?

Donna Conran startete einen Verwüstungsfeldzug durch Madison Avenue und shoppte den kompletten Straßenzug erbarmungslos nieder.

Sie begann mit der Unterwäsche und arbeitete sich dann Schicht für Schicht vor. Schuhe, Kleider, Hosen, Röcke, noch mehr Schuhe. Dann Accessoires – Ohrringe, Armbänder, Gürtel, Taschen, Sonnenbrillen. Ein neuer Bauchnabelpiercing-Ring – mit burmesischem Rubin.

Es war so einfach. Keiner der Ladenangestellten warf mehr als einen flüchtigen Blick auf die Unterschrift auf der Karte. Nicht einmal bei Tiffany, wo sie den Gipfel der Dekadenz erklomm und ihre Fahne setzte, indem sie sich eine mit Diamanten besetzte Uhr aus Weißgold kaufte.

Erschöpft und – wie sie sich eingestehen musste – von leichter Übelkeit befallen, schleppte sie anschließend ihre Tüten in ein Restaurant, von dem sie gelesen hatte und das sie sich normalerweise nie hätte leisten können. Es war das perfekte Essen. Es war der perfekte Tag. *Das* war der Lebensstil, zu dem sie geboren war.

Sie widmete sogar French McCall einen freundlichen Gedanken, während sie sich über ihr köstliches exotisches und nahezu kalorienfreies Dessert hermachte.

»Miss Jordan?«

»Äh, ja?« Sophie räusperte sich. Sie saß an Elektras Schreibtisch. Vor ihr ausgebreitet lagen ihr Notizbuch und die bunten Karten, die sie, wie ihr schien, seit Stunden betrachtete, ohne dabei auch nur einen Schritt weiterzukommen.

»Hier spricht Scott James von American Express. Ich rufe an, weil es auf Ihrem Konto in den letzten Tagen ungewöhnlich viele Bewegungen gab, Miss Jordan. Können Sie bestätigen, dass Ihre Karte nicht gestohlen wurde?«

»Nein, meine Karte wurde nicht gestohlen. Ich habe sie hier. Moment, lassen Sie mich gerade noch einmal nachsehen.« Sophie raschelte ein wenig mit ihren Notizen und zog eine imaginäre Karte hervor. »Ja, da ist sie.«

»Können Sie bestätigen, dass sie in den letzten zwei Tagen dreißigtausenddreihundertneunundzwanzig Dollar ausgegeben haben?«

Dreißigtausend Dollar! Sophie unterdrückte ein nervöses Lachen.

»Hmm, das klingt wirklich etwas viel. Warum gehen wir die Beträge nicht einzeln durch, und ich vergleiche sie mit meinen Kassenbons?«

Sophie nahm ein Taxi und fuhr nach Uptown. Eine Spur, endlich! Elektra – oder wer immer ihre American-Express-Karte benutzte – hatte sich in einem ziemlich eng eingrenzbaren Bereich aufgehalten: der Upper East Side. Und sie hatte in drei Restaurants gegessen, die jeweils nur einen Block auseinander lagen.

Als Erstes klapperte Sophie mit Elektras Foto in der Hand die Restaurants ab, in der Hoffnung, dass sich einer der Angestellten an Elektra erinnerte, doch niemand konnte etwas sagen. Dann hatte sie plötzlich die entscheidende Idee. Sie rief noch einmal nacheinander in den Restaurants an, meldete sich mit Elektras Namen und fragte, ob sie für den Abend um eine Reservierung gebeten hatte.

Im Orsay hatte sie Glück.

»Sicher, Miss Jordan«, bestätigte der Kellner. »Sie haben für acht Uhr dreißig einen Tisch reserviert.«

»Ich kann einfach nicht glauben, dass du mir das vorenthalten hast«, presste Richard Jordan hervor und kämpfte gegen die Wut, die in ihm aufstieg. Seine Frau saß am Frisiertisch und steckte sich einen Diamanten ans Ohr.

»Es betrifft die Vergangenheit, Liebling, deshalb hielt ich es nicht für so wichtig. Außerdem wollte ich dich nicht verletzen.« Wie immer, wenn Margarite log, klang ihre Stimme eine Oktave höher. Natürlich hatte sie gewusst, dass es wichtig war. Jede Information im Zusammenhang mit Elektra war wichtig. Margarite hatte lediglich auf den Zeitpunkt gewartet, wo sie sie am effektivsten einsetzen konnte. Und natürlich wollte sie ihren Mann verletzen. Sie war seine Leier von seiner toten Frau und der schwierigen Tochter allmählich leid. Immerhin hatte sie ihn geheiratet, um sich zu amüsieren, nicht um in eine Familientragödie hineingezogen zu werden, die es mit jeder Seifenoper hätte aufnehmen können.

Außerdem war es Zeit, dass er die Wahrheit erfuhr. Margarite hatte diese Detektivin angelogen: Richard hatte nicht gewusst, dass Susan ein Verhältnis mit Robert Bragg gehabt hatte. Aber *jetzt* wusste er davon. Und dabei hatte Margarite ihm noch einen Gefallen getan. Es hatte keinen Zweck, in einer Traumwelt zu leben und sich selbst unglücklich zu machen, indem man einem Leben nachtrauerte, das nie existiert hatte. Und es schadete nicht, dass sie dadurch im Vergleich zu Susan wie eine Heilige dastand. Zumindest hatte sie keine Affären hinter seinem Rücken. Und sie plante nicht, ihre zukünftigen Liebhaber – sollte es denn welche geben – mit etwaigen eigenen Töchtern zu teilen.

»Aber jetzt willst du mich verletzen. Willst du das damit sagen?«

»Nein, Darling, natürlich nicht. Ich dachte nur, du könntest es vielleicht dieser Detektivin erzählen – wie hieß sie gleich? Sonja?« Margarite wählte ein mit Diamanten besetztes Halsband aus ihrer Schmuckschatulle und ließ es liebevoll durch die Finger gleiten, bevor sie es umlegte. »Ich dachte, es könnte ihr dabei helfen, Elektra zu finden. Vielleicht weiß dieser Bragg ja sogar, wo sie ist.«

Richard Jordan fielen mehrere mögliche Erwiderungen ein, mit denen er seine neue Frau so hätte verletzen können, dass sie sich heulend in die Kissen geworfen hätte und drei Tage nicht mehr aufgestanden wäre. Stattdessen holte er tief Luft, zählte in Gedanken rückwärts von zehn bis null und versuchte, seine Manschettenknöpfe in die Löcher zu bekommen. »Wo ist der Brief, Margarite?« Der Manschettenknopf glitt ihm aus der Hand und schlitterte über das Parkett. Eine halbe Stunde später waren sie zum Essen verabredet. Es war ein wichtiges Essen. Margarite verstand es, den richtigen Zeitpunkt für einen Streit zu wählen.

»Ich habe ihn verbrannt, Liebling.«

»Wo ist der Brief?«

»Ich habe ihn nicht. Ehrlich.«

Am liebsten hätte er sie geschüttelt. Er kniff die Augen zusammen. Noch nie in seinem Leben hatte er eine Frau geschlagen. »Ich weiß, dass du lügst. Gib ihn mir«, sagte er. »Bitte.«

Er begegnete Margarites verächtlichem Blick in dem beleuchteten Spiegel und fragte sich resigniert, wie sich ihre Beziehung so schnell verändert haben konnte. Sie hatten offenbar bereits jenes Stadium erreicht, in dem man in die Augen des Menschen blickt, dem man sein Leben versprochen hat, nur um zu erkennen, dass er gar nicht derjenige ist, für den man ihn hielt.

»Bitte«, wiederholte er leise.

Langsam streckte Margarite die Hand nach der obersten Schublade ihres Schminktisches aus. Ohne ihren Ehemann aus den Augen zu lassen, öffnete sie sie und zog eine flache Schachtel heraus. Sie hob den Deckel, nahm ein gefaltetes Stück Papier aus der Schachtel und hielt es ihm hin.

»Du liebst mich doch noch, Darling, nicht wahr?«, gurrte sie.

30

»Und jetzt kommt der Clou«, erklärte French McCall Donna beim Aperitif.

Donnas Hand verkrampfte sich unwillkürlich um den Stiel ihres Glases. Also hatte er doch gelogen, als er sagte, es gäbe keinen Haken an der Sache. Natürlich gab es einen. Es gab immer einen verdammten Haken.

French hielt für einen Moment inne, um sich eine Zigarette anzuzünden. »Jetzt schau doch nicht so!«, fuhr er dann fort. »Es ist nichts, nur noch eine Kleinigkeit.«

»Die Beurteilung musst du schon mir überlassen.« Der tadelnde Satz, den ihre Lehrerin in der Siebten immer gesagt hatte, war ihr urplötzlich durch den Kopf geschossen.

»Du hast es fast geschafft«, versuchte French sie zu beruhigen. »Und es hat sich doch ganz hübsch ausgezahlt, oder? Nicht schlecht für ein paar Tage Arbeit, was?« Er musterte sie ostentativ von Kopf bis Fuß. Donna trug Versace. Paisley in Pink, Lila und Gold. Sie zog instinktiv den Ärmel über ihre neue Uhr. Ein bisschen zu laut, dachte French. Er bevorzugte etwas diskretere Modelle.

»Du bist noch unheimlicher, wenn du auf nett machst, anstatt dich als das Arschloch zu geben, das du bist«, sagte Donna leise.

French versuchte, schockiert auszusehen, was ihm nicht gelang. Er tätschelte seine Tasche. »Wollen wir einen kleinen Ausflug zur Toilette machen?«

Donna wollte. Sehr sogar. Doch sie schwieg.

»Es wird die Dinge vereinfachen.«

»Warum tust du das?«

French zuckte die Schultern. »Ein Gefallen für eine Freundin. Ab und zu trage ich eben gerne meinen Teil zum hehren Wohl der Menschheit bei.«

Donna erhob sich von ihrem Stuhl und ging auf die Toiletten zu. »Ach verflucht, bringen wir es hinter uns«, schnaubte sie.

Es war wunderbar. Sie fühlte sich frei und stark und zuversichtlich und glücklich und optimistisch und schlau und lustig und schlank und richtig. Alles würde funktionieren.

Sie ging ins Restaurant, genau wie French es ihr aufgetragen hatte. Sie aß und trank ihren Wein. Der Kellner war äußerst zuvorkommend; er konnte sich sogar noch an ihren Namen erinnern.

Das war lustig.

Das Kokain pulsierte durch ihre Adern und sorgte dafür, dass sie sich fantastisch fühlte. Nur noch eine kleine Sache, und dann wäre alles vorbei. Sie sah auf ihre neue Uhr. Durch die Diamanten war sie etwas schwer zu lesen. Oder vielleicht hatte sie auch zu viel getrunken. Verdammt, sie sollte zumindest halbwegs nüchtern sein für das, was sie noch vorhatte! Sie bestellte noch ein Glas Wein. Ein Exfreund hatte ihr einst vorgeworfen, dass sie durch Alkohol aggressiv würde. Wenigstens an diesem Abend konnte sie sich diese Eigenschaft zunutze machen.

Zum hehren Wohle der Menschheit! Was für ein Arschloch dieser French doch war. Was für ein Penner. Was für ein beschissener Hundehaufen auf dem Gehweg des Lebens.

»Entschuldigen Sie bitte, Miss Jordan?«

Donna blickte auf. Hatte sie etwa laut gesprochen?

Der Kellner beugte sich zu ihr herunter, um ein paar Krümel von der Tischdecke zu bürsten. »Ich dachte, es würde Sie vielleicht interessieren, dass sich die Frau dort in der Ecke nach Ihnen erkundigt hat«, raunte er ihr zu.

»Was wollte sie?« Donna war nicht im Geringsten überrascht, dass sich Frenchs Vorhersage erfüllt hatte und diese Person tatsächlich aufgetaucht war.

»Sie wollte Ihren Namen wissen. Ich sagte, ich sei nicht sicher. Die Rechnung, Miss Jordan?«

»Bitte.«

Donna unterzeichnete die Quittung mit selbstbewusstem Schwung. Sie hätte ebenso gut Mickymaus schreiben können, es wäre völlig gleichgültig gewesen. Sie fühlte sich kühn und mutig. Dem Kellner hinterließ sie ein großzügiges Trinkgeld. In bar.

Was für ein wundervoller Abend um angesäuselt zu sein, dachte Donna, als sie in der Lexington Avenue stand. Mittlerweile war der Sommer voll ausgebrochen. Die Restaurants hatten Tische auf die Bürgersteige gestellt, und die New Yorker waren aus ihren heißen Wohnungen auf die heißen, überfüllten Straßen geflohen.

Donna schlenderte los. Sie wusste, dass die Frau aus dem Restaurant ihr folgte. Jetzt musste sie sich nur noch überlegen, wie sie es anstellen sollte. Sollte sie sie zu einem der Parks führen? Der Carl-Schulz-Park schied definitiv aus. Er war zu klein und dank des historischen Gracie-Mansion-Anwesens waren dort immer Polizisten unterwegs. Central Park war eine Möglichkeit, aber er lag ein bisschen zu weit weg. Außerdem wäre die Frau wohl kaum so blöde, ihr dorthin zu folgen, oder?

Es musste schnell passieren, Donna setzte auf den Überraschungseffekt. Sie bog abrupt in eine ruhige Seitenstraße ein und ging an einer Feuerwache und einer Schule, dann an einer Tierklinik vorbei. Ob es wohl Überwachungskameras gab? Donna wünschte, sie hätte einen Hut aufgesetzt. Pech. Zu spät. Darüber konnte sie sich jetzt keine Gedanken mehr machen. Als sie die 2nd Avenue überquerte, hörte sie das Klappern von Absätzen hinter sich. Verkrampft umklammerte sie ihre neue, glänzende Handtasche. Sie war schwer, verräterisch schwer. Gott, sie würde sich bestimmt Probleme einhandeln! Sollte sich French doch zum Teufel scheren, zusammen mit den Höllenhunden, auf denen er angeritten kam. Donna näherte sich dem Fluss. Sollte sie Richtung Uptown gehen? Downtown? Aber die Avenues waren voller Restaurants und Bars. Verdammt noch mal, in dieser Stadt gab es wirklich kein einsames Eckchen, wenn man mal eines brauchte!

Schwer atmend lief sie schnell weiter. Das Koks – schneller, immer schneller laufen, als wollte man auf einen Zug aufspringen, so fühlte es sich an. So ein Blödsinn! Sie brauchte einen klaren Kopf. Was sollte sie nur tun? Was machte sie eigentlich hier? Warum hatte sie dieses letzte Glas trinken müssen? In diesem Moment hatte Donna das Gefühl, in ihrem bisherigen Leben immer nur versagt zu haben. Sonst wäre ich wohl kaum in einer solchen Situation gelandet, sagte sie sich.

Als sie die Berührung an ihrer Schulter spürte, fühlte sie sich an wie eine Ermahnung Gottes.

Donna wirbelte herum und holte mit der Handtasche aus. Mit einem Brüllen, das tief aus ihrem Bauch zu kommen schien, schleuderte sie die Tasche nach vorn.

Irgendetwas Hartes traf Sophie an der Schläfe, und einen Moment lang hörte und spürte sie nichts. Dann fiel sie rückwärts und versank in der Dunkelheit.

Ich hätte diesen sechsten Wodka gestern Abend nicht mehr trinken sollen, dann wäre mir jetzt nicht so schlecht. Hätte nicht erst um drei nach Hause gehen sollen, trinken und tanzen. Muss mich bessern. Bin kein Kind mehr.

Ihr Bett fühlte sich ungemütlich an. Außerdem war es so kalt. Vielleicht war sie ja am Abend zuvor so betrunken gewesen, dass sie bei offenem Fenster eingeschlafen war. Oder – schlimmer noch – gar nicht nach Hause gegangen war.

»Miss?«

Sophie blinzelte und sah zwei Gesichter, die auf sie herabblickten. Sie begann zu stöhnen und hörte wieder auf, als sie merkte, dass ihr das Geräusch Kopfschmerzen verursachte.

Sie überlegte, ob sie den Kopf heben sollte, ahnte aber, dass sich dann alles um sie drehen würde. Nein, viel sicherer war es, einfach liegen zu bleiben. Wer waren die beiden Leute, deren Gesichter über ihr schwebten? Sophie kannte sie nicht. Die beiden redeten in einer Sprache, die sie nicht verstand. Oder vielleicht konzentrierte sie sich einfach nicht genug.

Sie sah, wie die Frau ihr Handy herausholte. Wahrscheinlich rief sie die Polizei, und die würde kommen und Sophie wegen Trunkenheit in der Öffentlichkeit verhaften. Sie blieb mit geschlossenen Augen liegen, als eine weitere Welle der Übelkeit über sie hinwegspülte. Was nützte es, sie war zu krank, um sich Sorgen zu machen.

»Sie hatten Glück«, fasste die Ärztin in der Notaufnahme zusammen. »Sie haben weder eine Gehirnerschütterung noch einen Schädelbruch. Sie werden für eine Weile Kopfschmerzen haben, das ist alles.« Sie zeigte auf die Röntgenaufnahme von Sophies Schädel. »Es war ein stumpfer Gegenstand, daher ist Ihre Haut nicht verletzt. Ich schätze aber, dass es einen Bluterguss geben wird.«

»Super«, sagte Sophie und tastete nach ihrer rechten Schläfe. Sie fühlte sich gar nicht so, als hätte sie Glück gehabt. Trotz der Schmerzmittel, die man ihr gegeben hatte, fühlte sich ihr Kopf an, als wollte er jeden Moment explodieren.

»Ich verschreibe Ihnen Percodan.« Die Ärztin stellte ein Rezept aus. »Das wird das Schlimmste beheben. Und ich möchte, dass Sie sich gut ausruhen, okay? Auch dabei hilft das Percodan.«

»In Ordnung«, sagte Sophie. Zum Glück hatte sie sich von Richard Jordans Geld eine Krankenversicherung geleistet, sonst läge sie jetzt wahrscheinlich noch immer auf der Straße.

»Wie fühlen Sie sich?«, erkundigte sich die Ärztin in etwas sanfterem Ton.

»Absolut beschissen.«

»Beschweren Sie sich bei der Polizei«, riet sie. »Dann geht es Ihnen besser.«

Sophie nahm ein Taxi vom Mount Sinai Hospital zurück zu Elektras Wohnung. Als sie sich die Stufen hinaufschleppte und den Schlüssel ins Schloss steckte, fühlte sie sich so alt und krank wie noch nie zuvor.

Die Wohnung war ruhig und leer. Sophie schaltete kein Licht an. Sie legte sich auf die Couch im hinteren Zimmer und beobachtete, wie sich allmählich die verschwommenen Umrisse der Möbel aus den Schatten formten, während sich ihre Augen langsam an die Dunkelheit gewöhnten. Dann versuchte sie zu rekonstruieren, was geschehen war. Hatte sie wirklich richtig gehört?

»Vergiss Elektra, oder du wirst es bereuen!«

Das waren die Worte, die sie geglaubt hatte zu hören, bevor sie rückwärts auf den Bürgersteig gestürzt war.

31

»Bragg, verdammt noch mal, komm sofort raus!« Richard Jordan hämmerte gegen die Tür. Er hatte während des gesamten Abendessens seinen Zorn genährt, hatte dann seine Frau ins Taxi gesetzt und war nach Downtown gebraust. Der Mistkerl ist mittlerweile bestimmt betrunken, hoffte Richard. Das würde die Sache erleichtern.

»Bragg, du Arschloch, ich bin's, Jordan.« Die Nachbarn lauschten wahrscheinlich, doch Richard war das mittlerweile egal. Der Mann hatte mit seiner Frau *und* seiner Tochter geschlafen, verflucht noch mal!

»Bragg, ich zünde das Haus an, wenn es sein muss!« Richard wusste, dass Robert sehr eifersüchtig darauf gewesen war, dass er Susan geheiratet hatte, und nie aufgehört hatte, sie zu verehren. Und als die Dinge zwischen Richard und Susan nicht mehr so gut gelaufen waren, hatte Robert sich wieder an sie herangemacht, der selbstgerechte Dreckskerl. Zweifellos hatte es Susan geschmeichelt, dass Robert nie eine andere geheiratet hatte. Er war eine tragische Figur, die niemals über den Verlust der einen großen Liebe hinweggekommen war. Auf so einen Scheiß stehen Frauen einfach, dachte Richard verbittert, während er noch lauter gegen Roberts Tür hämmerte. Dann wurde ihm bewusst, was für eine lächerliche Figur er abgeben musste. Er war Multimillionär und hatte nicht einmal sein eigenes Leben im Griff. Seine Familie war auseinander gesprengt worden wie ein explodierendes Atom. Und es war alles seine Schuld.

Deshalb musste er Elektra finden und die Dinge in Ordnung bringen.

Richard hörte, wie ein Riegel beiseite geschoben wurde, dann wurde die Tür geöffnet.

»Was willst du?« Robert wirkte nicht betrunken, aber er hatte schon immer viel vertragen.

»Lass mich rein. Wir müssen reden.«

Robert antwortete nicht, er trat nur zur Seite und ließ Richard vorbei.

»Die Küche ist da hinten.«

Richard lief den Flur hinunter. Jahre zuvor war er schon einmal in dieser Wohnung gewesen, und seitdem war sie offenbar renoviert worden. Vielleicht liefen die Geschäfte doch nicht so schlecht für den alten Saufbold.

»Setz dich«, forderte Robert ihn auf. Mitten in der Küche stand ein großer rustikaler Tisch, doch Richard setzte sich auf die breite Eichenfensterbank. Eine halb leere Flasche Single Malt stand auf der Küchenzeile. »Whiskey?«

»Ja.« Richard beschloss zu versuchen, sich zu beruhigen. In seiner Verfassung würde er dem Kerl womöglich eine verpassen, und das war nicht der Grund, weshalb er ihn aufgesucht hatte.

»Ich weiß über dich und Elektra und Susan Bescheid«, platzte er gegen seinen eigenen Willen heraus.

»Oh.« Robert reichte Richard ein Glas Whiskey, füllte sein eigenes Glas auf und lehnte sich gegen das Spülbecken. Irgendwo im Haus hörte man, wie Richard Jay Leno etwas Witziges sagte und das Studiopublikum lachte.

»Du bist ein echtes Arschloch, weißt du das?«

»Mich interessiert nicht besonders, was du von mir hältst, Richard. Du hast mir Susan weggenommen, und als sich die Gelegenheit ergab, habe ich sie zurückerobert. Wir sind also quitt.«

»Und was ist mit Elektra?«

»Sie brauchte einen Freund.«

»Einen Freund, der es gleichzeitig mit ihrer Mutter trieb? Toller Freund!«

»Zu der Zeit war die Sache zwischen Susan und mir vorbei«, entgegnete Robert müde. »Und wenn du ein besserer Vater gewesen wärst, hätte sie vielleicht nicht nach einem Ersatz suchen müssen.«

»Na klar, das ist mal wieder typisch! Woher willst du denn verdammt noch mal wissen, was es bedeutet, Vater zu sein?« Richard machte zwei Schritte auf Robert zu, den rechten Arm erhoben. Er stellte sich vor, wie er das geschliffene Kristallglas in Roberts Gesicht zerschmettern würde. Niemals hatte er den Kerl mehr gehasst als in diesem Moment.

Doch irgendetwas in Roberts Gesichtsausdruck ließ ihn innehalten. Der Mann stand entspannt vor ihm mit einem konzentrierten Gesichtsausdruck, als betrachte er ein Gemälde.

Richards ließ den Arm sinken. »Ach, vergiss es!«, murmelte er. »Die Sache ist die, ich muss Elektra finden. Ich bitte dich inständig, unsere Differenzen beiseite zu schieben, und mir zu sagen, wo sie ist.«

»Wenn du unsere Differenzen beiseite schieben wolltest, warum hast du sie dann angesprochen, sobald du durch die Tür kamst?«

»Ich habe ein Recht darauf!«, erwiderte Richard empört.

»Du hast überhaupt kein Recht«, zischte Robert. »Sie haben dich beide gehasst, Richard. Das haben sie mir immer wieder erzählt. Du bist herrschsüchtig und fordernd, und du benutzt dein Geld, um Menschen zu kontrollieren.«

»Ich habe ihnen alles gegeben.«

»Ich habe selbst gesehen, dass du das nicht getan hast.« Robert schenkte sich noch mehr Whiskey nach. »Aber du meintest bestimmt dein Geld, nicht wahr?«

»Du bist betrunken.«

»Nicht so betrunken, wie ich gerne wäre.«

»Okay, Robert.« Richard versuchte seine Stimme zu dämpfen, was ihm nicht leicht fiel, weil er so aufgebracht war. »Bitte – ich habe Fehler gemacht. Das gebe ich zu. Aber ich möchte mit Elektra einen neuen Anfang machen. Das möchte ich wirklich.« Plötzlich schossen Richard die Tränen in die Augen, und peinlich berührt blinzelte er sie weg.

Robert sah Richard einen Moment lang neugierig an, als sei er ein seltenes exotisches Tier. Dann stellte er sein Glas auf der Marmorplatte ab.

»In Ordnung«, sagte er. »Ich erzähle dir, was ich weiß.«

32

Pixie Wishart ließ sich die Nägel regelmäßig in einem schmuddeligen Laden in Downtown maniküren. Nur wenige Leute wussten, dass sie ihr scheinbar extravagantes Leben mit einem relativ bescheidenen Budget bestritt. Sie sah nicht ein, Geld auszugeben, wenn es niemand sah. Jeden Freitagnachmittag fuhr sie mit der U-Bahn nach Chinatown, wo drei koreanische Schwestern einen Nagelsalon betrieben, dessen einziger Charme in den billigen Preisen bestand. Pixie störte sich nicht an dem bröckeligen Putz an den Wänden oder den verblichenen Postern der Olympischen Spiele in Seoul, die nachlässig an die Wand gepinnt worden waren.

Während die Koreanerin Pixies Nägel feilte und seichte Balladen aus dem Radio dudelten, konnte sich Pixie bestens entspannen. Als sie an diesem Freitag gerade mit der Handpflegerin plauderte, die sich frisch verlobt hatte, kam French McCall zur Tür hereingeschlendert und ließ sich auf einem der Pedikürestühle nieder.

»Du sprichst Koreanisch?«, fragte er erstaunt.

»Es ist nicht schwer, ein paar Wörter zu lernen.«

»Aber die meisten Leute würden sich nicht die Mühe machen.«

»Ich versuche, Freunde zu gewinnen. Sie sind nützlicher als Feinde.«

»Ich bin beeindruckt.«

»Sie glauben gar nicht, wie wenig mir Ihre Meinung bedeutet. Wie lief es mit Sophie?«

»Bestens.« French inspizierte seine Fingernägel und stellte wieder einmal fest, wie sehr es ihn antörnte, wenn ihn eine Frau mit so viel Verachtung behandelte. Er fragte sich, wie weit Pixie bei Männern mit ihrer Domina-Nummer ginge – bis zum Schluss, hoffte er inständig.

Dann verscheuchte er den Gedanken. »Ich glaube, sie hat die Botschaft verstanden«, fuhr er fort. »Sie ist nicht besonders helle.«

»Sie ist überfordert«, verbesserte ihn Pixie. »Das ist etwas anderes. Man darf sie nicht unterschätzen. Was ist mit der Kontaktperson?«

»Ich habe sie angewiesen, die Karte zu zerschneiden.«

»Wird sie es tun?«

»Sie tut alles, was ich sage.« French musterte Pixie aus dem Augenwinkel. Sie trug eine enge schlammfarbene Hose und ein pinkfarbenes Top, das zwar nicht viel Haut zeigte, aber trotzdem das erotischste Kleidungsstück war, das French seit mindestens einem Monat an einer Frau gesehen hatte. Schade, dass sie nicht an ihm interessiert war. Oder war sie das vielleicht? Vielleicht war das abweisende Verhalten ja nur eine Show.

»Verschwenden Sie nicht meine Zeit«, bemerkte Pixie. »Ich gebe mich nur mit reichen Männern ab.«

French zuckte zusammen. Hatte er seine Gedanken etwa laut ausgesprochen?

»Woher wissen Sie, dass ich nicht reich bin?«

»Oh, das weiß ich. Ich weiß mehr über Sie als Elektra wusste.«

»Sie haben Informationen über mich eingeholt?«

»Ich informiere mich über alle Männer, mit denen ich mich treffe.«

»Ich habe nichts zu verbergen.«

»Oh doch, das haben Sie. Eine ganze Menge sogar.«

French fragte sich, ob Pixie tatsächlich über seine Vergangenheit Bescheid wusste, und einen Moment lang überkam ihn ein mulmiges Gefühl. Doch dann riss er sich gleich wieder zusammen. Und wenn schon? Vielleicht half das sogar.

»Wir müssen ja keine Beziehung haben. Sie können sich auch einfach den besten Sex gönnen, den Sie je in Ihrem Leben hatten.«

Die Koreanerin kicherte, und Pixie verdrehte die Augen. »Wir werden keinen Sex haben. Offiziell findet nicht einmal diese Unterhaltung hier statt. Und jetzt verschonen Sie mich mit Ihren Vorschlägen. Sie tun genau das, was ich Ihnen sage, das ist der Deal. Wie lange noch?«

»Ein paar Wochen.«

»So lange?«

»So etwas dauert, das habe ich Ihnen doch gesagt. Wenn Sie das Beste wollen, müssen Sie sich gedulden; es sei denn, es geht um mich. Ich bin nämlich der Beste und durch einen unglaublichen Zufall – der mit der derzeitigen Planetenkonstellation zusammenhängt – gerade zu haben.«

Pixie wedelte mit der Hand neben ihrem Gesicht, als müsse sie eine aufdringliche Fliege verscheuchen. »Ab jetzt werden Sie freundlich zu ihr sein. Das bekommen Sie doch hin, oder? Wir haben sie wahrscheinlich abgeschreckt, aber wir müssen sie trotzdem im Auge behalten.«

French zog eine Braue hoch – eine häufig geübte Mimik, von der er sich einbildete, sie ließe ihn interessant erscheinen. »Freundlich? Natürlich. Ich glaube, ich weiß noch, wie das geht.«

»Unaufdringlich. Freundlich und unaufdringlich.«

»Das bekomme ich hin.«

»Ausgezeichnet. Und jetzt gehen Sie bitte. Ich möchte mich in Ruhe meiner Freizeit widmen.«

French hievte sich aus dem Stuhl und lehnte sich kurz zu Pixie hinunter. »Freundlich und unaufdringlich. Nun, dann werden mein beachtlicher Charme und meine Energie wenigstens nicht vergeudet«, sagte er und wandte sich zur Tür.

»Ich wünsche Ihnen Glück«, entgegnete Pixie bissig. »Es muss furchtbar mit anzusehen sein, wenn Sie sexuell frustriert sind.«

»Ich fühle mich schrecklich. Es gibt so vieles, was ich nicht über sie wusste.«

Sophie hatte Richard Jordan in seinem Büro aufgesucht, von dessen Fenster aus man auf das Sonygebäude blickte. Nachdem die Sekretärin Sophie Kaffee in einer hauchdünnen Porzellantasse gebracht hatte, hatte Sophie Elektras Vater berichtet, was sie über French McCall, Russ Parker und Chantal Ryder in Erfahrung gebracht hatte.

»Meine eigene Tochter ist eine Fremde. Ich wusste nicht einmal, dass sie ein Atelier besitzt. Himmel, Sie müssen mich für den schlechtesten Vater der Welt halten!«

»Ich glaube, mein eigener hält zur Zeit den Titel«, bemerkte Sophie trocken. »Mit ziemlich großem Vorsprung.«

Richard Jordan hatte gar nicht richtig hingehört. »Also, wer war diese Frau, die Sie niederschlug? Haben Sie irgendeine Ahnung?«

»Leider schlug sie mich nieder, bevor ich sie fragen konnte.« Sophie fühlte mit der Hand an ihre Schläfe, um sicherzustellen, dass ihr Haar den Bluterguss verdeckte. »Sie sagte mir, ich solle nicht weiter nach Elektra suchen.«

Richard trommelte mit den Fingern auf den Schreibtisch. »Ich habe gestern Abend mit Robert Bragg gesprochen. Ich nahm an, dass er mehr wissen musste, als er zugab.«

Sophie fragte sich, ob in seinen Worten eine Kritik an ihren Arbeitsmethoden versteckt war.

»Er sagte, er wisse nicht, wo Elektra ist, und ich glaube ihm.« Richard machte eine Pause. »Aber als er sie das letzte Mal traf, geschah etwas, was ihm zu denken gab. Ich könnte mir vorstellen, dass die Information für Ihre weitere Arbeit von großer Bedeutung ist.«

Sophie beugte sich auf ihrem Stuhl interessiert nach vorn.

»Robert betreut sämtliche Kapitalanlagen von Elektra. Sie kann nicht gut mit Geld umgehen und hat von diesen Dingen keinen Schimmer. Aber vor drei Wochen rief sie wohl bei ihm an und gab ihm sehr präzise Anweisungen, wie er mit ihrem Geld verfahren sollte.«

»Vielleicht hat sie angefangen, Wirtschaftszeitungen zu lesen.«

»Robert hat einen anderen Verdacht. Er vermutet, dass ihr irgendjemand gesagt hat, was sie mit ihrem Geld machen soll.«

»Wie groß ist eigentlich Elektras Vermögen?«

»Ich bin mir nicht ganz sicher, weil ich nicht alles über die verschiedenen Geldanlagen ihrer Mutter wusste, und natürlich hängt es auch von den Aktienkursen ab, aber es müssen so um die zwei oder drei Millionen sein.«

33

»Du freches Gör!« Mrs Mazzi funkelte Sophie an, als sie völlig durchnässt von einem plötzlichen Regenschauer das Haus betrat. »Wo zum Teufel hast du gesteckt?«

»Ich war in Manhattan, Mrs Mazzi«, sagte Sophie und schob sich an der Wand entlang, um an der alten Dame vorbeizukommen. Ihr Kopf schmerzte, und sie wollte sich am liebsten nur noch ohnmächtig auf ihr Bett sinken lassen.

»Du bist eine Lügnerin. Lügen sind das Einzige, was ich je aus deinem Mund höre.«

»Es ist die Wahrheit«, erwiderte Sophie matt und fragte sich, warum sie sich immer wieder auf eine Unterhaltung mit Mrs Mazzi einließ – wenn man diese absurden Wortwechsel überhaupt so nennen konnte.

»Ich werde mit deinem Vater sprechen. Ich habe es ihm bisher noch nicht gesagt, weil ich dachte, ich könnte dich selbst zur Vernunft bringen. Aber du hörst ja nicht auf mich. Deshalb erfährt jetzt dein Vater, was du getan hast, und dann wird er dir den Hintern versohlen. Vielleicht wirst du es dann ja begreifen.«

Vielleicht werde ich das, dachte Sophie, während sie sich die Treppe hinaufschleppte. Sie steckte den Schlüssel ins Schloss, drückte mit der Schulter gegen die Tür, die bei feuchtem Wetter immer klemmte, und stolperte in ihre Wohnung. Insgeheim hoffte sie, dass Bob Sock in der Zwischenzeit die Decke repariert, sein Werkzeug wieder eingesammelt und anschließend geputzt hätte. Vielleicht hatte er ja sogar eine Nachricht und einen Teller mit Plätzchen hinterlassen.

Bob – oder vielleicht auch Bruno – war offensichtlich tatsächlich da gewesen, aber die Schlafzimmerdecke sah keinen Deut besser aus. Immerhin hatte, wer auch immer es gewesen war, die Geistesgegenwart besessen, einige Eimer auf den Boden zu stellen, plus sämtliche Töpfe aus Sophies Küche. Die Tropfen, die von der Decke herunterfielen, spielten eine kleine Melodie in den verschieden großen Behältern, aber Sophie war zu müde, um sich darüber aufzuregen. Sie ließ ihre Tasche fallen, streifte die Schuhe ab, legte sich auf das Sofa und schloss die Augen.

Doch trotz der großen Müdigkeit konnte sie nicht einschlafen. Nach einer Weile stand sie wieder auf und stapfte wütend in der Wohnung umher. Draußen regnete es noch immer. Sophie leerte einen der Töpfe und setzte Teewasser auf. Dann setzte sie sich an den winzigen Küchentisch und blätterte in den Schuljahrbüchern, die auf der Küchenanrichte lagen.

Das Foto stammte aus dem Jahr, in dem ihre Hockeymannschaft irgendeinen Pokal gewonnen hatte. Elektra saß in der Mitte und kreuzte ihren Schläger mit dem des kräftigen Mädchens, das das Tor gehütet hatte, und an dessen Namen sich Sophie nicht erinnerte. Sophie stand mit gerunzelter Stirn ein wenig abseits, als sei sie aus Versehen mit auf das Foto geraten.

Sie blätterte um und entdeckte eine Karikatur, die Elektra eines Tages von Miss Pointdexter, der Geschichtslehrerin, angefertigt hatte. Sie hatte die hagere Frau mit dem irren Blick gut getroffen. Sophie erinnerte sich, dass Elektra es an einem Nachmittag gezeichnet hatte, als sie beide nachsitzen mussten. Sie sollten eigentlich einen Aufsatz schreiben, aber Elektra brachte kein einziges Wort zu Papier.

Sophie schloss die Augen und hatte plötzlich wieder den unverkennbaren Geruch des Klassenzimmers in der Nase – eine Mischung aus Kreidestaub und Teenagerschweiß. Sie war wieder sechzehn, pummelig, pickelig und missmutig. Elektra war nichts von all dem gewesen. Sie hatte die unbeholfene Pubertätsphase einfach übersprungen. Es war, als hätte sie keine Zeit gehabt, sich mit Zahnspangen, hormongesteuerten Stimmungsschwankungen und schlechter Haut abzugeben.

Sophie versuchte sich zu erinnern, was das Thema des Aufsatzes gewesen war, doch es fiel ihr nicht mehr ein. Sie erinnerte sich, wie Elektra ihr gegenübergesessen und mit zusammengekniffenen Augen gezeichnet hatte.

»Ganz schöner Mist, was?«, hatte sie plötzlich gefragt.

Statt einer Antwort hatte Sophie nur gegrunzt und auf ihr Blatt gestarrt. Es war genauso leer wie ihr Kopf. Sie konnte sich einfach nicht konzentrieren, weil Elektra in ihrer Nähe war. Sophies Hass auf Elektra war grenzenlos.

Die spätnachmittägliche Sonne schimmerte lieblich auf Elektras goldenem Haar. Sophies Akne pulsierte. Ihre Haut hatte sie wie der Rest ihres Körpers verraten.

»Gutes Spiel, gestern«, versuchte Elektra es noch einmal.

»Kann schon sein.«

»Ich schau dir gerne auf dem Feld zu, du konzentrierst dich aufs Wesentliche. Du weißt, was du willst und tust es. Und jeder, der sich dir in den Weg stellt, hat Pech gehabt.«

Aber nur auf dem Spielfeld, hätte Sophie am liebsten geantwortet. Ihre Kopfhaut begann zu jucken. Sie hätte sich so gerne gekratzt. Wie oft sie ihr Haar auch wusch, es sah nie wirklich gepflegt und locker aus.

»An was denkst du eigentlich, wenn du auf dem Spielfeld bist?«

»Dass ich das andere Team vernichten will.« Es hatte ein Witz sein sollen, aber völlig ernst geklungen. Sophie konnte den leichten, unbeschwerten Ton von Elektra und ihren Freundinnen nicht imitieren. Sie schluckte. Warum hielt Elektra nicht einfach den Mund und ließ sie in Frieden?

»Magst du Hockey?«

»Nicht besonders.«

»Warum spielst du es dann?«

»Um die Zeit totzuschlagen.«

Elektra lachte. »Das geht mir genauso. Und es ist ein tolles Gefühl, aufs Spielfeld zu gehen und kräftig auf etwas einzudreschen.«

»Ja«, nickte Sophie und blickte Elektra zum ersten Mal direkt an. Elektra lächelte ihr freundlich zu. Sophie war verwirrt. Das letzte Mal, als Elektra nett zu ihr gewesen war, hatte sie ihr kurz darauf einen üblen Streich gespielt. Sophie versteifte sich instinktiv und fragte sich, was es wohl diesmal sein würde.

»Ich kann gar nicht erwarten, aus diesem Drecksloch hier rauszukommen«, fuhr Elektra fort.

»Warum?« Was konnte Elektra an diesem Ort nicht passen? Sie war doch die unangefochtene Herrscherin des Internats.

Elektra zuckte die Schultern und vervollständigte Miss Pointdexters Nase mit ein paar weiteren Strichen. Sie sah aus wie ein sprechender Kranich.

»Aber sie sagen, man kann niemals ganz entkommen.«

Sophie konnte Elektra nicht folgen. Vor was genau wollte sie fliehen? Vor ihren Eltern, die sie liebten und sich für sie aufopferten? Vor zu großer Beliebtheit? Oder vor ihrem fantastischem Aussehen?

»Wer immer *sie* sein mögen«, murmelte Sophie. Sie hatte eigentlich keine Lust, sich Elektras so genannte Probleme anzuhören. Elektra sollte es mal eine Woche lang mit Sophies Leben probieren!

»Wo würdest du hingehen, wenn du dem allen hier entkommen wolltest?« Elektra beugte sich so nahe zu Sophie herüber, dass sie ihr Parfüm riechen konnte. Sophie verkrampfte sich noch stärker. Sie fühlte sich verschwitzt und klebrig.

»Keine Ahnung.« Darüber hatte sie sich nie Gedanken gemacht. Sie war so lange Zeit ihres Lebens mit ihrem Vater durch die Gegend gezogen, dass sie davon träumte, an einem Ort zu bleiben. »Marokko«, fügte sie hinzu, als sie sah, dass Elektra von ihrer Antwort enttäuscht war.

»Die Wüste –« Elektra seufzte und dehnte ihre Arme nach hinten. »Stell dir vor, du bist tagelang unterwegs ohne eine Menschenseele zu treffen. Stell dir vor, wie sich einem das Licht einbrennen muss. Glaubst du, es würde deine Seele reinigen, wenn du so leben würdest?«

»Es könnte meine Haut reinigen. Das wäre zumindest ein Anfang.«

Elektra lachte, und Sophie war geschmeichelt.

»An manchen Tagen würde ich gerne einfach hier abhauen, weißt du. Mich in den erstbesten Zug oder Bus setzen und irgendwohin fahren. Schule vergessen, Verpflichtungen vergessen. Einfach weg.«

»Wo würdest du denn hingehen?«

»Ich würde ganz, ganz weit weggehen.« Elektra ergänzte noch ein paar Striche an der Karikatur, hob dann das Blatt hoch und betrachtete es prüfend.

»Du scheinst es ziemlich gut zu haben«, bemerkte Sophie. »Viele Leute würden gerne mit dir tauschen.«

»Das kommt daher, dass sie nicht wissen, was es wirklich heißt, ich zu sein, nicht wahr?« Elektra lächelte, während sie Miss Pointdexter zur Seite legte und eine kleine Skizze von Sophie hinkritzelte. Sophie lächelte zögerlich, als Elektra ihr die Zeichnung überreichte. Sie hatte eine zornige Sophie gezeichnet, die die Lippen in einem Ausdruck der Missbilligung zusammengekniffen hatte.

»Ich schätze, du hast mich gut getroffen.« Sophie versuchte so zu tun, als mache es ihr nichts aus, aber ihre Stimme krächzte verräterisch. Elektra lächelte, doch Sophie blickte zur Seite. Ihr Gesicht brannte vor Scham. Wieder einmal war es Elektra gelungen, sie zu demütigen.

Plötzlich klingelte ihr Handy. Aber das konnte nicht sein – sie war doch im Internat und besaß gar kein Handy.

Sophie fuhr erschreckt hoch und stellte fest, dass sie am Küchentisch eingeschlafen war. Ihr Kopf war auf das Jahrbuch gesunken, so dass die Seiten ganz zerknittert waren. Das Handy klingelte noch immer. Sie stolperte ins Wohnzimmer, griff nach ihrem Rucksack und wühlte darin herum. Endlich erwischte sie das Handy und drückte mit ungeschickten Fingern auf den grünen Hörer.

»Hallo?«

»Sophie Graham?« Eine Frauenstimme. West-Coast-Akzent, gebildet.

»Ja.«

»Hier ist Pietra Parker. Sie wollten mich sprechen.«

Pietra Parker, Pietra Parker ... Sophie durchforstete fieberhaft ihr Hirn, konnte sich aber nicht an diesen Namen erinnern. »Tut mir Leid«, gestand sie. »Ich bin gerade erst aufgewacht.«

»Ich bin die Frau von Russ Parker«, erklärte Pietra geduldig. »Sie wollten mich zu seinem Tod befragen. Kommen Sie doch zu mir, und wir unterhalten uns.«

34

Pietra Parker öffnete die Tür. Sie trug eine zitronengelbe Caprihose und ein weißes Top. Sophie schätzte sie auf Ende Vierzig, aber offenbar war sie extrem gut in Form. Das lange dunkle Haar hatte sie in Zöpfen nach hinten geflochten. Während sie Sophie kräftig die Hand schüttelte, blickten ihre dunkelblauen Augen sie neugierig an.

»Kommen Sie rein.« Die Küche war riesig und im toskanischen Stil eingerichtet, mit Keramiktöpfen in warmen Farben und bemalten Tellern an den Wänden. An der Kühlschranktür hingen Fotos von zwei blonden Mädchen und ein paar Kinderzeichnungen.

»Setzen Sie sich doch«, forderte Pietra Sophie auf und deutete auf die Barhocker. »Ich mache gerade Tee, wollen Sie auch eine Tasse?«

»Gerne.« Sophie fragte sich, wie viele Leute man brauchte, um ein so großes Haus sauber zu halten. Wenn sie extrem gründlich war, konnte sie ihre Wohnung an einem Sonntagnachmittag ordentlich sauber machen; eine oberflächliche Reinigung schaffte sie in weniger als einer Stunde. Pietra Parker hat wahrscheinlich Hilfe, entschied sie. Viel Hilfe.

Pietra hob den Wasserkessel auf den Herd. Dann stellte sie zwei Tassen auf die Arbeitsfläche, die zu den Tellern an den Wänden passten, riss eine Packung Kekse auf und ordnete sie auf einem Teller an, der zu den Tassen passte. Sophie war überrascht. Sie hätte nicht erwartet, dass es in diesem Haushalt Kekse gab.

»Also, legen Sie los«, sagte Pietra. Sie löffelte Tee aus einem Keramiktopf auf der Anrichte in die Kanne. »Earl Grey, in Ordnung?«

»Gern.«

»Was möchten Sie von mir wissen?«

Während Pietra wartete, dass das Wasser kochte, erläuterte Sophie, warum sie hergekommen war.

»Elektra Jordan«, sagte Pietra nachdenklich, als Sophie ihren Bericht beendet hatte. »Sie vermuten also, dass die beiden ein Verhältnis hatten? Wegen der Lilie in ihrer Wohnung?«

»Es wäre doch möglich.«

»Das hat nichts zu bedeuten. Russ schickte jedem Lilien.«

Ein schrilles Pfeifen zeigte an, dass das Wasser kochte. Bei dem Geräusch wünschte Sophie, sie hätte keine frische Kopfverletzung gehabt. Sie hatte das Percodan nicht genommen. Lieber lebte sie mit Kopfschmerzen, als dass um sie herum alles in einem Nebel der Gleichgültigkeit versank.

»Ich erzähle Ihnen etwas über Russ«, sagte Pietra, nachdem sie das kochende Wasser in die Kanne gegossen hatte. »Alle liebten ihn. Seine Freunde, seine Kollegen, ja, sogar die Belegschaft seiner gottverdammten Reinigung liebte ihn. Auch ich liebte ihn, sogar, nachdem ich ihn verlassen hatte. Er war so voller Wärme und lustig und herzlich. Er hatte diese Art, einen anzusehen, einem zuzuhören, als wäre man der einzigartigste Mensch auf der Welt. Das ist ein seltenes

Talent. Deswegen war er auch in seinem Job so gut – weil er tatsächlich zuhörte. Wie viele Leute können das heute? Nicht viele, möchte ich wetten. Wie auch immer, viele Frauen bildeten sich ein, dass sie in ihn verliebt seien. Oh, natürlich sah er ganz okay aus. Aber was sie wirklich für ihn einnahm, war sein Blick, diese großen Augen, die sagten: ›Du bist der wichtigste Mensch auf der Welt. Ich bin von der Tiefsinnigkeit deiner Gedanken völlig gefesselt.‹« Pietra nahm das Teesieb aus der Kanne und füllte die beiden Tassen.

»Hier.« Sie stellte Sophie eine Tasse hin und griff nach dem Teller mit den Plätzchen. Dann goss sie Milch in ihren Tee und rührte kurz um.

»Nun, was soll ich sagen – diese Frauen mussten nicht mit Russ leben. Nach außen hin war er ein Heiliger. Er hatte ein Herz für die Schwachen und Benachteiligten, wollte jedermanns Geschichte hören. Aber mit einem Heiligen lebt es sich genauso schwer, wie mit jedem anderen auch. Schwerer, vielleicht sogar, weil Heilige sich einbilden, die ganze Welt bräuchte ihre Hilfe. Russ hegte sehr naive Vorstellungen darüber, was richtig und was falsch war. Er dachte, es sei möglich, die Welt zu verändern. Dabei kannte er keinen Zynismus. Überhaupt keinen.«

»Aber brauchen wir nicht auch solche Menschen?«

»Ich sage ja nur, dass es sehr schwer ist, mit ihnen verheiratet zu sein, weil sie einem niemals ganz gehören. Welchen Anspruch hatte ich auf seine Zeit, wo doch da draußen eine ganze Welt war, die Russ Parker brauchte? Außerdem hatte er auch eine dunkle Seite – es gibt immer eine dunkle Seite. Seine war seine schlechte Laune. Wenn etwas nicht so lief, wie er es sich vorstellte, wurde er rasend. Er warf mit Sachen um sich und schimpfte. Nicht auf mich oder die Kinder, natürlich, weil Heilige so was nicht tun, aber er schimpfte auf die Welt. Und irgendwann war ich es leid. Eines Tages beschloss ich, dass ich einen normalen Typen will, der sich Sport im Fernsehen ansieht, der sich nicht so viele Gedanken über den Regenwald macht, und dem es nichts ausmacht, mal ein Wochenende mit mir und den Kindern zu verbringen. Ich war zur Witwe geworden, in jeder Hinsicht. Also wollte ich mich scheiden lassen.«

Komisch, dass sie das Wort »Witwe« gebraucht, dachte Sophie. Warum nicht Alleinerziehende?

Sie schlürfte ihren Tee, und für einen Moment schwiegen die beiden Frauen. Irgendwo in der Wohnung hörte man eine Uhr schlagen. »Das muss schwer gewesen sein«, sagte Sophie schließlich.

»Das war es. Umso mehr, weil wir beide wussten, dass es irgendwo einen Punkt auf unserem gemeinsamen holprigen Weg gegeben hatte, an dem wir hätten innehalten können und sagen, ›Moment mal, jetzt wird es ein bisschen allzu holprig!‹ Und wir hätten etwas tun können, um ihn zu glätten. Aber das taten wir nicht, und ehe wir uns versahen, lebten wir getrennte Leben. Komisch, wie einem die Dinge, die man für wichtig hält, einfach entgleiten«, fasste Pietra gedankenverloren zusammen. »Man denkt immer, die Liebe hält für die Ewigkeit, aber die Wahrheit ist, dass man es nie wissen kann.«

»Halten Sie Russ' Tod für einen Unfall?«

»Was sollte es sonst gewesen sein? Wer hätte ihn umbringen wollen?«

»Vielleicht jemand aus seinem beruflichen Umfeld? Jemand, der mit dem neuesten Projekt zu tun hatte?«

»Er starb, bevor der Film gesendet wurde. Wenn er etwas gesagt hätte, was jemandem nicht passte, hätte derjenige eine Kristallkugel gebraucht, um es vorherzusehen.«

Es klingelte an der Tür, und Pietra ließ einen jungen Lieferanten herein, der mehrere Tüten von einem Fairtrade-Laden brachte. Sie gab dem Jungen ein Trinkgeld und begann, die Sachen in den bereits vollen Kühlschrank zu laden.

»Tja, dann danke ich Ihnen, dass Sie sich die Zeit genommen haben«, sagte Sophie, trank ihren Tee aus und erhob sich.

»Setzen Sie sich, ich bin noch nicht fertig.«

»Aber Sie sagten doch –«

»Ich habe noch gar nichts gesagt. Nehmen Sie noch einen Keks.« Pietra schob ihr den Teller hin. »Zum Beispiel habe ich Ihnen noch nicht erzählt, dass Elektra Jordan und mein Exmann in spe tatsächlich eine Affäre hatten.«

»Oh.« Sophie setzte sich eilig wieder hin. »Aber Sie sagten doch, die Lilie hätte keine Bedeutung.«

»Hat sie auch nicht. Aber ich habe eindeutigere Beweise.«

»Was für Beweise?«

Pietra wirkte etwas verlegen. »Die Scheidung drohte etwas unappetitlich zu werden. Es gab eine Menge Zeug, Erbstücke, die meine Eltern mir hinterlassen hatten. Einkünfte aus dem Immobilienbesitz meiner Mutter, solche Sachen, und ich hatte über die Jahre den Fehler gemacht, unsere Vermögen zu vermengen. Tun Sie das nie, übrigens. Sie ersparen sich eine Menge Ärger. Na, jedenfalls hatte Russ bequemerweise vergessen, dass sein angenehmer Lebensstandard größtenteils von mir finanziert wurde. Oder vielleicht steckte auch sein Anwalt dahinter, ich weiß es nicht. Derartige Angelegenheiten übertrug Russ gern anderen, weil sie nicht zu seinem freundlichen Image passten. Jedenfalls schlug mein Anwalt vor, ich solle einen Privatdetektiv beauftragen. Sie wissen schon, Wissen ist Macht und all der Kram. Und der Privatdetektiv stieß auf Elektra Jordan. Sein Name ist Paul Jeffers.«

Pietra hatte die Lebensmittel im Kühlschrank verstaut und drückte die Tür mit dem Knie zu. Dann zog sie eine Haftnotiz mit einem Namen und einer Nummer von einer Schranktür und reichte sie Sophie.

»Danke.« Sophie fragte sich, warum die Leute alle so scharf aufs Heiraten waren, wo die Statistiken doch belegten, dass man in fünfzig Prozent der Fälle am Ende teure Anwälte bezahlen und Privatdetektive engagieren musste.

»Waren Sie wütend?«

Pietra schnaubte verächtlich. »Wütend? Eher genervt. Ein Mann in seinem Alter vögelt die blonde Praktikantin! Ich meine, Himmel, hätte er sich noch genauer an das Klischee der Midlifecrisis halten können?« Pietra faltete erst die Plastik-, dann die Papiertüten zusammen und legte sie in eine Schublade. Dann setzte sie sich, atmete tief durch und nahm einen Schluck Tee. »So ein Blödsinn!«, zischte sie. »Und dabei war Russ sehr intelligent. Der intelligenteste Mensch, den ich kenne.« Sie nahm noch einen Schluck. »Aber ich schätze, das spielt jetzt keine Rolle mehr, nicht wahr?«

35

Sophie lief auf der 5th Avenue in Richtung Süden und musste dabei immer wieder Inlineskatern, Babysittern mit Kindern in Sportwagen und übergewichtigen Touristen ausweichen, die über den Bürgersteig schlenderten.

Eine Besuchergruppe schlenderte die Stufen zum Metropolitan Museum hinauf. Sophie kaufte Kaffee von einem Straßenverkäufer und setzte sich in die Sonne. Eine sanfte Brise aus dem Park bauschte die Banner auf, die wie eine mittelalterliche Beflaggung über dem Eingang hingen.

Wenn Elektra mit Russ Parker zusammen gewesen war, wie passte dann French McCall ins Bild? Sophie kam mit ihren Überlegungen nicht weiter, aber sie hatte Paul Jeffers eine Nachricht hinterlassen und hoffte, dass er sich melden würde und etwas Licht in das Dunkel dieser Ménage à trois bringen könnte. In der Zwischenzeit wollte sie mehr Informationen über French McCall sammeln.

»Na, wie läuft es mit dem verhinderten Märchenprinzen?« Thomas legte das Magazin beiseite, in dem er gerade gelesen hatte, und stand auf. Er trug Diesel-Jeans, Pumas und ein T-Shirt vom Museum of Modern Arts. Er war größer als sie, wie Sophie erfreut feststellte.

»Er ist unzuverlässig. Ich glaube, ich muss mal seine Herkunft beleuchten.«

»Eine weise Entscheidung. Es treiben sich zu viele Betrüger herum.«

»Kennst du zufällig eine Website, wo man etwas über bestimmte Leute herausfinden kann?«

»Davon kenne ich eine ganze Menge.« Thomas kam hinter dem Ladentisch hervor, nahm Sophie beim Ellbogen und führte sie sanft zum nächsten Computer. »Du willst wissen, wer dein Märchenprinz ist? Ob seine Mutter ein Frosch war? Ob sein Vater Warzen hatte? Schöne Maid, du bist ins richtige Verlies gekommen.« Er setzte sich, loggte sich im Internet ein und rief eine Website auf. »Was willst du wissen? Finanzielle Verhältnisse? Berufliche Laufbahn? Ob er seine Prinzessinnen schlägt?«

»Alles, was du herausfinden kannst.«

»Wie ist der Name?«

»French McCall.«

»Okay Dokey.« Thomas konnte sehr schnell tippen. Seine Finger waren lang und feingliedrig, die Nägel gepflegt. Ein Musiker, ganz bestimmt, entschied Sophie. Sie stellte sich vor, wie er in einer Garagen-Band von Möchtegern-Kurt-Cobains spielte.

»Wie kommt es, dass du dich mit dem Internet nicht auskennst? Ich meine, du hast nicht die letzten hundert Jahre geschlafen, oder? Auf deinem Schloss gibt es doch wohl einen Computer?«

»Nein. Ich schätze, die ganze Dotcom-Geschichte ist irgendwie an mir vorbeigegangen.«

»Und ich darf dich sozusagen entjungfern?« Thomas rieb sich die Hände. »Es gibt also *doch* einen Gott. Hey!« Er hielt inne und blickte Sophie mit gespielter Besorgnis an. »Das macht dem Prinzen aber nichts aus, oder? Er wird mir nicht die königliche Leibgarde auf den Hals hetzen, wenn ihr später wirklich zusammenkommt, oder?«

»Ich gebe dir mein Wort, dass der Prinz es nie erfahren wird«, erklärte Sophie feierlich. »Das ist seine Adresse.« Sie legte die Karte hin, die French ihr gegeben hatte.

»Okay, ich vertraue dir.« Thomas tippte weiter. »Übrigens, die Sache kostet ein bisschen, du musst hier deine Kreditkartennummer eingeben. Ich schau auch nicht hin.« Er stand auf und überließ Sophie seinen Stuhl.

»Kann da auch nichts schief gehen?«, fragte sie, während sie die Nummer eingab.

»Unsinn, das ist eine ganz sichere Sache. Im Restaurant gibst du deine Karte doch auch irgendeinem wildfremden Kellner, oder? Das ist genau das Gleiche.« Thomas setzte sich wieder. »Okay. Fangen wir an.«

Es dauerte keine zehn Minuten, bis Sophie tiefe Einblicke in French McCalls Leben gewonnen hatte. Sie erfuhr seinen vollen Namen, seine private Telefonnummer, Geburtsdatum und -ort. French hatte im Norden von New York State zwei Jahre das College besucht und anschließend ein paar Jobs in der Werbebranche gehabt, jedoch keinen länger als achtzehn Monate. Seine Kreditwürdigkeit war erbärmlich. Eine Zeit lang hatte er ein Auto besessen, es aber wieder abgeben müssen, weil er die Raten nicht bezahlte. Geboren war er in Paris, und seine Mutter, Francoise McCall, lebte auch heute noch dort. Sein Vater Joseph, Vorstandsmitglied einer Versicherung, war tot.

»Nicht so toll«, sagte Thomas. »Er hat ja noch nicht einmal sein Studium abgeschlossen. Ich glaube ehrlich gesagt, dass du was Besseres verdient hast.«

»Warte mal. Kannst du nachschauen, ob er vorbestraft ist?«

»Einfachste Sache der Welt.« Thomas klickte sich durch verschiedene Menüpunkte und summte dazu »Camptown Races«. Doch als das Suchergebnis auf dem Bildschirm angezeigt wurde, verstummte er unwillkürlich. »Oh, verflucht!«, flüsterte er.

Sophie beugte sich über seine Schulter, um besser sehen zu können. Thomas roch nach Moschus, Kiefernnadeln und Ferien in einer Waldhütte, und Sophie musste sich zusammenreißen, um sich auf ihre Aufgabe zu konzentrieren.

»Kreditkartenbetrug«, las Sophie. »Zwei Jahre im Gefängnis? Ach du Scheiße!«

»Kein Dann-leben-sie-noch-heute, fürchte ich«, kommentierte Thomas. »Wirklich zu schade.«

»Ja.« Sophie musste an Elektra denken. Eine hübsche, reiche Frau ließ sich mit einem zwielichtigen Typen ein und verschwand. Wo war Elektras Geld jetzt? Und wo war sie?

»Du warst mir eine große Hilfe«, bedankte sich Sophie bei Thomas, nachdem sie gezahlt hatte.

»Gern geschehen. Wenn ich nicht zu Hause bin und meine Wände anstarre, bin ich meistens hier. Übrigens bin ich spezialisiert auf das Abwenden von Beziehungskatastrophen.«

»Danke. Wenn ich noch so einen erwische, komme ich bestimmt vorbei.« Sophie stopfte ihr Portemonnaie in die Handtasche zurück.

»Selbst wenn nicht«, sagte Thomas und hielt ihr seine Karte hin, als sie ging, »meine Tür steht immer offen.«

Sophies Handy klingelte und unterbrach sie in ihren Grübeleien, ob sie Thomas nun anrufen sollte oder nicht.

»Hallo, ist da Sophie?«

»Ja.«

»Hier ist Claire Merton. Sie haben mir auf Band gesprochen, als ich in London war.«

Sophie wusste im ersten Moment nicht, was die Frau meinte. Aber dann erinnerte sie sich – Claire teilte sich die Wohnung über Elektra mit ihren Kollegen. Es schien Ewigkeiten her zu sein, dass sie ihr eine Nachricht hinterlassen hatte.

»Richtig.«

»Sie wollten reden.«

»Ja. Ja, das will ich.«

»Ich bin jetzt zu Hause, Darling. Bin gerade angekommen. Also beeilen Sie sich, okay?«

Eine Frau mit kurzem schwarzen Haar, magentafarbenen Lippen und den dazu passend lackierten Fingernägeln öffnete die Tür. Sie trug einen eleganten dunklen Hosenanzug.

»Kommen Sie herein, Sophie.«

Sophie stieg über drei zusammenpassende Gepäckstücke. Auf der Küchenanrichte stand eine Flasche Champagner, daneben lagen ein riesiger Strauß Blumen in Geschenkverpackung, ein Titanium Power Book, ein Palm Pilot, ein Handy, eine Chanel-Handtasche, ein Lippenstift und eine Schachtel Marlboro.

Claire zupfte an ihren Ohrläppchen, und zwei glänzende Goldohrringe gesellten sich zu dem Lippenstift auf der Anrichte. »Drücken höllisch«, bemerkte sie, als sie die Schuhe abstreifte – schwarze Lack-Slingpumps mit beeindruckend hohen Absätzen. »Entschuldigen Sie den formlosen Empfang, aber ich habe eine Ewigkeit im Flugzeug gesessen.

Heute Abend habe ich noch eine Verabredung und muss mich erholen, sonst bin ich nachher zu nichts zu gebrauchen. Machen Sie es sich bequem.«

Sie zog das Jackett aus, unter dem ein cremfarbener Spitzen-BH zum Vorschein kam. Dann öffnete sie einen der Koffer, holte ein Seidenhemd heraus und schlüpfte hinein.

Sophie sah aus dem Fenster. Das Empire State Building leuchtete sanft im frühen Abendlicht.

»Ich sollte heute eigentlich noch im Büro vorbeischauen, aber was soll's. Die Welt wird nicht untergehen, wenn ich mal drei Stunden lang nicht da bin. Wer mich erreichen will, kann es über meine elektronischen Handschellen tun. Denken sie zumindest.« Claire lächelte, während sie nach ihrem Mobiltelefon griff und es ausschaltete. »Gott, ich könnte einen Schluck Champagner vertragen. Sie auch?«

»Gerne.«

»Super. Offenbar gehören Sie nicht zu diesen langweiligen Amerikanern, die für keinen Spaß zu haben sind. Wie wäre es, wenn ich den Schampus köpfe und Sie in der Zeit den Blumen etwas Wasser geben? Mein Sexsklave wäre bestimmt enttäuscht, wenn er nachher kommt und die Blumen wären schon welk.« Claire kramte in einem Schrank herum und zog eine Vase hervor.

Sophie griff nach dem Strauß, hielt dann aber inne. Die Blumen sahen ziemlich teuer und empfindlich aus. »Claire, vielleicht sollte ich mich um die Getränke kümmern. Das ist mehr mein Ding.«

»Ausgezeichnet. Das sind mir die liebsten Gäste. Die Gläser sind in dem Schrank da drüben.« Claire ließ Wasser in die Vase laufen und stopfte die Blumen hinein, als handele es sich um einen Strauß Nelken vom Laden an der Ecke. »Gott, ich liebe New York! Gestern in London hatten wir elf Grad. Unglaublich.« Sie begann, die Blumen fachmännisch zu arrangieren. Sophie entkorkte die Flasche und schenkte den Champagner in zwei Kristallflöten ein, vorsichtig darauf bedacht, keinen Tropfen zu verschütten.

»Prost!« Claire griff nach ihrem Glas, stieß mit Sophie an und trat dann einen Schritt zurück, um die Blumen zu begutachten.

»Sie sind wundervoll«, staunte Sophie.

Claire schnaubte. »Er schickt mir immer die Lieblingsblumen seiner Frau. Ich glaube, er will mir damit etwas sagen. Wie zum Beispiel: ›Du bist okay zum gelegentlichen Vögeln, aber bilde dir bloß nicht ein, dass ich sie deinetwegen verlasse‹. Wie heißt es doch immer so schön? Lasst Blumen sprechen.«

»Vielleicht will er vermeiden, dass er aus Versehen seiner Frau *Ihre* Lieblingsblumen schickt.«

»Er ist Geschäftsführer eines gigantischen multinationalen Unternehmens. Eigentlich sollte es kein Problem für ihn sein, jeder Frau die richtigen Blumen zu schicken. Aber ich will nicht nörgeln. Immerhin führt er mich heute ins Le Bernardin aus.« Claire griff nach ihren Zigaretten und bot Sophie eine an. Sie schüttelte den Kopf.

»Die Ironie ist, dass ich ihn gar nicht heiraten will. Er weiß das nicht, weil er nie gefragt hat. Er geht wahrscheinlich ganz selbstverständlich davon aus, dass ich das unvergleichliche Vergnügen haben möchte, mich Mrs Soundso nennen zu können. Warum kommt ihm nie in den Sinn, dass ich mich aus genau dem gleichen Grund auf ihn eingelassen habe wie er sich auf mich? Fantastischer Sex ohne Verpflichtungen?«

»Soziale Konditionierung. Jeder denkt, dass die New Yorker Frauen sich nichts sehnlicher wünschen, als zu heiraten.«

»Großer Gott! Mal abgesehen von der Tatsache, dass ich keine New Yorkerin bin – hat denn die Frauenbewegung noch gar keine Fortschritte gezeigt?«

»Vielleicht sollten Sie ihm sagen, dass Sie nicht mehr von ihm wollen.«

»Lieber Himmel, meine Gute, das würde ich niemals tun. Ich will doch sehen, wie er sich windet.« Claire zog an der Zigarette und grinste. Sie hatte kleine, makellos weiße Zähne. Sophie staunte, dass der Lippenstift nicht verschmierte und keine Spuren auf dem Glas oder der Marlboro hinterließ.

»Aber ich habe Sie nicht eingeladen, um Ihnen von meinen Problemen zu erzählen.« Claire leerte ihr Glas und griff nach der Flasche, um es nachzufüllen. »Sie warten darauf, dass ich Ihnen etwas über Ihre Freundin erzähle, die unter mir wohnt. Elektra heißt sie?«

»Gibt es denn etwas zu erzählen?«

»Oh ja.« Claire machte eine dramatische Pause, die Zigarette in der einen Hand, das Champagnerglas in der anderen.

»Was ist es?«

»Na ja, sagen wir mal so – früher dachte ich immer, ich hätte Probleme mit Männern ...«

36

»Hier lang.« Claire führte Sophie ins Badezimmer, das genau über dem von Elektra lag, und zeigte auf ein rechteckiges Gitter, das in die Wand eingelassen war. »Das ist der Lüftungsschacht; er funktioniert wie ein Mikrofon. Wenn irgendein Bewohner dieses Hauses in seinem Bad steht, können die anderen alles mithören, was er sagt oder tut. Und damit meine ich *alles*. An manchen Morgen ist das nicht schön. Im ersten Stock wohnt ein Typ, der offenbar viel zu viel raucht und jeden Morgen gute zehn Minuten mit dem Versuch verbringt, seine Lungen durch die Speiseröhre hochzuhusten. Widerlich.«

»Dass der Lüftungsschacht die Geräusche überträgt, habe ich auch schon herausgefunden. So habe ich übrigens auch Gary kennen gelernt.«

»Er hat gesungen, stimmt's? Gary ist ein netter Kerl, aber ein entsetzlicher Sänger – bei seinem Falsett löst sich die Farbe von der Wand. Ich bin froh, dass ich diese Wohnung nicht ständig mit ihm teilen muss. Hin und wieder ergibt es sich trotzdem so, aber es ist dann immer nur für eine oder zwei Nächte, und das ist absolut erträglich. Er würde es mir gerne noch erträglicher machen, indem er mich bis zur Besinnungslosigkeit bumst – das waren seine Worte, nicht meine –, aber ich lehne immer dankend ab. Hat er es bei Ihnen auch versucht?«

»Eigentlich nicht.«

»Wie untypisch für ihn. Na, egal, jedenfalls hatte ich neulich wieder einmal einen grässlichen Flug hinter mir – ich weiß gar nicht mehr, von wo ... London? – und wollte als Erstes ein Bad nehmen. Ich schätze, es war so gegen acht Uhr abends. Ich zündete ein paar Kerzen an, schenkte mir ein Gläschen ein und legte mich in die Wanne mit dem festen Vorsatz, nicht wieder auszusteigen, bevor ich weiß und runzlig wäre. Und dann hörte ich plötzlich diese Frau mit einem Typen sprechen. Na ja, eigentlich stritten die beiden eher. Er bettelte, sie solle ihm noch eine letzte Chance geben, und sie sagte, das käme nicht in die Tüte oder so was in der Richtung.«

»Woher wissen Sie, dass es Elektra war, und nicht aus einer anderen Wohnung kam?«

»Weil der Mann sie so nannte. Er sagte zwei- oder dreimal ihren Namen. Jedenfalls sagte sie, nein, sie hätte jemanden kennen gelernt und sei zum ersten Mal in ihrem Leben wirklich glücklich. Sie hätte die Chance, mit diesem Mann eine Zukunft aufzubauen.«

»Hat sie ihn auch beim Namen genannt?«

»Nein.«

»Sie nannte ihn nicht zufällig French?«

»Wieso French?«

»Das ist so ein Typ, den sie kennt.«

»Sie sprach ihn gar nicht mit Namen an. Als sie ihn zum Gehen aufforderte, wirkte sie sehr ruhig und entschlossen. Verdammt, sogar ich merkte, dass der Typ seine Zeit verschwendete. Diese Frau wusste eindeutig, was sie wollte. Aber er schien ziemlich schwer von Begriff zu sein. Vielleicht war er auch einfach nur verzweifelt. Er sagte, nein, er würde bleiben, er würde sie dazu bringen, ihre Meinung zu ändern. Und dann hat sie ihn, glaube ich, geschlagen. Es klang, als habe sie ihm eine Ohrfeige gegeben. Darauf sagte er, dass ihr das noch mal sehr Leid tun würde, und dass sie dumm sei, wenn sie glaubte, sie könne ohne ihn weitermachen. Er würde sie und ihren Freund dafür bezahlen lassen. Dann hörte ich ein Rumpeln, und ein paar Sachen zerbrachen. Klang nach Glas. Danach sagte Elektra ihm noch einmal, er solle abhauen, sie wolle ihn nie wieder sehen. Und er antwortete: ›Vergiss nicht, dass sind keine leeren Drohungen. Deinem Freund wird es noch Leid tun.‹ Sie sagte ihm noch mal, er solle abhauen, und ich glaube, das hat er dann auch getan, denn danach hörte ich nur noch, dass sie weinte. Ich spielte mit dem Gedanken, hinunterzugehen und sie zu fragen, ob bei ihr alles okay sei, aber damit hätte ich ja eingestanden, dass ich gelauscht hatte – ganz abgesehen davon, dass ich die Frau ja gar nicht kenne. Also blieb ich, wo ich war. In der Wanne.«

»Wissen Sie zufällig noch, an welchem Tag das passierte?«

»Lassen Sie mich nachsehen.« Claire ging voran in die Küche. Sie schaltete ihren Palm Pilot ein und drückte ein paar Tasten. »Ich kam gerade aus – Gott, wo war ich nur? Singapur, glaube ich. Ja, das muss es gewesen sein. Dann wäre es der zehnte April gewesen.«

Donna Conran hatte Elektra Jordans Karte in winzigkleine Quadrate zerschnitten und sie auf drei verschiedene Müllcontainer verteilt. Dann war sie nach Hause gegangen und hatte sich hingelegt, aber nicht um zu schlafen. Sie hatte jeden Moment damit gerechnet, dass die Polizei bei ihr anklopfte.

Seit dem Abend des Überfalls hatte sie das Haus kaum noch verlassen. Sie hatte noch nie zuvor jemanden tätlich angegriffen. Wie es der Frau wohl ging? Aus offensichtlichen Gründen war Donna nicht bei ihr geblieben, um es herauszufinden. Sie hatte aber auch nichts im Radio gehört oder in der Zeitung gelesen – was aber nicht unbedingt heißen musste, dass sie die Frau nicht ernsthaft verletzt hatte. Wie lange konnte sie für Körperverletzung bekommen? Und in was für ein Gefängnis würde man sie wohl stecken?

Großer Gott, was, wenn die Frau gestorben war? Dann würde man sie wirklich einsperren. Hochsicherheitstrakt. Nein, das würde nicht passieren. Mord setzte einen Vorsatz voraus, und Donna hatte die Frau schließlich nicht vorsätzlich umgebracht. Sie hatte ihr einen Schrecken einjagen wollen, das war alles.

»Wen willst du eigentlich verarschen?«, fragte Jesus.

An der Wand in Donnas Schlafzimmer hing ein kleines Kruzifix, ein Relikt aus der Zeit, als sie noch keine abtrünnige Katholikin gewesen war.

»Halt's Maul, du ewiger Versager.«

»Beichte deine Sünden. Bereue, denn das Königreich Gottes steht vor der Tür«, flüsterte Jesus boshaft.

»Ich beichte gar nichts.«

»Komm schon, du willst es doch.« Jesus' Tonfall wurde höhnisch und erinnerte Donna an den ihres kleinen Bruders Bobby.

»Ich will nicht beichten, und jetzt halt endlich das Maul!«

»So redet man aber nicht mit Gottes Sohn«, erwiderte Jesus. »Das werde ich weitersagen. Du weißt, dass ich zur Rechten Gottes sitze.«

»Genau diese Haltung hat mich dazu getrieben, mich von der Religion zu verabschieden«, fluchte Donna, bevor sie das Zimmer verließ.

Sie ging in die Küche und schenkte sich einen Brandy ein. Es war zwar erst halb zwölf am Vormittag, aber das war ihr gleichgültig. Dann steckte sie sich eine Zigarette an und schritt im Wohnzimmer auf und ab.

Sie wollte ihre Tat nicht beichten, aber sie konnte sie zumindest wieder gutmachen. Und gleichzeitig würde sie es French McCall heimzahlen. Wenn die Beichte gut für die Seele war, für was war dann die Rache gut?

Donna wusste, dass die Frau, die sie angegriffen hatte, Sophie Graham hieß. Als sie auf dem Bürgersteig lag, hatte Donna ihr schnell das Portemonnaie aus der Tasche gezogen und einen Blick auf ihren Führerschein geworfen. Es hatte keinen bestimmten Grund dafür gegeben, vielleicht hatte sie es nur bei der Erinnerung an French McCalls überhebliches Gesicht getan.

Jedenfalls hieß die Frau Sophie Graham, und jetzt musste Donna nur noch entscheiden, was sie mit dieser Information anfing.

37 »Ich brauche eine Waffe.« Pixie hatte zwei Hotdogs mit allen Extras bestellt.

French McCall nippte an seiner Limonade. Irgendein geschäftstüchtiger Mensch hatte auf dem Pier nördlich von Battery Park City einen Grill aufgebaut. Es war Samstagnachmittag, und das Wetter war warm. Der Weg, der an der West Side von Manhattan entlangführte, war voller Radfahrer, Spaziergänger und Inlineskater, wenngleich viele durch die Essensdüfte von ihren sportlichen Aktivitäten abgelenkt worden waren. French und Pixie setzten sich auf die Holzbank am einzigen noch freien Tisch. Eine angenehme Brise schlug winzige Wellen auf dem Hudson. French setzte seine Sonnenbrille auf und betrachtete New Jersey, als habe er es noch nie zuvor gesehen.

»Muss das wirklich sein?«

»Ja.«

French beäugte Pixies Hotdogs. Er wünschte, er hätte auch etwas essen können, aber sein Kater verbot es ihm. Am Abend zuvor hatte er ein Mädchen in einem Club aufgegabelt und mit zu sich nach Hause genommen, wo sie sich einige Lines Koks gezogen und eine Menge getrunken hatten. Als es dann Zeit wurde, Leistung zu zeigen, hatte er versagt. Schlaff wie eine Woche alter Salat. Der Gedanke verursachte French immer noch ein Brennen in der Magengrube. Wenn er so weitermachte, wäre die einzige sexuelle Erregung, auf die er sich noch freuen könnte, die jährliche Prostatauntersuchung.

Eine neue Welle von Übelkeit schwappte in ihm hoch. Er sah sich nach einem Mülleimer um, für den Fall, dass er sich übergeben müsste, doch sein Magen beruhigte sich wieder. Er trank seine Limonade aus. Brandy, so hieß das Mädchen. Aus Kentucky. Geschah ihm ganz recht, warum gab er sich auch mit solchen Typen ab.

»Hören Sie mir überhaupt zu?«

»Bitte?«

»Eine Waffe.« Pixie trug ein enges weißes T-Shirt und eine rotkarierte, dreiviertellange Hose. French fragte sich, ob womöglich sie, und nicht der Wodka, schuld an seinem Versagen am Vorabend gewesen war. Sein Magen revoltierte einmal mehr und beruhigte sich wieder. Bald würde es ihm wieder besser gehen. Vielleicht sollte er an diesem Abend einfach mal zu Hause bleiben und eine DVD ausleihen, statt auszugehen. Es gab schließlich kein Gesetz, das einem vorschrieb, sieben Tage die Woche ausgehen zu müssen. Andererseits lebte er nun einmal in Manhattan, wo es ein solches Gesetz zu geben schien. Ein Knastbruder hatte mal zu ihm gesagt: »New York ist in Ordnung, wenn du dazugehörst. Wenn nicht, vergiss es.« Hatte surreal geklungen aus dem Munde eines Mannes in Gefängnisklamotten. Aber vielleicht wurde es ja auch Zeit, mit dem Herumhuren aufzuhören und eine feste Partnerin zu suchen. French musste unwillkürlich an Elektra denken. Sie hatte das richtige Potenzial gehabt. Schade, dass es nicht funktioniert hatte.

Zwei Kinder auf Fahrrädern mit Schleifen am Lenker umrundeten den Tisch und quietschten dabei vor Vergnügen. Ihre Mutter, eine etwas mitgenommen wirkende, aber in Frenchs Augen immer noch attraktive Frau Anfang Dreißig, rief sie zu sich, und erstaunlicherweise gehorchten sie. French sah sich nach dem Vater um, konnte aber keinen entdecken. Er mochte allein erziehende Frauen, sie waren immer so dankbar. Und diese sah aus, als hätten die Anforderungen des Mutterdaseins ihren Sexappeal keineswegs beeinträchtigt. French rief sich in Gedanken zur Ordnung. Es war wirklich nicht nötig, jede Frau anzumachen, der er begegnete. Nicht bei dem Tempo, das er vorlegte. Er musste sich ab und zu auch mal ein wenig Ruhe gönnen, sich für den einen besonderen One-Night-Stand aufsparen.

Pixie schnalzte vor seinem Gesicht mit den Fingern.

»Ich bezahle Sie dafür, dass sie auf Zack sind. Vielleicht sollten Sie Ihr Lotterleben ein wenig zurückschrauben, bis wir diese kritische Phase hinter uns haben.« Pixies Tonfall legte nahe, dass das mehr als ein Vorschlag war.

French zuckte die Schultern und saugte die wässrigen Reste seiner Limonade durch den Strohhalm. Das Geräusch verursachte ihm Kopfschmerzen, aber die nahm er in Kauf, in der Hoffnung, dass es Pixie ärgern würde. Offenbar tat es das auch. »Meine Güte!«, fuhr sie ihn an. »Kaufen Sie mir eine Waffe, oder ich besorge mir selbst eine.«

French zog die Augenbrauen hoch und schüttelte langsam den Kopf. Abgesehen davon, dass er dadurch sein ungläubiges Staunen zum Ausdruck brachte, war er wegen seines Katers auch zu keiner schnelleren Bewegung fähig.

»Warum nicht? Ist das denn so schwierig?«

»Gar nicht schwierig – für mich. Für Sie ist es praktisch unmöglich.«

»Warum?«

»Glauben Sie mir, Schätzchen, niemand wird Ihnen eine Waffe verkaufen.«

»Warum nicht?«

»Eine weiße Frau, angezogen wie Sie, auf der Suche nach einer illegalen Schusswaffe in der südlichen Bronx? Denken Sie mal drüber nach.«

»Wieso ist das anders als bei einem weißen Mann?«

»So ist es nun mal«, erwiderte French. »Außerdem kenne ich die richtigen Leute.«

Pixie schnaubte. Sie sollte sich dieses Schnauben patentieren lassen und es verkaufen, dachte French. Verachtung in Tüten. Extra stark. Wirkt garantiert einschüchternd.

»Hallo, ihr beiden, stört es Euch, wenn wir uns dazusetzen?« Zwei schwergewichtige Touristen umklammerten Hamburger und Colas. Winzige Köpfe in nachgemachten NYPD-Baseballkappen. Stiernacken in grünen Poloshirts und breite Gesäße in karierten Shorts. Die weißen Beine sahen aus wie Marshmallows am Spieß in Turnschuhen.

»Und wie Sie stören«, antwortete Pixie bestimmt. »Wir planen gerade ein brutales Kapitalverbrechen und können dabei keine Mithörer gebrauchen.«

Das Lächeln auf den Gesichtern der Touristen schien zu gefrieren, und French befürchtete, dass sie vor Schreck das Essen fallen lassen würden. Simultan drehten sich die beiden um und marschierten zu dem am weitesten entfernten Tisch.

Pixie ignorierte die Unterbrechung. »Sie haben Recht, ich kann das nicht selbst erledigen. Deshalb brauche ich Sie.«

Ein Hubschrauber zog eine Schleife über dem Hudson, im Anflug auf den Landeplatz ein paar Blocks weiter nördlich. Die Kinder auf den Fahrrädern kreischten und zeigten mit den Fingern darauf. Die Touristen warfen nervöse Blicke zu Pixie und French herüber. French winkte ihnen lächelnd zu, um ihnen zu bedeuten, dass alles nur ein Witz gewesen sei.

»Toll, wie Sie die beiden abserviert haben. Sehr cool.«

»Wir sprachen gerade über Waffen.« Pixie hatte ihren ersten Hotdog verspeist und machte sich über den zweiten her.

»Waffen sind gefährlich. Illegale Waffen besonders. Nicht nur weil man damit Leute umbringen kann – in den meisten Fällen übrigens aus Versehen. Viel mehr, weil man geliefert ist, wenn man mit einer erwischt wird.«

»Das ist mein Problem. Nicht Ihres.«

Sie lebt im falschen Zeitalter, entschied French. Sie hätte für Boadicea gegen die Römer kämpfen sollen.

»Eine Waffe kostet extra.«

»Habe ich je angedeutet, Geld sei ein Problem?«

»Nein, haben Sie nicht.«

»Wie viel?«

Er nannte einen hohen Betrag. Einen viel höheren Betrag, als ihn die Waffe kosten würde. Waffen waren billig. Der Aufschlag war für das Risiko, sagte er sich selbst. Nicht, dass er vorhatte, sich erwischen zu lassen.

»In Ordnung. Ich brauche sie in ein paar Tagen.«

»Welches Kaliber?«

»Weiß ich nicht.«

»Wofür brauchen Sie sie?«

Pixie seufzte ungehalten. »Wofür braucht man üblicherweise Waffen?«

French schloss die Augen. Er konnte nicht glauben, dass er dieses Gespräch führte. Wahrscheinlich lag er immer noch zu Hause im Bett und hatte Albträume. Er stieß langsam den Atem aus und dachte an etwas Schönes, bevor er antwortete. Pixie in einem roten Lederbody, mit Handschellen an sein Himmelbett gekettet. »Was ich meinte war, wünschen Madame den Tod aus der Nähe oder von weiter entfernt zu verursachen?«

»Aus der Nähe.«

»Dann besorge ich Ihnen eine null Komma drei zwo.«

»Gut. Abgemacht.« Pixie knüllte ihr Hotdogpapier zusammen und warf es im hohen Bogen in den Papierkorb.

»Sie sind wirklich ein Phänomen.« French stand auf. »Wirklich wahr.«

Pixie blickte ihn so verständnislos an, als wäre er ein Haustier und hätte sie soeben nach ihrer Meinung zur Quantentheorie gefragt.

»Rufen Sie mich einfach an, wenn Sie das Ding haben. Ach ja, und finden Sie heraus, was Sophie so treibt.«

38

Wie um alles in der Welt kann man nur in Brooklyn wohnen, dachte French, als er sich geduldig seinen Weg durch die Massen von Hipstern in der Smith Street bahnte. Auch wenn es zugegebenermaßen billiger als Manhattan war, hätte er niemals wegen ein paar Quadratmetern mehr in dieser Provinz festsitzen wollen.

Es war Jahre her, seit er zuletzt die Brooklyn Bridge überquert hatte. French verließ Manhattan nur, wenn es sich nicht vermeiden ließ. Flache Gebäude machten ihn nervös. Manchmal nahm er eine Wochenendeinladung in die Hamptons an, aber nur, wenn dort eine lohnenswerte Party stattfand. Er mochte das Meer nicht besonders. Er mochte noch nicht einmal das Tageslicht besonders.

In Brooklyn fühlte er sich wie in einem anderen Land, ja, sogar einem anderen Universum. Die Frauen waren hier nicht so elegant gekleidet wie auf der anderen Seite des East River, aber sie sahen dennoch gut aus, das musste French zugeben. Vielleicht sollte er sich doch öfter mal dort herumtreiben, möglicherweise konnte er dort ja leichter landen. French verwarf den Gedanken gleich wieder. Immerhin war er aus beruflichen Grünen in Brooklyn, über sexuelle Eroberungen konnte er später nachdenken.

Er hatte sich für den Ausflug leger angezogen. In diesem Stadtteil trug man nur einen Anzug, wenn man vor einem

Richter des Supreme Court stand. Also hatte French sich für Helmut-Lang-Jeans, ein Poloshirt und einen Burberry-Hut entschieden. Obwohl es bereits dunkel war, trug er eine Sonnenbrille und hatte sich ein falsches Ziegenbärtchen angeklebt. Es fühlte sich komisch an, als würde ein nasses Wiesel an seinem Kinn saugen, und French musste ständig der Versuchung widerstehen, darüber zu streichen.

Was sollte eigentlich dieser Wahn mit den Bärten? Es hatte mal eine Zeit gegeben, in der nur Bulgaren und Russen Ziegenbärtchen trugen und alle vernünftigen Menschen sie heimlich deswegen auslachten. Doch die Zeiten hatten sich geändert – je verrückter der Bart war und je alberner man damit aussah, desto hipper war man in diesen Tagen.

French wich einer entgegenkommenden Frau und ihrem Freund aus, die nicht auf den Weg achteten. Trotzdem schafften sie es, mit den Ellbogen zusammenzustoßen.

»Verzeihung!«, entschuldigte sich der Typ. Er klang, als meinte er es ernst.

»Verzeihung«, murmelte French zurück. Eine Entschuldigung? Mein Gott, Brooklyn war wirklich Provinz!

Er lief keine Gefahr, die beiden Frauen aus den Augen zu verlieren, vor allem die üppige Blonde nicht. French kannte sie nicht, doch in ihrem Leoparden-Mini und den Lack-Stilettos wäre sie ihm mit Sicherheit auch aufgefallen, wenn sie nicht vor Sophie Grahams Haus auf der Lauer gelegen hätte.

Sophie schien dieser Tage sehr gefragt zu sein.

Er hätte die Unterhaltung der beiden Frauen gern belauscht, doch es erschien ihm selbst mit seiner Verkleidung zu riskant, sich ihnen weiter zu nähern. French hoffte, dass die beiden nicht den ganzen Abend durch die Gegend spazieren würden.

Nein. Die Bar, die sie betraten, sah aus, als gäbe es dort einen strikten Dresscode-Zugang nur für Leute mit rasierten Schädeln und kryptischen Tattoos. Der Laden war schlecht beleuchtet, so dass French durch seine Sonnenbrille kaum etwas sehen konnte. Er setzte sich auf einen Barhocker und bestellte ein Bier. Sophie und die Blonde saßen auf einer gepolsterten Sitzbank nur wenige Meter entfernt, doch die Musik war so laut, dass French sie nicht einmal hätte verstehen können, wenn sie einander angeschrieen hätten. French spielte mit seinem Bierglas und versuchte, aus der Körpersprache der beiden Frauen Rückschlüsse zu ziehen. Noch eine nützliche Fähigkeit, die er im Gefängnis gelernt hatte.

Die Frauen steckten die Köpfe zusammen. Offenbar hatte die Blonde etwas gefragt, denn Sophie schüttelte den Kopf. Die Blonde wirkte verzweifelt und massierte sich die Knöchel der linken Hand. Weitere inständige Bitten. Sophie wirkte skeptisch, schien aber schon etwas weniger ablehnend zu sein. Die Blonde flüsterte ihr erneut etwas zu, beide Handflächen zeigten diesmal nach oben. Ein Angebot? Eine Bitte? Sophie sah sie direkt an, ihre Finger fuhren die Umrisse des Untersetzers nach. Schließlich nickte sie. Die Blonde war sichtlich erleichtert. Sophie stand auf und ging hinaus.

Frenchs erster Instinkt war, ihr zu folgen, doch die Blonde war noch da, und es erschien ihm wichtig, etwas über sie herauszufinden. Pixie würde das zu schätzen wissen, und er hatte nichts dagegen, bei ihr Eindruck zu schinden.

Die Blonde saß da und trommelte mit den Fingern auf den Tisch. Lange, blasse Finger mit unpraktischen langen Fingernägeln, geschmückt mit lustigen kleinen Abziehbildchen. French McCall hatte eine kurze erotische Vision, wie sich diese Fingernägel in seinen Rücken krallten. Bei dieser Frau hätte er bestimmt keine Versagensängste.

Er fragte den Barkeeper nach den Toiletten und stand absichtlich schwankend auf. Als er an der Blonden vorbeikam, rempelte er sie an. Eingedenk seiner soeben erlernten Brooklyn-Manieren entschuldigte er sich höflich, wobei er leicht lallte.

»Schon gut«, sagte die Frau und sah zur Seite.

French war wieder völlig nüchtern, als er die Herrentoilette erreicht hatte. Rasch öffnete er die Brieftasche der Blonden und überprüfte den Inhalt. Chantal Ryder, wohnhaft Union Street, Brooklyn. Einige Kreditkarten, eine Bloomigdale's Bonuskarte und ungefähr zwanzig Dollar in bar. Eine Visitenkarte, die sie als Produktionsassistentin von Parker Pictures auswies.

Er steckte alle Papiere dorthin zurück, wo er sie gefunden hatte, verließ die Toilette und machte sich schwankend auf den Rückweg zur Bar. Chantal saß noch immer neben Sophies leerem Platz, und bewachte deren halb volles Glas.

»Sag mal, Süße, kenn ich dich nicht von irgendwoher?«, lallte French und beugte sich zu ihr hinunter. Diese Rolle lag ihm im Blut, er hatte sie oft genug gespielt.

»Verzieh dich, Arschloch!«, zischte Chantal.

»Is ja gut. Okay, okay. Dann kenn ich dich halt nich.« French hielt die Hände in gespielter Kapitulation hoch. Sie waren leer, da Chantals Brieftasche wieder in ihrer Tasche steckte.

*

French saß wieder an der Bar und hatte bereits sein zweites Bier bestellt, als Sophie zurückkam. Sie glitt zurück auf ihren Platz, ohne auch nur einen Blick in seine Richtung zu werfen. Dann zog sie einen Stapel gefalteter Geldscheine aus der Tasche und schob ihn Chantal hin. Die nahm ihre vor kurzem entwendete Brieftasche aus der Tasche und steckte das Geld hinein, ohne zu zählen. Dann begann sie zu sprechen. Sie sprach mindestens zehn Minuten lang ohne Pause. Sophie nahm die Augen nur von Chantals Gesicht, wenn sie sich Notizen in einem kleinen schwarzen Büchlein machte. French verließ die Bar, nahm sein Handy aus der Tasche und wählte Pixies Nummer.

»Hey«, grüßte er, als sie abhob. »Ich hoffe, ich störe nicht bei irgendetwas.«

»Was ist los?«

»Sophie hat gerade einer Frau namens Chantal Ryder mehrere hundert Dollar in bar gegeben. Je von ihr gehört?«

»Nein.«

»So ein Barbietyp. Lange, blonde Haare, riesige Titten, das volle Programm.«

»Was hat die Größe ihrer Titten für eine Bedeutung? Wollen Sie etwa andeuten, Sophie Graham bezahlt für lesbischen Sex?«

»An diese Möglichkeit hatte ich noch gar nicht gedacht«, sagte French. »Wow, ich bin wohl nicht in Form. Nein, offenbar hat sie dieser Ryder das Geld für irgendwelche Informationen gegeben. Zumindest wirkte es von meinem Platz aus gesehen so.«

»Chantal Ryder«, wiederholte Pixie nachdenklich.

»Sie arbeitet für einen Verein namens Parker Pictures. Schon mal davon gehört?«

»Parker Pictures? Verdammt!«

Der Gedanke, dass er Pixies Fassade durchbrochen hatte, gefiel French.

»Gibt es ein Problem?«, erkundigte er sich liebenswürdig. Er wünschte, er hätte ihr Gesicht sehen können.

»Ja, allerdings. Verdammt!«, sagte Pixie noch einmal. »Das hat mir noch gefehlt.«

39

»Also gut.« Chantal atmete tief durch. »Ich bin Elektra gefolgt. Das gebe ich zu. Ich wollte mit ihr über etwas sprechen. Ich wollte sie fragen, ob sie mir aushelfen könnte. Schöne Frisur, übrigens.«

»Wie aushelfen? Mit Geld?«

»Ich wollte ihr ein paar Informationen verkaufen. Das ist doch nichts Schlimmes. Sie kann es sich leisten.«

»Sie haben versucht, sie zu erpressen. Immerhin haben Sie immer von Telefonzellen aus angerufen und nie Ihren Namen genannt. Sie wollten offenbar keine Spuren hinterlassen.«

»Bitte.« Chantal hielt die rechte Hand hoch wie zu einem Schwur. »Ersparen Sie mir die Moralpredigt, okay? Ich erzähle einfach, was passiert ist. Und wenn ich das tue, werden Sie sehen, dass ich nicht die Böse in diesem Szenario bin. Ich versuche nur, durchzukommen. Elektra schuldete mir etwas.«

Mit einem unguten Gefühl stellte Sophie fest, dass dies wie ihre eigenen Worte klang. »Was schuldete Elektra Ihnen denn?«

»Wegen ihr habe ich meinen Job verloren.«

»Haben Sie nicht ihren Job verloren, weil Russ Parker starb?«

»Genau.« Chantal lehnte sich zurück und verschränkte mit einem selbstzufriedenen Lächeln die Arme.

»Aber –«

»Es war kein Unfall. Elektra hat Russ umgebracht.«

Einen Moment lang war Sophie so geschockt, dass selbst die ohrenbetäubende Musik im Hintergrund zu verblassen schien.

»Sie hat die Bullen angelogen«, fuhr Chantal fort. »Sie log und log und log. Und die glaubten ihr. Sie war in jener Nacht dort. Ich habe sie weggehen sehen.«

»Woher wissen Sie, dass Elektra die Polizei angelogen hat?«

»Ich habe gehört, was sie ihnen gesagt hat. Die Wände sind nicht sehr dick. Sie log. Sie hat ihnen verschwiegen, dass sie was mit ihm hatte. Und sie sagte, sie sei in der Nacht, als er starb, allein zu Hause gewesen.«

»Woher wissen Sie, dass sie bei Russ war?«

»Er wohnte nicht weit von hier. Auf dem Heimweg vom Fitnesscenter gehe ich durch die Straße, wo er wohnte. An jenem Abend kam ich vom Training nach Hause und sah, wie Elektra gerade die Tür aufschloss. Sie hatte einen eigenen Schlüssel.«

»Um welche Uhrzeit war das?«

»Mein Kurs endet um halb neun, also muss es um kurz vor neun gewesen sein.«

Sophie fragte sich, ob Chantal die Geschichte mit dem Fitnessstudio erfunden hatte. Vielleicht war sie ja eine der vielen Frauen, die sich in Russ Parker verliebt hatten. So sehr verliebt, dass sie in der Nähe seines Hauses herumlungerte.

»Waren Sie eifersüchtig?«

»Es hatte nichts mit mir zu tun.«

»Aber Sie mochten Russ.«

»Jeder mochte ihn.«

»Sandy auch?«

»Vermutlich.«

»Warum haben Sie der Polizei nicht von Elektra erzählt?«

»Alles ging so schnell.«

»Blödsinn! Sie witterten eine Möglichkeit, an Geld zu kommen. Ganz gleich, ob Elektra nun etwas mit Russ' Tod zu tun hatte oder nicht, Sie konnten etwas für sich herausschlagen.«

»Und wenn schon!«, erwiderte Chantal trotzig.

»Und als Elektra dann verschwunden war, kamen Sie zu mir. Das war sozusagen die zweitbeste Möglichkeit, um an Bares zu kommen. Elektra hätte Ihnen zwar mehr gegeben, aber man kann schließlich niemanden erpressen, den man nicht findet.« Sophie konnte sich nicht entscheiden, ob sie ehrlich aufgebracht war, oder ob sie nur erreichen wollte, dass Chantal ein schlechtes Gewissen bekam. Immerhin schlug auch sie selbst auf ihre Art Kapital aus Elektras Verschwinden.

»Außerdem können Sie gar nicht wissen, ob sie Russ umgebracht hat«, fuhr Sophie fort. »Die Tatsache, dass Elektra an jenem Abend bei ihm war, muss noch nicht automatisch etwas bedeuten.«

»Warum rückt sie dann nicht mit der Wahrheit heraus?«

»Das weiß ich nicht.« Sophie nahm einen Schluck von ihrem Bier. Plötzlich schien sie es zu brauchen.

»Es ist die einzig logische Erklärung.« Chantal sammelte ihre Sachen zusammen. »Denken Sie drüber nach, und Sie werden einsehen, dass ich Recht habe.«

Es gibt noch eine andere Erklärung, dachte Sophie, während sie die Getränke bezahlte. Vielleicht hatte nicht Elektra Russ umgebracht, sondern ihr eifersüchtiger, psychopathischer Ex, der seine Drohungen wahr machte, und sie hatte den Mord mit angesehen.

Privatdetektiv Paul Jeffers hatte ein winziges Büro, nicht viel größer als sein verbeulter alter Stahlschreibtisch, auf dem sich Papierberge um einen Titanium iMac und ein paar andere Laptops stapelten. Die Fotos an der Wand stammten aus Asien. Frauen, die Körbe voller Gemüse auf dem Kopf trugen, Kinder, die auf Elefanten ritten, Tempel, die golden in der Sonne funkelten. Ein gerahmtes Foto auf dem

Schreibtisch zeigte ein kleines asiatisches Mädchen, wahrscheinlich drei oder vier Jahre alt, dessen glänzendes schwarzes Haar von einer roten Schleife zusammengehalten wurde. »Ich mache überwiegend Nachforschungen, aber keinen Personenschutz. Dafür war ich zu lange Polizist.«

Jeffers sorgfältige Kleidung stand in gewissem Kontrast zu der Unordnung, die um ihn herum herrschte. Er trug einen dunkelblauen Einreiher, ein blassblaues Oxford Buttondown-Hemd und eine rote Krawatte mit winzigen blauen Blümchen. Sophie stellte mit Zufriedenheit fest, dass sie in Elektras Leinen-Hosenanzug von Armani genauso smart wirkte wie er. Sie hatte sich nach dem morgendlichen Training im Fitnesscenter sogar die Haare geföhnt. Zwar hatte bisher im Fitnessstudio niemand nützliche Informationen über Elektra liefern können, aber Sophie hatte beschlossen, regelmäßig hinzugehen, in der Hoffnung, dass sie doch noch etwas herausbekäme. Ganz abgesehen davon, dass sie auf diese Art nebenbei ein paar Kilos loswerden würde.

»Dass ich diesen Fall übernommen habe, war ein Gefallen, den ich einer Freundin getan habe. Sie ist Anwältin und brauchte die Informationen sofort, und der Typ, den sie normalerweise beschäftigt, hatte keine Zeit.«

»Ich versuche nur, meine Freundin zu finden«, erwiderte Sophie. »Sie verschwand, nachdem Russ Parker starb. Und ich weiß, dass ihr Exfreund sie bedrohte.«

Jeffers griff in einen Aktenschrank und zog einen braunen Ordner heraus. »So etwas gibt es häufig. Aber eigentlich sollte man sich viel mehr Gedanken um die stillen Typen machen.«

»Ich glaube nicht. Ich finde diesen Typen merkwürdig.«

Jeffers zuckte die Schultern. »Also, hier ist alles, was ich habe. Ist nicht viel mehr, als Sie sowieso schon wussten.« Er fuhr mit seinem dicken Zeigefinger die Seite entlang. Seine Fingernägel waren angekaut. »Genau. 26. April, Elektra und Russ sitzen im El Quijote, wissen Sie, die Bar auf der 23rd Street. Und dann läuft ihnen dieser Kerl über den Weg.« Jeffers nahm ein Foto aus dem Ordner. »Kommt er Ihnen irgendwie bekannt vor?«

Sophie nahm das Foto in die Hand. Elektra und Russ saßen auf Barhockern, vor ihnen auf der Theke standen zwei Cocktailgläser. Neben ihnen stand French, der offenbar gerade erst hereingekommen war, da er einen Regenmantel über dem Arm trug. Sophie konnte Elektras Gesichtsausdruck nicht deuten, und Russ saß mit dem Rücken zur Kamera, aber dass French überrascht war, konnte man eindeutig erkennen.

»Ja, den kenne ich. Das ist French McCall.«

»Dieser French geht also zu den beiden hin, begrüßt Elektra mit den Worten ›Lange nicht gesehen‹ und wechselt ein paar oberflächliche Worte mit ihr. Dann stellt sie die Männer einander vor. Eine unangenehme Situation, aber Elektra gibt sich Mühe, sie zu meistern. Russ ist nicht sonderlich begeistert, er wirkt ziemlich steif. Anfangs ist French charmant. Er zieht sich einen Hocker heran, bestellt einen Drink, und bald wird deutlich, dass es bei weitem nicht der erste an diesem Abend ist. Elektra und Russ fühlen sich eindeutig ein wenig unbehaglich. Dieser French kippt das erste Glas Wein herunter und bestellt sich gleich ein neues. Er benimmt sich die ganze Zeit wie ein komplettes Arschloch – entschuldigen Sie den Ausdruck –, quetscht die beiden über ihre Beziehung aus, fragt, wie ihr Sexleben läuft und dergleichen. Irgendwann sieht es so aus, als wolle Russ ihm eine reinhauen, aber Elektra geht dazwischen und zwingt die beiden, sich wieder zu setzen. Sie fordert French sehr ruhig auf, zu gehen, aber er weigert sich. Er bestellt sich noch ein Glas Wein und wird lauter. Also stehen die beiden auf und gehen. Er läuft ihnen nach und ruft: ›Das wirst du noch bereuen! Ich war das Beste, was dir je passiert ist.‹ Aber man konnte an ihrem Gesicht sehen – ich bin sicher, French sah es auch – dass er beileibe nicht das Beste war, was ihr je passiert ist.«

»Was hat er dann getan?«

»Ich weiß es nicht«, antwortete Jeffers. »Ich musste doch Elektra folgen, wie Sie wissen.«

»Ich weiß, dass French ein paar Tage davor in ihrer Wohnung war und etwas Ähnliches zu ihr sagte.«

»Er kann wohl nicht gut mit Zurückweisungen umgehen.«

»Wie schätzen Sie ihn ein?«

»Gut aussehend, narzisstisch. Er sah sich die ganze Zeit im Spiegel an. Ist gewöhnt, bei Frauen seinen Willen zu bekommen, vermute ich mal.«

»Glauben Sie, er meinte seine Drohung ernst?«

Jeffers zuckte die Achseln. »Unmöglich zu sagen, nachdem ich ihn nur zehn Minuten gesehen habe. Vielleicht ist er ja einfach nach Hause gegangen und hat seinen Rausch ausgeschlafen.«

Der Kaffee, den Jeffers ins Büro bestellt hatte, wurde geliefert. Er holte ein paar Münzen aus der Hosentasche, zahlte und reichte Sophie einen der Becher.

»Wie schwer ist es eigentlich, eine Lizenz als Privatdetektiv zu bekommen?«, fragte sie. Jeffers Zulassung hing an der Wand hinter seinem Schreibtisch.

»Die bekommt jeder, der einen Stift halten kann. Überhaupt nicht schwer.«

»Muss man eine Prüfung ablegen?«

»Ja, aber wie ich schon sagte ...« Jeffers schüttete den Inhalt von drei Beutelchen Zucker in seinen Becher und rührte.

»Und wie kommen Sie an Ihre Informationen? Haben Sie Zugang zu irgendwelchen speziellen Datenbanken?«

»Auch, aber das meiste ist Allgemeingut.« Jeffers tippte auf den Deckel des iMac. »Das Internet. Warum? Möchten sie eventuell in den Beruf einsteigen?«

»Um Himmels willen, nein!« Sophie lachte nervös. »Mir geht es nur um diese eine Sache, weil sie meine Freundin ist, das ist alles. Ich kann Ihnen gar nicht sagen, wie froh ich bin, wenn ich sie endlich gefunden habe.«

Jeffers lehnte sich in seinem Stuhl zurück und blickte sie forschend an.

»Sehen Sie, ich mache den Job wegen des Geldes. Und weil ich ein neugieriger Mistkerl bin. Außerdem war ich früher Polizist, was die weitere Berufsauswahl doch einigermaßen einschränkt. Jedenfalls kann ich beurteilen, wann ein Auftrag erledigt ist. Entweder finde ich, wonach ich suche, oder der Kunde stellt die Zahlungen ein. Es ist mir herzlich egal. Aber für Sie ist das etwas anderes. Bei Ihnen ist es eine persönliche Sache.«

»Sie stellen eine Menge Vermutungen an über jemanden, den Sie gerade erst kennen gelernt haben«, bemerkte Sophie steif.

»Hey.« Jeffers leerte seinen Kaffee mit einem zweiten Schluck. »In zwanzig Jahren beim NYPD lernt man eine Menge. Man sieht das Schlimmste, was Menschen einander antun können, das Schlimmste, was aus ihnen werden kann. Und man lernt die Gefühle zu erraten, von denen sie getrieben werden. Wobei es sich meiner Erfahrung nach in den meisten Fällen um Wut, Gier oder Furcht dreht.«

Sophies stellte ihren Becher ab – der Kaffee schmeckte ohnehin grauenhaft – und griff nach ihrer Tasche, um Jeffers zu zeigen, dass sie keine Zeit hatte, sich seine Meinung anzuhören. Außerdem war sie verärgert, weil er ihr ungebetene Ratschläge gab. Doch Jeffers ignorierte den Wink.

»Ihnen sehe ich an, dass Sie wütend sind. Vielleicht ist diese Frau Ihre einzige gute Freundin, oder Sie sind scharf auf sie, ich weiß es nicht.«

Sophie musste unwillkürlich lachen. Zwanzig Jahre bei der New Yorker Polizei, und Jeffers hatte keine Spur von Menschenkenntnis. »Was wollen Sie damit sagen?«

»Es ist nicht gut, wenn sie sich zu sehr in die Sache hineinsteigern. Denn wenn Sie das tun, wie wollen Sie dann jemals wissen, wann es vorbei ist?«

»Ich werde es wissen«, gab Sophie zurück. »Darauf können Sie sich verlassen.«

40

Pixie Wishart saß an ihrem Schreibtisch und massierte sich die rechte Schläfe. Die Kopfschmerzen hielten sich hartnäckig seit drei Tagen, und nichts – weder Tabletten noch Yoga oder Aromatherapie – konnte sie dazu bewegen zu verschwinden. Dabei stand in drei Stunden eine Präsentation an, wahrscheinlich die wichtigste in

Pixies Leben. Wenn sie den Auftrag an Land zog, winkten Beförderung und Aktienoptionen.

Sie kippte drei Schmerztabletten in die hohle Hand und schluckte sie trocken hinunter. Dann lehnte sie sich in ihrem Stuhl zurück und schloss die Augen.

»Na, alles im grünen Bereich?« James kam mit einem Stapel Fotokopien herein, die Pixie ihn gebeten hatte zu machen, obwohl sie sie gar nicht brauchte. Sie hatte ihn einfach für eine Weile aus dem Weg haben wollen.

»Kopfweh«, erwiderte sie leise.

»Soll ich dir meine patentierte Akupressur verabreichen?«

»Mach dir keine Mühe. Das Einzige, was mir noch helfen kann, ist eine Kopfamputation.«

»Komm schon, in vier Stunden ist alles vorbei. Dann können wir beim Lunch auf den Auftrag anstoßen.«

Pixie blickte auf ihre Uhr, dann auf ihre Schreibunterlage. Chantal Ryder stand da in Rot. Rot für Alarm. »Scheiße«, murmelte Pixie leise.

»Du bekommst das schon hin. Wir sind doch alles dutzendfach durchgegangen. Du wirst sie bestimmt im Sturm erobern.«

Pixie kniff die Augen zu. Schon als Kind hatten sich bei ihr bei den ersten Anzeichen von Stress die Gesichtsmuskeln verkrampft.

Präsentation, Beförderung, Gehaltserhöhung. Lauter positive Dinge. Reiß dich zusammen, Pixie.

Doch Chantal Ryder ging ihr einfach nicht aus dem Kopf. Die Frau war ein großes Problem. Dabei hatte Pixie geglaubt, sie hätte alles einkalkuliert, was schief gehen konnte. Dafür hatte sie schließlich ein Händchen. Planen, vorbereiten, Risiken einschätzen, Strategien entwickeln, um die Risiken zu minimieren. Logisches Denken lag ihr. Pixie hat das Hirn eines Mannes, hatte ihr Vater seinen Freunden immer stolz erzählt. Gut im Rechnen. Gut im strategischen Denken. Unbesiegbar beim Schach.

Pixie kannte Chantal Ryder. Sie wusste, dass sie gern herumschnüffelte und sich immer in anderer Leute Angelegenheiten einmischen musste. Und wenn sie jetzt Geld von Sophie verlangt hatte, konnte das nur eines bedeuten.

»Ich muss mal hier raus.« Pixie stützte die Hände auf die Schreibtischplatte und stemmte sich aus dem Sessel hoch. Im Stehen war ihr erst schwindlig, dann wurde ihr übel.

»Du siehst aber gar nicht gut aus«, bemerkte James, und in seiner Stimme schwang echte Besorgnis mit.

»Es geht schon. Ich brauche nur ein bisschen frische Luft. Ich werde mal kurz um den Block gehen. Bin bald zurück.«

»Soll ich dich begleiten?« James folgte ihr aus dem Büro.

»Es geht schon. Wirklich.« Pixie schlüpfte in den Aufzug, gerade bevor sich die Türen schlossen.

Auf der anderen Straßenseite stand eine funktionstüchtige Telefonzelle. Pixie hatte einen privaten Anruf zu erledigen, der nicht zurückverfolgt werden durfte.

Harold war der einzige Gast in der Bar. Der Laden erschien Sophie noch trister als bei ihrem letzten Besuch, obwohl sie es an nichts konkret festmachen konnte.

»Wie lang habe ich dich nicht gesehen? Ewigkeiten!« Lulu kam auf Sophie zugestürmt und drückte ihr ein Küsschen auf die Wange.

»Ich bin ständig unterwegs gewesen.« Sophie schob sich auf den Hocker neben Harold und boxte ihm sanft in den Arm. Er blickte sie trübsinnig an. »Schön, dass du wieder hier bist.« Es klang, als käme es von Herzen. »Hübsche Frisur.«

Reggie stellte eine Flasche Gin ins Regal und wischte sich die Hand ab, bevor er über die Theke langte, um sie Sophie zu reichen. Sogar er schien sich zu freuen, sie zu sehen, und Sophie hatte fast das Gefühl, als hätte sie ihn vernachlässigt.

»Lulu hat mir erzählt, dass du jemanden suchst«, sagte er. »Hast du die Frau gefunden?«

»Noch nicht.« Sophie bat um einen Kaffee, und Reggie schenkte ihr eine Tasse ein. »Aber ich mache Fortschritte«, fuhr sie dann fröhlich fort, fröhlicher, als es die Umstände gerechtfertigt hätten.

Tatsache war, dass sie keine Ahnung hatte, wie Elektras Verschwinden und Russ' Tod zusammenhingen – wenn es denn überhaupt der Fall war. Sollte French McCall Russ Parker umgebracht haben und Elektra Zeugin des Mordes gewesen sein, warum hatte sie es dann nicht der Polizei gesagt? Warum war sie geflohen?

Nein, wahrscheinlich hatte Chantal Recht. Es war die einzig mögliche Erklärung. Elektra selbst hatte Russ getötet, und außer Chantal wusste noch jemand darüber Bescheid und erpresste sie. Vom Pausenhofschreck zur Mörderin ... Sophie stellte fest, dass sie diese Vorstellung nicht wirklich überraschte.

Aber andererseits fragte sie sich, warum Elektra den Mann ermordet haben sollte, den sie liebte. Womöglich hatte sie ja jenes Streitgespräch, das Claire im Bad mitgehört hatte, mit Ross und nicht mit French geführt. Aber das konnte eigentlich nicht sein, weil Elektra einige Tage später wieder mit Russ zusammen gewesen war, an jenem Tag, als French die beiden zufällig traf. Oder hatte sie sich mit einem ganz anderen Mann gestritten? Wie viele Männer hatte Elektra eigentlich an der Hand? War Anwalt Robert Bragg noch im Rennen?

Vielleicht war er es, der ihr Geld abhob. Immerhin wäre er nicht der erste Anwalt, der das Geld seiner Klienten veruntreute.

»Erde an Sophie!« Lulu wedelte ihrer Freundin mit der Hand vor dem Gesicht herum. »In eine Bar geht man, um sich zu unterhalten, erinnerst du dich? Und Selbstgespräche gelten nicht.«

»Entschuldige. Dieser Fall macht mich noch ...«

»... zu einem völlig anderen Menschen«, vervollständigte Lulu den Satz für sie. »Seit wann trägst du eigentlich auch außerhalb des Dienstes Kostüme?«

»Ich bin mir fast sicher, dass ich weiß, wie ich Elektra finden kann«, sagte Sophie, indem sie die Frage ignorierte. »Oder zumindest kenne ich jemanden, der weiß, wo sie ist.«

Plötzlich blickten sie alle gespannt an.

Sophie machte eine dramatische Pause, dann zog sie einen Brief aus der Tasche und legte ihn auf den Tresen. Er war am Morgen vom Postamt gekommen. »Elektra lässt sich ihre

Post nachsenden. Und ich weiß jetzt, wohin.« Sophie nahm einen Schluck Kaffee, um die Spannung weiter zu steigern. Er schmeckte scheußlich, aber sie tat, als würde sie ihn genießen. »Die Post wird an eine Postfachadresse weitergeleitet. Und wenn man Post an ein Postfach weiterleiten lässt, muss man eine richtige Adresse angeben. Und jetzt brauche ich jemanden, der diese Adresse für mich herausfindet. Ich brauche jemanden, der gut bei anderen auf die Tränendrüse drücken kann.«

Drei leuchtende Augenpaare richteten sich auf Harold, der es zunächst gar nicht bemerkte, weil er wie gewöhnlich in sein Glas starrte. Endlich wurde ihm bewusst, dass sich die Aufmerksamkeit auf ihn gerichtet hatte. Langsam hob er den Kopf und blickte die anderen an.

»Was ist los? Warum schaut ihr mich so an?«

41

»Ich halte das für keine gute Idee, wirklich nicht«, jammerte Harold auf der Taxifahrt in Richtung Uptown. Lulu fütterte ihn mit Pfefferminzpastillen, damit seine Whiskeyfahne überdeckt wurde. »Ich glaube nicht, dass ich das kann, ich bin nicht gut im Lügen.«

»Stell dir vor, du erzählst jemandem eine Geschichte«, erwiderte Sophie sanft. »Es ist wie ein Theaterstück, das du spontan erfindest. Du musst einfach nur sagen, dass du von einer Mailorder-Firma aufs Kreuz gelegt wurdest. Die haben dein Geld kassiert und dir nie den Super-Bauchmuskeltrainer geschickt, für den du dreihundert Dollar gelöhnt hast, und jetzt willst du die Adresse haben, die zu dem Postfach gehört, damit du dich offiziell beschweren kannst.«

»Und bei wem beschwere ich mich dann?«

»Du wirst dich bei niemandem beschweren.«

»Was, wenn sie danach fragen?«

»Werden sie nicht.«

»Was, wenn doch?«

»Wenn sie dir irgendwelche Fragen stellen, reagierst du richtig wütend. Sag, du wurdest betrogen und willst, dass jemand dafür bezahlt. Lass dich nicht aus dem Konzept bringen. Die wollen bald schließen, also werden sie dich so schnell wie möglich wieder loswerden wollen.«

»Das ist doch alles eine große Lüge. Ich will einfach nicht ... ich ...« Harold umklammerte den Türgriff, als wolle er im nächsten Moment aus dem Taxi springen und flüchten.

»Du musst es wenigstens versuchen«, bat Lulu und legte ihre Hand auf seine. »Bitte sei so gut und versuche es. Für mich.«

Harold räusperte sich und errötete. Sophie wusste, dass sie ihn in diesem Moment an der Angel hatten. Wenn Lulu ihn darum gebeten hätte, wäre Harold in Flipflops und Hawaiishirt einen Berg hinauf geklettert und hätte dabei noch einen Betonklotz mit nach oben geschleppt.

Das Taxi hielt vor dem Postamt. Lulu und Harold stiegen aus, und Sophie zahlte den Fahrer. Harold schien Lulus Hand gar nicht wieder loslassen zu wollen, und als er gerade nicht aufpasste, warf Lulu Sophie einen Blick zu, der ihr bedeutete, dass sie das etwas kosten würde, auf die eine oder andere Art.

Harold zog seine Krawatte gerade, stopfte sich das Hemd in die Hose und fuhr sich mit den Fingern durchs Haar. Er mochte vielleicht dreißig Pfund zu viel auf die Waage bringen, aber immerhin hatte er noch alle seine Haare.

»Wartet hier«, flüsterte er. »Es dürfte nicht allzu lange dauern.«

Eine Viertelstunde später trat Harold aus dem Postamt. Langsam schritt er die Stufen hinunter, die Hände in den Hosentaschen. Vor Lulu und Sophie machte er Halt.

»Und?«, fragte Sophie ungeduldig, obwohl sie genau wusste, dass Harold seinen Triumph ausschließlich Lulu präsentieren würde.

»Es war eine ausgewogene Inszenierung. Ich spielte mit Pathos, ohne übertrieben viel Wut zu zeigen. Genau die richtige Dosis, plus ein Schuss Enttäuschung über den Handel. Der Handel hat dieses Land groß gemacht. Wie sollen wir uns den Glauben an unsere Nation erhalten, wenn uns unsere Handelsinstitutionen im Stich lassen? Ist doch wahr, oder?« Er streckte die Arme aus, um sich von Lulu umarmen zu lassen, und Sophie kassierte einen weiteren Dafür-wirst-du-bezahlen-Blick.

»Also, wie lautet die Adresse, Harold?«, fragte Sophie, als sie das Gefühl hatte, Harold hätte Lulu genug befummelt und müsste allmählich wieder bei Kräften sein. Er reichte ihr einen Zettel.

»Ganz in der Nähe von der Ecke, wo ich früher gewohnt habe. Zwanzig Jahre habe ich dort gelebt, bevor ich nach Westchester zog. Damals war es keine gute Gegend. Ich darf euch gar nicht erzählen, für wie viel ich das Haus verkauft habe, es würde euch die Herzen brechen. Aber ich habe eben immer so ein Glück. Immer zur falschen Zeit am falschen Ort.«

»Ich komme später nach.« Sophie ignorierte einen weiteren anklagenden Blick von Lulu und winkte sich ein Taxi heran. Auf dem Weg Uptown hielt sie an und kaufte eine übertrieben große Schachtel Pralinen.

Es war ein großes Mehrparteienhaus auf mittlerer Höhe der Eighties, gleich neben dem Broadway. Der Portier trug eine goldverzierte Livree und blickte gelangweilt drein.

»Hallo!«, grüßte Sophie fröhlich. »Ich habe hier eine Lieferung für Dreizehn C. Meine Güte, ich kann meine eigene Schrift nicht lesen.«

»Dreizehn C, das ist Alex Jones.« Der Portier war noch sehr jung und hatte eine Haut wie ein reifer Pfirsich. Ein Biologiebuch lag aufgeschlagen an seinem Platz, daneben ein Block und eine Tasse Kaffee.

»Alex Jones, genau.« Sophie verstaute den Zettel eilig in der Tasche. »Ich hoffe, sie mag Pralinen. Soll ich sie selbst hochbringen, um Ihnen den Gang zu ersparen?«

»Das wäre Zeitverschwendung. Sie ist nicht hier.«

»Ich glaube, dann lasse ich die Pralinen einfach hier bei Ihnen. Wann erwarten Sie Miss Jones denn zurück?«

»Sie verbringt den Sommer immer in Colorado. Vor Oktober kommt sie bestimmt nicht zurück.«

Thomas war eindeutig erfreut, Sophie zu sehen. Das Internetcafé war wieder einmal fast leer, und sie machte sich allmählich Sorgen um seine Existenz.

»Hallo, Sophie.«

»Hallo, Thomas.«

Er strahlte. Sie strahlte zurück. Fang gar nicht erst damit an, ermahnte sie sich. Du hast einen Job zu erledigen und keine Zeit, dich ablenken zu lassen.

»Gibt es schon wieder jemanden, dessen Vergangenheit du überprüfen musst?«

»Nur ein Mal noch.«

»Schade. Ich gebe nämlich Mengenrabatt.«

»Ich werde es mir merken. Die Person, für die ich mich interessiere, heißt Alex Jones.«

Thomas setzte sich an den nächstgelegenen Computer und seufzte. »Noch ein potenziell krimineller Märchenprinz. Wusstest du eigentlich, dass es eine Menge ungebundener Kerle gibt, die frei herumlaufen und keinerlei kriminelle Vergangenheit haben?«

»Das wäre nichts für mich«, erwiderte Sophie. »Ich gestalte meine persönlichen Angelegenheiten gern so kompliziert wie möglich.«

»Wie bedauerlich. Denn unter ihnen sind völlig annehmbare Kandidaten, die nicht so vieler Ermittlungen bedürften. Nimm mich, zum Beispiel. Alles, was du über mich wissen musst, kann ich dir erzählen. Und ich erzähle es dir gerne. Mein Hang zur Gesetzestreue ist zum Beispiel nur eine meiner vielen guten Eigenschaften. Ich kann meine Hemdknöpfe selbst annähen. Ich habe schon drei Mal Pu der Bär gelesen. Mein Hackbraten ist weltberühmt. Ich kann jonglieren.«

»Alex Jones ist eine Frau, Thomas.«

»Du hast die Männer aufgegeben? Kann ich dir nicht verdenken. Aber das Problem ist, du hast dir die falsche Sorte Männer ausgesucht.« Thomas' Finger flogen über die Tastatur, während er sprach. »Nicht, dass ich deinen Lebensstil anzweifeln möchte, das würde ich mir niemals anmaßen. Aber einfach so auf Frauen umzuschwenken, sozusagen als, na ja, Ausweichplan – das ist nicht, nun, sagen wir ... Kreditkartennummer bitte.«

Sophie setzte sich und gab ihre Nummer ein. »Redest du immer so viel?«

»Nur in Gegenwart von schönen Frauen. Sonst bin ich ein Muster an Schweigsamkeit. Wirklich, ich mein's ernst. Normalerweise ist es sehr schwer, überhaupt ein Wort aus mir herauszubekommen. Man muss sie regelrecht mit der Brechstange aus mir herauszwingen. Magst du Musik?«

»Natürlich mag ich Musik. Jeder mag Musik. Du bist Musiker, stimmt's?«

»Woher weißt du das?«

»Nur so eine Vermutung.«

»Hast du etwas gegen Musiker?«

»Überhaupt nichts.«

»Dann komm doch heute Abend mit mir auf ein Bier.« Thomas klickte auf »Drucken« und blickte zu Sophie auf. Eine ganze Weile lang sahen sie einander an.

»Heute Abend passt nicht so gut. Verstehst du, ich habe hier diese Geschichte, die sehr viel Anstrengung kostet und darauf muss ich mich im Moment voll konzentrieren.«

»Ach ja. Wie konnte ich vergessen? Der nicht ganz märchenhafte Prinz.« Thomas seufzte. »Küss ihn nicht. Er könnte sich in eine Kröte zurückverwandeln. Wenn er das noch nicht getan hat.«

»Sie ist ein fleißiges kleines Bienchen«, sagte French McCall am Handy. »Hat nicht besonders erfolgreich versucht, in die Wohnung in der West 48th Street zu kommen und dann ein paar Informationen zu Alex Jones im Internet abgerufen. Und ich bin es langsam leid, lächerliche Verkleidungen zu tragen.«

»Aha«, sagte Pixie. »Vielen Dank.«

»Ist alles im Service inbegriffen. Übrigens, sie hat mich angerufen. Will reden. Wie soll ich mich verhalten?«

»Vorsichtig«, sagte Pixie. »Denken Sie dran, sie hat nichts in der Hand.«

42

French McCall wählte seine Kleidung stets mit viel Bedacht. Niemals schlüpfte er einfach so in irgendwelche Klamotten, nur, weil sie praktisch waren oder alle anderen gerade in der Reinigung. Er bildete sich ein, dass er sein Modebewusstsein bereits als kleiner Junge entwickelt hatte, als er noch in Paris lebte. Seine Mutter hatte ihm einmal erzählt, dass er schon mit achtzehn Monaten geweint hatte, wenn sie ihm etwas anziehen wollte, was ihm nicht gefiel.

Kein Wunder, dass sich für ihn Amerika – ja, selbst New York City – manchmal wie der wilde Westen anfühlte.

Im Knast hatte er besonders darunter gelitten, dass er sich nicht seiner Vorliebe für Designermarken widmen konnte. An manchen Tagen war das Schlimmste am Gefängnis nicht das Essen, die Mithäftlinge oder die gänzlich fehlende Privatsphäre gewesen, sondern die kratzige, billige Häftlingsuniform. Als er entlassen wurde, ging er sofort bei Barneys vorbei, sogar noch bevor er seinen Bewährungshelfer aufsuchte. Nicht, dass er dort irgendetwas kaufen wollte, er wollte einfach nur schauen. Riechen. Anfassen. Erleben, dass die schönen Dinge – das Leben – wieder erreichbar waren. Jener Nachmittag war der reinste Genuss gewesen, ein Tag, den French nie vergessen wird. Damals war ihm bewusst geworden, dass er auf keinen Fall zurück ins Gefängnis wollte, niemals. Ein zweites Mal würde er das nicht durchstehen. Es würde ihn zerbrechen.

Vor kurzem hatte French einmal ausgerechnet, wie viel er durchschnittlich für Kleidung ausgab, und festgestellt, dass es mehr war, als er für irgendeines seiner anderen Laster ausgab. Was, wenn er es recht bedachte, eine Leistung war, weil er ziemlich viele Laster hatte und alle tendenziell kostspielig waren. Doch er sagte sich, dass er schließlich nur eine begrenzte Zeit auf diesem Planeten zur Verfügung hatte, und dass er während dieser so gut wie möglich aussehen wollte. Tot ist man eine lange Zeit, hatte sein Vater immer gesagt, und der wusste es jetzt sozusagen aus erster Hand, denn er war mittlerweile gestorben. Ein Herzinfarkt, der, so glaubte French, durch die Entdeckung ausgelöst worden war, dass sein Sohn es vorzog, anderer Leute Geld zu nehmen, anstatt selbst etwas zu verdienen.

French wollte mit der Art, wie er sich kleidete, Vertrauen wecken. Die Erfahrung hatte ihn gelehrt, dass man sich in einem Anzug von Zegna einiges erlauben konnte. Nicht nur das – er hob ihn von jenen Leuten ab, die glaubten, ein T-Shirt für fünfzehn Dollar und eine Gap-Jeans täten es auch. Auch French trug Jeans, aber nur solche, die Helmut Lang kreiert hatte. Die Ironie war, dass sich teure Jeans heutzutage nicht mehr groß von den billigen unterschieden. Einzig der Träger konnte sich der edlen Herkunft sicher sein.

French ging durch den Kopf, dass das Leben im Grunde immer ungewisser wurde. Die alten Spielregeln, Dinge, die man durchschaut zu haben glaubte – alles geriet ins Wanken. Aber in den zurückliegenden Wochen hatte sich erwiesen, dass er äußerst flexibel war. Er hatte sich auf eine Sache eingelassen, von der er normalerweise die Finger gelassen hätte. Aber mit der Kriminalität verhielt es sich wie mit jedem anderen Geschäft: Manchmal musste man neue Märkte erschließen, um nicht in die roten Zahlen zu geraten.

Frenchs Loft machte einen eleganten Eindruck: Polierter Estrich, riesige Stahlfenster, die nach Süden und Westen zeigten und jede Menge Licht hereinließen. Die einzige Dekoration an den Betonwänden waren zwei abstrakte Bilder, die French bei einem Pokerspiel gewonnen hatte. Er machte sich nicht viel aus ihnen, aber ein Kunstkenner hatte ihm gesagt, dass sie vielleicht einmal etwas wert sein würden, wenn er sie ein paar Jahre behielte.

Das Loft bestand aus einem einzigen großen Raum, von dem aus man ins Bad gelangte. Er wurde dominiert von Frenchs Bett, einem massiven stählernen Kasten, der aus dem hinteren Teil eines Trucks hergestellt war. Er wirkte wie eine Art modernes Himmelbett mit roten Seidenvorhängen. An der nach Osten zeigenden Wand befand sich die Küchenzeile, die durch ein schlichtes modernes Sofa – ein täuschend echtes Imitat eines Mies van der Rohe – abgeteilt war.

An der anderen Seite hingen Frenchs Kleider säuberlich angeordnet auf Kleiderstangen. Er besaß dreizehn Anzüge in unterschiedlichen Schattierungen von Schwarz, Braun und Grau. Seine Schuhe, Pullis und T-Shirts stapelten sich nach Farben sortiert in einem offenen Regal aus Buchenholz.

Die Vorliebe für einen perfekt aufgeräumten Kleiderschrank gehörte zu den Dingen, die French mit Elektra gemeinsam hatte.

French legte eine CD von Brian Eno in den CD-Spieler, öffnete eine Flasche Pouilly-Fumé und schenkte sich ein Glas ein. Er musste sich entscheiden, welchen Eindruck er auf Sophie Graham machen wollte.

Stell dir dein Publikum vor und kleide dich entsprechend. Er konnte sich nicht mehr erinnern, wer das einmal zu ihm gesagt hatte, aber für einen oberflächlichen Typen wie ihn klang es unglaublich tiefsinnig.

Einen Teil von Pixies Geld hatte French in ein schwarzes Issey-Miyake-Hemd investiert, und er spielte mit dem Gedanken, es an diesem Abend zu tragen. Aber als er es jetzt im Schummerlicht seiner Wohnung anzog, entschied er, dass er darin aussah wie ein alternder Nazi. Sophie Graham war ein nervöses kleines Vögelchen, und er wollte sie nicht unnötig in Angst versetzen.

Er nahm ein weißes Hemd vom Kleiderständer, hielt es sich neben das Gesicht und begutachtete die Wirkung in dem mannshohen Spiegel, der an der Wand lehnte. Eine Möglichkeit. Vielleicht sogar mit einer Krawatte. Nein. Keine Krawatte. Zu collegemäßig. Für Sophie ungeeignet.

Lässig, locker. Erschrick das Mädchen nicht. French murmelte diese Worte wie ein Mantra, während er vor den Kleiderstangen auf und ab schritt. Hin und wieder hielt er sich ein Hemd vor, betrachtete sich im Spiegel und hängte es dann wieder zurück. Der Wein wärmte ihn von innen. Es war ein sehr guter, teurer Wein, für den French weit weniger als den normalen Marktpreis gezahlt hatte. Teure Dinge konnten tatsächlich billig sein, wenn man es mit der Herkunft nicht allzu genau nahm.

Er schenkte sich nach und musterte das Glas eine Weile lang, bevor ihm bewusst wurde, dass er zu einer Entscheidung gelangt war: Ausgeblichene Jeans, ein rotes Hemd und schwarze Polo-Turnschuhe. So kam er dem Junge-von-nebenan-Look am nächsten.

Erst als French den Deckel von der Schachtel mit den Turnschuhen hob, fiel ihm die Waffe wieder ein. Da war sie, ein gemeines, kleines, schwarzes Ding. French nahm sie heraus und drehte sie in den Händen. Es hatte nicht viel für Waffen übrig. Sie irritierten ihn genauso wie die Leute, die sie benutzten. Die meisten von ihnen waren Idioten. Je weniger jemand dazu qualifiziert war, eine gefährliche Waffe zu besitzen, desto wahrscheinlicher war es, dass er eine besaß.

Aber Pixie hatte nun einmal darauf bestanden. Und fürs Erste würde er tun, was immer sie wollte. Mit einem bedauernden Grinsen steckte sich French die Pistole in den Hosenbund. Ein Jammer, dass es sich nicht andersherum verhielt – er wünschte, dass Pixie nur einmal das tun würde, was er wollte.

Doch es war ja noch nicht vorbei, noch lange nicht. Und in der Zwischenzeit bliebe ihm schließlich Sophie Graham. Sie ist heiß, dachte French, und wäre sie nicht ständig so missmutig, wäre sie noch heißer.

Er band sich die Schnürsenkel zu und leerte sein Glas. Dann verkorkte er die Flasche und stellte sie in den Kühlschrank zurück, spülte das Glas aus und stellte es auf das Abtropfgitter. Nachdem er seinen Schlüssel, Brieftasche und Sonnenbrille ergriffen hatte, steckte er sich noch ein sauberes Taschentuch in die Gesäßtasche seiner Jeans.

Es war ein warmer Abend, und der typische Geruch des ehemaligen Schlachterviertels stieg ihm in die Nase. Normalerweise hätte French im Pastis Halt gemacht und noch eine Nase gezogen, aber an diesem Abend lief er an dem Club vorbei. Immerhin hatte er einen Job zu erledigen.

Er pfiff eine kleine Melodie. Das Leben fühlte sich gut an.

Donna Conran blieb vor Sophie Grahams Haus stehen und blickte an der bröckelnden Sandsteinfassade hinauf. Es war nicht schwer gewesen, Sophies Adresse herauszufinden – sie stand im Telefonbuch.

Die Polizei war nicht gekommen, um Donna festzunehmen, und nach einer Weile war sie es leid gewesen, in ihrer Wohnung zu sitzen und mit Jesus zu streiten, der einfach keine Ruhe geben wollte, selbst, nachdem sie ihn von der Wand genommen und in zwei Teile zerbrochen hatte. Und jetzt stand sie vor Sophie Grahams Haus und war bereit, ihr alles zu erzählen, was sie wusste. Vielleicht würde sie sich dann ja besser fühlen.

Donna drückte auf die Klingel.

Eine alte Frau in einem Hausmantel kam an die Tür und funkelte Donna an.

»Was gibt's?«, fragte sie barsch.

»Ich suche Sophie«, erklärte Donna.

»Wer sind Sie?«

»Ich bin Donna.«

»Sind Sie gekommen, um sie abzuholen?«

»Abzuholen? Nein. Ich wollte nur mit ihr reden. Ist sie zu Hause?«

»Über was wollen Sie mit ihr reden?«

»Das möchte ich lieber mit ihr selbst besprechen. Es ist privat.«

»Privat.« Mrs Mazzi verschränkte die Arme vor der Brust. »Privat.«

»Ja genau, privat«, wiederholte Donna bestimmt. »Und wichtig. Kann ich sie jetzt bitte sprechen?«

»Das können Sie nicht«, keifte Mrs Mazzi.

»Nun, dann werde ich ihr meine Nummer dalassen, dann kann sie mich zurückrufen.« Donna holte einen Notizblock aus ihrer Handtasche und begann zu schreiben. »Würden Sie ihr das hier bitte geben? Bitte sagen Sie ihr, dass es sehr wichtig ist.«

Mrs Mazzi nahm den Zettel entgegen und studierte ihn genau, was allerdings nichts nützte, weil sie ihre Brille nicht trug.

»Es ist egal, wie oft sie hierher kommen«, erklärte sie schließlich. »Sie wird nicht mit Ihnen reden.«

»Warum denn nicht?«

»Weil« – Mrs Mazzi richtete sich zu voller Größe auf – »meine Tochter tot ist. Und jetzt gehen sie.«

Während sie die Tür schloss, knüllte Mrs Mazzi den Zettel mit Donnas Telefonnummer zusammen und schob ihn in die Tasche ihres Hausmantels.

43

Elektra saß an einem Tisch in der Ecke und spielte mit einem Streichholzbriefchen. French blieb vor Schreck wie angewurzelt stehen. Dann sah die Frau auf, und ihm wurde klar, dass es gar nicht Elektra war, sondern Sophie. Durch den neuen Haarschnitt und die Art, wie sie gekleidet war, ähnelte sie Elektra auf den ersten Blick ein wenig.

»Hey, ein völlig neuer Look! Gefällt mir.« French setzte sich Sophie gegenüber. Ihre grauen Augen musterten ihn kühl.

»Was kann ich Ihnen bringen?« Ein stattlicher Mann erschien am Tisch. Obwohl er einen friedfertigen Gesichtsausdruck hatte, schaffte er es, bedrohlich zu wirken. French hatte im Gefängnis eine Menge Kerle getroffen, die diesen Trick beherrschten. Er fragte sich, ob dieser Typ wohl auch gesessen hatte.

»Ich nehme einen Martini.«

»Für mich bitte einen Weißwein, Reggie.«

Reggie sah French durchdringend an, nickte Sophie knapp zu und trottete dann zurück zur Theke.

»Ist das Ihr Freund oder so was?«

»Das ist mein Feng-Shui-Berater.« Ein winziges Lächeln. French lächelte zurück. Möglicherweise würde dieser Abend doch interessanter werden, als er erwartet hatte.

»Aber wir sind nicht hier, um über mich zu sprechen«, fuhr Sophie betont lässig fort.

»Wie schade.« Sie war tougher als beim letzten Mal. Offenbar hatte sie dazugelernt. French ging durch den Kopf, dass Pixie Recht hatte: Man durfte Sophie nicht unterschätzen. Plötzlich hatte er das Bedürfnis nach einer Zigarette.

»Worüber möchten Sie denn gerne sprechen?«

»Wir wissen doch beide, was hier los ist.«

Na ja, einer von uns weiß es, dachte French.

»Ein Martini, ein Weißwein.« Reggie vermittelte erfolgreich den Eindruck, Frenchs Glas auf den Tisch zu knallen, ohne dass er dadurch auch nur einen Tropfen verschüttete. Dabei blickte er French für einen Sekundenbruchteil länger als notwendig in die Augen. French taxierte ihn unauffällig. Reggie war wahrscheinlich zehn Jahre älter als er, vielleicht sogar fünfzehn. Doch zweifellos war er trotzdem besser in Form. French verscheuchte den Gedanken gleich wieder. Er würde es nicht auf eine Schlägerei ankommen lassen, immerhin war er hier, um Schönwetter zu machen. Befehl von oben.

»Haben Sie Zigaretten?«

»Nein.« Reggie entfernte sich.

»Ich liebe diese Bar, hier wird Service offenbar groß geschrieben.«

»Er war in Vietnam«, sagte Sophie. »Zwei Mal. Man setzte ihn hinter den feindlichen Linien ab und befahl ihm, Leute zu töten. Jetzt tut er sich in Gesellschaft immer etwas schwer.«

Also nicht Gefängnis, sondern Vietnam. Wahrscheinlich hatte der Typ dort dieselbe Lektion gelernt wie French im Bau: Klappe halten und niemandem vertrauen. French nippte an seinem Martini. »Wahnsinn, ein Vietnamveteran, der Cocktails mixen kann. Ich kann es kaum erwarten, den Rest seines Lebenslaufs zu hören.«

Sophie trank nicht von ihrem Wein, sondern drehte nur den Stiel des Glases zwischen ihren langen, eleganten Fingern hin und her, wodurch in der Flüssigkeit ein winziger goldener Strudel entstand. Ihre Nägel waren gerade gefeilt und gepflegt. Sie trug keinen Nagellack oder Schmuck, nicht einmal eine Uhr. Normalerweise hätte French eine Bemerkung über ihre Hände gemacht. Seiner Erfahrung nach hörten Frauen gerne Komplimente über einen Teil ihrer Anatomie, den die meisten anderen Männer nicht beachten. Außerdem hatte es praktische Vorteile. Schließlich konnte man unmöglich auf charmante Weise »Tolle

Möpse!« sagen, vor allem, wenn man eine Frau ins Bett kriegen wollte.

»Also, was soll ich hier?«, fragte er stattdessen. »Abgesehen von dem Vergnügen, Ihre Gesellschaft zu genießen.«

»Ich werde Ihnen mal erzählen, was in der Geschichte bisher passiert ist.« Sophie beugte sich nach vorn und senkte die Stimme. »Eine Frau, jung, reich und schön, begegnet einem Mann, und die beiden beginnen ein Verhältnis. Dann trifft sie einen anderen Mann und teilt dem ersten mit, dass es vorbei ist. Der erste Mann nimmt das nicht gut auf. Es gibt eine hässliche Szene in der Öffentlichkeit. Dann ist der zweite Mann plötzlich tot, und die Frau – habe ich schon erwähnt, dass sie sehr wohlhabend ist? – verschwindet spurlos. Ihr Geld taucht an allen möglichen interessanten Orten auf, wird über ihre Kreditkarte abgebucht. Es stellt sich heraus, dass der erste Mann ein ziemlicher Experte darin ist, anderer Leute Geld verschwinden zu lassen.«

Sie hielt inne und nahm einen Schluck Wein. French bemerkte, dass ihre Hände zitterten. Kaum wahrnehmbar, aber sie zitterten.

»Was für eine faszinierende Geschichte, und dieser Martini ist wirklich sehr gut. Ich sollte öfter hierher kommen.«

»Es ist die Wahrheit, oder?«

»Nehmen wir einmal an, es würde stimmen, was beabsichtigen Sie mit dieser Information anzufangen?«

»Sagen Sie mir einfach, wo sie ist.« Sophie senkte ihre Stimme zu einem Flüstern. »Russ Parker ist mir egal. Mir ist auch egal, was Sie mit Elektras Geld gemacht haben. Ich will sie einfach nur finden.«

»Und was, wenn ich Ihnen sage, dass ich nicht weiß, wo sie ist?«

»Dann gehe ich zur Polizei. Ich weiß, dass Sie vorbestraft sind.«

French schlug sich in gespielter Überraschung die Hand an die Stirn. »Das hatte ich doch glatt vergessen! Unglücklicherweise ist es jedoch völlig unerheblich. Sie haben nichts gegen mich in der Hand. Und was Russ Parker betrifft – selbst die Bullen sagen, dass es ein Unfall war. Glauben Sie, die wollen sich zusätzliche Arbeit machen? Noch ein Mord in Brooklyn, wo es sowieso schon ein Überangebot davon gibt?«

Sophie beugte sich noch weiter zu ihm hinüber. Er konnte ihr Parfüm riechen, irgendetwas mit Sandelholz. »Ich will Ihnen die Gelegenheit geben, zur Abwechslung mal etwas richtig zu machen. Ich will, dass Sie nur einen Augenblick lang an Elektras Familie denken. Ihr Vater ist sehr darum besorgt, sie wohl behalten wieder bei sich zu haben.«

»Sophie, ich würde Ihnen helfen, wenn ich könnte«, erwiderte French und setzte sein aufrichtigstes Lächeln auf. »Aber ich kann nicht. Mehr gibt es dazu nicht zu sagen. Ich weiß nicht, wo Elektra ist.«

»Ich kann Ihnen Geld anbieten.« Ihre Stimme war jetzt so leise, dass er sich fragte, ob er sie richtig verstanden hatte.

»Geld?«

Sie nickte. »Nennen Sie Ihren Preis. Elektras Vater wird ihn bezahlen.«

Einen Moment lang spielte er mit dem Gedanken, die beiden Frauen gegeneinander auszuspielen, doch das war zu riskant. Niemand sollte so dumm sein, Pixie Wishart in die Quere zu kommen. French schüttelte den Kopf. »Geld? Meine Güte! Sehe ich aus wie die Sorte Mensch, die man kaufen kann?«

Er fragte sich, ob Sophie ihn für diesen Tonfall womöglich ohrfeigen würde; er hätte es ihr nicht einmal übel genommen. Außerdem hatte er seine Anweisungen missachtet – er war hier, um nett zu sein, nicht sarkastisch. *Nett.* Wahrscheinlich hätte er sich das Wort besser auf die Hand geschrieben.

»Ich gebe Ihnen einen Rat, okay?« French leerte sein Glas. Es war sinnlos, noch länger zu bleiben, schließlich hatte er herausgefunden, was er wissen musste. »Sie sollten sich aus dieser Sache heraushalten. An Ihrer Stelle würde ich so bald wie möglich aussteigen. Das wäre besser für Sie.«

»Wollen Sie mir drohen?«

»Sozusagen, ja.« Er lächelte. Sie würde seinen Ratschlag nicht annehmen, das wusste er, aber das ging ihn nichts an, er hatte die Nachricht überbracht. Er griff in die Tasche, um Geld für die Getränke herauszuholen, doch dann überlegte er es sich anders. Stattdessen zog er ein Streichholzbriefchen hervor. Das würde er für die Zigarette brauchen, die langsam zu einem drängenden Bedürfnis wurde. Sollte Sophie doch bezahlen.

»Viel Glück bei der Suche«, sagte er. Dann stand er auf, nickte Sophie noch einmal kurz zu und ging an Reggie vorbei in den immer noch strahlenden Abend.

44

»Kein Grund zur Sorge.« French ließ sich auf das Wildledersofa fallen. Zu seinem ungeheuren Erstaunen hatte Pixie ihn in ihr Appartement eingeladen, ein winziges Kleinod von einer Wohnung in der Upper East Side.

Pixie saß kerzengerade auf einem zierlichen antiken Stuhl. Sie trug ein rosafarbenes Kostüm, und ihre erschöpfte, abwesende Miene verriet, dass sie gerade von der Arbeit kam. Die überquellende Aktentasche lag zu ihren Füßen.

»Obwohl sie mir ein interessantes Angebot gemacht hat – Sie hat mir Geld angeboten. Selbstverständlich habe ich abgelehnt.« French inspizierte sorgfältig seine Fingernägel. Die Nagelhaut war etwas eingerissen.

»Das war klug von Ihnen. Was sagte sie sonst noch?«

»Haben Sie etwas zu trinken?«

Pixie blickte ihn zum ersten Mal, seit er hereingekommen war, richtig an. Er zog eine Augenbraue hoch. Sie wendete den Blick ab und schüttelte den Kopf.

»Sie glaubt, ich hätte Elektra irgendwo versteckt und würde mich jetzt großzügig ihres Geldes bedienen. Ach ja, und Sie vermutet, dass ich auch ihren Freund getötet habe. Ich habe ihr natürlich gesagt, dass das Unsinn sei.«

»Interessant.«

»Ja. Sehr.«

»Was ist mit der anderen Frau, Donna?«

»Was soll mit ihr sein?«

»Ist sie ein Risiko?«

»Donna? Auf keinen Fall.«

»Sind Sie sicher?«

»Ich kenne die Frauen.«

»Ich bin davon überzeugt, dass Sie das glauben. Also, geben Sie mir die Waffe und gehen Sie.«

»Alles zu seiner Zeit.« French grinste breit. Vielleicht war es nur der Martini, der aus ihm sprach, aber er hatte das Gefühl, dass sich zwischen ihm und Pixie etwas verändert hatte. »Erst möchte ich etwas trinken.«

Sie ging zum Kühlschrank, nahm eine halbleere Flasche Chardonnay heraus, schnappte sich ein Glas vom Abtropfgestell und stellte beides vor French auf den Kaffeetisch. Er spürte, dass sie ihn unbedingt loswerden wollte, was ihn in seinem Entschluss zu bleiben nur noch bestärkte. Er entkorkte die Flasche und schenkte sich langsam ein Glas ein.

»Sie wirkt verzweifelt«, fuhr er schließlich fort. »Sophie, meine ich. Als wäre sie besessen von etwas.«

»Die beiden mochten sich noch nie.«

French spielte mit dem Gedanken, das Stück abstehende Nagelhaut abzubeißen, entschied sich dann aber dagegen. »Warum mochten sie sich noch nie? Es muss doch etwas vorgefallen sein, wenn ich mir vorstelle, dass Elektra sehr beliebt war.«

»Muss wohl«, sagte Pixie. »Obwohl ich mich nicht daran erinnern kann.«

»Und Sie mögen Elektra auch nicht?«

»Nicht mehr.«

»Warum?«

»Das ist unerheblich.«

Der Wein schmeckte nach Blech. Die Flasche war offenbar schon zu lange geöffnet. French leerte das Glas und schenkte sich ein neues ein. Pixie schien an diesem Abend in einer sanfteren, nachdenklicheren Stimmung zu sein. Etwas hatte sich verändert, obwohl French nicht darauf kam, was. Ob für sie womöglich nicht alles nach Plan lief? Vielleicht geschahen Dinge, von denen er keine Ahnung hatte. French fragte sich, ob er nicht ein bisschen auf eigene Faust nachforschen sollte. Um seine Position zu stärken. Seine Erfahrung sagte ihm, dass die Unwissenden selten selig waren.

Doch er beschloss, seine Neugier zu unterdrücken. Er wusste, was er zu tun hatte: seinen eigenen Ratschlag befolgen und sich aus dem Staub machen.

Als er diese Entscheidung getroffen hatte, fühlte er sich plötzlich leicht und frei. Er zog die Waffe aus dem Hosenbund und legte sie behutsam neben das Weinglas auf den Tisch. Pixie sah sie angewidert an.

»Hier ist auch Munition. Fünf Ladungen. Sind im Preis inbegriffen.«

»Gut. Danke.«

Es war das erste Mal, dass sie ihm für irgendetwas dankte.

Ein langes Schweigen breitete sich aus. French fragte sich, ob Pixie Angst hatte. War dies eine Gelegenheit, die patentierte French-McCall-Trostnummer anzuwenden? Damit hatte er schon so manche Frau ins Bett bekommen. Als er darüber nachdachte, stellte er zu seiner eigenen Überraschung fest, dass ihm die Vorstellung nicht behagte. Vielleicht lag es an ihrem Parfüm oder auch am schlechten Wein, jedenfalls war die Luft in der Wohnung zu stickig. Es war Zeit, zu gehen. Er trank sein Glas aus. Ganz in der Nähe gab es ein ziemlich anständiges Bistro, und French beschloss, direkt dorthin zu gehen und sich ein Abendessen und eine gute Flasche Wein zu bestellen. Von dort aus würde er sich dann später ins Geschehen stürzen.

»Was passiert jetzt?«, fragte er, als er aufstand und zur Tür ging.

»In ein paar Tagen wird Elektra Jordan ein für alle Mal verschwunden sein.« Pixie öffnete die Tür.

»Und was ist mit Sophie?«

»Ich kümmere mich um sie. Ich kümmere mich um alles.«

Pixie überreichte French einen Umschlag, der sich angenehm dick anfühlte. »Sind Sie sicher, was diese Donna betrifft? Wird sie bestimmt keine Probleme machen?«

»Sie weiß nichts«, gab French zurück.

»Gut. Denn wenn sie welche macht, wäre das schlecht für Sie.«

French lief den hellrosafarben gestrichenen Flur hinunter zum Lift. Frauen sind seltsam, dachte er, während er den Knopf drückte und auf den Aufzug wartete. Hängen sich immer an Dinge, die Jahre zuvor passiert sind. Warum konnten sie sich bloß nie von den Menschen lösen, die sie verabscheuten?

Doch für ihn spielte das jetzt keine Rolle mehr.

French betrachtete sich prüfend in dem Spiegel aus getöntem Glas, während er mit dem Aufzug nach unten fuhr. Er fand, dass er mal wieder verdammt scharf aussah. Umso besser, dachte er. Schließlich beabsichtigte er, sich später noch sehr gut zu amüsieren, mit ein paar sehr jungen Frauen.

Das hatte er sich verdient.

*

Als French Donna im Club entdeckte, fluchte er leise vor sich hin. Er wollte nicht an die Arbeit erinnert werden. Zudem war Donna auch noch betrunkener, als er sie je gesehen hatte. Sie tanzte mit einem Mann mit wasserstoffblonden Haaren und Lederhose und konnte kaum mehr aufrecht stehen. Dabei trug sie eines ihrer neuen und, wie French fand, ziemlich lächerlichen Outfits und hatte einen großen Rotweinfleck auf einer Brust.

French wäre am liebsten sofort wieder gegangen, als er Donna entdeckte, doch er hatte schon bestellt und sah es nicht ein, den schönen Martini verkommen zu lassen. Der Kerl, mit dem Donna tanzte, tat French Leid. Wahrscheinlich hoffte er, dass er sie für einen Quickie auf der Toilette würde abschleppen können, doch in ihrem Zustand würde Donna wohl nur noch in die Schüssel brüllen können.

Ein bisschen wunderte es ihn schon. Zwar war Donna genauso zügellos wie all die anderen, doch normalerweise blieb sie bis zum Ende auf den Beinen. French nippte an seinem Martini und beobachtete, wie sie schwankend stehen blieb und aus dem Glas schlürfte, dass sie in der Hand hielt. Was war bloß mit ihr los?

Nachdem er Donna eine Weile lang beobachtet hatte, stellte French sein Glas ab, fing ihren Blick auf und winkte sie zur Theke herüber. Ihr Tanzpartner bewegte sich weiter zur Musik und schien gar nicht zu registrieren, dass sie weg war.

French sah, dass Donna ein Kreuz um den Hals trug, das irgendwie nicht zu ihrem Outfit passte. »Was ist los, Schätzchen? Willst du Onkel French dein Leid klagen?«

»Eine Beichte ist gut für die Seele«, nuschelte Donna. »Vergib mir, Vater, denn ich habe gesündigt. Ich habe seit einer Million verfluchter Jahre nicht mehr gebeichtet.«

French McCall verspürte eine winzige, frostige Anspannung unterhalb des Hosenbundes. Er lehnte sich so weit zu Donna hinüber, dass er ihr ins Ohr flüstern konnte.

»Erzähl mir, was los ist.«

»Sie ist tot«, sagte Donna und brach unvermittelt in Tränen aus. »Sie ist tot, und ich hab sie umgebracht.«

»Wer?«

»Sophie Graham. Ich hab sie umgebracht.« Donna schniefte laut.

Das kalte Gefühl breitete sich in seinem Inneren weiter aus. French sah sich um. Niemand beachtete sie.

»Woher weißt du ihren Namen?«

»Hab auf ihren Führerschein geschaut. Nachdem ich sie k.o. geschlagen hatte«, lallte Donna.

»Sie ist nicht tot, Donna, ich habe sie heute Abend gesehen. Es geht ihr gut. Also halt die Klappe, in Ordnung?«

»Ihre Mutter hat gesagt, dass sie tot ist.«

»Sie ist nicht tot.«

»Ich hab sie umgebracht.«

French traf eine verzweifelte Entscheidung. »Schätzchen, hol deine Jacke, wir treffen uns draußen. Ich muss nur noch eben aufs Klo. Ich werde dir beweisen, dass Sophie am Leben und unversehrt ist. Wir gehen sie besuchen, dann wirst du es selbst sehen.«

Bei der Erwähnung der Toilette lebte Donna sichtlich auf. »Hast du was für mich, Baby?«

»Sicher. Aber erst draußen.«

Donna nickte. »Draußen. Okay.«

Betrunken, wie sie war, schwankte sie hinaus.

Eine Weile später bahnte auch French sich einen Weg durch die Menge nach draußen. Den Türsteher kannte er nicht, aber der achtete ohnehin nicht auf French, da er mit den Leuten beschäftigt war, die versuchten, hineinzukommen.

»Komm«, sagte French, als er Donna eingeholt hatte, die sich noch immer im Takt einer imaginären Musik bewegte. »Jetzt kümmern wir uns um dich.«

»Du bist gar kein solcher Mistkerl.« Donna lehnte sich an ihn. Als French ihren Geruch wahrnahm – eine Mischung aus Parfüm und Alkohol –, hielt er vor Ekel unwillkürlich die Luft an.

»Geh weiter«, sagte er. »Du wirst dich gleich besser fühlen.«

»Tut mir Leid, Baby. Ich hätte nichts sagen sollen«, lallte Donna. »Tut mir Leid. Es wird nicht wieder vorkommen.«

»Mach dir keine Gedanken. Es ist schon in Ordnung.«

Sie liefen drei Blocks weit, und Donna schien immer wackeliger auf den Beinen zu werden. Schließlich musste French sie praktisch tragen, und er merkte, wie ihr Geruch langsam in seine Kleider überging. Er beschloss, sie am nächsten Morgen als Erstes in die Reinigung zu bringen.

French steuerte einen leeren Bauplatz an. An der Lower East Side war es nicht schwer, einen solch einsamen Ort zu finden.

Seit seiner Zeit im Gefängnis trug er immer ein Messer bei sich. Im Bau hatte er mehr gelernt, als in seiner gesamten Schulzeit. Doch diese Unterrichtsstunden wollte er ungern wiederholen. French wollte niemals wieder ins Gefängnis gehen. Doch wenn sich Donna und Sophie trafen, könnten sie ihm Ärger machen, und darauf durfte er es nicht ankommen lassen.

Es ist alles Pixies Schuld, dachte er, als er Donna das Messer zwischen die Rippen stieß. Wenn sie auf ihn gehört hätte, wäre er jetzt nicht in dieser Lage.

»Hey«, protestierte sie. »Hey.«

Diese verfluchte Pixie Wishart! French stach mit dem Messer auf Donna ein und stellte sich vor, sie sei Pixie. Pixie hatte ihn dazu gezwungen. Eigentlich war er gar kein gewalttätiger Mensch. Wer ihn kannte, wusste, dass er Gewalt hasste.

Obwohl French noch nie einen Menschen erstochen hatte, kam es ihm seltsam vertraut vor, beinahe wie ein natürlicher Vorgang. Es fühlte sich an, wie mit einer Jungfrau zu schlafen: Am Anfang war da ein kleiner Widerstand und dann nichts als weiches Nachgeben. Immer wieder stieß er das Messer in Donnas Körper. Dabei stellte er sich vor, es sei Pixies Herz, das er zum Stillstand brachte, Pixies Blut, das auf den Boden strömte, Pixies Atem, der so sanft ausklang.

Es hatte etwas Paradoxes, dass Donnas vom Skalpell modelliertes Gesicht im Tod mehr Ausdruck hatte als jemals zuvor in ihrem Leben. French nahm ihre Uhr und ihre Brieftasche an sich, um es wie einen Raubüberfall aussehen zu lassen.

»Siehst du? Ich sagte dir doch, du würdest dich gleich besser fühlen, Baby«, flüsterte er und streichelte ihre tote Wange. »Nun müssen wir uns überhaupt keine Sorgen mehr machen.«

45

»French McCall hat das Geld also nicht angenommen«, sagte Richard Jordan.

Sophie schüttelte den Kopf.

»Aber Sie sind trotzdem davon überzeugt, dass er etwas weiß?«

»Ich kann es nicht mit Sicherheit sagen, aber ich glaube schon.«

»Warum?«

»Nun ja, die Trennung von Elektra war alles andere als schön für ihn. Es kam zu einem Streit in der Öffentlichkeit, als sie mit ihrem neuen Freund unterwegs war, und trotzdem ruft French sie später an und tut ganz freundlich. Und er war es auch, der mich indirekt zu Elektras Atelier führte, wo ich eine Videokassette fand, die mich wiederum zu der Frau führte, die mir drohte. Und dann wäre da noch die Tatsache, dass er vorbestraft ist.« Sophie zupfte am Saum ihrer Bluse, die sie sich aus Elektras Kleiderschrank genommen hatte.

»Sie vermuten also, dass Russ Parkers Tod nichts mit Elektras Verschwinden zu tun hat?«

»Ich weiß es nicht. Chantal Ryder sagte, Elektra sei an dem Abend bei ihm gewesen. Vielleicht weiß French etwas davon. Vielleicht hat er seitdem irgendeinen Einfluss auf Elektra, den er vorher nicht hatte.«

»Hmm. Was können wir bei diesem Kerl noch versuchen?«

»Richard, ich finde, Sie sollten jetzt die Polizei einschalten. Ich kann ihn nicht zwingen, etwas zu sagen, aber die könnten es.«

Richard schüttelte den Kopf. »In der Theorie klingt es großartig, Sophie, aber es gibt keine Beweise. Und die Polizei kann ihn ohne Beweise nicht verhaften.«

Sophie drückte beide Hände gegen die Schläfen. Richard hatte Recht. Diese Geschichte würde sie noch in den Wahnsinn treiben!

»Also, was haben Sie noch für mich?« fragte Richard.

»Alex Jones«, antwortete Sophie. »Das ist die einzige heiße Spur, die ich momentan habe.«

»Du siehst furchtbar aus.« Reggie stellte Sophie eine Tasse Kaffee hin. Sie rührte zwei Stück Zucker hinein.

»Danke, da fühle ich mich doch gleich super.«

»Soll ich etwa sagen, du siehst toll aus, wenn es nicht stimmt? Du musst damit aufhören.«

»Womit aufhören?«

»Jetzt gib dich mal nicht so begriffsstutzig. Mit dem, was du da tust. Das ist nicht gut. Komm zurück in die Bar.«

»Ich bin zurück in der Bar.«

»Du weißt, was ich meine.«

»Es läuft hier nicht mehr besonders gut. Das hast du selbst gesagt.«

»Hallo, Leute.« Lulu kam beschwingt zur Tür herein, ein breites Lächeln auf dem Gesicht. Sie zwinkerte Sophie zu und gab Reggie ein Küsschen auf die Wange.

»Alles okay?«, erkundigte sich Reggie.

»Fantastisch.«

»Wie ist der neue Mann?«

»Oh, du meinst im Bett? Unermüdlich«, sagte Lulu. Dann schenkte sie sich eine Tasse Kaffee ein und ließ sich auf dem Hocker neben Sophie nieder. Sophie spürte einen Stich von Eifersucht. Lulu und Reggie kamen offenbar blendend ohne sie zurecht. Sie hatten ihr Leben, Menschen, denen sie etwas bedeuteten. Plötzlich sehnte sich Sophie nach den alten Zeiten, nach ihrem anspruchslosen, normalen Leben zurück. Elektras große Wohnung, das schicke Fitnesscenter, die hübschen Klamotten – das alles war ja gut und schön, doch es brachte Sophie überhaupt keinen Spaß mehr. Ständig plagten sie Kopfschmerzen, und sie hatte das Gefühl, auf der Stelle zu treten. Selbst wenn French McCall Elektra etwas Schlimmes angetan hätte, würde sie es ihm nie und nimmer beweisen können.

»Was ist los, Sophie?« Lulu griff nach dem Zucker. »Wie gehen die Ermittlungen voran?«

»Diese Alex Jones, der das Schließfach gehört, war eine Freundin von Elektras Mutter. Die beiden waren zusammen am College und kümmerten sich um alle möglichen Wohltätigkeitssachen. Momentan hat sie sich irgendwo in Colorado in die Wildnis zurückgezogen, wo man sie nicht erreichen kann. Aber wahrscheinlich hat Elektra die Adresse genau aus diesem Grund benutzt. Also habe ich begonnen, das Schließfach zu beobachten.«

»Klingt langweilig.«

»Es ist langweilig.«

»Du solltest dir einen Mitarbeiter suchen«, schlug Lulu fröhlich vor. »Das würde ich an deiner Stelle tun«

»Sophie steht offenbar auf Selbstkasteiung.« Reggie schüttelte den Kopf. »Wahrscheinlich ist sie gern unglücklich.«

»Sei einfach still, Reggie!« Verärgert über die Selbstgefälligkeit der beiden knallte Sophie ihre Kaffeetasse auf die Theke und nahm ihre Tasche. »Ich weiß, was ich tue. Und ich brauche keine Ratschläge, okay?«

Der Junge trug eine grellgelbe Jacke und Jeans, die so weit waren, dass der Schritt im Knie hing. Auf seinem säuberlich rasierten Schädel trug er einen Stereo-Kopfhörer. Es war Nachmittag, und das Postamt war wie immer um diese Uhrzeit sehr belebt. Sophie hatte beobachten können, dass die Kunden immer in Wellen kamen. Sie formten lange Warteschlangen und verschwanden wieder. Dann war wieder mehrere Minuten lang niemand da, bis sich schließlich erneut alles vor den Schaltern drängte.

Der Junge öffnete Elektras Schließfach. Er nahm einen sperrigen Umschlag heraus und blickte sich rasch um, bevor er ihn beiläufig in die Tasche seiner Jeans stopfte. Sophie duckte sich hinter ihre New York Times.

Er verließ das Postamt durch den Haupteingang und sprang die Treppe hinunter.

Sophie faltete ihre Zeitung und folgte ihm.

46

Der Junge lief auf der 8th Avenue in nördlicher Richtung. Er schien keine Eile zu haben; sein Tempo wurde offenbar von der Musik bestimmt, die aus seinem Kopfhörer drang. Sophie hielt einen Abstand von ungefähr 500 Metern. Die Straßen in Midtown waren voller Menschen, doch da der Junge groß war, verlor sie ihn nicht aus den Augen.

Plötzlich begann es zu regnen, und überall entfalteten sich Regenschirme wie im Zeitraffer aufgenommene Blüten. Sophie konnte jetzt nicht mehr so gut sehen und beschleunigte ihren Schritt, um den Abstand zwischen sich und dem Jungen zu verringern. Sie wich den aufgespannten Schirmen aus und nahm keinerlei Rücksicht darauf, dass sie völlig durchnässt wurde. Der Junge zog die Kapuze seiner Jacke über den Kopf, vergrub die Hände in den Taschen und lief mit federnden Schritten weiter. Dann tauchte er plötzlich in eine U-Bahn-Station ab. Sophie stand hinter ihm auf dem überfüllten Bahnsteig und fragte sich, was wohl in dem Umschlag war, der in seiner Tasche steckte.

Die Bahn Richtung Uptown fuhr ein, überfüllt mit vor Nässe triefenden Menschen. Sophie sah, dass der Junge einstieg und benutzte eine andere Tür desselben Waggons. Als der Zug mit einem Ruck anfuhr, strauchelte sie und wäre beinahe auf dem Schoß einer älteren Frau gelandet.

Der Junge stand mit dem typisch leeren Gesichtsausdruck der Pendler am anderen Ende des Waggons und hielt sich am Haltegriff über seinem Kopf fest. Die Bahn beschleunigte und bremste abwechselnd, verschlang Passagiere und spuckte sie wieder aus, und je weiter sie nach Norden kamen, desto mehr weiße Menschen wurden ausgespuckt. Als sie an der 168th Street ankamen, war Sophie die einzige Weiße in dem Waggon. Sie suchte Schutz hinter einer massigen Frau mit einem Kind im Sportwagen und einem weiteren auf dem Arm. Der Junge mit der gelben Jacke wechselte die CD in seinem Discman, blickte aber nicht ein einziges Mal zu Sophie herüber.

An der 181st Street stieg er aus und lief mit schnellen Schritten in Richtung Süden. Sophie sah, dass er sich den Kopfhörer um den Hals gehängt hatte.

Es hatte bereits wieder aufgehört zu regnen, und die untergehende Sonne verlieh Washington Heights einen feuchten goldenen Schimmer. Es war ein überwiegend lateinamerikanisches Viertel. Männer in ausgefransten Strohhüten verkauften Wassermelonen von Lastwagen herunter und pfiffen den Frauen nach, die auf ihren hohen Absätzen vorbeistöckelten. Aus den Geschäften ergossen sich Ständer mit Schuhen und billigen Plastikhaushaltswaren bis auf den Bürgersteig. Es roch nach gebratenem Schweinefleisch.

Der Junge ging um die Busstation an der George Washington Bridge herum und weiter nach Süden, bog einmal nach links und dann nach rechts ab. In dieser Gegend waren die Straßen enger und die Gebäude nicht ganz so ausladend wie die großen Wohnblocks auf den Avenues. Überall standen Müllsäcke herum, die offenbar länger nicht abgeholt und von Pennern auf der Suche und etwas Verwertbarem aufgerissen worden waren. Die Ratten hatten ihren Beitrag dazu geleistet, dass sich der Müll mittlerweile über den ganzen Bürgersteig verteilte. Hühnerknochen, Bierflaschen und

Fastfood-Verpackungen mischten sich mit verschüttetem Reis und Hundekot. Der Junge mit der gelben Jacke lief jetzt schneller, und Sophie musste ihren Schritt beschleunigen, um mitzuhalten. Mittlerweile hatte sie ein mulmiges Gefühl, doch sie versuchte, ihre Furcht zu verdrängen.

Ein weit entferntes Donnergrollen. Am Himmel hatten sich neue Regenwolken formiert, um einen weiteren Angriff auf die Stadt zu starten. Als Sophie nach oben blickte, um zu prüfen, wie lange es bis zum nächsten Schauer dauern könnte, trat sie in etwas Schleimiges, Übelriechendes und Glitschiges. Sie rutschte aus und ruderte wild mit den Armen, um nicht das Gleichgewicht zu verlieren. Die Sehnen in ihrem rechten Knie protestierten ob der plötzlichen und ungewohnten Belastung.

Als sie sich ein paar Sekunden später wieder gefangen hatte und aufblickte, war der Junge verschwunden.

Sophie rannte zum Ende der Straße und blickte die Querstraße entlang in beide Richtungen. Die Straße war gesäumt von alten Autos. An den Feuerleitern der heruntergekommenen Mietshäuser hing Wäsche zum Trocknen. Eine fette Frau in einem geblümten Kleid öffnete eine Tür, und Sophie sah eine Katze, die an ihr vorbei auf die Straße schoss. Doch von dem Jungen in der gelben Jacke war keine Spur zu entdecken.

Sophie war immer noch völlig durchnässt und, wie sie jetzt erst bemerkte, ziemlich durchgefroren. Die Hitze des Abends schien diesen dunklen Teil der Stadt nicht erreicht zu haben. Sophie unterdrückte ihre Angst. Sie wandte sich nach links und ging zügig weiter, wobei sie immer wieder Ausschau nach dem Jungen hielt. Ein alter Mann in einem schmuddeligen Unterhemd saß auf einem Klappstuhl. Er würdigte Sophie keines Blickes, nicht einmal, als sie direkt vor ihm stehen blieb.

»Entschuldigen Sie bitte«, sprach sie ihn an. »Haben Sie einen jungen Mann in einer gelben Jacke vorbeikommen sehen?«

Er schüttelte den Kopf und murmelte: »Nix Englisch.«

Sophie versuchte es auf Spanisch, doch der Alte konnte oder wollte sie nicht verstehen. Wieder schüttelte er den Kopf.

Sophie lief in die andere Richtung zurück und stellte ein paar Frauen die gleiche Frage, doch der Junge schien sich in Luft aufgelöst zu haben.

Inzwischen war Sophie alles egal. Ihr Kopf schmerzte, ihr Knie schmerzte, und sie hatte genug davon, Leute durch dunkle Straßen zu jagen. Es brachte sie jedes Mal nur in Schwierigkeiten. Sie wollte so schnell wie möglich nach Hause fahren, ein Bad nehmen, eine schöne Tasse Tee trinken, Richard Jordan anrufen und ihm mitteilen, dass er die Suche nach seiner Tochter vergessen sollte. Sophie hatte es versucht, und sie hatte versagt. Wenn nötig, würde sie ihm sein Geld zurückgeben.

Ihre Schuhe stanken immer noch nach dem schleimigen Etwas, in das sie getreten war. Sophie tauchte ihren Fuß in eine Pfütze, die der Regen auf dem Bürgersteig hinterlassen hatte. Schließlich war sie sowieso schon nass, und so würden wenigstens die Schuhe nicht mehr stinken. Sophie wühlte in ihrer Tasche nach einem Taschentuch, mit dem sie den Schuh etwas trocken wischen könnte, als sie plötzlich etwas Hartes in ihrer Seite spürte.

»Her mit der Tasche!«, hörte sie jemanden sagen.

Es war ein Junge in der Standarduniform der Jugend: Kopftuch, riesige Hosen, in die auch zwei Leute gepasst hätten, und ein Basketball-Shirt, das ihm fast bis zum Knie reichte. Seine Air Jordan-Turnschuhe waren noch blitzsauber, genau wie das Messer, das er auf Sophies Magen richtete. Er stand so dicht bei ihr, dass keiner außer ihnen die Waffe hätte sehen können. Sophie schluckte ein Schluchzen herunter.

Sie nahm die Tasche von der Schulter und reichte sie ihm.

»Danke.« Er hing sie sich um, ohne erkennbares Interesse an ihrem Inhalt zu zeigen.

In diesem Moment war kein anderer Mensch auf der Straße zu sehen, aber selbst wenn jemand da gewesen wäre, hätte Sophie nicht um Hilfe gerufen. Ihr hätte ohnehin niemand geholfen. Kein Mensch schwang sich zu Heldentaten auf, wenn er einem New Yorker Straßenräuber gegenüberstand.

Vernünftige Menschen gaben ihnen, was sie verlangten, und hofften, dass sie wieder verschwanden.

»Hier lang.« Der Junge stupste Sophie mit dem Messer in die Seite. »Wir beide machen jetzt einen kleinen Spaziergang.« Er lächelte und entblößte dabei sehr ebenmäßige weiße Zähne. Sophie konnte sein Rasierwasser riechen. Sie versuchte, sein Alter zu schätzen, und vermutete, dass er zwischen achtzehn und fünfundzwanzig war.

Sie würgte die Tränen hinunter. »Ich habe sonst nichts bei mir«, beteuerte sie. »In der Tasche sind hundert Mäuse.« Sie hatte von der neuesten Masche der Straßenräuber gehört, die ihr Opfer zu einem Geldautomaten schleppten und es zwangen, so viel Geld wie möglich abzuheben. In manchen Fällen wurden die Opfer als Geiseln gehalten, damit sie an verschiedenen Tagen wiederholt zum Automaten gehen konnten, bis das Konto leer war. Sophie dachte an Richard Jordans Scheck. Es würde eine Weile dauern, bis ihr Konto geplündert war.

»Einhundert Mäuse sind nicht mal annähernd genug.«

»Bitte lass mich doch einfach gehen!« Sophie suchte verzweifelt nach einem zwingenden Grund, der ihn dazu gebracht hätte, sie als menschliches Wesen wahrzunehmen. Doch ihr wollte einfach nichts einfallen.

»Was hast du dir bloß dabei gedacht? Eine weiße Lady wie du in einem miesen Viertel wie diesem hier? Das ist nicht die Madison Avenue. Wir haben hier jede Menge Probleme. Hier leben arme Schlucker, die nicht so privilegiert sind wie ihr Weißen. Was hast du dir dabei gedacht?«

»Bitte!«, flehte Sophie. »Nimm einfach das Geld. Ich habe sonst nichts. Ich bin auch arm.«

»Das seh ich, Schätzchen«, spottete er. »Du bist so arm wie ich. Klar.«

Aus einem aufgeplatzten Müllsack kam eine fette Ratte gekrochen. Sophie schauderte unwillkürlich und trat einen Schritt zurück. Der Junge stupste sie erneut mit dem Messer an.

»Ich kapier das einfach nicht. Ich meine, es gibt so viele Orte, wo du deinen hübschen kleinen weißen Arsch hintragen könntest. Warum kommst du hierher? Es kann eigentlich nur einen Grund geben«, beantwortete er seine Frage selbst. »Schlechte Angewohnheiten.«

»Ich suche eine Freundin«, versuchte Sophie es noch einmal. »Ich habe kein –«

In diesem Moment drückte der Junge die Tür eines Mietshauses auf. Im Flur hing eine nackte Glühbirne von der Decke und verströmte ein fahles Licht. Eine Holztreppe mit ausgetretenen Stufen, von deren Geländer die Farbe abblätterte, führte in die oberen Stockwerke. Ein ätzender Geruch nach Urin nahm Sophie fast den Atem.

»Die Treppe rauf, Schätzchen.«

Entsetzen kroch von Sophies Magen hinauf bis in ihren Hals. Sie wusste nicht, ob sie zuerst schreien oder sich übergeben sollte. Der Junge stieß sie erst eine, dann eine zweite Treppe hinauf. Auf dem dritten Treppenabsatz stand ein schmutziges Fenster halboffen. Sophie sah eine halb verweste tote Taube, die unter dem Fenster auf dem Boden lag.

»Noch eine Treppe, Schätzchen. Und dann werden wir beide ein bisschen Spaß haben. Und mach bloß keine hastigen Bewegungen! Das Messer und ich, wir sind nämlich uralte Freunde. Ich kann aus deinem hübschen Gesicht ruckzuck das einer bösen Hexe machen.«

Sophie zweifelte nicht an seinen Worten, allerdings fiel ihr sowieso kein gerissener Fluchtplan ein.

Im vierten und letzten Stock des Gebäudes blieben sie vor einer roten Tür stehen. Durch ein Fenster im oberen Teil der Tür sah Sophie, dass Teile der Sperrholzdecke in der dahinter liegenden Wohnung bereits heruntergefallen waren. Genau wie bei mir, dachte sie und wäre beinahe in Tränen ausgebrochen, weil ihr plötzlich bewusst wurde, wie wertvoll ihr Leben war, und wie sehr sie daran hing.

»Da wären wir.« Ihr Begleiter klopfte an die Tür, und Sophie hörte, wie innen ein Riegel zurückgeschoben wurde.

Der Junge öffnete die Tür und stieß Sophie in einen Raum, in dem ein Bett, eine Kommode und ein alter Fernseher standen. Die Wände waren offenbar einmal weiß gestrichen gewesen, doch die Farbe hatte sich dank der Gleichgültigkeit der Bewohner und dem Dreck der Stadt in ein schmutziges Grau verwandelt. Durch zwei Schiebefenster, die offenbar zur Straße hinausgingen, konnte Sophie erkennen, dass immer noch Regen drohte.

Der Junge ließ ihre Tasche zu Boden fallen und sagte: »Das wär's dann, wunschgemäß geliefert.«

»Danke Raoul«, ertönte eine weibliche Stimme.

»Hey, kein Problem, Mann. Jederzeit.«

Sophie dreht sich verständnislos um.

»Hallo, Sophie.« Elektra Jordan streckte ihr die Hand entgegen.

47

»Verdammt, Elektra, du hättest auch einfach anrufen können!«

Sophie wusste nicht, ob sie wütend oder erleichtert sein sollte. Elektra war nicht tot. Es ging ihr gut. Und sie spielte noch immer ihre Spielchen.

»Ich wollte sicher gehen, dass du allein kommst«, sagte Elektra leise.

Sie war dünner geworden und hatte dunkle Ringe unter den Augen. Ihr Haar reichte jetzt nur noch bis zum Kinn, und sie trug Jeans und ein ärmelloses blaues Hemd.

»Also, hier bin ich, allein. Himmel, ein etwas weniger theatralischer Auftritt wäre mir wirklich lieber gewesen.«

Elektra nahm Sophies Tasche, öffnete sie und wühlte darin herum. Schließlich fischte sie Sophies Handy heraus und drückte ein paar Tasten.

»Weiß irgendjemand, dass du hier bist?«

»Natürlich nicht. Dafür hast du ja gesorgt. Ich dachte, dieser Typ will mich entführen oder so etwas.«

»Raoul? Wohl kaum.«

»Wer ist er? Woher kennst du solche Leute?«

»Wie meinst du das, ›solche Leute‹? Er ist harmlos.«

»Auf mich hat er einen anderen Eindruck gemacht. Immerhin hat er ein Messer.«

»Seine Mutter arbeitet für meinen Vater. Ich kenne ihn, seit er drei ist.«

Sophie erinnerte sich an Richards Hausangestellte, die Tee serviert und ihn aufgewischt hatte, nachdem Sophie ihn verschüttet hatte.

»Also wusstest du, dass dein Vater mich beauftragt hat, dich zu finden?«

»In einem Haus mit Personal gibt es keine Geheimnisse«, erklärte Elektra und wühlte weiter in Sophies Tasche herum. Sie zog ein Taschenbuch heraus. »Ist das gut? Das wollte ich immer schon mal lesen.«

»Behalt es. Ich finde, es wird überbewertet. Was machst du hier?«

»Das Gleiche wollte ich dich fragen.«

»Ich wäre nicht hier, wenn du nicht hier wärst. Dein Vater hat mich engagiert, um dich zu finden.«

»Ach ja«, Elektra blätterte durch die Seiten des Buches und legte es dann auf den Tisch. »Er hat wirklich geglaubt, dass du eine Privatdetektivin bist. Schätze, er ist nicht so schlau, wie ich dachte.«

»Wie meinst du das?«

»Es war so offensichtlich, dass du logst. Deine Schuhe passten nicht zu deiner restlichen Erscheinung, und du hast dich in der Bar wie zu Hause gefühlt. Um das zu bemerken, musste man kein *Detektiv* sein.«

Sophie ballte unwillkürlich die Hände zu Fäusten. Einen Moment lang spielte sie mit dem Gedanken, Elektra in ihr hübsches, höhnisch grinsendes Gesicht zu schlagen.

»Nun, jetzt bin ich hier. Also, warum erzählst du mir nicht einfach, was los ist?«

Elektra sah aus, als wollte sie etwas sagen, dann stockte sie und schüttelte den Kopf. »Weißt du was? Ich würde gern an die frische Luft gehen. Du siehst übrigens aus, als könntest du auch welche vertragen.«

Sophie starrte sie an, irritiert von diesem abrupten Wechsel im Tonfall.

»Komm schon.« Elektra reichte ihr die Tasche, behielt aber das Handy.

»Wo gehen wir hin?«

»Es gibt nur einen schönen Ort in dieser Gegend.«

Sie öffnete die Tür und hüpfte beschwingt die Treppen hinunter, als würde nichts auf der Welt sie bedrücken. »Komm schon«, rief sie Sophie über die Schulter zu, »mischen wir uns unters Volk.«

Nachdem sie zehn Minuten zügig gegangen waren, erreichten sie die Ausläufer der George Washington Bridge. Elektra lief schnell, und Sophie musste sich anstrengen, mit ihr Schritt zu halten, zumal ihr Knie bei jedem Schritt schmerzte. In ihrem Kopf pochte es.

Als sie die Mitte der Brücke erreicht hatten, war die Sonne bereits untergegangen. Die Spitzen der höchsten Wolkenkratzer erstrahlten rosa im letzten Licht des Tages. Es war Rushhour, und auf der Brücke reihten sich die Autos aneinander wie Perlen auf einer Schnur.

Manhattan lag im Süden, die Bronx im Norden. Sie standen hoch oben auf einer der großartigsten Ingenieursleistungen des zwanzigsten Jahrhunderts, doch bei Sophie wollte sich kein Hochgefühl einstellen.

»Toll, nicht wahr?« Elektra blieb stehen und deutete auf das Netz aus Metallstreben, das sich zeltartig über ihnen erhob. »Le Corbusier meinte, dies sei die schönste Brücke der Welt.«

»Wäre mir gar nicht aufgefallen.« Sophie hätte Elektra am liebsten gepackt und so lange geschüttelt, bis auch noch das letzte kleine Geheimnis aus ihr herausgepurzelt wäre. »Ich habe jetzt wirklich keine Lust, über irgendwelche Brücken zu reden.«

»Natürlich. Du willst über mich reden.«

»Also, fang an. Ich bin zugegebenermaßen neugierig. Was treibst du so in letzter Zeit?«

»Sag mir erst, warum du hier bist. Warum hast du diesen Job angenommen? Warum hast du meinem Vater nicht die Wahrheit gesagt, als er dich fragte?«

»Er wollte jemanden engagieren, der dich kennt.«

»Aber du kennst mich doch gar nicht. Ich weiß, dass wir uns in der Schule nie verstanden haben, obwohl ich nicht genau weiß, warum.«

Sophie erwiderte nichts. Sollte Elektra ihre kleine Fantasie behalten, wenn es sie glücklich machte. Sie war hier, um

Informationen einzuholen, nicht um alte Geschichten aufzuwärmen.

»Nein, das haben wir nicht«, stimmte sie schließlich zu. »Wir haben uns in unterschiedlichen Kreisen bewegt.«

»Und wir hatten seitdem auch keine direkte Verbindung.«

»Das wusste dein Vater nicht. Er dachte, ich gehörte zu deiner Clique. Er dachte, wenn du ihn schon nicht anrufst, würdest du zumindest vielleicht mit Pixie, Candace oder Bridget reden.«

»Meine Clique«, murmelte Elektra und lachte. »Meine Clique ...« Sie blickte hinunter auf den Hudson River, der mehr als hundert Meter unter ihnen floss. Sophie folgte ihrem Blick mit Unbehagen. Sie litt ein wenig unter Höhenangst. Dann rief sie sich ins Gedächtnis, dass diese Brücke seit Jahrzehnten existierte. Die Wahrscheinlichkeit, dass sie ausgerechnet dann einstürzen sollte, wenn sie darüber spazierte, war gering. Sophie blickte wieder zu Elektra.

»Meine Clique –«, wiederholte Elektra noch einmal. »Nun, die Reihen lichten sich, aufgrund der äußeren Umstände. Du bist als Einzige übrig geblieben, Schätzchen.«

»Ich tue, was ich kann«, sagte Sophie steif. »Dein Vater will dir helfen, Elektra, und er hat mich gebeten, dich zu suchen.«

»Und du tust alles, wofür man dich bezahlt, richtig?« Elektra drehte sich um. »Nun, das ist besser als nichts.«

»Ich werde nicht so tun, als würde mir das Herz deinetwegen bluten«, erklärte Sophie und staunte selbst, dass sie den Mut aufbrachte, es endlich auszusprechen. Sie fühlte sich plötzlich leicht und stark. So war das Leben nun einmal, oder etwa nicht? Einige Leute kamen miteinander klar, andere nicht. Kein Grund, sich deswegen den Kopf zu zerbrechen.

»Dann wollen wir uns nichts vormachen.« Ein spöttisches Lächeln breitete sich auf Elektras Gesicht aus. »Ich bin dir egal. Du magst mich nicht, in Ordnung. Aber was habe ich dir eigentlich getan?«

Eine Gruppe von Radlern strampelte mit gebeugten Rücken vorüber. Sie sahen aus wie ein Schwarm grellbunter Insekten.

»Warum hasst du mich so sehr, Sophie?«

»Was soll diese Frage?«

»Ich muss dir irgendetwas getan haben, aber ich weiß einfach nicht was. Damals in der Schule hast du mich praktisch jedes Mal angeschnauzt, wenn ich dich ansprach.«

»Ich habe dich nicht angeschnauzt!«, entrüstete sich Sophie. »Aber wie hätte ich dir trauen können? Ich hatte immer Angst, dass du mir wieder eine Falle stellst.«

»Wieder eine Falle stelle? Was für eine Falle?«

Sophie konnte nicht glauben, was sie hörte. Dachte Elektra wirklich, sie könne leugnen, was sie ihr angetan hatte?

»Vergiss es. Es spielt keine Rolle mehr.«

»Offensichtlich tut es das.«

»Es ist Vergangenheit.«

»Ist es nicht. Es steht jetzt hier zwischen uns, wie kann es da Vergangenheit sein?« Elektra legte Sophie eine Hand auf den Arm. »Komm«, sagte sie. »Ich bin am Verhungern. Lass uns in ein nettes Restaurant gehen, wo wir in Ruhe sprechen können. Erzähl mir, was ich dir angetan habe. Ich will es wirklich wissen.«

48

Es war Samstagnachmittag, und ich saß über meinen Büchern. Durch die Jahre, in denen ich ein Leben in Freiheit bei meiner Tante Edie in Jersey City genossen hatte, hinkte ich, was die Bildung betraf, ein wenig hinter den anderen her.

Das zusätzliche Lernen machte mir nichts aus, weil ich sowieso nichts anderes zu tun hatte. Nach der ersten Woche intensiven Schulbetriebs am Mary-Lovell-Internat dehnte sich das Wochenende eintönig und öde vor mir aus. Warum also nicht mit Algebra ringen?

»Hey!« Angie Morris ließ sich auf den Stuhl neben mir plumpsen. Genau wie Pixie, Candace und Bridget gehörte Angie zu Elektras Gefolgschaft. »Du bist Sophie, nicht wahr?«

Ich blickte von meinem Buch auf und blinzelte.

»Ich bin Angie.«

Ich weiß, wollte ich schon sagen, überlegte es mir dann aber anders. Stattdessen wartete ich misstrauisch ab und fragte mich, wie ich auf dieses beispiellose Angebot von Freundlichkeit reagieren sollte. Ich war bereits seit einer Woche auf dem Internat, und fast all meine Mitschülerinnen hatten deutlich gemacht, dass ich ein »Sozialfall« und deshalb keine von ihnen war.

»Was machst du da?« Angie lümmelte auf dem Stuhl herum und schien sich wohl zu fühlen. Ihr hübsch geschwungener Mund verzog sich zu einem trägen Lächeln. Sie hatte langes, üppiges, blondes Haar, das sie gern mit einer schnellen Bewegung aus dem Handgelenk herumwirbelte. Das tat sie jetzt auch wieder.

»Wie du siehst, spiele ich Dudelsack«, sagte ich.

»Ha, ha, wirklich komisch!«

Unbewusst imitierte ich Angies Geste und rieb meinen Nacken, wo mein kurzes Haar aufhörte. Ich wünschte, sie würde mich in Frieden lassen.

»War das deine Mutter, die dich letzte Woche hergebracht hat?«

»Sie ist meine Tante.«

Tante Edie hatte sich Mühe gegeben, ihre Kleidung der eleganten Umgebung der Schule anzupassen, aber sie hatte trotzdem ausgesehen, wie die Rocksängerin Stevie Nicks, nachdem sie den Finger in eine Steckdose gehalten hatte. Ich hatte das Kichern der Mädchen gehört, als Tante Edie in den Schlafsaal gekommen war, um mir beim Auspacken zu helfen.

Angie nahm einen Bleistift und klopfte damit auf den Tisch. Dann sprang sie plötzlich auf, als hätte sich eine Feder gelöst. »Ein paar von uns halten eine Séance ab. Hast du Lust?«

»Ich muss arbeiten.«

»Komm schon, es wird lustig. Wir sind im Keller.« Angie beugte sich zu mir herüber. »Du hast doch noch jede Menge Zeit. Bis zum Abschluss sind es noch Jahre.«

»Ich muss das am Montag abgeben.«

»Du hast doch nicht etwa Angst vor ein paar Toten?«

»Nein«, sagte ich, obwohl das nicht ganz stimmte. Seit ich ein kleines Mädchen war, hatte ich mich vor der Dunkelheit gefürchtet.

»Du bist eine Waise, oder? Willst du nicht mit deinen Eltern reden?«

»Nein. Ich glaube nicht an solches Zeug. Es ist Blödsinn. Außerdem bin ich keine Waise. Mein Vater lebt noch.« Im selben Moment wünschte ich, ich hätte es nicht gesagt. Es klang, als würde ich mich rechtfertigen müssen. Ich hoffte, Angie würde nicht fragen, wo mein Vater war, weil ich es nicht genau wusste. Irgendwo in Indien, hieß es, um bei einem Guru Rat zu suchen.

Aber Angie war nicht daran interessiert, tiefer in die Details meiner Familiengeschichte einzusteigen. Stattdessen griff sie nach meinem Algebrabuch und drehte es so herum, dass sie die Gleichungen lesen konnte. Sie zog die sorgfältig gezupften Augenbrauen zu einem verständnislosen Runzeln zusammen, dann klappte sie das Buch zu. »Okay«, sagte sie schließlich. »Ich werde den anderen ausrichten, dass du Wichtigeres zu tun hast.« Sie stand auf und verließ in ihrem beschwingten, leichtfüßigen Gang den Klassenraum.

»Warte!«, rief ich ihr nach. Zum ersten Mal seit ich an dieser Schule war, hatte jemand versucht, nett zu mir zu sein. Ob ich Geisterbeschwörungen nun mochte oder nicht, womöglich wäre es eine Gelegenheit, Freundschaften zu schließen. »Ich komme. Ich kann das hier später machen.«

»Super.« Angie schenkte mir ein strahlendes Lächeln. »Wir sind nur wenige. Wenige Auserwählte.«

Ich hatte noch nie an einer spiritistischen Sitzung teilgenommen und wusste deshalb nicht genau, was mich erwartete, als Angie mich die knarrenden Stufen ins Untergeschoss des Hauptgebäudes der Schule hinunterführte. Das Gebäude hatte einst einem viktorianischen Raubritter gehört, der auf vierzig Hektar Land ein Herrenhaus im Neo-Tudorstil gebaut hatte, um Freunden und allen Vorbeikommenden zu imponieren. Mittlerweile war der Großteil des Grundstücks verkauft worden, und das Haupthaus und die Nebengebäude standen nur noch auf einem knappen halben Hektar Land. Doch obwohl das Grundstück über die Jahre geschrumpft war, hatte das Haus nichts von seiner früheren Pracht eingebüßt. Seinerzeit war es aus den besten Baumaterialien errichtet worden, und der finanzstarke Förderverein der Schule hielt es in dem Zustand, den die gut betuchten Eltern erwarteten, wenn sie ihre Sprösslinge besuchten.

Daher war ich ziemlich überrascht, dass man beim Gang in den Keller eine völlig andere Welt betrat. Er war dunkel, kalt und klamm, und der Boden bestand aus gestampftem Lehm. Außerdem waren die Decken so niedrig, dass ich an manchen Stellen den Kopf einziehen musste. »Der Keller ist wohl nie ganz fertig gebaut worden«, sagte ich zu Angie, die mit einer kleinen Taschenlampe in der Hand vorausging.

»Er wird nicht genutzt. Deswegen eignet er sich auch so gut für unsere Zwecke.« Ich sah Angies Grinsen im Lichtschein der Taschenlampe. Ihre wohlgeformten Zähne erschienen mir weißer denn je.

»Wo sind denn die anderen?« Allmählich wurde ich ein wenig nervös. Der Drang, mich einfach umzudrehen und davonzulaufen war stark, aber Angie ging immer weiter. Ich sagte mir, dass ich auch keine Schwäche zeigen durfte, wenn Angie sich nicht fürchtete.

»Es ist nicht mehr weit. Bleib dicht bei mir. Der Boden ist ziemlich uneben.« Plötzlich bog Angie abrupt nach links ab, und wir standen in einem abgetrennten Teil des Kellers, wo fünf meiner Klassenkameradinnen – Elektras Clique – um einen Kartentisch saßen. Sie trugen Kapuzen, und ihre Gesichter sahen im flackernden Licht der Weihkerzen schaurig aus.

Auf dem Tisch lag ein Brett, auf dem die Buchstaben des Alphabets kreisförmig angeordnet waren. In der Mitte stand ein Wasserglas. Die Mädchen hatten die Hände übereinander auf das Glas gelegt. Ein paar kicherten nervös, und immer wieder ertönte ein unterdrückter Schrei wie: »Du hast es bewegt!« oder: »Nein, hab ich nicht«. Eine Wodkaflasche machte die Runde.

»Komm, wir haben dir einen Platz reserviert.« Angie zog einen Kasten mit leeren Milchflaschen an den Tisch.

»Hallo, Sophie.« Elektra streckte mir ihre freie Hand entgegen. »Ich bin Elektra Jordan.«

Kichernd begrüßten mich auch die anderen Mädchen, und ich stellte fest, dass sie sich alle erstaunlich ähnlich sahen.

Vorsichtig setzte ich mich auf den Kasten und legte meinen Zeigefinger an das Glas in der Mitte. Jemand reichte mir die Wodkaflasche, und ich nahm einen zaghaften Schluck – abzulehnen schien unmöglich – und hoffte, dass es keinem der Mädchen auffiele, dass ich kaum etwas trank. Mir ging durch den Kopf, was wohl mein Vater sagen würde, wenn ich wegen heimlichen Alkoholkonsums von der Schule fliegen würde.

»Okay, wer kennt einen Toten, den wir befragen können?«, fragte Elektra. Ihre Augen glänzten, und selbst in dem schummrigen Kerzenlicht konnte ich sehen, dass ihre Wangen gerötet waren. Sie blickte in die Runde, und die anderen erwiderten ihren Blick. Ich konnte spüren, wie aufgeregt sie waren. Der Tod war ein abstrakter Begriff für sie, nur alte, vergessene Verwandte starben. Elektras Augen wanderten ein zweites Mal die Runde ab und blieben schließlich an mir hängen.

Offenbar stand mir ins Gesicht geschrieben, dass ich an meine Mutter dachte, um die ich noch immer jeden Tag trauerte. Ich hatte nie eine unbeschwerte, sorgenfreie Kindheit gehabt wie die anderen Mädchen am Tisch, sondern war mit der Trauer und der kindlichen Wut auf eine Mutter aufgewachsen, die mich in der Obhut eines Vaters zurückgelassen hatte, der seine Verantwortung nicht annahm. Es verging kaum ein Tag, an dem ich nicht gewünscht hätte, mein Leben wäre anders verlaufen.

»Du, Sophie?«, fragte Elektra.

Im Raum schien es plötzlich kälter geworden zu sein. Ich schluckte.

»Willst du nicht mit deiner Mama reden?«

»Nein.« Wieder ein trockenes Schlucken.

»Ach komm schon!«, rief eines der anderen Mädchen. »Das wäre doch lustig. Es würde die Sache echter machen. Komm schon, was soll denn schon groß passieren?«

Ich schloss die Augen. Mir war zum Heulen zumute.

»Okay«, willigte ich schließlich ein, mit einer so leisen Stimme, dass ich mich fragte, ob die anderen mich überhaupt gehört hatten.

Die Mädchen rückten noch dichter an den Tisch heran, und plötzlich veränderte sich die ausgelassene Stimmung, und alle wurden ernst. Die Wodkaflasche verschwand. Ich bibberte vor Kälte, rieb mir die nackten Unterarme und wünschte, ich hätte an meinen Pulli gedacht, der noch auf der Lehne meines Stuhls im Klassenzimmer hing.

Elektra stimmte irgendeinen esoterischen Singsang über Göttinnen und den ewigen Geist an. Ich musterte die Gesichter um mich herum und entdeckte Angst, Spannung und Aufregung darin. In diesem Augenblick spürte ich eine gewisse Gleichgültigkeit. Schließlich hatte ich mein ganzes Leben lang unter Hippies gelebt und deren esoterisches Gefasel gehört, ohne auch nur ein Wort davon zu glauben. Ich fragte mich, ob mich meine Mum – wo immer sie auch sein mochte – in diesem Moment wohl sehen konnte, und stellte mir vor, dass sie herzlich über diese groteske Situation lachte.

»Wie hieß sie?«, flüsterte Elektra.

»Callie.« Ich hielt den Zeigefinger so behutsam an das Glas, als könne es mich beißen. »Callie Graham.« Und ich dachte kurz an das einzige Foto, das ich von ihr hatte. Irgendjemand hatte es aufgenommen, als sie im dritten Monat mit mir schwanger war. Auf dem Bild lehnte sie sich mit dem Rücken gegen ihren Mann. Dad umschlang sie von hinten mit den Armen, und sie legte lachend den Kopf zur Seite, um ihm ins Gesicht sehen zu können. Dieses Bild hatte mir immer als Beweis dafür gedient, dass meine Eltern glücklich gewesen waren, bis ich auf die Welt kam. Dann hatte sich alles zum Schlechten gewendet. Ich hatte das Foto so oft angefasst, dass die Ecken schon ganz ausge-

franst waren und sich nach oben bogen. Eines Tages hatte Tante Edie einen Abzug von dem Bild machen und es rahmen lassen. Es war das schönste Geschenk, das ich je von ihr bekommen hatte.

»Callie, hörst du mich?«

Das Glas geriet in Bewegung, aber dieses Mal gab es keine Proteste, dass jemand es geschoben hätte. Ein ehrfürchtiges Schweigen breitete sich aus, als das Glas eindeutig ein JA buchstabierte.

»Sie hört uns«, flüsterte eines der Mädchen.

Ich spürte, wie mir alles Blut aus dem Gesicht wich und fühlte mich plötzlich ausgelaugt und schwach. Was wir da taten, war nicht richtig. Am liebsten wäre ich aufgesprungen und weggerannt, blieb aber wie festgenagelt auf dem Kasten sitzen.

»Wo bist du?«, fragte Elektra.

HIER, buchstabierte das Glas.

Eine Welle von Trauer und Einsamkeit spülte mich mit sich fort. Wie konnte einem jemand fehlen, den man noch nie getroffen hatte? Tränen stiegen mir in die Augen. Ich wischte sie mit der freien Hand fort, dankbar für das schummrige Licht. Ich wollte gehen, gleichzeitig sehnte ich mich plötzlich, aber verzweifelt danach, mit meiner Mutter zu kommunizieren.

»Callie, bist du glücklich?«

JA, DAS BIN ICH, buchstabierte das Glas in langsamen, stetigen Bewegungen. Im Keller war es still geworden. Der einzige Laut, abgesehen von Elektras Stimme, war das Kratzen des Glases auf dem Holzbrett.

»Möchtest du deiner Tochter etwas sagen?«

JA, DAS WILL ICH.

»Was willst du ihr sagen, Callie?«

Lauf weg, lauf weg!, schrie eine Stimme in meinem Kopf. Aber es ging nicht. Ich war gefangen, meiner eigenen Verzweiflung auf Gedeih und Verderb ausgeliefert.

ICH BIN, buchstabierte das Glas. Dann hielt es inne, als sei es nicht sicher, wohin es sich bewegen sollte.

»Was bist du?«, drängte Elektra.

ICH BIN, setzte das Glas erneut an. Dann verharrte es in der Mitte des Brettes und buchstabierte schließlich langsam E-I-N-E.

»Ich bin eine«, sagte eines der Mädchen. Es kicherte nervös.

Das Glas begann seine Reise von neuem. Es ruckelte zum S, zum C, weiter zum H, machte eine Kurve zum L, schaute beim A vorbei, danach beim M, fuhr weiter zum P und endete beim E.

ICH BIN EINE SCHLAMPE.

Ein paar Sekunden lang herrschte Stille, während der sich meine Augen mit Tränen füllten. Ich wollte auf keinen Fall, dass die anderen sie sahen, konnte sie aber nicht zurückhalten. Schließlich begann Elektra zu lachen, und die anderen fielen mit ein. Sie bogen sich vor Lachen, klatschten sich gegenseitig in die Hände, als wäre das, was soeben geschehen war, das Lustigste, was sie je erlebt hatten. Jemand trat aus Versehen die Wodkaflasche um, und sie landete scheppernd an dem metallenen Tischbein. Ich roch den Alkohol und spürte, wie die Tränen in meinen Augen brannten.

ICH BIN EINE SCHLAMPE.

Ich stand auf. Am liebsten hätte ich etwas Intelligentes und zugleich Verletzendes gesagt, etwas, das bewies, dass ich besser war als sie. Aber mein Kopf war leer. Ich konnte nur daran denken, was für eine Idiotin ich doch gewesen war.

Ich stolperte in die Dunkelheit, aber die Mädchen liefen mir nach und brachten mich zurück.

»Du glaubst doch nicht etwa, dass du so schnell hier wegkommst, oder?«, fragte Elektra.

49

Elektra sah Sophie mit einem seltsamen Gesichtsausdruck an, in dem sich Mitleid mit etwas anderem mischte. Sophies Stimme war im Laufe der Erzählung immer leiser geworden, und als sie fertig war, fühlte sie sich nicht mehr wie eine erwachsene Frau, sondern wie ein wehrloser, einsamer Teenager mit strähnigem Haar, hängenden Schultern und überaktiven Talgdrüsen.

»Wie schrecklich«, sagte Elektra, als das Schweigen aufgebraucht war.

»Ja.«

»Wie lange warst du dort unten?«

»Ich weiß nicht. Es fühlte sich an wie Stunden. Jemand kam und holte mich, bevor die Lichter in den Schlafsälen ausgemacht wurden.«

»Willst du noch ein Bier? Ich glaube, ich könnte noch eines vertragen.« Elektra gab der Bedienung ein Zeichen.

Sophie schob den Stuhl zurück und stand auf. Typisch, dachte sie, verdammt typisch. Elektra würde sich nicht einmal entschuldigen. Für einen Moment hatte Sophie das Gefühl, als müsse sie weinen, aber ihre Augen blieben trocken. Es war vorbei. Sie hatte genug von dieser Familie. Es war ihr egal, was aus ihnen allen wurde. Sie würde hinausgehen, die U-Bahn nehmen und dorthin zurückkehren, wo sie hingehörte. Zum Teufel mit Elektra Jordan!

»Wo willst du hin, Sophie?«

»Nach Hause.«

Die Kellnerin stellte zwei Flaschen auf den Tisch.

»Sophie! Komm zurück. Wir sind noch nicht fertig.«

»Ich habe genug.«

»Du hast mir deine Geschichte erzählt. Willst du denn nicht meine hören?« Elektra sprang auf und legte ihre Hand auf Sophies Arm. Sophie musste dagegen ankämpfen, sie nicht abzuschütteln. »Komm schon. Ich habe das Bier bestellt und bezahle es sogar, wenn du Glück hast«, fuhr Elektra fort. Sie drückte Sophie eine Flasche in die Hand. »Willst du nicht hören, was ich dazu zu sagen habe?«

Sie saßen in einem winzigen ecuadorianischen Restaurant, dessen abgewetzter Linoleumboden gut zum allgemeinen Flair der Verwahrlosung passte. Es waren nur wenige Gäste da – zwei Männer an der Bar und eine Frau mit einem kleinen Jungen –, die allesamt einen missmutigen Eindruck machten. Von dieser Tristesse hob sich einzig die große, blinkende Jukebox ab. Aus ihr drang viel zu laute Salsamusik, die mit den Geräuschen wetteiferte, die aus dem Fernseher über der Theke plärrten. Eine Frau mit einer wie aufgeblasen wirkenden Frisur weinte, und die Wimperntusche lief ihr über die Wangen. Ein gut aussehender Mann im Polo-Shirt hielt sie bei den Schultern und machte ein betroffenes Gesicht.

Elektra hatte frittiertes Huhn, Reis, schwarze Bohnen und Bier für sie beide bestellt, aber Sophie hatte ihr Essen nicht angerührt, obwohl sie beinahe am Verhungern war.

»Was du dazu zu sagen hast?« Wütende Gedanken wirbelten in Sophies Kopf herum wie Kleidung in einem Wäschetrockner. Wie konnte Elektra es nur wagen, so etwas vorzuschlagen? Wie konnte sie nur? »Nein, ich lege keinen besonderen Wert darauf, deine Seite zu hören. Niemand hat dich dazu gezwungen, mich so zu quälen.« Sophie wünschte, sie hätte sich besser gefühlt. Sie hatte sich diesen Tag – den Showdown – so oft ausgemalt, aber in ihrer Vorstellung hatte alles etwas anders ausgesehen. Konfrontiert mit ihrer Untat, hätte Elektra reumütig schluchzen sollen, weil sie erst in diesem Moment das wahre Ausmaß ihrer Grausamkeit erkannte. Und Sophie wäre die grimmige Gerechtigkeit in Person gewesen.

Doch jetzt fühlte sie sich gar nicht stark. Sie fühlte sich genauso mies wie immer. Mieser sogar. Sie hatte nicht geglaubt, dass sie Elektra noch mehr hassen könnte, als sie es bisher getan hatte, aber genau so war es.

»Komm schon, bleib noch.« Elektra setzte sich wieder hin und schenkte Bier in die beiden Gläser nach. Dann schwenkte sie gedankenverloren ihr Glas zwischen zwei Fingern und beobachtete, wie die Flüssigkeit darin hin und her schwappte.

Widerstrebend setzte sich auch Sophie wieder.

»Das ist eine sehr interessante Geschichte«, sagte Elektra, die noch immer ihr Glas schwenkte. »In der wievielten Klasse war das?«

Sophie konnte kaum fassen, dass Elektra sich nicht einmal mehr an den Vorfall erinnerte. Es war für sie noch schlimmer, als wenn es Elektra einfach nur völlig gleichgültig gewesen wäre.

»Es wäre nett, wenn du dich wenigstens entschuldigen würdest«, sagte Sophie kalt. »Selbst, wenn du es nicht ernst meinst, könntest du es wenigstens sagen. Und es ist übrigens auch keine ›Geschichte‹. Ich habe mir das Ganze nicht ausgedacht.«

»In der wievielten Klasse war das?«, wiederholte Elektra.

»Achte. Mein erstes Jahr am Internat.«

»Und es war gleich zu Beginn des Schuljahres?«

»Ja. Am ersten Wochenende.«

»Das dachte ich mir«, sagte Elektra und schüttelte den Kopf. »Ich kann es nicht gewesen sein. Zu der Zeit war ich gar nicht in der Schule.«

»Und warum habe ich dich dann gesehen?«, fragte Sophie mit bebender Stimme.

»Hast du nicht.«

»Natürlich habe ich dich gesehen«, beharrte Sophie trotzig.

»In dem Jahr war ich in den ersten drei Wochen nicht in der Schule. Ich war im Krankenhaus, mein Blinddarm war entzündet und durchgebrochen. Ich bin operiert worden.«

Sophie starrte sie ungläubig an. »Aber ich habe dich doch gesehen.«

»Du hast selbst erzählt, dass es dunkel war«, sagte Elektra sanft. »Und du warst neu an der Schule. Damals sahen wir Mädels uns alle ein bisschen ähnlich. Außerdem warst du verängstigt. Ich schwöre dir, ich war nicht dabei.«

Sophie schwieg. Ihre Erinnerungen, ob gute oder schlechte, waren ihr teuer; sie waren ein Teil von ihr. Wie hätte sie jetzt daran zweifeln können?

»Aber du hast dich doch selbst vorgestellt.«

»Irgendein Mädchen hat sich als Elektra vorgestellt«, verbesserte Elektra sie. »Denk mal darüber nach, Sophie. Sie haben getrunken, dafür konnte man rausfliegen. Sie waren im Keller, wo sie sich gar nicht aufhalten durften. Dich kannten sie noch nicht. Wer hätte wissen können, ob du nicht petzt?«

»Aber Angie Morris kam mich holen, sie habe ich genau erkannt.«

»Angie war es immer egal, ob sie rausgeschmissen wird. Wahrscheinlich war es Bridget, die sich für mich ausgegeben hat. Weißt du, dass ihr Vater Senator ist? Damals hatte er große politische Ambitionen. Bridget hatte schreckliche Angst, irgendetwas zu tun, was seiner Karriere schaden könnte. Außerdem liebte sie diesen ganzen Geisterbeschwörungsunsinn.«

»Du warst also wirklich nicht dabei?«

»Ich war bestimmt ein eingebildetes Biest, Sophie, und dafür entschuldige ich mich. Aber so etwas würde ich nie tun. Und außerdem hasse ich Spinnweben. Ich hätte niemals in diesen Keller gehen können.«

Sophie bemühte sich, die Ereignisse jenes Tages in Gedanken zu rekonstruieren. Nicht nur die spiritistische Sitzung, sondern auch die Zeit davor und danach, was sie an jenem Morgen gemacht hatte und direkt im Anschluss an den Vorfall, als die anderen sie endlich aus dem Keller befreit hatten. Sie versuchte, sich genau an die einzelnen Ereignisse zu erinnern, wie sie wirklich stattgefunden hatten, und nicht, wie sie sie in ihrer Erinnerung zementiert hatte. Und plötzlich hätte sie gar nicht mehr genau sagen können, was damals im Einzelnen wirklich passiert war. Sie erinnerte sich zwar genau daran, wie sie im Klassenzimmer gesessen hatte und später Angie in den Keller gefolgt war, aber alles andere erschien ihr mit einem Mal viel weniger klar.

Hatte ihr späterer Neid auf Elektra dazu beigetragen, die Wirklichkeit zu verschleiern? Sophie blickte Elektra an und versuchte in ihrem Gesicht jenes Mädchens zu erkennen, das sie damals so gequält hatte, doch es wollte ihr nicht gelingen.

»Du kannst Pixie fragen, wenn du willst«, schlug Elektra vor. »Sie hat mich im Krankenhaus besucht und mir einen Flachmann in einem Blumenstrauß hereingeschmuggelt. Sie hatte den Martini selbst gemixt. Das war damals Pixies Vorstellung von einem Carepaket.«

»Ich glaube dir«, sagte Sophie. In diesem Moment wurde ihr klar, dass alles, was nach jenem Tag zwischen Elektra und ihr vorgefallen war, aus ihrer eigenen Verbitterung entstanden war. Das Foto vom Hockeyteam, das sie kürzlich betrachtet hatte, fasste die Situation treffend zusammen – Sophie hockte ein Stück abseits von den anderen, eine Außenseiterin, die kein Teammitglied war und auch keines sein wollte.

»Mein Gott«, murmelte sie. »Es tut mir Leid. Ich bin eine Idiotin.«

Elektra lächelte zum ersten Mal richtig.

»Nein, das bist du nicht. Die Schulzeit war für uns alle verwirrend, aber für dich muss es noch schlimmer gewesen sein. Wenigstens kannten wir anderen uns alle schon. Du warst leichte Beute für uns.«

»Ja, das war ich wohl«, sagte Sophie und lächelte erleichtert, als sie spürte, wie der über Jahre angestaute Groll endlich von ihr abfiel.

Sie tranken das Bier aus und bestellten eine dritte Runde. Sophie bemerkte, dass Elektra immer wieder auf ihre Uhr und dann zur Tür schielte. Als sie sich einmal umdrehte, glaubte sie, Raoul auf der Straße gesehen zu haben, aber sie war sich nicht sicher.

»Soviel also zur Vergangenheit«, sagte Sophie ein paar Minuten später. »Und jetzt erzähl mir bitte, was du hier eigentlich machst. Was soll das alles?«

Elektra rückte mit ihrem Stuhl näher an Sophie heran. »Ich möchte, dass du meinem Vater etwas von mir ausrichtest«, flüsterte sie. »Und wenn er dich bezahlt hat, gehst du und vergisst, dass du mich je gekannt hast, okay?«

»Warum?«

»Weil ich weg muss, an einen Ort, wo mich niemand findet. Ich muss. Du sagst es meinem Vater und sonst niemandem. Versprichst du mir das?«

»Warum musst du verschwinden?«

»Weil« – Elektra beugte sich so nah zu Sophie hinüber, dass ihre Lippen nur noch Zentimeter von Sophies Ohr entfernt waren – »ich Russ Parker umgebracht habe.«

50 »Du siehst also, die Dinge sind ziemlich kompliziert.« Elektra saß mit gesenktem Kopf da. Sie stieß ihre Bierflasche auf dem Tisch herum, als würde sie eine Schachfigur versetzen. »Und sie sind noch ein wenig komplizierter, weil es einen Mitwisser gibt.«

»French McCall.«

Elektra nickte.

»Ich habe ihm schon Geld gegeben. Aber er will mehr.«

»Woher weiß er es?«

»Wegen Russ. Dem dummen, törichten Russ.« Elektra schüttelte den Kopf. »Du musst wissen, dass er immer an das Gute im Menschen glaubte. Ich bin dagegen mit der Einstellung meines Vaters aufgewachsen, dass man alles und jeden kaufen kann. Wahrscheinlich kommt man zwangsläufig dahin, wenn man Geld hat. Russ war anders. Geld bedeutete ihm überhaupt nichts. Alles, was er wollte, war, diese verdammte Welt zu verbessern. Und als French immer wieder auftauchte und sich schlecht benahm, bildete sich Russ, dieser Narr, ein, er müsse seine arme, hilflose Freundin beschützen. Er rief eines Abends bei French an, nachdem er schon etwas getrunken hatte, und lud ihn zu sich ein, damit sie miteinander reden könnten, kannst du dir das vorstellen? Danach rief er mich an, um mir davon zu erzählen. Er sagte, French würde zu ihm kommen und sie würden sich ein wenig unterhalten – vernünftig unterhalten. Nun, ich weiß, zu was French fähig ist. Ich habe gesehen, wie er Leute wegen irgendeines Quatsches brutal zusammenschlug. Also wusste ich, dass es gefährlich werden könnte. Ich sprang in ein Taxi und fuhr rüber.« Elektra massierte sich die Schläfen mit ihren langen schlanken Fingern. »Um dafür zu sorgen, dass es ruhig ablief, verstehst du? Ich kann mich nicht erinnern, was dann genau passiert ist, aber als ich zu Russ kam, lief alles schief. Er hatte getrunken, und ich war gereizt, und anstatt zu versuchen, das Problem gemeinsam zu lösen, gerieten wir in Streit. Die ganze Sache verselbständigte sich einfach. Weißt du, man fängt an, all die belanglosen Dinge auszupacken, die überhaupt nicht wichtig sind, und auf einmal findet man sich ganz woanders wieder und weiß nicht, wie man dorthin geraten ist. Und dann sagte Russ etwas Dummes. Irgendetwas von wegen, dass es mir wohl gefiele, wenn mir zwei Typen gleichzeitig nachsteigen, wie ich es genösse, so viel Aufmerksamkeit auf mich zu ziehen. Und anstatt einfach zu sagen: ›Du bist betrunken‹, stieß ich ihn von mir weg, und er stolperte mit den Armen rudernd rückwärts die Stufen hinunter. Wir hatten oben auf dem Treppenabsatz gestanden.«

Elektra räusperte sich und fuhr nach einer Weile fort: »Er fiel die ganze verdammte Treppe hinunter, und als er unten reglos liegen blieb, wusste ich sofort, was passiert war. Ich lief voller Panik aus dem Haus, und in dem Moment kam gerade French und sah Russ da liegen. Und deshalb weiß er Bescheid.« Sie räusperte sich wieder und richtete die Schultern auf. »So war das. Und deshalb kann ich nicht nach Hause.«

»Elektra, das ist doch Unsinn. Das war kein Mord. Es war ein Unfall. Lass uns doch mit deinem Vater darüber reden, du und ich. Wir fahren nach Manhattan, treffen uns mit ihm, und er wird es geradebiegen. Wir besorgen dir einen guten Anwalt.«

»Es kommt nicht in Ordnung.« Elektra schlug mit der Hand auf den Tisch, und Sophie zuckte vor Schreck zusammen. »Verstehst du denn nicht? Es wird nie in Ordnung kommen. Selbst, wenn mich ein Gericht freisprechen würde – wie soll ich denn damit leben, wenn ich weiß, dass es jeder weiß? Und stell dir vor, was die Boulevardpresse mit dieser Geschichte anstellen würde. Ich weiß, was passiert, wenn jemand wie ich in eine solche Situation gerät. Es würde heißen, ich hätte mich freigekauft. Es ist schlimm genug« – sie stockte und schluckte hart –, »es ist schlimm genug, dass ich den Mann getötet habe, den ich mehr als alles auf der Welt geliebt habe. Aber ich könnte es nicht ertragen, auch noch öffentlich an den Pranger gestellt zu werden. Ich bin nicht stark, Sophie. Nicht wie du. Eine kleine Brise, und ich kippe um.« Elektra lächelte durch ihre Tränen, und Sophie schob ihr eine Serviette zu.

»Das stimmt nicht. Du kannst es schaffen. Weißt du, was mein Vater immer zu mir gesagt hat? Nichts ist jemals so schlimm, wie du glaubst.«

»Dein Vater hat nie jemanden umgebracht.«

»Nein, aber er hat wahrscheinlich ein paar Menschen zu Tode gelangweilt.« Sophie hoffte, der Witz würde Elektra aufmuntern. »Du bist nicht allein. Wir können es schaffen.«

»Und was ist mit der Karriere meines Vaters?«

»Du bist ihm wichtiger als seine Karriere.«

»Glaubst du? Glaubst du das wirklich?«

»Ich weiß es, Elektra. Außerdem weißt du ja noch nicht mal, ob der Fall vor Gericht käme.«

»Vielleicht hast du ja Recht.« Elektra tupfte sich vorsichtig die Augen mit der Serviette. »Ich drehe noch irgendwann durch, so allein und mit dieser ganzen Geheimnistuerei. Wahrscheinlich habe ich mein objektives Urteilsvermögen eingebüßt. Himmel!« Sie schob geräuschvoll ihren Stuhl zurück und stand auf. »Jetzt muss ich erst mal pinkeln. Bin gleich zurück.«

Aber sie kam nicht zurück.

In der Küche des Restaurants konnte niemand sicher sagen, ob Elektra zum Hinterausgang hinausgegangen war. Die Belegschaft sprach nur Spanisch, und obwohl Sophie sie auf Spanisch nach Elektra fragte, taten sie, als würden sie nichts verstehen. Sophie lief die dunklen Straßen entlang und versuchte, die Wohnung wieder zu finden, in die Raoul sie ein paar Stunden zuvor gebracht hatte, was ihr allerdings nicht gelang. Dann ging sie zurück zur George Washington Bridge.

Über ihr wölbte sich der Nachthimmel mit seinen fernen Galaxien und dem jahrmillionenalten Licht von Orten, die gar nicht mehr existierten.

Sophie wusste, dass sie nun endlich die Vergangenheit mit den schlechten Erinnerungen an Elektra hinter sich lassen konnte. Und als sie zum sternenübersäten Himmel aufsah, stellte sie sich vor, wie sie als Kapitän eines großen Schiffs auf der Suche nach dem Unendlichen durch den dunklen Himmelsozean pflügte.

51

»Das hat sie gesagt?« Richard Jordan schritt nervös zwischen den kostbaren Möbeln auf und ab. Sophie saß auf einem Stuhl, und Margarite stand am Fenster und starrte hinaus. Ein selbstgefälliges Lächeln umspielte ihren Mund.

Doch auf dem Gesicht ihres Mannes lag kein Lächeln.

»Und dann ist sie einfach verschwunden? Warum sind Sie ihr nicht gefolgt?«

»Ich habe es ja versucht, aber ich konnte sie nicht finden.«

»Haben Sie irgendeine Ahnung, wo sie sein könnte?«

»Nein. Und ich glaube, sie wird schwer zu finden sein. Sie glaubt, Sie zu schützen, indem sie abtaucht.«

Richard stöhnte.

»Was ist mit diesem McCall? Wenn er sie erpresst, muss er wissen, wo sie ist. Ich bin dafür, ihn zum Reden zu bringen.«

»Sie können es ja versuchen, aber ich glaube nicht, dass er weiß, wo sie sich aufhält.«

»Verdammt, können Sie mir denn gar nicht helfen, Sophie? Ich zahlen Ihnen ja nicht gerade ein Almosen für Ihre Arbeit.«

»Sie haben mich dafür bezahlt, Elektra zu finden und mich zu vergewissern, ob es ihr gut geht. Von Zurückbringen war nicht die Rede.«

»Das ist doch Haarspalterei. Es geht ihr nicht gut. Sie braucht Hilfe.«

»Hilfe, die ich ihr anbot.«

»Wir sprechen hier von meiner Tochter.«

»Ihrer erwachsenen Tochter«, erwiderte Sophie kühl. Sie war selbst überrascht, dass sie sich von Richards Tonfall nicht einschüchtern ließ. »Sie hat ihre Entscheidung getroffen.«

»Vielleicht ist es das Beste so«, warf Margarite ein.

»Was weißt du denn schon?«, fuhr Richard sie an, worauf Margarites Lippen zu beben begann. »Süße, es tut mir Leid«, fuhr er fort. »Es ist nur ... das ist einfach ein Albtraum.« Er wandte sich erneut an Sophie.

»Was, wenn dieser McCall Geld von mir fordert? Oder mich bedroht? Was zum Teufel soll ich dann tun?«

»Ich bezweifle, dass er so weit gehen würde. Immerhin ist er vorbestraft. Wenn die Polizei die Ermittlungen zu Russ Parkers Tod noch einmal aufrollen würde, bekäme sie heraus, dass French Elektra erpresst. Ich halte French für einen Opportunisten. Leicht verdientes Geld nimmt er gern mit, aber er wird sich die Hände nicht zu schmutzig machen.«

»Ich kandidiere gerade für ein Amt«, warf Richard Jordan unvermittelt ein.

»Das ist Elektra bewusst.«

»Worüber haben Sie noch gesprochen?« Richard Jordan wandte sich um und sah aus dem Fenster auf den Central Park.

»Von den alten Zeiten in der Schule«, erwiderte Sophie. Plötzlich hatte sie das Gefühl, dass sie dringend diese kühle Wohnung verlassen und ein wenig warme Luft einatmen musste.

»Ich muss mit Elektra selbst sprechen.« Richard kehrte zu seinem Schreibtisch zurück und griff nach dem Scheckbuch. »Ich möchte, dass Sie herausfinden, wohin sie gegangen ist.«

»Nein.«

»Was soll das heißen, nein?«

»Einfach nein.« Sophie stand auf, nahm ihre Tasche und streckte ihm ihre Hand hin. Richard nahm sie nur widerstrebend. »Ich kann nicht mehr weitermachen. Es tut mir Leid.«

»Alles in Ordnung, Robert?« Robert Braggs Sekretärin Melissa steckte ihren Kopf durch die Tür.

»Ja, ja«, gab er zurück. Er hatte den ganzen Morgen noch nichts erledigt. Seine Schreibtischunterlage war übersät mit Gekritzel, doch er konnte sich nicht erinnern, wie es dahin gekommen war.

»Super. Ich mache dann jetzt Mittag, okay?«

»Gut.«

»Soll ich Ihnen etwas mitbringen?«

»Nein.«

»Sind Sie sicher, dass alles in Ordnung ist? Sie sehen etwas mitgenommen aus.«

»Ich denke nur nach.«

»Gut, bis in einer Stunde dann.«

Roberts größter Fehler war seine Passivität. Er war ein heller Kopf – der beste seines Jahrgangs an der Uni –, und doch hatte er nie so viel Erfolg gehabt, wie einige seiner Kommilitonen. Nicht, weil er nicht ehrgeizig war, sondern weil er glaubte, dass man das Schicksal eines Menschen ohnehin nicht verändert könne. Zudem war die Aussicht auf Reichtum für Robert keine Motivation. Er konnte ein bequemes Leben führen, das seinen bescheidenen Erwartungen genügte, und gierte nicht nach Besitztümern. Er hatte keinen Führerschein und war auch nicht daran interessiert, Immobilien oder Stempel in seinem Reisepass zu sammeln.

Zweifellos hätte er viel mehr verdienen können, doch ihm gefiel sein ruhiger Arbeitsalltag. Er brauchte das ganze Theater nicht, das unweigerlich auf ihn zukäme, wenn er Sozius einer großen Anwaltskanzlei würde.

Doch trotz aller beruflichen Zufriedenheit litt Robert unter seiner Einsamkeit. Er hatte sich nie wirklich damit abfinden können, dass Susan Richard Jordan geheiratet hatte, und bereute heute, dass er sich nicht mehr darum bemüht hatte, eine andere Frau zu finden. Er hätte heiraten sollen, Kinder bekommen. Nicht herumhängen und darauf warten, dass Susan zu ihm zurückkäme. Wie hatte der heilige Augustinus noch gesagt? Wer glaubt, wird gerettet werden. Robert hätte daran glauben sollen, dass es noch eine andere Frau gab, die auf ihn wartete.

Es hatte ihn wahnsinnig gemacht, all die Jahre mit ansehen zu müssen, wie Susan mit Richard zusammenlebte, und zu wissen, dass er es gar nicht zu würdigen wusste.

Aber das Blatt hatte sich gewendet. Am Morgen hatte Richard ihn angerufen und um Informationen über Elektra angefleht. Frau tot, Tochter vermisst – sie saßen beide quasi im selben Boot.

Robert bedauerte mittlerweile, dass er mit Elektra geschlafen hatte. Wahrscheinlich hatte er dadurch nur ein

Stück von Susan zurückgewinnen wollen. Ziemlich erbärmlich, wenn man es einmal recht bedachte.

Was sollte er jetzt nur tun?

Die Geschichte von Elektras verrücktem Exfreund, die Richard ihm erzählt hatte, glaubte Robert nicht. Elektra spielte wahrscheinlich wie immer ihre Spielchen. Wäre Richard ein besserer Vater und nicht so ein Schwein gewesen, hätte er es gewusst.

Aber irgendetwas lag in der Luft. Robert hatte Richard Jordan nicht erzählt, dass seine Tochter ihr Testament geändert hatte. Und vielleicht sollte er genau das nachholen. Vielleicht wäre es besser für alle Beteiligten.

52

Ein Wunder war geschehen! Bob Sock war gekommen, um sich um die Schlafzimmerdecke in Sophies Wohnung zu kümmern.

Aus dem Radio dröhnte CBS, und Bob pfiff beim Arbeiten sämtliche Songs mit. Sophie bereitete ihm eine Tasse Tee zu, sammelte ihre schmutzige Wäsche ein – sie schien seit Wochen nicht gewaschen zu haben –, stopfte sie in eine Tasche und machte sich auf den Weg zum Waschsalon auf der Smith Street.

Als sie später mit ihrer sauberen, ordentlich gefalteten Wäsche zurückkam, war Bob Sock mit der Reparatur beinahe fertig, und Sophie sparte nicht mit Lob über die neue Decke. Nachdem Bob gegangen war, verbrachte Sophie den Rest des Nachmittags damit, die Wohnung sauber zu machen und die Möbel umzustellen.

Dann schaute sie sich in ihrem Reich um. Ihre Wohnung würde es zwar nie auf das Cover von *Elle Decor* schaffen, aber sie gehörte ihr. Und alles war perfekt aufgeräumt und sauber. Doch warum hatte sie bloß trotzdem dieses ungute Gefühl, dass etwas nicht in Ordnung war? Vielleicht lag es an den Büchern? Sophie sortierte sie um und rückte die Rücken auf dem Regal gerade. Schob einen Fotorahmen an der

Wand um einen Millimeter nach oben. Schlug die Sofakissen noch einmal auf und legte sie zurück an ihren Platz.

Immer noch nicht richtig. Was zum Teufel war los?

Sie schenkte sich ein Glas Wein ein und trank es langsam, während sie ihre Kontoauszüge überprüfte und Überweisungen ausstellte. Eigentlich hätte es das reinste Vergnügen sein müssen, da sie ja im Moment genug Geld hatte – mehr als genug, um ihre Kosten zu decken. Doch das seltsame Gefühl in ihrem Innern hielt sich hartnäckig.

Schließlich rief sie ein paar alte Freunde von den Theaterkursen an, zu denen sie eine Weile keinen Kontakt gehabt hatte. Früher hatten sie davon geträumt, ein Ensemble zu bilden und ihre eigenen Produktionen auf die Beine zu stellen. Doch da keiner von ihnen irgendwelches Geld besessen hatte, waren diese Ideen Luftschlösser geblieben. Tja, und nun besaß Sophie Geld und hatte Lust, es auszugeben.

Keiner ihrer Schauspielerfreunde war zu Hause. Sophie hinterließ Nachrichten, schenkte sich noch ein Glas Wein ein und grübelte weiter darüber nach, woher dieses nagende Gefühl in ihrem Innern kam, dass sie etwas Wichtiges nicht erledigt hatte.

Das Telefon klingelte, und sie sprang auf, in der Hoffnung, einer ihrer Freunde riefe zurück. Es war Bruno.

»Hey Sophie!«, brüllte er so laut, dass sie das Telefon vom Ohr weg halten musste.

»Hallo, Bruno«, antwortete sie zögernd.

»Was ist mit Essen?«

»Was soll damit sein?«

»Mit mir.«

Sophie schwieg einen Moment lang. In Gedanken wägte sie die Vor- und Nachteile ab.

»Ich habe deine Decke reparieren lassen, oder?«

»Mir war nicht bewusst, dass das ein Gefallen sein sollte«, entgegnete Sophie bestimmt. »Immerhin bist du mein Vermieter und musst dich um diese Wohnung kümmern.«

»Was machst du gerade, sitzt du da ganz allein rum?«

»Ich sitze nicht allein rum.«

»Und was machst du dann?«

»Ich –« Sie betrachtete die inzwischen halb leere Flasche Chablis. »Ich ... Ach, was soll's. Klar, essen wäre super.«

»Toll!«, dröhnte Brunos Stimme aus dem Hörer. »Wir treffen uns in einer halben Stunde bei Sam's.«

Sam's war ein altmodisches italienisches Lokal, in dem sich – abgesehen von den Preisen – seit den Zeiten, als Frank Sinatra die Charts eroberte, nichts verändert hatte. Bruno saß auf seinem Stammplatz in der Nähe der Tür. Als Sophie hereinkam, stand er auf.

»Ich würde dir ja den Stuhl abrücken, aber, du weißt ja –«

»Ich weiß, ich weiß, es ist eine Bank«, sagte Sophie, während sie sich setzte. Sie bestellte beim Kellner, der prompt herbeigeeilt war, einen Martini. Bruno war schon beim zweiten, doch er behauptete, dass sie so klein seien, dass es in Wirklichkeit erst die zweite Hälfte seines ersten Glases sei. Eine Zeit lang plauderten sie über Sophies Wohnung und Mrs Mazzis Gesundheit. Bruno erzählte, dass sie in der vergangenen Zeit einige kleinere Probleme gehabt hätte. »Aber nichts, worüber du dir Sorgen machen müsstest«, beeilte er sich zu sagen. »Sie wird nirgendwo anders hingehen, und du auch nicht. Ich passe schon auf meine Mädels auf.«

»Danke Bruno«, gab Sophie zurück. Sie stellte fest, dass ihn seine väterliche Art an diesem Tag gar nicht störte. Doch das seltsame Gefühl tief in ihrem Innern war immer noch da; selbst durch den Spaziergang zum Restaurant hatte Sophie es nicht verdrängen können.

»Also, was gibt's?«, fragte Bruno beiläufig, als die Vorspeisen vor ihnen standen. Gemischte Antipasti für ihn, Krabbencocktail für Sophie. »Man sieht dich kaum noch. Alles in Ordnung?«

»Klar. Ich war in der letzten Zeit viel unterwegs, wegen dieses Auftrags und so.« Sophie stürzte sich auf ihre Krabben. Sie hatte einen Bärenhunger. »Aber das ist jetzt vorbei.«

»Weißt du, ich mache mir ein bisschen Sorgen um dich. So ganz ohne Familie und alles.«

»Ich habe eine Familie«, erwiderte Sophie schroff. »Und es geht mir gut. Wirklich.« Bruno schien von ihrem Tonfall überrascht zu sein, deshalb fuhr Sophie etwas sanfter fort: »Ich war ziemlich beschäftigt, aber jetzt ist es ein bisschen ruhiger geworden. Dieser Auftrag, von dem ich dir erzählt hatte, ist erledigt. Ich habe die Frau gefunden, die ich suchte. Na ja, eigentlich hat sie mich gefunden.« Sophie schüttelte den Kopf und aß den letzten Bissen von ihrem Krabbencocktail. Irgendetwas stimmt da nicht!, rief eine Stimme in ihrem Kopf.

»Was stimmt nicht?«, wollte Bruno wissen.

»Wie bitte?«

»Du hast gerade etwas gesagt.«

»Nein, hab ich nicht.«

»Ich könnte schwören, du hättest etwas gesagt.« Bruno betrachtete ein Stück Salami, schob es sich dann im Ganzen in den Mund und kaute gedankenvoll.

»Bist du so eine Art Medium?«

»Nein.« Bruno schüttelte den Kopf und schaute schuldbewusst drein.

»Ich habe wirklich nichts gesagt.«

»In Ordnung, dann hast du eben nichts gesagt.«

Die Hauptgerichte wurden serviert. Bruno schnitt sich vorsichtig ein Stück Kalbfleisch ab, und Sophie starrte auf ihre Spaghetti Vongole.

»Irgendetwas stimmt nicht, und ich weiß nicht, warum«, platzte sie plötzlich heraus. »Ich habe den Auftrag erledigt und wurde dafür bezahlt. Sehr gut bezahlt sogar. Ich habe herausgefunden, was ich herausfinden wollte, und Frieden mit der Vergangenheit geschlossen. Alles müsste bestens sein. Warum ist es das nicht?«

»Ich würde sagen, so ist nun mal die menschliche Natur«, erwiderte Bruno kauend. »Ich glaube, man muss für den Augenblick leben. Nun iss endlich deine Spaghetti.«

Sophie starrte auf ihren Teller. Sie war immer noch am Verhungern, und doch erschien es ihr in diesem Moment völlig ausgeschlossen, etwas zu essen. Das Gefühl des Unbehagens, das sie in ihrer Wohnung empfunden hatte, war noch bedrohlicher geworden.

»Na los, erzähl Onkel Bruno, was du auf dem Herzen hast. Vielleicht kann er dir ja helfen. Du weißt schon, unvoreingenommener Blick und so.« Bruno hielt sich eine große schwarze Olive vor ein Auge und zwinkerte, als hielte er ein Monokel fest.

Sophie dachte darüber nach, wie viel sie Bruno erzählen sollte. Natürlich durfte sie keine Details über den Tod von Russ Parker erzählen. Sie wusste, dass Bruno die Nachrichten verfolgte, vor allem, wenn es um Brooklyn ging. Doch letztlich würde es wahrscheinlich ohnehin keine Rolle spielen, wenn er erführe, was geschehen war. Sie holte tief Luft und begann mit ihrem Bericht, während Bruno seinen Teller leer aß und noch einen Martini bestellte. Wenn Sophie über ein bestimmtes Detail ausweichend berichtete, zog er eine Augenbraue hoch, hörte ansonsten aber wortlos zu.

»Und du hast wirklich an dieser spiritistischen Sitzung teilgenommen?«, fragte er, als sie geendet hatte. »Meine Güte, man sollte sich lieber nicht auf das Okkulte einlassen. Wer weiß schon, was es da draußen alles gibt, von dem man nichts weiß?«

»Das ist doch schon lange her, Bruno, und schließlich habe ich so etwas seitdem nicht wieder gemacht.«

Der Kellner räumte Brunos leeren Teller ab. »Sind Sie damit fertig?« Er wies auf Sophies immer noch kaum angerührten Teller.

»Sie isst alles auf«, antwortete Bruno. »So ein dünnes Mädchen wie sie. Du isst das noch, stimmt's?«, fragte er Sophie.

Sophie nahm folgsam die Gabel in die Hand, und der Kellner entfernte sich wieder. Die Spaghetti waren zwar kalt, schmeckten aber trotzdem noch.

»Also erstens: Eine Story hat meistens zwei Seiten«, fuhr Bruno fort. »Wer sagt, dass dir diese Elektra die Wahrheit erzählt hat? Bisher kennst du nur ihre Version, und deshalb hast du so ein ungutes Gefühl. Dein ganzes Leben lang hast du ihr nicht getraut, und nun tust du es plötzlich, nur weil sie es sagt? Warum? Ruf doch eine ihrer anderen Freundinnen an. Vielleicht die, die sie angeblich im Krankenhaus besucht hat. Zweitens:« – Bruno zählte die einzelnen Punkte an seinen überraschend schlanken, sauberen Fingern mit – »Du hast den Auftrag nicht ganz erledigt. Du hast ihrem Vater nicht erzählt, dass seine Hausangestellte und deren Sohn in die Sache verwickelt sind.«

»Ich wollte sie nicht in Schwierigkeiten bringen.«

»Wer bezahlt die Rechnungen? Die Hausangestellte doch nicht! Vielleicht weiß sie etwas. Ich möchte sogar darauf wetten. Du hättest dem lieben alten Daddy was davon sagen sollen, schließlich ist er außer sich vor Sorge. Drittens ist es möglich, dass Daddy mit seiner Tochter gesprochen hat und du es nicht mitbekommen hast.«

»Wie denn? Mit Rauchzeichen?«

»Sie hat immer noch dein Handy, oder? Oder hat sie es dir zurückgegeben?«

Sophie schüttelte überrascht den Kopf. Die Sache mit dem Handy hatte sie ganz vergessen. »Aber es funktioniert in der Tri State Area kaum. Außerdem ist sie bestimmt längst weg, wahrscheinlich schon fast in Caracas.«

»Versuch es.« Bruno schob sein Handy über den Tisch, und Sophie wählte ihre eigene Nummer. Der Anruf wurde nicht entgegengenommen.

Bruno schlürfte den letzten Schluck von seinem Martini. »Ich glaube nicht, dass sie schon weg ist. Sie wollte dir diesen Eindruck vermitteln, sicher. Aber eines sage ich dir: Wenn sie ernsthaft verschwinden will, muss sie sich eine neue Identität verschaffen. Und das geht am besten, wenn sie den Namen von einer Frau annimmt, die ungefähr im gleichen Alter war und gestorben ist. Wenn sie sich dann eine neue Geburtsurkunde besorgt, bekommt sie auch alles andere – Sozialversicherungsnummer, Kreditkarten, Führerschein.«

»Kann man Papiere nicht einfach fälschen lassen?«

»Heutzutage ist das gar nicht mehr so einfach. Du weißt doch, alle haben Angst vor Terroristen. Und warum sollte man das Risiko eingehen, wenn man sich auch echte Papiere besorgen kann? So etwas dauert ungefähr sechs Wochen. Also, wann ist sie deiner Meinung nach abgehauen?«

»In der ersten Maiwoche, soweit ich das beurteilen kann. Könnte ein bisschen später gewesen sein.«

»In Ordnung. Jetzt haben wir Mitte Juni. Sagen wir, sie brauchte eine Woche, um herauszufinden, wie man so etwas macht. Vermutlich war sie vorher eine gesetzestreue Bürgerin und musste erst einmal ein bisschen recherchieren. Ich würde tippen, dass sie noch ungefähr eine Woche hier ist.« Bruno zog den Zahnstocher aus der Olive im Martini und begann, sich die Zähne zu reinigen. »Kommen wir zum nächsten Punkt – das ist jetzt die Crux der Sache, deshalb hast du das ungute Gefühl. Wenn man alles zusammenfügt, was du mir erzählt hast, was hat man dann? Ich werde es dir sagen«, fuhr er fort, bevor Sophie antworten konnte. »Diese Frau hat dich benutzt. Sie sorgte dafür, dass ihr Kumpel dich nach Uptown lockt, tischte dir eine Story auf, zog dich auf ihre Seite und flößte dir Mitleid ein, indem sie die arme Erbin auf der Flucht spielte. Sie ließ dich ihrem Dad die Nachricht überbringen, um ihn sich vom Hals zu schaffen. Das« – Bruno zerbrach den Zahnstocher zwischen Zeige- und Mittelfinger – »ist der Grund für dein Unbehagen. Sie hat dir die Augen verbunden, dich ein paar Mal um dich selbst gedreht und dich dann in eine völlig andere Richtung weitertorkeln lassen.«

»Nachtisch?«, erkundigte sich der Kellner fröhlich. Sophie schüttelte den Kopf. Bruno bestellte Espresso, Tiramisu und einen Sambuca.

»Außerdem: Was ist mit der Kreditkartenfrau? Die, die dich k.o. geschlagen hat? Wie passt die ins Bild?«

»Keine Ahnung. Sag du es mir doch«, erwiderte Sophie leicht verstimmt.

»In Ordnung. Und noch etwas: Falls dieser French wirklich genau dann am Schauplatz des Mordes auftauchte, als unsere Freundin ihn verließ, wieso hat dann die andere Augenzeugin, dieses Chantal-Vögelchen, ihn dort nicht gesehen? Nein, nein, glaub mir, die ganze Geschichte ist erstunken und erlogen.«

»Du irrst dich, Bruno. Du hast sie nicht gesehen oder mit ihr gesprochen. Ich schon, und ich glaube ihr. Außerdem war es kein Mord. Es war ein Unfall.«

Bruno zuckte die Schultern und schnippte den Zahnstocher in einen Aschenbecher. »Ist ja alles nur eine Vermutung. Schließlich hab ich nie behauptet, ich sei ein Experte.«

53 Während der nächsten Tage weigerte sich Sophie, über Brunos Vermutungen nachzudenken. Sie lud ihre Freunde aus den Theaterkursen ein, und sie kamen vorbei, aßen Pizza, tranken Bier und diskutierten, wie man ein Ensemble aufziehen und das Geld für eine Aufführung beschaffen könnte. Außerdem wurde sie Mitglied in einem Fitnesscenter, und da sie sich inzwischen an das frühe Aufstehen gewöhnt hatte, begann sie, regelmäßig schwimmen zu gehen. Dabei nahm sie sich selbst das Versprechen ab, am Ball zu bleiben und nicht aufzugeben, sobald es sie langweilte. Sie räumte ihren Kleiderschrank auf und schleppte drei Säcke voller Kleidung zur Heilsarmee auf der Atlantic Avenue.

Eines Nachmittags klingelte ein Fed-Ex-Bote bei ihr, und als sie das Päckchen öffnete, fand sie darin ihr Handy und eine Notiz. *Entschuldige, dass ich mich ausgeklinkt habe. Ich hoffe, du bist sicher nach Hause gekommen und mein Vater hat nicht den Überbringer der Nachricht erschossen. Alles Gute für dich, liebe Sophie.*

»Da hast du's«, sagte Lulu. Sie hatte mit einem Sixpack und etwas Dope vorbeigeschaut und war gerade dabei, fachkundig einen Joint zu drehen. »Das ist der Beweis.«

»Beweis wofür?«

»Würde sie sich die Mühe machen, dein Handy zurückzuschicken, wenn sie dich an der Nase herumgeführt hätte? Und dann auch noch mit so netten Worten dabei?«

»Ich weiß nicht«, erwiderte Sophie unsicher.

»Sieh doch mal nach, ob sie jemanden angerufen hat.«

»Den letzten Anruf habe ich gemacht«, verkündete Sophie, nachdem sie die Anrufliste geprüft hatte.

Als Absender stand die Adresse von Elektras Loft in SoHo auf dem Päckchen. Hatte sie es sich womöglich anders überlegt und wollte doch nicht weggehen? Es ist mir egal, rief sich Sophie selbst in Erinnerung. Jeffers hatte sie falsch eingeschätzt – sie wusste sehr gut, wann etwas vorbei war, und genau das war jetzt der Fall. Was spielte es für eine Rolle, ob Elektra gelogen hatte, so wie Bruno vermutete? Keine. Nicht mehr.

»Wirst du dich eigentlich mal mit diesem Typen aus dem Internetcafé treffen?«, erkundigte sich Lulu.

»Nein, ich glaube nicht.«

»Warum nicht?«

»Ich glaube er hält mich für eine Besessene, die Männern nachläuft.« Sophie nahm den Joint von Lulu entgegen und inhalierte tief. Beinahe unmittelbar begann die Droge ihr Gehirn zu liebkosen.

»Das kann man doch leicht reparieren. Erzähl ihm einfach, dass du Privatdetektivin bist. Darauf steht er bestimmt.«

»Er würde es nicht glauben. Immerhin hat er mitbekommen, dass ich eine völlige Dilettantin am Computer bin.« Sophie reichte Lulu den Joint zurück, die ihn vorsichtig mit den Fingerspitzen entgegennahm.

»Probier's doch trotzdem einfach mal aus! Was ist schon dabei? Das Schlimmste, was passieren kann, ist, dass er sagt: ›Ich verabrede mich nie mit Besessenen, die Männern nachlaufen‹, und dann sagst du: ›Gut. Dann hätten wir das ja geklärt. War nett, dich kennen zu lernen.‹ Aber das wird er nicht sagen, darauf möchte ich wetten.«

»Woher willst du das so genau wissen? Du bist ihm doch noch nie begegnet.«

»Ich schreibe Songs und weiß, was in den Herzen der Leute vorgeht«, sagte Lulu geheimnisvoll.

Zehn Minuten später drückte sie den Joint aus, und Sophie wählte Thomas' Telefonnummer.

»Hey, Sophie. Was gibt's?«

Seine Stimme klang warm und tief, und Sophie wunderte sich, dass sie das noch nie bemerkt hatte. Sie tauschten ein paar Minuten lang Nettigkeiten aus, während Sophie versuchte, eine Einladung zu formulieren. Lulu versuchte ihr mit ausladenden Gesten Anweisungen zu geben, doch Sophie konnte nicht erkennen, was sie bedeuten sollten.

»Ich hatte gehofft, dass du anrufst«, sagte Thomas. »Ich wollte dich nämlich fragen, ob du mit mir essen gehst, aber ich hatte deine Nummer ja nicht.«

»Okay.«

»Heißt das ›okay, ich gehe mit dir essen‹? Oder ›okay, frag!‹?«

»Okay, frag!«

»Willst du mit mir essen gehen?«

»Ja.«

Freitagabend trug Sophie ein lavendelfarbenes Kleid, das sie sich in einer Boutique auf der Smith Street ausgesucht hatte. Thomas holte sie zu Hause ab, weil er auch in Brooklyn wohnte und weil er, wie er sagte, nun einmal zu der Sorte Mann gehörte, die Frauen zu einer Verabredung abholten.

Er fuhr ein blaues 1967er Mustang-Cabrio.

»Nettes Auto«, kommentierte Sophie, während sie über die Brooklyn Bridge fuhren.

»Magst du Autos?«

»Ich mag dieses Auto.«

»Mein Vater hat es damals fabrikneu gekauft. Und letztes Jahr hat er es mir geschenkt.«

»Das ist nett.«

»Ja. Es ist nicht sehr praktisch für einen Musiker, aber was soll's. Das Leben macht keinen Spaß, wenn man immer nur praktisch denkt.« Thomas lenkte das Auto sanft an der City Hall vorbei und bog an den Chambers of Commerce rechts ab.

»Was für ein Instrument spielst du denn?«

»Was glaubst du?« Sie standen an einer roten Ampel, und er hielt ihr seine Hände hin. Sie bemerkte wieder die Schwielen an seiner linken Hand.

»Gitarre?«

Thomas schüttelte den Kopf. Er bog rechts in die Hudson Street ein. Sophie bemerkte, dass das Auto bewundernde Blicke auf sich zog. Oder vielleicht war es auch der Typ hinter dem Steuer. »Das könnte man meinen, aber es stimmt nicht. Versuch's noch mal.«

»Wo ist deine CD-Sammlung?« Sophie öffnete das Handschuhfach.

»Keine CDs. 1967 gab es noch kein CD-Spieler. Dieses Auto hat nur Radio.« Thomas drückte einen Knopf, und NPR ertönte. Er schaltete es wieder aus.

»Du scheinst kein Geld mit deiner Musik zu verdienen, sonst würdest du nicht in einem Internetcafé arbeiten. Also musst du irgendetwas Absurdes spielen. Vielleicht Laute?«

»Wieder falsch. Ich arbeite nicht in dem Laden, weil ich muss. Er gehört einer Freundin, die gerade in Kalifornien ist und sich um ihre kranke Schwester kümmert. Sie bat mich, ein paar Wochen auszuhelfen, und ich sagte ja.«

»Das ist nett von dir.«

»Ich hab dir ja schon gesagt, zu welcher Sorte Mann ich gehöre.« Eine Parklücke wurde frei, und Thomas parkte elegant ein. »Lass uns den Rest zu Fuß gehen.«

Sie befanden sich im ehemaligen Schlachthofviertel. Nicht weit von French McCalls Wohnung, dachte Sophie. »Theremin?«, schlug sie vor, um sich von dem Gedanken an French abzulenken.

Thomas lachte und schüttelte den Kopf. »Gut, dass wir noch den ganzen Abend Zeit haben.«

Das Lokal hatte erst einige Tage zuvor eröffnet, und Sophie fand es aufregend, dort zu sein. Es war bereits eine Menge los, aber Thomas hatte reserviert, und sie bekamen einen guten Tisch mit Blick über den ganzen Saal. Die Kellnerin kam, und Sophie beobachtete ihren Begleiter neugierig, während er das Essen und den Wein bestellte. Er war leger gekleidet und wirkte auf eine angenehme Art selbstbewusst. Seine Haare hatte er mit Haargel gebändigt, aber es sah so aus, als könnte es sich jederzeit wieder losreißen.

»Also, dann rate mal weiter«, forderte er Sophie auf, als der Wein serviert wurde.

»Xylophon?«

»Es fängt definitiv nicht mit X an.«

»Zither?«

»Zu zittrig. Aber erzähl mir doch etwas Aufregendes über dich. Welche Instrumente spielst du?«

»Tja, ehrlich gesagt habe ich eine eher laxe Erziehung genossen. Mein Vater hat mir nicht besonders viel beigebracht. Ich spiele keine Instrumente, aber dafür kann ich fluchen und auf Spanisch Drogen kaufen.«

Erst als sie bereits beim Dessert angelangt waren, wurde Sophie bewusst, dass sie den ganzen Abend nicht an Elektra gedacht hatte. Sie war bereit, neue Prioritäten zu setzen und in Zukunft an ihr eigenes Leben zu denken. Vielleicht käme demnächst ja sogar ein Freund darin vor?

Thomas hatte einen Dessertwein bestellt und sich dann entschuldigt, weil er zur Toilette gehen wollte. Er war gerade fort, als Sophies Handy klingelte. Sie ging zum Telefonieren nach draußen.

»Sophie, hier ist Candace. Es tut mir Leid, dass ich damals nicht sofort zurückgerufen habe. Ich war in L.A. und hatte furchtbar viel zu tun. Was ist mit Elektra? Du musst mich unbedingt auf den neuesten Stand bringen. Ich habe sie eine Weile nicht gesehen.«

»Es gab ein paar Probleme«, sagte Sophie. Sie war unsicher, wie sie die ganze Geschichte zusammenfassen sollte.

»Probleme ...« Candace klang resigniert und traurig. »Probleme und Elektra. Warum überrascht mich das nicht?« Sophie stellte verwirrt fest, dass aus dem ehemaligen schrillen Partygirl Candace offenbar eine reife Frau geworden war. Sie seufzte. Allmählich gewöhnte sie sich daran, vorgefasste Meinungen über Bord zu werfen.

»Ich mache mir Sorgen«, sagte Sophie.

Candace antwortete nicht sofort. »Worüber?«

»Viele Dinge.«

»Wo bist du gerade, Sophie?«

Sophie nannte das Lokal.

»Hör mal, komm doch bei mir vorbei. Ich wohne nicht weit von dort entfernt.«

»Kann das nicht bis morgen warten?«

»Morgen ist bei mir schon wieder die Hölle los. Und morgen Abend fahre ich weg. Also, jetzt oder nie.«

Sie hätte einfach nein sagen sollen. Sie hätte sagen sollen, dass sie gerade ein viel versprechendes Date hatte. Ein sehr viel versprechendes Date mit einem gut aussehenden, charmanten und, wie sie vermutete, ehrlichen Mann, der ganz offensichtlich ihre Gesellschaft genoss. Und Elektra brauchte ihre Hilfe nicht, sie war ein erwachsener Mensch, der seine eigenen Entscheidungen traf.

Nachdem sie aufgelegt hatte, kehrte Sophie ins Restaurant zurück und sah, dass Thomas erleichtert lächelte.

»Ich dachte schon, du wärest mir weggelaufen«, sagte er. »Ich habe ja schon ein paar üble Erfahrungen mit Verabredungen gemacht, aber dass eine Frau nach dem Essen einfach abhaut, das wäre dann doch ein neuer Tiefpunkt gewesen.«

Sophie setzte sich nicht wieder hin. Sie wusste, dass sie sich dann bestimmt zum Bleiben überreden lassen würde. Unwillkürlich ballte sie die Fäuste, als liefe dort die Anspannung ihres ganzen Körpers zusammen.

»Es tut mir Leid, Thomas. Es war ein ganz wundervoller Abend –«

»War?«, fiel er ihr ins Wort. »Ich dachte, wir fangen gerade erst richtig an. Ich hatte mir einen Spaziergang im Mondenschein vorgestellt, Kaffee in einem angesagten Schuppen im East Village, du weißt schon, das volle Erstes-Date-Programm.«

»Ich muss weg.«

»Oh. Habe ich etwas falsch gemacht?«, fragte er erstaunt und lachte.

»Nein, überhaupt nicht. Es ist eine Art Notfall.«

Thomas hörte auf zu lachen. »Eine Art? Na ja, das ist wohl immerhin etwas, schätze ich.«

Ich versaue es mir gerade mit ihm, dachte Sophie. Da treffe ich endlich mal einen tollen Typen, und dann versaue ich es.

»Was bin ich dir schuldig?« Sie griff nach ihrer Tasche und zog ihr Portemonnaie heraus.

»Ich lade dich ein.«

»Nein, wirklich. Wie viel?«

»Ich lade dich ein«, wiederholte Thomas mit Nachdruck. Er rief die Kellnerin. Sophie verkrampfte sich innerlich. Sie spürte, dass sie einen Riesenfehler beging.

»Ich fahre dich, wohin du möchtest«, sagte Thomas als sie beim Auto ankamen. Er hatte immer noch ein Lächeln auf dem Gesicht, aber seine Stimme war ausdruckslos. Sophie vermutete, dass er glaubte, sie habe noch eine Verabredung mit jemand anderem. Was könnte es sonst für einen Grund geben, mitten am Abend abzuhauen?

»Ich kann zu Fuß gehen, wirklich. Tut mir ehrlich Leid, Thomas.«

»Ist schon in Ordnung«, sagte er leichthin. Dann nahm er sie an den Schultern und küsste sie sanft, aber intensiv. Sophie schloss die Augen. Öffnete sie wieder und bemerkte, dass Thomas sich nicht von der Stelle gerührt hatte. Er hatte sie nicht geküsst.

»Es gibt da etwas, das ich in Ordnung bringen muss, weißt du?«

Er stand einfach nur da, die Hände seitlich neben dem Körper, und schwieg.

»Na dann, ciao, Sophie Graham«, sagte er nach einer Weile. Er hielt seine rechte Hand hoch, als schwöre er einen Eid.

»Ciao, Thomas.« Sie hielt seinen Blick fest. *Noch ist es nicht zu spät. Du kannst es dir noch anders überlegen. Ruf Candace an und sag ihr, sie soll es vergessen. Elektra will deine Hilfe noch nicht mal, das hat sie selbst gesagt.*

Sie drehte sich um und ging los.

»Sophie?«

Sie blieb stehen und wandte sich um. »Ja?«

Er lehnte sich mit verschränkten Armen auf die geöffnete Autotür.

»Ich spiele Cello.«

54

Candace öffnete die Tür in einem zerrissenen Kapuzenpulli und lila geblümten Shorts. Sie hielt einen Schneebesen in der Hand. »Komm rein, komm rein. Steh da nicht rum wie eine Fremde«, sagte sie herzlich und winkte Sophie mit dem Schneebesen herein.

Sophie folgte ihr durch einen langen Flur in die Küche, die mit teuren Geräten voll gestopft war. Im Gegensatz zu den meisten New Yorkern schien Candace ihre Küche tatsächlich zum Kochen zu benutzen. Sie war übersät mit Töpfen, Kochbüchern, Messbechern und Backzutaten. Zwei Kuchen standen zum Abkühlen auf Gittern. Sophie räumte ein Paket Mehl von einem Barhocker und setzte sich. »Bereitest du eine Party vor?«

»Was? Ach, du meinst wegen des Kuchens? Nein.«

»Also alles für dich?« Sophie konnte sich beim besten Willen nicht vorstellen, wie Candace zu Hause saß und Kuchen in sich hineinstopfte.

»Nein, ich habe seit Jahren keinen Zucker mehr angerührt. Davon drehe ich total durch.« Candace wischte sich mit dem Handrücken eine Strähne aus dem Gesicht. Ihr Haar war dunkel und kurz. Sophie stellte fest, dass Candace sich seit der Schulzeit ziemlich verändert hatte. Es war nicht nur das Alter, etwas an ihr war weicher geworden. »Ich backe, weil ich mich irgendwie beschäftigen muss. Ich arbeite den ganzen Tag lang wie verrückt, und wenn ich aufhöre, kann ich nicht schlafen. Also backe ich.«

»Und was machst du dann mit dem ganzen Kuchen?«

»Ich nehme ihn mit zur Arbeit und verfüttere ihn an meine Kollegen. Wenn man ihnen die Mäuler stopft, ist für zehn Minuten Schluss mit dem Genörgel. Sie glauben, ich tue das, weil ich sie mag. In Wahrheit tue ich es, damit sie ab und zu den Mund halten.«

Sophie erinnerte sich, dass Candace beim Fernsehen arbeitete und etwas mit Reality-TV zu tun hatte. Sie fragte sich, für welche der peinlichen Shows aus dem derzeitigen Angebot ihre ehemalige Schulkameradin wohl verantwortlich war.

»Möchtest du ein Stück probieren? Bedien dich.«

»Nein danke, ich habe schon gegessen«, erwiderte Sophie und dachte mit einem Anflug von schlechtem Gewissen an Thomas. Was um alles in der Welt trieb sie hier bei Candace, statt mit ihm zusammen zu sein?

»Ich würde dir ja einen Kaffee anbieten, aber den habe ich mir auch abgewöhnt. Ich glaube, ich habe noch eine Flasche Gin im Eisschrank. Wir könnten in dem Lebensmittelladen unten im Haus ein Tonic Water bestellen. Ich habe absichtlich keins hier, weil sich Schlaflosigkeit nicht gut mit Alkohol verträgt. Man mixt sich einen Gin Tonic und denkt, ein paar Gläschen könnten einem helfen zu entspannen, und eh man sich versieht ist es halb fünf Uhr morgens, die Flasche ist halb leer und man bekommt die Augen immer noch nicht zu.« Candace untermalte ihre Worte, in dem sie Glupschaugen machte. Sie sah aus wie Marty Feldman. »Ein Kater ist schon schlimm genug, aber ein Kater, ohne geschlafen zu haben, ist die absolute Hölle.«

»Danke, ich möchte nichts trinken.«

»Dann erzähl mal, was ist los mit Elektra?« Candace gab Zucker und Butter in eine Rührschüssel und begann zu rühren. »Es stört dich doch nicht, wenn ich hier weitermache, oder?«

Sophie schüttelte den Kopf. Es war nett, in einer gemütlichen Küche zu sitzen und jemandem beim Backen zuzusehen.

»Ich habe sie seit Ewigkeiten nicht gesehen. Ich musste meine Seele für diesen Job verkaufen und habe mich in die Reihen der Untoten eingegliedert. Jetzt kann ich nur noch nachts vor die Tür und muss mich von Kreuzen, Knoblauch und dergleichen fern halten. Mein Sozialleben hat ziemlich gelitten.«

»Na ja, Elektra hat wie gesagt ein paar Probleme. Der Typ, mit dem sie etwas hatte, ist gestorben, und sie glaubt, sie sei dafür verantwortlich.«

Candace schüttete noch mehr Zutaten in die Schüssel und rührte weiter, während Sophie ihr eine redigierte Version von ihrem Treffen mit Elektra erzählte. Candace zeigte sich nicht besonders überrascht von dem, was sie hörte, und Sophie fragte sich, ob sie vielleicht durch ihre Arbeit beim Reality-TV immun gegenüber den menschlichen Torheiten geworden war.

»Was glaubst du, wo sie jetzt ist?«, fragte sie, als Sophie ihren Bericht beendet hatte.

»Ich weiß es nicht.«

»Sie wird zurückkommen«, sagte Candace zuversichtlich. »Die Dinge werden sich beruhigen.«

»Da bin ich mir nicht sicher. Ehrlich gesagt, hatte ich einen anderen Eindruck.«

»Elektra hat einen Hang zur Dramatik. Das liegt wohl in der Familie. Ihre Mutter – hast du je ihre Bekanntschaft gemacht? – war immer so angespannt, dass ich ungern neben ihr stand, weil ich fürchtete, sie könnte jeden Moment hochgehen und einen halben Häuserblock mit in die Luft reißen. Elektra hatte kein besonders gutes Verhältnis zu ihr. Ihre Mutter widmete sich immer ihren Wohltätigkeitsgeschichten – rettet die Wale, misshandelte Frauen, solche Sachen. Ich schätze, da blieb nicht viel Platz für ihre Tochter. Und dann bringt sie sich um und macht alles nur noch schlimmer. Meine Güte, Selbstmord ist immer eine scheußliche Angelegenheit, aber in diesem Fall war es besonders tragisch. Ich meine, die meisten Leute machen sich wahrscheinlich Vorhaltungen und fragen sich, ob sie den Selbstmord nicht hätten verhindern können, ob sie irgendwelche Zeichen oder Hilferufe übersehen haben. Aber bei Elektra ging es noch weiter. Sie begann ernsthaft zu glauben, sie hätte ihre Mutter umgebracht.«

»Hat sie das gesagt?«

»Ja, das hat sie.«

»Weil sie ihr keine gute Tochter war?«

»So etwas in der Art. Einen Monat, bevor ihre Mutter starb, hatten die beiden einen schlimmen Streit, bei dem sie sich alle möglichen unschönen Dinge an den Kopf warfen, die bis dato unausgesprochen gewesen waren. Elektra rief damals nach dem Streit bei mir an. Wahrscheinlich hat sie mich zur besten Freundin befördert, nachdem Pixie nicht mehr da war. Wie dem auch sei, sie brauchte drei doppelte Scotchs, um sich zu beruhigen.«

»Was ist eigentlich zwischen Pixie und Elektra vorgefallen? Die sind doch früher so dick befreundet gewesen.«

»Keine von beiden wollte je darüber reden, aber ich kann mir denken, worum es ging.«

In diesem Moment klingelte der Küchenwecker. Candace öffnete die Herdklappe, stach mit einem Fleischspieß in den Kuchen, zog ihn wieder heraus und betrachtete ihn prüfend. Dann schloss sie die Klappe wieder. »Ich nehme an, sie haben sich wegen eines Kerls gestritten. Elektra sammelt sozusagen Männer, und sie ist dabei nicht immer besonders wählerisch. Und was Pixie angeht – na ja, ich mag sie sehr, aber man sollte ihr nicht in die Quere kommen. Sie ist lieb und nett, solange alles nach ihrem Willen geht, aber wenn nicht, wird sie zum Monster. Ich habe höllischen Respekt vor Pixie, und das geht mir nicht bei vielen Leuten so.«

»Vielleicht ist Elektra ja auch psychisch gestört«, sagte Sophie. »Sie glaubt, dass sie Russ Parker umgebracht hat, genau wie sie sich einredet, dass sie ihre Mutter umgebracht hätte. Vielleicht hat sie es nicht wörtlich gemeint. Und jetzt ist sie weggerannt, um sich zu bestrafen, wie damals nach dem Tod ihrer Mutter. Hast du Russ Parker mal kennen gelernt? Elektra hielt ihn für etwas ganz Besonderes.«

»Nein. Aber Elektra hätte wirklich mal einen netten Mann verdient. Bis dahin hatte sie sich immer auf Typen eingelassen, die nicht ganz richtig tickten, was für jeden Menschen mit Augen im Kopf und einer Spur von Intelligenz völlig offensichtlich war. Nur Elektra hat es nie gemerkt, bis die Sache dann irgendwann unerträglich wurde.«

»Wie French McCall. Was für ein Schleimer!«

»Den habe ich nie kennen gelernt, aber er ist offenbar der letzte in einer langen Reihe falscher Männer. Die übrigens alle ein Auge auf Elektras Geld geworfen hatten, das wette ich.« Candace kramte eine weitere Schüssel hervor und begann, Puderzucker, Kakaopulver und geschmolzene Butter mit einem kleinen Schneebesen zu vermengen.

»Ich wollte dich etwas über die Schulzeit fragen«, sagte Sophie nach einer Weile.

»Oh Gott, du gehörst doch hoffentlich nicht zu diesen armen Irren, die meinen, die Schulzeit sei die schönste Zeit ihres Lebens gewesen, oder? Schickst du etwa noch Artikel an die Redaktion der Schülerzeitung, bestickst Sofakissen mit dem Mary-Lovell-Emblem und dergleichen?«

»Nein, natürlich nicht.«

»Da bin ich aber froh. Ich bekomme nämlich immer wieder Anrufe von solchen Leuten. Wir sammeln für dies und das, und weißt du noch, die schöne Schulzeit, und kannst du nicht hundert Riesen spenden? Meistens bitte ich sie am Telefon mich zu entschuldigen, damit ich mich in Ruhe übergeben kann.«

»Ich wollte dich nach dieser spiritistischen Sitzung fragen, die wir mal abgehalten haben, als wir in der achten Klasse waren.«

»Ich erinnere mich an keine spiritistische Sitzung« – Candace hörte einen Moment lang auf zu rühren –, »aber womöglich liegt das daran, dass ich völlig von meinem Job absorbiert werde. Ich erinnere mich an kaum etwas.«

»Ich unterhielt mich mit Elektra darüber, weil ich dachte, sie sei damals dabei gewesen. Aber sie meinte, sie sei zu der Zeit im Krankenhaus gewesen, weil sie einen Blinddarmdurchbruch hatte.«

»Hmm.« Candace machte eine Bewegung, als wolle sie einen Finger in die Rührschüssel stecken, hielt dann aber inne. »Mit dieser spiritistischen Sitzung kann ich dir nicht weiterhelfen, aber ich bin mir sicher, dass Elektra keinen Blinddarmdurchbruch hatte.«

»Sie sagte, sie habe damals den Anfang des Schuljahres verpasst, weil sie im Krankenhaus war.«

»Oh nein.« Candace schüttelte den Kopf. »Ganz bestimmt nicht.«

»Das hat sie aber gesagt.«

»Ich bezweifle nicht, dass sie es gesagt hat. Warum solltest du dir so etwas auch ausdenken? Aber es stimmt trotzdem nicht.«

»Bist du sicher?«

»Sicher bin ich mir sicher. Ich habe an der Uni zwei Jahre lang ein Zimmer mit Elektra geteilt. Und im ersten Jahr in Bennington hatte *ich* einen Blinddarmdurchbruch. Und glaube mir, so etwas vergisst man nicht.«

»Wie meinst du das?« Sophie griff nach einem Messer und schnitt sich ein Stück von einem Kuchen ab, der bereits abgekühlt zu sein schien. Ihr war plötzlich seltsam zumute, und sie entschied, dass Kuchen vielleicht helfen könnte.

»Ich hatte grauenhafte Schmerzen und wäre fast gestorben. Elektra war damals total nett zu mir. Sie besuchte mich und brachte mir Blumen und Bücher ins Krankenhaus. Sie schaute jeden Tag bei mir vorbei. Aber sie hat nie erwähnt, dass ihr das Gleiche auch schon passiert sei.«

Candace blickte einen Moment lang in die Rührschüssel, seufzte dann und versenkte einen Finger in der Kakaomasse. Nachdenklich schleckte sie ihn ab. »Und, wie ich schon sagte, so etwas vergisst man nicht.«

55

Plötzlich lichtete sich der Nebel aus Unentschlossenheit und widersprüchlichen Gefühlen. Jahre schienen von Sophie abzufallen, und sie erinnerte sich wieder klar und deutlich an das Gefühl, mit dem sie als Teenager vor einem Hockeyspiel das Feld betreten hatte. Vor den Spielen war sie immer völlig entspannt gewesen. Sie rannte nie an der Außenlinie auf und ab und machte keine hektischen Hampelmann- oder Dehnübungen. Aus einer Art Aberglauben heraus wärmte sie sich vor einem Spiel fast gar nicht auf. Schon beim ersten Mal, als sie einen Schläger in die Hand genommen hatte, hatte sie gespürt, dass sie ein Talent für Hockey hatte, noch bevor sie aufs Feld gegangen war, und sie glaubte, dass das Dehnen der Waden und Kniesehnen und das Ankurbeln des Kreislaufs ihr gutes Verhältnis zu den Göttern des Spiels zerstören könnte.

Also saß sie bis zu ihrem Einsatz stets auf der Bank, den Schläger aufrecht vor sich gestellt, und konzentrierte sich auf das Einzige, worauf es ankam: auf das gefrorene Spielfeld zu gehen und Tore zu schießen, ganz gleich, was auch geschah. Es war ihr gleichgültig, dass die Läufer doppelt so groß waren wie sie oder dass sie sich bei der Begegnung mit der gegnerischen Mittelstürmerin schon einmal eine Verletzung zugezogen hatte, deren Form an das Nike-Logo erinnert hatte. Es war ihr gleichgültig, wenn die Torhüterin so breit war, dass kaum Raum für eine Billardkugel blieb, solange sie in Position stand.

Es hatte keine Entschuldigungen gegeben. Alles was damals gezählt hatte, war der Punktestand beim Abpfiff.

Und jetzt spürte Sophie den gleichen eisernen Willen wie damals und kannte nur ein Ziel: Elektra aufzuspüren und herauszufinden, warum sie gelogen hatte.

In Elektras Wohnung einzubrechen fiel Sophie ziemlich leicht, schließlich kannte sie das Haus gut genug. Sie schlüpfte hinter einem Pizza-Lieferanten hinein, schlich die Treppen hinauf und öffnete die Tür mit Hilfe ihrer Kreditkarte, was zu ihrer Erleichterung nicht besonders schwer war. Offenbar war das Schloss schon recht alt. Den Trick hatte sie bei einem Feuerwehrmann beobachtet, als sie sich einmal aus ihrer Wohnung ausgesperrt hatte, während etwas in ihrem Backofen schmorte.

»Todesanzeigen über Todesanzeigen«, murmelte Sophie, während sie Elektras Zeitschriftenstapel durchwühlte. Doch die Verstorbenen waren alle viel älter als Elektra gewesen. Elektra musste eine Frau gesucht haben, die ungefähr ihr Alter gehabt hätte, wenn sie noch lebte.

Sophie lief in dem Loft auf und ab, atmete langsam ein und aus und versuchte sich zu konzentrieren. Dann setzte sie sich auf das rote Sofa und schlug das Notizbuch auf, das sie an dem Tag gekauft hatte, als Richard Jordan sie engagiert hatte. Die Erinnerung an jenen peinlichen Moment, als sie ihren Tee auf dem Teppich verschüttet hatte, schoss ihr durch den Kopf.

Als sie die Seiten umblätterte, flatterte das Foto von Elektra und Susan Jordan zu Boden, das Richard ihr gegeben hatte. Sophie bückte sich, um es aufzuheben.

Sie hätten Schwestern sein können, hatte Richard Jordan gesagt. Es stimmte, besonders jetzt, wo Elektra sich die Haare kürzer geschnitten hatte.

Plötzlich klingelte Sophies Handy.

»Sophie, Schatz, ich bin es, Edie. Ich bin in der Stadt. Können wir uns zum Mittagessen treffen?«

»Ich hab heute ziemlich viel zu tun, Edie.«

»Unsinn!«, antwortete Edie. »Du musst was essen.«

»Wie geht es dir, mein Schatz?« Ihre Tante trug ein Flatterkleid, eine afrikanische Kette, rote Doc Martens und veilchenblaue Bänder im grauen Haar. Selbst zwischen den seltsamen Gestalten, die sich in dem veganischen Restaurant in St. Marks Place tummelten, wirkte Edie exzentrisch.

»Gut. Und wie geht es Brendan?«, erkundigte sich Sophie und warf einen zweifelnden Blick auf die Speisekarte.

»Ihm geht es sehr gut. Wir wollen nächstes Jahr den ganzen Garten umgestalten. Japanisch.«

»Dann bleibt Brendan also noch?«

»Ich denke doch, ja. Es gibt ziemlich viel zu tun.« Edie studierte ihre Speisekarte. Ihre ungeschminkte Haut war makellos, und ihre Augen strahlten. Sie ist wunderschön, dachte Sophie.

»Das freut mich«, erwiderte sie. Es war die erste ernsthafte Beziehung ihrer Tante seit vielen Jahren. An Angeboten hatte es ihr nie gefehlt, aber sie war selten darauf eingegangen. »Hey«, fuhr sie dann fort, »ich bin froh, dass du angerufen hast. Wir sehen uns viel zu wenig.«

»Stimmt«, sagte Tante Edie. »Du tust gerade, als sei der Hudson River der Atlantik.«

»Diese Stadt saugt einen einfach völlig ein. Das ist, als würde man versuchen, aus einem Strudel herauszukommen.«

»Du bist dünn geworden«, bemerkte Edie, als die Kellnerin – sie war an jeder nur vorstellbaren Stelle gepierct – ihre Bestellungen brachte. Tofu-Burger für Sophie, Salat für Edie.

»Tja, du hättest mich wohl besser in ein Steakhaus einladen sollen.«

»Und du hast Ringe unter den Augen. Schläfst du auch genug?«

»Wie findest du meine neue Frisur?«, fragte Sophie anstelle einer Antwort. Sie zupfte an ihrem Haar, um den blauen Fleck an ihrer Schläfe zu verdecken.

»Sehr hübsch. Aber du siehst nicht gut aus. Arbeitest du zu viel bei deinem neuen Job?«

»Nein, es ist schon in Ordnung.«

»Dann erzähl mir doch davon.«

»Da gibt's nicht viel zu erzählen.«

»Du brauchst mich nicht für völlig verblödet zu halten, Liebes, bloß weil ich mich manchmal ein wenig seltsam benehme. Also, was ist los mit dir?«

»Es ist wirklich nichts.«

»Sophie, irgendwie scheinst du diese fixe Idee im Kopf zu haben, dass du ganz allein auf der Welt bist. Und das ist unter den gegebenen Umständen auch verständlich, nehme ich an. Aber es ist trotzdem falsch. Du hast mich. Ich weiß, dass ich dir deine Eltern nicht ersetzen kann, aber du darfst mich nicht so abweisend behandeln. Ich habe mich um dich gekümmert, seit du ein kleines Mädchen warst, und wenn ich schon nicht deine Liebe verdiene, so doch zumindest deinen Respekt.«

Sophie ließ ihren Burger sinken. »Du hast beides, Edie. Das weißt du.«

»Gut«, erwiderte Edie und strahlte. »Ja, das weiß ich tatsächlich. Aber, wie Brendan immer sagt, ab und zu muss man die Dinge offen aussprechen. Also, wie ist das jetzt mit diesem Job?«

Und während sie bei Kräutertee und Sesamkuchen in dem veganischen Restaurant sitzen blieben, erzählte Sophie ihrer Tante die ganze Geschichte, und Edie hörte konzentriert zu.

»Tja, ich denke, es ist ganz einfach, meine Liebe«, sagte sie, als Sophie ihren Bericht beendet hatte. »Wenn ich Elektra wäre und nach einer neuen Identität suchte, wie du anzunehmen scheinst, würde ich mich als Erstes auf dem Friedhof umsehen. Und warum dann nicht gleich in der Nähe des Grabes meiner Mutter?«

56

»Wenn ich mal sterbe, will ich hier begraben werden«, sagte Lulu, als sie das Auto geparkt hatten und auf den Eingang des Green-Wood-Friedhofs zugingen. »Er ist mit Abstand der schönste Friedhof der Stadt. Hundertsechzig Hektar Grund mit alten Bäumen. Außerdem weht hier immer eine angenehme Brise, und man hat einen sagenhaften Blick auf den Hafen und die Freiheitsstatue.«

»Was man als verwesender Leichnam auch ganz sicher zu schätzen weiß«, kommentierte Sophie.

»Lass du dich nur auf einem von diesen schrecklichen modernen Minidingern mit Blick auf die Autobahn begraben –

ich möchte an einem prachtvollen und friedlichen Ort liegen. Warum nicht? Bis es so weit ist, hab ich es mir bestimmt verdient.«

Sie studierten die Karte am Haupteingang des Friedhofs, und Sophie versuchte, sich die Stelle einzuprägen, wo das Grab von Susan Jordan lag.

»Das könnte früher auf dich zukommen, als du ahnst, wenn dich einer der Wärter mit der Kamera erwischt. Auf dem Schild da steht, dass es hier verboten ist zu fotografieren«, bemerkte Sophie, während sie den Hügel hinaufgingen.

»Die Wärter haben Wichtigeres zu tun«, entgegnete Lulu leichthin, ließ ihre Nikon aber trotzdem unter dem weiten T-Shirt verschwinden. »Hier ist übrigens mal ein Tiffany-Buntglasfenster gestohlen worden. Unglaublich, dass die Leute jetzt schon die Toten beklauen!«

»Nicht jeder hat einen so ausgeprägten moralischen Radar wie du.«

»Also, was hat Richard Jordan gesagt, als du ihm erzählt hast, dass du wieder nach Elektra suchst?«

»Er war dankbar. Mittlerweile ist er wirklich verzweifelt.«

»Aber wenigstens weiß er, dass sie noch lebt.«

»Er befürchtet, dass etwas Schlimmes passieren wird. Offenbar hat er Robert Bragg noch einmal angerufen, und der erzählte ihm, dass Elektra ein neues Testament verfasst hat. Sie vermacht ihren kompletten Besitz Pixie Wishart.«

»Wie großzügig! Warum aber auch nicht? Schließlich hat Elektra ja keine Kinder.«

»Das Seltsame ist nur, dass Pixie und Elektra seit Ewigkeiten nicht miteinander gesprochen haben. Jeder, der die beiden kennt, sagt, dass sie sich mittlerweile hassen.«

Auf dem Friedhof gab es die skurrilsten Gräber zu sehen. Mausoleen, Obelisken, Pyramiden, Tempel, lebensgroße Engel, neogothische, romanische, renaissanceartige Fantasien wetteiferten miteinander um die Aufmerksamkeit der Besucher. Hin und wieder murmelte Lulu: »Das ist aber hübsch«

und fotografierte eines der Gräber, allerdings erst, nachdem sie sich vergewissert hatte, dass kein Friedhofswärter in der Nähe war. Sophie wünschte, sie hätte eine Flasche Wasser mitgebracht. Der Himmel war stahlblau, und die Sonne zeigte keine Gnade.

»Hier ist es!«, rief sie ihrer Freundin zu, als sie schließlich vor Susan Jordans Grab stand. Lulu lag vor einem anderen Grab auf den Knien und machte eine Nahaufnahme von einer Putte.

Susan Jordans Grabstein war schlicht; die rechteckige Granitplatte trug nur ihren Namen und ihre Lebensdaten. Keine Erwähnung der sie liebenden, zurückgelassenen Menschen, keine biblische Moralpredigt. Vor dem Grabstein stand eine Glasvase mit ein paar Blumen, die mittlerweile zu trockenen braunen Stängeln verwelkt waren.

»Und was genau sollen wir hier jetzt tun?«, fragte Lulu.

»Wir suchen nach einem Mädchen, das ungefähr um die gleiche Zeit wie Elektra geboren wurde und jung verstarb«, erklärte Sophie geduldig. Sie hatte Lulu das alles schon erzählt, doch seit sie ihren neuen Liebhaber hatte, war ihre Freundin nicht in der Lage, sich länger als fünf Minuten auf eine Sache zu konzentrieren.

»Und wo soll sie begraben sein?«

»Ich tippe ganz in der Nähe von Susans Grab.«

»In der Nähe. Okay, das ist wirklich eine große Hilfe.« Lulu ließ ihren Blick über die endlosen Reihen von Grabsteinen schweifen und zuckte mit den Schultern.

»Wir werden es bestimmt finden.«

Lulu zog skeptisch eine Augenbraue hoch, zuckte dann aber ebenfalls mit den Schultern. »Warum nicht? Es ist ein wunderschöner Tag. Wir hätten ein Picknick mitbringen sollen«, sagte sie und begann, die erste Reihe von Gräbern abzuschreiten. Sie betrachtete die Grabsteine durch die Kameralinse. Sophie ging in die andere Richtung los. Geliebte Ehefrauen, Mütter, Väter, Großväter, Töchter und Söhne. Ruhe in Frieden. Vater, in deine Hände befehle ich meinen Geist. Der Herr ist mein Hirte. Fotos, Blumen, Teddys, sogar eine Gänseblümchengirlande.

»Sophie! Sophie!«

Sophie blickte hoch und stöhnte unwillkürlich auf, als sie Lulu in einiger Entfernung mit ernster Miene neben einem Friedhofswärter stehen sah. Lulu hielt ihre Kamera in der Hand. Sicher hatte sie Ärger bekommen, weil sie Fotos machte.

Sophie ging langsam zu den beiden hinüber. »Und ich habe gedacht, du würdest mir helfen«, beschwerte sie sich.

»Das ist Frank«, sagte Lulu anstatt einer Antwort. »Er kennt alle Gräber hier in der Nähe. Er muss sie bewachen. Das stimmt doch, Frank, nicht wahr?«

»Ja, stimmt.« Frank hatte die teure Kamera offenbar gar nicht gesehen, die Lulu nicht einmal zu verstecken versuchte.

»Ich habe Frank erzählt, was wir suchen, und dass es gewissermaßen um Leben und Tod geht. Und er sagte –« Lulu wies mit beiden Armen auf den Friedhofswärter, als kündige sie eine Varieteenummer auf der Bühne an.

»Jennifer Hargrave«, sagte Frank mit schleppender, tiefer Stimme. »Das ist bestimmt das Grab, nach dem ihr sucht. Kommt, ich zeige es euch, möglicherweise würdet ihr es allein nicht finden.«

Jennifer Jane Hargrave. Geboren am 26. März 1972, gestorben am 27. Mai 1972.

Wie bei Susan Jordans Grabstein gab es keinen zusätzlichen Text. Die beiden Daten sprachen Bände, und Sophie konnte es den Eltern von Jennifer Hargrave nicht verübeln, dass ihnen nichts Tröstliches oder Erbauliches eingefallen war, was sie in den harten Stein hätten gravieren lassen können. Das Leben ihrer Tochter hatte nur zwei Monate gewährt, was gab es da noch zu sagen?

Als Sophie den Stein betrachtete, fühlte sie erneut jene Zuversicht, die sie mit sechzehn auf der Bank am Rand des Hockeyfelds empfunden hatte, während sie auf ihren Einsatz wartete. Sie würde die Wahrheit herausfinden.

Jennifer Hargrave. Dieses Grab musste es sein.

»Nichts«, sagte Sophie und loggte sich aus. »Zu diesem Namen kann ich keine Informationen finden.«

»Vielleicht hat sie ja doch einen anderen Namen angenommen«, murmelte Lulu. Sie waren zurück in Sophies Wohnung und saßen vor Lulus Laptop, den sie in der Küche angeschlossen hatten.

»Ich weiß, dass es der richtige Name ist. Ich fühle es.«

»Wohin würdest du gehen, wenn du ein neues Leben anfangen wolltest?«, grübelte Lulu, während sie aufstand, um kochendes Wasser in den Kaffeefilter zu gießen. »Eigentlich muss man doch gar nicht so weit wegziehen. Wenn alle deine Freund in Brooklyn leben und du nach Queens ziehst, ist es das Gleiche, als wenn du nach Neu Guinea gehst. Du würdest nie zufällig jemanden treffen, den du kennst. Glaubst du, dass Elektra wirklich ihren Freund umgebracht hat?«

»Ich weiß es nicht«, erwiderte Sophie. »Ich weiß es wirklich nicht.«

»Vielleicht ist sie einfach ein bisschen durchgeknallt. Immerhin hat ihre Mutter Selbstmord begangen. Womöglich gibt es irgendein krankes Gen in der Familie.«

»Vielleicht.«

»Was ist mit all den anderen Liebhabern, die Candace erwähnte? Vielleicht gibt es noch einen, von dessen Existenz du nichts weißt. Eine alte Flamme. Ein düsterer Fremder. Was ist mit diesem Bragg? Vielleicht hat er ja was mit Elektras Verschwinden zu tun. Hast du ihn je überprüft? Er hatte immerhin Zugang zu ihrem Geld. Und Geld bringt Leute dazu, die verrücktesten Sachen zu tun.« Lulu reichte Sophie einen Becher Kaffee, setzte sich an den Tisch und schlug die *New York Times* auf.

»Warum bist du eigentlich plötzlich so interessiert an der ganzen Angelegenheit?«, fragte Sophie. »Ich dachte, du hältst das alles für falsch.«

»Tja, weißt du, die meisten Leute, die eine neue Beziehung haben, denken nur noch an diesen einen Menschen. Sie vernachlässigen ihre Freunde, verbringen die meiste Zeit im Bett und rufen höchstens zwischendurch mal den Pizzaservice an. Aber bei mir ist das anders. Durch eine glückliche Beziehung nehme ich die Welt viel klarer wahr. Ich will wissen, was bei allen so läuft. Ich will helfen. Außerdem würde ich dich sonst überhaupt nicht mehr zu Gesicht bekommen.«

In der kleinen Wohnung staute sich die Hitze. Es roch nach Kaffee, und außer dem Geräusch, das Lulu beim Umblättern der Zeitung verursachte, war es still.

»Wahrscheinlich bin ich verrückt geworden«, sagte Sophie nach einer Weile. »Jetzt ist es amtlich. Meine Freunde sind sich einig, dass ich mich in eine geistesgestörte Besessene verwandelt habe.«

»Hey, sieh mal.« Lulu ignorierte Sophies Bemerkung und drehte die Zeitung um, so dass Sophie die Schlagzeile lesen konnte. »Elektras Vater kandidiert für den Kongress. Und seine Frau ist schwanger. Das sind doch frohe Neuigkeiten, was? Ein Kind vermisst, ein neues unterwegs.«

»Man kann doch nicht einfach ein Kind durch ein anderes ersetzen! Immerhin sind es keine Hundewelpen.« Bei diesem Gedanken kam eine Erinnerung in Sophie hoch, die sie sogleich wieder mit Wut erfüllte. Als ihr Vater sie viele Jahre zuvor bei Tante Edie abgeladen hatte, hatte sie sich wie ein Hund gefühlt, der seinem Besitzer lästig geworden war und deshalb ins Tierheim geschickt wurde. Richard Jordan verdiente es, wenigstens noch einmal mit seiner Tochter zu sprechen, oder etwa nicht?

Sophie stand auf.

»Wo gehst du hin?«

»Jemandem einen Besuch abstatten.«

Richard Jordans Hausangestellte verließ die Wohnung um halb sechs in Begleitung eines kleinen Malteserterriers. Sie war rundlich und ging langsam, so dass das Hündchen ausreichend Zeit hatte, die Gegend zu erschnüffeln.

»Hallo«, grüßte Sophie. »Erinnern Sie sich noch an mich? Sophie Graham.«

Die Frau schüttelte den Kopf und zog das Hündchen näher an sich heran. Sophie ignorierte das Knurren des Tieres.

»Sicherlich tun Sie das«, fuhr sie fort. »Ich war vor einiger Zeit bei Mr Jordan. Und außerdem bin ich überzeugt, dass

Raoul Ihnen von unserem aufregenden Abenteuer Uptown erzählt hat.«

Die Frau schüttelte erneut den Kopf.

»Ich muss Elektra finden«, sagte Sophie. »Es ist sehr wichtig.« Sie zog ihr Handy heraus. »Also rufen Sie Ihren Sohn an und bitten Sie ihn, mir zu sagen, wo sie ist.«

Wieder schüttelte die Frau den Kopf und sagte etwas auf Spanisch, das Sophie nicht verstand. Dann ging sie schnell weiter und zog dabei den Hund so energisch hinter sich her, dass er beinahe an der Leine baumelte. Sophie lief hinter der Frau her und hielt sie am Arm fest. »Jetzt hören Sie mir mal gut zu! Wenn Sie nicht tun, was ich will, werde ich dieses Telefon benutzen, um Richard Jordan anzurufen und ihm zu sagen, dass Sie und Ihr Sohn ihm verschwiegen haben, dass sie wussten, wo sich seine geliebte Tochter aufhält. Ich vermute, er wird nicht begeistert sein, das zu hören. Sie werden Ihren Job verlieren.«

»Das ist mir egal«, erwiderte die Frau auf Spanisch.

»Na, dann.« Sophie begann zu wählen. »Ich rufe ihn jetzt sofort an. Übrigens, haben Sie eine Ahnung wie schwer es ist, einen neuen Job zu finden, wenn man gefeuert wurde und kein Zeugnis hat? Tja, bald ist Schluss mit mit dem Panoramablick über den Central Park! Überlegen Sie mal, wo sie landen werden. Bestimmt nicht in einer hübschen, sauberen Straße wie dieser. Und bei der derzeitigen bescheidenen Wirtschaftslage finden Sie vielleicht sehr lange erst mal gar keine Arbeit. Wäre das nicht traurig?« Sophie wählte die Nummer zu Ende, drückte aber noch nicht auf die Taste mit dem grünen Hörer.

Die Frau sagte etwas offenbar wenig Schmeichelhaftes auf Spanisch und warf Sophie einen giftigen Blick zu. Sophie zuckte die Schultern. »Soll ich den Hund festhalten, während Sie Ihre Entscheidung treffen?«

57 »Ich habe hier eine Lieferung für Jennifer Hargrave.« Sophie bekam allmählich Übung mit angeblichen Lieferungen. Sie trug einen großen Blumenstrauß, der ihr zusätzlich als Deckung diente. »Ich kann die Zimmernummer nicht richtig lesen, aber ich glaube, es soll fünf null vier heißen.«

Sie tappte ungeduldig mit dem Fuß auf den Boden, während der Mann an der Rezeption seinen Computer befragte. Sie hatte Raoul angedroht, dass seine Mutter ihren Job verlieren würde, wenn er Elektra vorwarnt. Doch Sophie konnte sich nicht darauf verlassen, dass er es nicht trotzdem tat. Sie war in keiner sehr starken Position, und ihre größte Chance bestand darin, dass sie so rasch wie möglich handelte.

»Fünf null vier«, bestätigte der Mann. »Hübsche Blumen. Ich liebe Lilien.«

»Ich auch.« Sophie schenkte ihm ein strahlendes Lächeln. »Da habe ich mir wohl den richtigen Job ausgesucht.«

»Ich werde Miss Hargrave anrufen und ihr mitteilen, dass Sie hinaufkommen«, bot der Mann an.

»Nicht nötig. Ich werde –«, setzte Sophie an, aber er hatte die Nummer bereits gewählt. Sophie fluchte leise vor sich hin. Jetzt würde Elektra wissen, dass etwas im Busch war, wer würde ihr schon Blumen unter dem Namen Jennifer Hargrave schicken?

»Sie ist nicht da«, verkündete er heiter. »Wenn Sie wollen, können Sie die Blumen hier bei uns – hey!«

Verblüfft beobachtete der Mann an der Rezeption, wie Sophie den teuren Strauß einfach auf einen leeren Stuhl warf und hinter einer Frau herrannte, die gerade aus dem Aufzug gestiegen war und jetzt das Hotel verließ.

In Momenten wie diesen wurde Sophie jedes Mal daran erinnert, warum sie Midtown mied. Massen von Menschen kamen ihr entgegen, es war wie eine einzige Woge, die in der Gegenrichtung auf sie zuströmte.

Elektra trug einen Koffer. Sie lief auf der 34th Street Richtung Osten, stieg an der 7th Avenue in die U-Bahn-Station hinunter, kaufte sich ein Ticket am Schalter und nahm die Nummer Neun Richtung Süden. Es war Rushhour, und obwohl die Bahn bereits überfüllt war, quetschten sich immer noch mehr Menschen in die Waggons. Mit Mühe und Not gelang es Sophie, in den Waggon hinter Elektra einzusteigen.

Das unerträgliche Gedränge dauerte fünf Haltestellen. An der Christopher Street Station stieg Elektra aus und schlängelte sich ins West Village. Sie blieb vor einem der rotbraunen Sandsteinhäuser stehen, die die Straße säumten, und klingelte an der Tür. Ein Mann öffnete. Sie blickten sich schweigend an, dann nahm er sie in die Arme.

Es war Robert Bragg.

*

Die Sonne ging schon unter, und die Häuser warfen lange Schatten auf die Straße, als Elektra Robert Braggs Haus wieder verließ. Sie hatte noch immer den Koffer bei sich, lief zur 8th Avenue und versuchte, ein Taxi zu ergattern. Da sie alle besetzt waren, machte sie sich zu Fuß auf den Weg in Richtung Uptown. Sie ging bis zur 34th Street, doch anstatt nach rechts zu dem Hotel abzubiegen, wandte sie sich nach links in Richtung Hell's Kitchen und betrat ein schäbiges Hotel namens Belle Vue in der Nähe des Holland Tunnel. Sophie sah, wie sie dem Portier Geld überreichte und einen Schlüssel entgegennahm. Nummer 302.

Sophie wählte Richard Jordans Nummer, doch er nahm nicht ab. Sie hinterließ ihm eine Nachricht auf dem Antwortbeantworter, in der sie ihm mitteilte, wo er seine Tochter finden konnte. Den Rest konnte er selbst erledigen. Es war vorbei. Sophie machte sich auf den Heimweg.

French schenkte sich ein Glas Wein ein und dachte in froher Erwartung an den bevorstehenden Abend. Cocktails bei Pastis. Essen bei Bouley. Beides allein. Das gestörte Verhältnis, das die meisten Frauen zum Essen hatten, ging ihm zunehmend auf die Nerven. Er hasste es, eine Frau in ein kultiviertes Restaurant auszuführen, um dann zusehen zu müssen, wie sie Salat ohne Dressing bestellte oder Hühnchen, das ohne Haut gegart wurde. Manche Frauen bestellten auch zuerst voller Enthusiasmus und schoben dann das Essen auf dem Teller hin und her, ohne auch nur einen Bissen zu nehmen. Das regte French am meisten auf. Als wäre er so blöde, dass er es nicht bemerkte! Dabei bezahlte er einer Frau gern das Essen, solange sie es auch aß.

Früher hatte er sich bei solchen Gelegenheiten einen Spaß daraus gemacht, für sich selbst ein extra rohes Steak zu bestellen, aus dem das Blut nur so troff. Er schlang das Fleisch in sich hinein, und nicht selten mussten seine Begleitungen irgendwann zur Toilette stürzen, um sich zu übergeben. Für French war das ein Akt sozialen Engagements gewesen – wenigstens hatte er der Frau den Ärger erspart, sich selbst den manikürten Finger in den Hals stecken zu müssen. Doch nach einer Weile hatte ihn dieses Spiel zu langweilen begonnen, und deshalb aß er mittlerweile lieber allein.

An diesem Abend trug er einen schwarzen Armani-Anzug, ein cremeweißes Hemd und eine perlgraue Krawatte von Hermès. Die Manschettenknöpfe in Form von winzigen Eiffeltürmen waren ein Geschenk seiner Mutter. Sie gaben einen kitschigen Blickfang ab, den French zu schätzen wusste. Seine schwarzen, handgenähten englischen Budapester schimmerten matt und unaufdringlich.

Er zerrieb ein wenig Pomade zwischen den Handflächen und strich sich die Haare zurück, wobei er rasch überprüfte, ob welche ausgefallen waren. Sein volles Haar war sein ganzer Stolz, doch sein Vater hatte schon früh eine Halbglatze gehabt, und French machte sich Sorgen, dass es ihm genauso ergehen könnte.

Die Brian-Eno-CD war zu Ende. French trat ans Fenster und schaute hinaus. Die Sonne war bereits untergegangen, und die letzten Spuren von Rosa am Himmel verblassten nach und nach.

Es würde eine wunderschöne Nacht werden.

Nachdem French den letzten Schluck Wein getrunken und das Glas ausgespült hatte, griff er nach Schlüssel und Brieftasche, verließ die Wohnung und fuhr mit dem quietschenden Lastenaufzug nach unten. Aus irgendeinem Grund bekam er die alberne Melodie eines Kinderliedes nicht aus dem Kopf.

Der Aufzug ächzte und stöhnte, als er das Erdgeschoss erreichte. French öffnete die Tür und zog das Gitter zurück. Die Lobby war still und dunkel. Ein frischer Duft lag in der Luft, und French fragte sich, ob sein Vermieter wohl endlich jemanden beauftragt hatte, den Boden zu polieren.

Rein aus Gewohnheit wollte French das Gitter vor dem Aufzug wieder zuschieben, obwohl er wusste, dass seine einzigen Nachbarn verreist waren. Man konnte den Aufzug nicht rufen, wenn es offen stand. Allerdings erforderte es einiges an Kraft, das Gitter zu schließen, da es mittlerweile schwergängig war. Dieses Mal fiel es French noch schwerer als sonst, weil seine Anzugjacke so eng saß und er sich nicht richtig bewegen konnte. Er musste beide Hände einsetzen.

Mein Gott, ich muss mit dem Trinken wirklich kürzer treten, dachte er, als das Gitter auf der Hälfte der Strecke stecken blieb.

Dann nahm er plötzlich einen scharfen Schmerz in der linken Seite wahr, und als er nach unten schaute, sah er ein hübsches blankes Messer zwischen seinen Rippen verschwinden. Als es wieder herauskam, war es nicht mehr glänzend, sondern blutig. French spürte ein vertrautes Gefühl in sich aufsteigen, als hätte er zu spät bemerkt, dass er zu viel getrunken hatte. Aber das konnte nicht sein, nicht nach einem Glas Wein. Doch warum fühlte sich dann sein Kopf so leicht und schwammig an? French schloss die Augen und schlug sie gleich wieder auf. Er blickte in die Augen seines Mörders. So ein vertrautes Gesicht, und doch konnte French sich nicht an den Namen erinnern. Er musste wirklich weniger trinken, in seinem Alter vertrug man einfach nicht mehr so viel Alkohol. Dann sah er plötzlich alles wie durch dichten Nebel, seine Knie verweigerten den Dienst und drängendere Sorgen bemächtigten sich seiner.

Verdammt, da versaut mir jemand den Armani!, war French McCalls letzter Gedanke.

58

»Wo warst du gestern Abend?« Pixie Wisharts Assistent James steckte den Kopf zur Tür herein. »Angela hat zum Abschied einen ausgegeben. Sie war enttäuscht, dass du nicht da warst.«

»Tut mir Leid, ich hatte etwas zu erledigen, James. Ich rufe später bei ihr an.«

»Du siehst aus wie der leibhaftige Tod.«

»Ich *bin* der leibhaftige Tod.«

»Übrigens will dich der Marketingleiter sehen. Er möchte wissen, warum du bei der Neun-Uhr-Runde nicht dabei warst. Das fragt sich übrigens eine ganze Reihe von Leuten.«

»Danke«, murmelte Pixie geistesabwesend. Sie saß an ihrem Schreibtisch und klopfte mit einem Bleistift auf die hölzerne Tischplatte. Zuerst mit dem einen Ende, dann mit dem anderen. Radiergummi, Mine und wieder zurück. Tick-tap, wie die alte Uhr ihrer Großmutter, die man jeden Tag mit einem großen Messingschlüssel aufziehen musste.

»Alles okay?«, fragte James besorgt.

»Alles in Ordnung.«

»Du siehst nicht aus, als wäre alles in Ordnung.«

»Ich weiß, wie ich aussehe. Und es ist alles in Ordnung.«

James betrat das Büro, schloss die Tür hinter sich und lehnte sich mit verschränkten Armen dagegen. Er war komplett in Schwarz gekleidet, Hose, Hemd, Schuhe und Krawatte.

»Du scheinst nicht du selbst zu sein.«

»Ach wirklich? Und welches ›Selbst‹ vermisst du bitte?«

»Dein ›Kalt wie Camping in der Arktis‹-Selbst, das vermisse ich. Ich vermisse deinen Zynismus, den raffgierigen Ehrgeiz, den du elegant mit einer dünnen Schicht aus Hohn überspielst. Und sieh dir nur mal deine Haare an!«

Pixie hob reflexartig die Hand ans Haar, ließ sie dann aber lustlos wieder fallen.

»Meine Liebste, du lässt dich doch nicht etwa gehen, oder? Erzähl mir nicht, du hast dich verliebt oder so etwas.« James schien ernsthaft besorgt zu sein.

Pixie lachte ein wenig zu laut. »Mit Liebe hat das nichts zu tun.« Sie fuhr sich noch einmal durchs Haar. Normalerweise verbrachte sie morgens mindestens zwanzig Minuten mit Frisieren. An diesem Tag war ihr erst im Aufzug aufgefallen, dass sie ihren Fön nicht einmal angerührt hatte.

Von dem Foto in der Zeitung, die aufgeschlagen auf ihrem Schreibtisch lag, starrten French McCalls Augen sie an. Bei dem Anblick wurde Pixie übel.

»Mir geht es gut«, wiederholte sie und begann, den Artikel zu lesen, aber die Worte ergaben keinen Sinn.

»Kanntest du diesen Typ?«, erkundigte sich James.

»Nein, natürlich nicht.«

»Ich dachte –«

»Ich kannte ihn nicht.«

»Pix, ich mag dir vielleicht wie eine alte Klatschbase erscheinen, aber das ist nur eine Fassade, die ich der Welt präsentiere. In Wahrheit kann ich schweigen wie ein Grab.« James legte eine Hand aufs Herz, als wolle er durch diese Geste seine Aufrichtigkeit demonstrieren. »Und auf die Gefahr hin, dass es dir kitschig erscheint, wenn ich es anbiete – na ja, wenn es irgendetwas gibt, das du ... also, das du vielleicht loswerden willst –, ich bin hier.«

Pixie blickte auf. »Danke«, sagte sie. »Mir geht es wirklich gut.«

»Das sagtest du bereits. Aber meine Augen sehen etwas anderes.«

Pixie legte den Bleistift behutsam auf den Schreibtisch und strich mit dem Zeigefinger darüber. »Ich habe sie geliebt, verstehst du«, sagte sie nach einer Weile. Ihre Augen glänzten, und sie hatte Mühe, ein Schluchzen zu unterdrücken. »Und jetzt ist alles schief gegangen.« Sie verbarg ihr Gesicht in den Händen. »Ich habe schrecklichen Schaden angerichtet. Wenn man einmal anfängt ... Wenn man einmal anfängt sich vorzumachen, dass man etwas tun kann, wo soll es dann enden?« Sie ließ die Hände sinken um French McCalls Bild zu verdecken.

James betrachtete sie, die Hände in die Hüften gestemmt. »Wo soll *was* enden?«

»Der ganze verdammte Scheiß!«, zischte Pixie wütend.

James nahm eine Flasche Evian und goss Wasser in Pixies

Kaffeebecher. »Ganz langsam. Tief durchatmen. Entspann dich erst mal. Und jetzt stell dir vor, ich sei dein Therapeut, der dich fragt, was in diesem Moment das Wichtigste ist.«

Pixie umfasste den Becher mit zitternden Händen und blickte zu James auf. Dann richtete sie sich gerade auf. Ihre sonst vollen, glänzenden Lippen waren eine blasse, dünne Linie.

»Das Wichtigste ist, dass du all meine Termine streichst. Ich muss weg.«

»Bist du sicher, dass ich nicht mitkommen soll?«, fragte James.

»Ich komme schon zurecht«, versicherte ihm Pixie.

59

»Sophie? Sind Sie das?« Sophie saß in einem Cafè im Theaterviertel und wartete auf einen befreundeten Dramatiker namens Simon. Die Idee, eine eigene Produktion auf die Beine zu stellen, war noch immer aktuell, und sie wollten besprechen, welches Material sich eignen würde. Die Luft auf den Straßen war stickig und feucht; dicke graue Wolken hingen schwer über der Stadt, und man konnte schon den ersten Donner grollen hören. Bald würde es regnen. Im Café war es kühl, und Sophie wickelte sich enger in ihre Strickjacke, als plötzlich ihr Handy klingelte.

»Hallo, Sophie, hier spricht Claire. Erinnern Sie sich an mich? Ich bin Elektras Teilzeit-Nachbarin aus dem Stockwerk über ihr.«

»Natürlich erinnere ich mich an Sie. Wie geht es Ihnen, Claire?«

»Großartig, Schätzchen. Bitte entschuldigen Sie den Lärm im Hintergrund, aber ich bin gerade auf dem JFK-Flughafen. Ich dachte mir, ich rufe Sie mal an. Wollte ich eigentlich schon früher, aber ich hatte Ihre Karte zwischenzeitlich verlegt. Haben Sie ihre Freundin gefunden?«

»Ja, habe ich.«

»Dann spielt es wahrscheinlich sowieso keine Rolle mehr. Aber ich hatte so ein komisches Gefühl. Kennen Sie das Gefühl, wenn man jemanden den Weg erklärt, und zehn Minuten später fällt einem auf, dass man ihn in die völlig falsche Richtung geschickt hat? Na ja, vielleicht kennen Sie das auch nicht, aber mir passiert so etwas ständig. Ein blödes Gefühl. Wie dem auch sei, jedenfalls ist mir zu Hause aufgefallen, als ich meinen Taschenkalender mit dem Palm Pilot verglichen habe, dass ich Ihnen ein falsches Datum genannt habe. Sie wissen schon, der Streit zwischen Elektra und ihrem Freund – das war am sechsundzwanzigsten April, nicht am zehnten. Ich glaube, ich habe eine falsche Zahl eingetippt oder so. Am zehnten April war ich nämlich in London.«

»Ich verstehe.« Sophie kritzelte das Datum auf eine Serviette.

Der sechsundzwanzigste April. War das nicht der Tag gewesen, an dem French laut Jeffers im El Quijote über Elektra und Russ gestolpert war? Was soll French damals noch gesagt haben? *Lange nicht gesehen.* Das nagende Gefühl in Sophies Innern meldete sich zurück. Warum sollte French so etwas sagen, wenn er doch am gleichen Tag schon bei Elektra gewesen war? Und warum war er überhaupt in ihrer Wohnung gewesen, wenn sie sich doch getrennt hatten?

Irgendwie passte das alles nicht zusammen.

»Sind Sie noch dran, Schätzchen?«, ertönte Claires Stimme aus dem Handy.

»Ja, ja. Danke, Claire. Sie haben mir sehr geholfen.« Sophie schrieb Elektras Namen neben das Datum auf die Serviette.

»Gut. Ich weiß ja nicht, ob diese Information für Sie wichtig war, aber jedenfalls fühle ich mich jetzt besser. So, jetzt muss ich aber schnell zu meinem Flug.«

Die Verbindung wurde unterbrochen.

»Elektra?«, las Simon laut, als er sich auf die Sitzbank gegenüber von Sophie sinken ließ. »Du hattest mir gar nicht gesagt, dass du an Aischylos denkst. Ich persönlich ziehe es ja vor, die Arbeit zeitgenössischer Autoren zu fördern, meine zum Beispiel. Außerdem, dieser ganze Antagonismus gegen die Mutter und die Anziehung durch den Vater ist so ...«

Es passte nicht zusammen. Sophie stand auf.

»Simon, es tut mir wirklich Leid, aber ich muss los.« Sie stopfte ihr Handy in die Tasche. »Es ist ein Notfall.«

Als sie vor die Tür des Cafés trat, brach gerade der Sturm los. Es schüttete wie aus Eimern, und die Menschen rannten geduckt in Hauseingänge, inspizierten ruiniertes Schuhwerk und blickten dann hoffnungsvoll zum Himmel, als könnten sie die Wolken mit purer Willenskraft auseinander schieben. Andere, so wie Sophie, hasteten weiter und hielten sich Zeitungen, Einkaufstaschen oder was immer sie in den Händen trugen, über den Kopf, um sich vor dem Regen zu schützen.

Sophie wich einer Frau aus, die ein Kleinkind in einem Sportwagen vor sich herschob. Das Kind war bereits völlig durchnässt und brüllte. Als ein heftiger Windstoß den Regen seitlich peitschte, flog ein herrenloser schwarzer Regenschirm die 8th Avenue entlang.

Unbeirrt lief Sophie weiter. In ihren Schuhen schwappte das Wasser, und die Jeans klebte an ihren Beinen. Ihr war kalt, und ihr Kopf schmerzte, aber sie nahm das alles gar nicht wahr.

Der Verkehr war zum Erliegen gekommen, und überall ertönten Hupen. Warum waren bloß so viele Menschen auf der Straße? Warum konnten sie sich nicht unterstellen und die Bürgersteige für die Leute freilassen, denen es egal war, dass sie bereits völlig durchnässt waren? Leute, die es wirklich eilig hatten? Sophie beschloss, auf der Straße weiterzulaufen und bahnte sich einen Weg durch die stehenden Autos.

Sie überquerte die 40th Street bei Rot. Ein Taxifahrer musste scharf bremsen und kam fünf Zentimeter vor ihren Knien zum Stehen. Er kurbelte das Fenster herunter und rief Beleidigungen in einer Sprache, die Sophie nicht verstand. Unbeirrt lief sie weiter, watete durch eine Pfütze, die zu groß war, als dass sie hätte darüber springen können.

Sie hätte schon früher darauf kommen können. Richard Jordan war der Mann, der Elektra damals in ihrer Wohnung bedroht hatte, nicht French McCall. Richard, der einen Schlüssel besaß und das Loft betreten konnte, wann immer er wollte. Richard, der seiner neuen Frau gesagt hatte, was für ein Albtraum das alles für ihn sei.

Sein Albtraum hatte mit Russ Parker begonnen, dem Kreuzritter, dem Mann, der die Gerechtigkeit liebte. Womöglich hatte Elektra ihm ihre Verzweiflung über eine Mutter gestanden, die lieber Frauenhäuser unterstützte, als sich für die eigene Tochter einzusetzen. Vielleicht hatte sie ihm auch von ihren Schuldgefühlen erzählt, weil ihre Mutter sich das Leben genommen hatte, nachdem Elektra sie zur Rede gestellt hatte. Und von der Angst vor ihrem Vater. Was, wenn Russ gedroht hatte, Richard auffliegen zu lassen, wenn er Elektra nicht in Ruhe ließe?

Dann war Russ ums Leben gekommen, und durch die Geschichte, die Elektra Sophie aufgetischt hatte, hatte sie ihrem Vater indirekt mitteilen wollen, dass sie ihm keine Schwierigkeiten machen würde. Die ganze Geschichte stellte sich völlig anders dar, wenn man French McCall durch Richard Jordan ersetzte.

Elektra hatte Sophie als Botin benutzt.

Elektra war nicht vor einer möglichen Anklage geflohen, sondern vor ihrem mörderischen Vater.

Und Sophie hatte ihn direkt zu ihr geführt.

60

Wegen des Wetters war es kaum möglich, ein freies Taxi zu finden. Als Pixie endlich eines entdeckte, zerrte sie eine andere Frau mit Gewalt von dem Wagen weg. Sie nannte dem Fahrer die Adresse und ließ sich, triefnass wie sie war, auf die Rückbank sinken. Das Taxi kämpfte sich im Schritttempo durch die verstopften Straßen.

»Können Sie nicht schneller fahren?«, schnauzte Pixie den Fahrer an. »Ich müsste schon längst da sein.«

»Das müssen alle, Lady.«

Die Luft war silbern vom Regen. Pixie wrang ihr Haar aus und tastete nach der Pistole in ihrer Handtasche. Sie war noch da. Pixie wusste mehr über Waffen, als sie French McCall glauben gemacht hatte. Seit Jahren besaß sie eine eigene registrierte Pistole, die sie regelmäßig reinigte. Unter normalen Umständen verließ ihre .22 nie die Wohnung, doch dies waren keine normalen Umstände. Pixie öffnete ihre Puderdose und prüfte ihr Spiegelbild.

Sie sah aus wie ein Wrack.

Die Ampel schaltete auf Grün, und dem Fahrer gelang es, von der 6th auf die 7th Avenue zu schleichen. Es war ein mühsames Vorankommen, und Pixie fragte sich, ob sie lieber aussteigen und zu Fuß gehen sollte. Nein, dafür war es noch zu weit. Sie würde es niemals schaffen. Wahrscheinlich würde sie alles vermasseln.

Wieder entging Sophie auf der 39th Street nur knapp dem Zusammenstoß mit einem Taxi. Der Fahrer machte eine obszöne Geste in ihre Richtung, die sie gar nicht wahrnahm.

Sie lief quer über die 9th in Richtung 10th Avenue. Mittlerweile bewegte sich der Verkehr in hoffnungsvollen, ungeduldigen Schüben vorwärts. Sophie hob die Hand und betete, dass die Fahrer sie bei dem dichten Regen sehen konnten. Reifen quietschten und schlitterten auf nassem Asphalt, Autofahrer stießen Flüche aus.

Wie Elektra gelitten haben musste! Kein Wunder, dass sie schon während der Schulzeit Fluchtgedanken gehegt hatte. Und ich habe nicht gemerkt, was der wirkliche Grund dafür war, dachte Sophie.

10th Avenue, noch ein Block. Sophie war zutiefst beunruhigt. Elektra hatte nie jemandem von ihren Problemen erzählt, davon, was ihr Vater ihr angetan hatte und auf eine gewisse Art immer noch antat – Richard Jordan hatte Margarite geheiratet, eine Frau, die seiner Tochter nicht nur ähnlich sah, sondern kaum älter war als sie.

Elektra hatte ihre Tragödie über so lange Zeit geheim gehalten, und jetzt brach alles auf.

»Himmel noch mal, können Sie denn nicht um ihn herum fahren?« Das Taxi war links auf die 9th Avenue abgebogen, kam aber nicht weiter, weil ein anderes Taxi vor ihnen liegen geblieben war.

»Beruhigen Sie sich, Lady. Davon geht schließlich die Welt nicht unter.«

»Scheiße«, murmelte Pixie. »Irgendwie muss es doch –« Noch bevor sie ihren Satz zu Ende gebracht hatte, löste sich der Stau plötzlich auf, und die Autos schossen voran wie Rennpferde aus ihren Startboxen.

Pixie legte die Hände an die Schläfen. Die ganze Arbeit, der ganze Plan – alles brach zusammen. Himmel, auf andere Leute war einfach kein Verlass!

»Hey, was glauben Sie, was Sie hier machen? Da können Sie nicht hinauf.« Der Typ am Hotelempfang war so dick, dass sein fetter Hintern auf beiden Seiten über den Stuhl hing. »Sie können nicht einfach hinaufgehen«, wiederholte er, als Sophie durch die Lobby ging und auf den Aufzugknopf drückte. »Hey, warten Sie doch mal! Nur Gäste dürfen hinauffahren.«

»Ich muss mit einer Freundin sprechen.« Sophie drückte noch einmal auf den Knopf. Sie wunderte sich, dass ein so erbärmliches Loch über einen Aufzug verfügte. Es wirkte wie eines jener Hotels, in denen man die Zimmer auch stundenweise mieten konnte. »Ich muss sie unbedingt sehen.«

Sie bekam keine Antwort. Stattdessen hievte sich der Angestellte mit der Geduld eines Menschen aus dem Stuhl, der längst daran gewöhnt war, keine schnellen Bewegungen mehr machen zu können, und stellte sich vor die Tür zum Treppenhaus.

»Da dürfen nur Gäste hoch. Und die Zimmer kosten etwas.« Er streckte Sophie seine fette, weiße Hand entgegen, die groß wie ein Teller war.

»Oh«, murmelte Sophie. Sie zog ihr Portemonnaie heraus und drückte dem Mann einen Zwanziger in die Hand.

Er trat zur Seite, öffnete die Tür und winkte Sophie mit einer galanten Bewegung durch. Es war eine seltsam zuvorkommende Geste, die an diesem heruntergekommenen Ort völlig fehl am Platz zu sein schien.

»Rufen Sie lieber die Polizei«, rief Sophie ihm über die Schulter zurück zu. »Sagen Sie, Sie glauben, Schüsse gehört zu haben.«

Zimmer 302 befand sich am hinteren Ende eines langen, schmalen Korridors, in dem es nach billigen Putzmitteln roch. Die »2« an der Tür stand auf dem Kopf, da sie nur noch an einer Schraube hing. Sophie atmete tief durch in einem fruchtlosen Versuch, ihre Nerven zu beruhigen. Sie zitterte am ganzen Körper. Vorsichtig drehte sie am Türknauf und trat ein.

Das Hotelzimmer war in einem erbarmungswürdigen Zustand: von Zigarettenbrandlöchern verunstaltete Furnierholzmöbel, ein durchgelegenes Bett mit einer Tagesdecke aus verblichenem Chenillestoff. Zwei Nachtschränkchen mit Leselampen, deren Schirme mit schwarzem Edding verschmiert waren. Gelbgrünliche Tapeten, passend zu den Vorhängen, die vor Schmutz starrten.

Sophie war überrascht, wie klar sie alles wahrnahm und jedes kleine Detail aufsaugte. Elektra stand bewegungslos in der Mitte des Raums. Sie hatte noch nie schöner ausgesehen. Ihre glatte, makellose Haut strahlte, und die Augen leuchteten. Zu einer ausgeblichenen schwarzen Jeans trug sie ein ärmelloses Tanktop, das ihre leicht gebräunten, schlanken und doch muskulösen Oberarme zeigte. Sie war barfuß. Als Sophie eintrat, wandte sie ihr den Kopf zu und lächelte.

»Ich hatte mich schon gefragt, ob du wohl noch mal vorbeikommst«, sagte sie. »Ich bin froh, dass du es getan hast.«

Die Pistole, die sie in der Hand hielt, hatte sie auf Richard Jordan gerichtet, der an einen Stuhl gefesselt nur wenige Schritte von ihr entfernt saß.

61

Ein paar Schweißperlen auf der Stirn war das Einzige, woran man Richard Jordan ansah, dass er nicht im Büro hinter seinem Schreibtisch saß und alles vollkommen unter Kontrolle hatte. Er trug ein weißes Hemd und eine akkurat geknotete Krawatte. Sein Jackett lag zusammengefaltet auf dem Bett.

Seine Beine und Arme waren mit Gaffertape an den Stuhl gefesselt. Als er den Kopf zu Seite drehte um Sophie anzuschauen, sah sie, dass er eine Verletzung an der rechten Schläfe und eine zweite am Haaransatz darüber hatte. Zwei Blutspuren rannen langsam seine Wange hinunter.

»Sophie, Gott sei Dank sind Sie hier! Ich wusste, Sie würden noch rechtzeitig kommen«, sagte Richard. Bei seinen Worten zuckte Sophie unwillkürlich zusammen. Sie begriff plötzlich, warum Richard keinen professionellen Detektiv engagiert hatte – er hätte unter Umständen entdeckt, dass Richard ein Verhältnis mit seiner Tochter hatte. Und das wäre ein zu großes Risiko gewesen.

»Wie naiv ich doch war«, erwiderte Sophie. »Ihr beide habt ja schön mit mir gespielt. Sophie die Botengängerin, die eure verschlüsselten Nachrichten hin und her befördert.« In Gedanken betete sie, dass der Typ an der Rezeption ihrer Anweisung gefolgt war und die Polizei gerufen hatte. Und sie hoffte inständig, dass sie einen Psychologen mitbringen würden.

»Elektra, mein Schatz, nimm die Pistole runter. Jetzt, wo Sophie hier ist, können wir doch vernünftig miteinander reden.«

Elektra ignorierte ihn.

»Entschuldige, dass ich dir neulich eine kleine Lüge erzählen musste, Sophie«, wandte sie sich im Plauderton an Sophie. »Du weißt schon, über meinen Krankenhausaufenthalt. Ich war wirklich im Krankenhaus, aber nicht, weil mir der Blinddarm geplatzt war. Ich hatte eine Abtreibung. Und das verdanke ich meinem lieben alten Papa.«

Sophie musste sich an der Wand abstützen, um nicht zusammenzusinken. Sie fühlte sich plötzlich schwach und schwindelig. »Das wusste ich nicht«, flüsterte sie. »Es tut mir so Leid.«

»Keiner wusste es«, erklärte Elektra. »Es war unser kleines, schmutziges Geheimnis, solange ich mich erinnern kann. Papa konnte einfach nicht die Finger von mir lassen.

Selbst als ich erwachsen war. Immer musste er überall seine Nase reinstecken und sich in Sachen einmischen, die ihn nichts angingen.« Elektra machte einen Schritt auf Richard zu und hielt die Waffe weiterhin wie eine professionelle Schützin auf ihn gerichtet. Sophie wusste, dass sie ihn unmöglich würde verfehlen können, nicht aus dieser Entfernung.

Sie warf einen Blick auf Richard Jordan und stellte überrascht fest, dass er weiterhin die Fassung bewahrte. Er zeigte keine Angst und schaute seiner Tochter direkt in die Augen.

»Ich habe es nicht einmal meiner Mutter erzählt«, fuhr Elektra fort. »Jahrelang nicht. Und als ich es ihr schließlich eröffnete – nach einem Streit über Robert –, meinte sie, sie träfe an all dem keine Schuld. Keine Schuld! Kannst du dir das vorstellen? Sie erzählte mir, dass sie und Dad keinen Sex mehr hatten, seit ich ein Baby war. Nach meiner Geburt hatte er sie immer abgewiesen, das sagte sie zu mir. Und das niedliche kleine Mädchen diente seinem Daddy als Ventil. Meine Mutter nahm sich das Leben, weil ich sie zwang, sich einzugestehen, wer sie wirklich war – eine Frau, die Tausende von Dollar an wohltätige Verbände spendete, die sich um misshandelte Frauen kümmerte, aber nicht das Rückrat hatte, der eigenen Tochter zu helfen. Hast du dich während der Schulzeit je gefragt, warum ich immer so viele Sachen hatte, Sophie? Das kam daher, weil meine Eltern sich gegenseitig darin übertrafen, mein Schweigen zu erkaufen.« Elektra lachte hart auf. »Also schwieg ich. Ich schwieg und war artig, und keiner erfuhr etwas. Und ich dachte, wenn ich so täte, als wäre alles in Ordnung, dann wäre es das auch. Hast du eine Vorstellung, wie anstrengend es sein kann, Normalität vorzutäuschen?«

»Nein«, erwiderte Sophie, obwohl sie eine Ahnung davon bekam, als sie Elektra in die Augen schaute.

»Elektra, mein Schatz –«, hob Richard erneut an.

»Hör auf, mich ›Schatz‹ zu nennen!«, fauchte Elektra.

»Elektra, der einzige Weg, wie er dir noch mehr schaden kann, ist, wenn du ihn erschießt. Bitte nimm die Waffe runter!«

Elektra ließ die Waffe sinken und blinzelte. Einen Moment lang glaubte Sophie, dass Elektra in die Realität zurückgekehrt wäre, doch dann verschleierte sich ihr Blick wieder, und sie richtete die Waffe erneut auf ihren Vater.

Sophie hatte das Gefühl zu ertrinken. Ein Mann würde direkt vor ihren Augen sterben, und sie konnte es nicht verhindern. Wo zum Teufel blieb die Polizei? Ob der Typ am Empfang sie überhaupt gerufen hatte?

»Sophie, tun Sie etwas!«, forderte Richard.

»Elektra, was immer dein Vater Russ Parker angetan hat, das hier wird es nur noch schlimmer machen, verstehst du das nicht?«

»Wie meinst du das, was er Russ angetan hat?«, fragte Elektra verdutzt. »Ich habe dir doch schon gesagt, dass ich Russ umgebracht habe.«

»Was?«

»Ich habe Russ umgebracht«, wiederholte Elektra.

»Aber warum?«, fragte Sophie entgeistert.

»Er wollte sich von mir trennen«, erklärte Elektra. »Er liebte mich nicht mehr. Offenbar war er meiner Tragödie überdrüssig.« Sie deutete auf ihren Vater. »Und mir ging auf, dass mich kein Mann je wirklich würde lieben können, wegen dem, was mein Vater mir angetan hat. Also beschloss ich, wegzugehen und mein Leben ganz von vorn zu beginnen. Ich wollte jemand anderes werden, verstehst du? Das war meine einzige Hoffnung. Jemand zu sein, der nicht Elektra Jordan heißt.«

»Gehen Sie mir verdammt noch mal aus dem Weg!«, blaffte Pixie den fetten Typen in der Hotellobby an, der ihr den Durchgang versperrte. »Ich habe kein Geld, und ich bin nicht in der Stimmung für Spielchen.« Sie zog die Pistole aus ihrer Handtasche und richtete sie auf den Mann.

Seine Hände schnellten nach oben. »Nicht schießen!«

»Geh einfach zur Seite, Fettwanst!«

Mit immer noch erhobenen Händen trat der Mann beiseite. Pixie steckte die Waffe in den Hosenbund und stürzte die Treppen hinauf.

»Oh, Elektra!« Sophie spürte, dass sie erneut weiche Knie bekam.

»Ich wollte Russ nicht töten, es war ein Unfall«, sagte Elektra. »Aber das ist jetzt sowieso egal, nicht wahr?«

»Schatz, das ist lächerlich«, schaltete sich Richard ein. »Bitte hör sofort auf damit. Sophie? Können Sie mir helfen?«

Obwohl er es als Frage formuliert hatte, klang es wie ein Befehl. Richard Jordan erwartete auch in dieser Situation noch, dass man ihm selbstverständlich gehorchte. Sophie stieß sich von der Wand ab und ging mit zitternden Knien auf Elektra zu, die die Augen nicht von ihrem Vater wandte.

»Elektra –«

Elektra wandte den Kopf und blickte Sophie an. Die Hände, in denen sie die Pistole hielt, zitterten, und ihre Augen füllten sich mit Tränen.

»Gib mir die Pistole«, bat Sophie. »Er kann dir jetzt nicht mehr wehtun.«

Elektras Finger krümmte sich um den Abzug.

»Warum tust du das, Elektra?«, fragte Sophie. »Warum bist du nicht einfach weggegangen?« Aber sie kannte die Antwort bereits – es hatte in der Zeitung gestanden.

Margarite, Richards neue Frau, war schwanger.

»Ich muss es stoppen«, flüsterte Elektra. »Verstehst du das nicht? Ich muss.«

Sophies Reflexe waren nicht schnell genug. Sie stürzte sich auf die Pistole, aber Elektra hatte den Abzug betätigt, bevor Sophie sie erreichte. Die Kugel traf Richard Jordan in die Brust.

»Wow!«, flüsterte Elektra. Ihr Vater konnte sie nicht mehr hören. Sein Gesichtsausdruck veränderte sich nicht, selbst als sein Herz stehen blieb. Er sah seine Tochter weiter mit ruhiger, teilnahmsloser Nachdenklichkeit an. Mancher hätte das, was in seinem Blick zu lesen war, wohl Liebe genannt.

Dann fiel sein Kopf nach vorn auf das blutgetränkte Hemd.

62

Was das Herz nicht versteht, kann das Auge nicht sehen. Sophie versuchte sich an den Namen des Philosophen zu erinnern, der das gesagt hatte, während sie darauf wartete, dass ihr Gehirn die Ereignisse verarbeitete, die ihre Augen soeben beobachtet hatten. Sie hatte gesehen, wie die Kugel Richards Brust traf. Sie hatte den Schuss gehört. Warum brach sie nicht in Panik aus? Warum schrie sie nicht vor Entsetzen?

Sophie riss ihren Blick von Richard los und sah Elektra an, die ihren Vater mit schief gelegtem Kopf betrachtete, als sei sie soeben zufällig vorbeigekommen und versuche zu ergründen, was das alles zu bedeuten hatte.

Die Pistole hielt sie an die Brust wie eine Mutter, die ihr neugeborenes Kind beschützen will.

»Hilf mir«, bat sie.

»Gib mir die Pistole, Elektra.« Sophie schüttelte den Kopf und versuchte, den Schwindel zu verscheuchen. Sie durfte nicht in Ohnmacht fallen, nicht jetzt. Sie atmete tief ein. »Elektra, alles wird wieder gut. Ich glaube dir. Ich bin deine Zeugin. Du kannst dafür nicht verurteilt werden. Nicht, wenn er dich misshandelt hat. Du kommst nicht ins Gefängnis.«

»Ich habe ihn mit Vorsatz getötet«, erwiderte Elektra schlicht.

»Nein, das hast du nicht. Du wusstest schließlich gar nicht, dass er kommen würde. Ich habe ihn zu dir geschickt, erinnerst du dich?« Sophie versuchte krampfhaft, ihre Verzweiflung zu überspielen. Lulu hatte Recht gehabt. Sophie, die Beobachterin, hatte den Ausgang der Geschichte beeinflusst. Hätte sie sich nicht eingemischt und ihre Nachforschungen eingestellt, als Elektra sie darum bat, wäre das alles vielleicht nicht passiert. Wenn sie nicht so besessen von jener lächerlichen Gemeinheit gewesen wäre, die schon so lange zurücklag, wäre es nie so weit gekommen. Es war ihre Schuld. Sophie versuchte, die aufkommende Panik zu unterdrücken. Sie musste ruhig bleiben, um Elektra und ihrer selbst willen.

Elektra hob die Pistole und musterte sie im trüben Licht. In diesem Moment hörte Sophie plötzlich Schritte und Rufe. Wahrscheinlich hatte jemand den Schuss gehört.

»Wir sagen, er hat versucht dich anzugreifen, und wir haben ihn gefesselt, und dann hast du aus Versehen abgedrückt. Es wird funktionieren, wenn wir beide das Gleiche erzählen. Elektra, hör mir zu! Es ist nicht so schlimm, wie du denkst. Ich verspreche es dir. Es sieht schlimm aus, aber wir können es hinbiegen.«

Elektra lachte leise.

Von der Straße her hörte man das Heulen von mehreren Polizeisirenen. Bitte lass sie bald kommen, betete Sophie. Bitte lass sie einen guten Psychologen dabei haben und schwer bewaffnete Männer, die Elektra zwingen, ihre Waffe abzugeben, ohne noch jemanden zu verletzen. Sie hörte Schritte auf dem Gang, doch es klopfte niemand an die Tür.

»Elektra, bitte.« Sophie machte einen Schritt auf sie zu, den rechten Arm ausgestreckt, die Handfläche nach oben. Elektra hob die Pistole und zielte mit durchgestrecktem Arm auf Sophies Stirn.

»Bleib stehen!«, sagte sie.

Sophie verharrte in der Bewegung.

»Okay, ich bleibe stehen. Ich bewege mich nicht. Ich bin hier, um dir zu helfen. Ich will dir helfen, Elektra. Nimm die Waffe runter.«

»Warum?«

»Weil sie mich nervös macht.«

Elektras Augen verloren jeden Ausdruck, als hätte sie ihre Gefühle ordentlich zusammengefaltet und weggeräumt, weil sie keine weitere Verwendung dafür hatte. »Warum sollte ich mich an ein Leben klammern, das so kaputt ist wie meins?«, fragte sie leise.

»Das denkst du jetzt, aber in einem Monat oder einem Jahr wirst du das ganz anders sehen. Du musst mir vertrauen. Es wird eine Weile dauern, aber irgendwann wird es dir wieder besser gehen.«

»Was, wenn ich das nicht will?«

»Du musst daran glauben, dass alles gut wird.«

»Warum?«

»Weil wir das alle müssen. Wie sollten wir sonst weiterleben?« Sophie hatte das Gefühl, dass ihre Worte lächerlich lahm klangen. Himmel, es musste doch einen Weg geben, Elektra zu erreichen!

Elektra betrachtete die Waffe in ihrer Hand, und ihr Blick wurde weicher. »Ich will einfach nur, dass der Schmerz aufhört, verstehst du? Ich habe mein ganzes Leben damit gelebt, und ich bin müde. Es ist eine Müdigkeit, die niemals aufhört. Ich habe keine Kraft und auch keinen Glauben mehr. Es tut mir Leid, aber so ist es einfach. Der Tod erscheint mir als das einzig Sinnvolle.«

In diesem Moment hörte Sophie, dass die Tür leise geöffnet wurde. Gott sei Dank, endlich kommt die Polizei!, dachte sie.

Nur, dass Polizisten nicht in pinkfarbenem Leder und Stöckelschuhen herumliefen. Und Polizisten trugen auch keine Kaliber .22 mit Perlmuttgriff.

Es gab einen kurzen Kampf. Sophie hörte kurz nacheinander zwei Schüsse. Sie fühlte einen Schmerz, als hätte man sie mit einem spitzen Gegenstand gestoßen, dann wurde ihr schwarz vor Augen.

63

Als die Polizisten das Hotelzimmer betraten, sahen sie als Erstes den Mann auf dem Stuhl mit der Kugel in der Brust. Er sah nicht wie jemand aus, der billige Nutten frequentierte, aber die beiden Beamten wussten aus Erfahrung, dass man unmöglich von der Kleidung eines Menschen auf seine sexuellen Vorlieben schließen konnte. Auf dem Bett lag eine Frau mit einem Einschussloch in der Schläfe. Eine andere lag ausgestreckt auf dem Boden; sie hatte eine Schusswunde im oberen Brustbereich.

Das einzige Lebenszeichen kam von einer dritten Frau in pinkfarbener Lederhose und silbernem T-Shirt. Sie saß auf einem Stuhl und starrte auf ihre zitternden Hände.

Carol Gilchrist zog die Waffe und richtete sie auf die Frau, während ihr Partner Tommy Cortez ins Bad schaute und sichtlich erleichtert feststellte, dass dort keine weiteren Leichen lagen.

»Er ist tot«, sagte er zu Carol, nachdem er den Puls des Mannes auf dem Stuhl gefühlt hatte. »Und die da auch.« Er wies auf die Frau auf dem Bett.

Als der Dicke von der Rezeption sich in den Raum schob, sprang Tommy Cortez auf ihn zu und drängte ihn zurück. »Das hier ist ein Tatort, Sir«, erklärte er ruhig. »Hier darf niemand rein, bis die Mordkommission da war.« Carol staunte, dass es ihrem Kollegen gelang, die Fassung zu bewahren. Sie wusste, dass es sein erster Mordfall war. Der dicke Mann versuchte noch einmal, sich in den Raum zu schieben und faselte davon, dass die Frau ihm aufgetragen habe, er solle die Polizei rufen, und dass er es nicht getan habe und es nicht seine Schuld sei, dass diese Leute tot wären. Währenddessen versuchte er immer wieder, einen Blick auf die Leichen zu erhaschen.

»Warum gehen Sie nicht nach unten und machen sich eine schöne Tasse Tee, Sir?«, schlug Tommy vor. »Und wenn die Detectives von der Mordkommission kommen, werden sie Ihre Aussage aufnehmen. Vielleicht können Sie ihnen den Weg hierher zeigen und dafür sorgen, dass sie sich nicht im Gang verirren.« Eine überflüssige Aufgabe, weil Carol den Kollegen ihren genauen Standort schon per Funk durchgegeben hatte, aber es würde dem Typen von der Rezeption das Gefühl geben, wichtig zu sein.

»Sie hat mit der Pistole auf mich gezielt«, sagte er und zeigte auf die Frau in pinkfarbenem Leder.

»Wir nehmen Ihre Aussage später auf, Sir.« Tommy schob den Mann energisch aus dem Zimmer. Vor der Tür hatten sich bereits ein paar andere Hotelgäste versammelt, offenbar in der Hoffnung auf einen grausigen Anblick. Die meisten von ihnen waren Frauen, deren Freier wahrscheinlich beim ersten Anzeichen von Ärger geflohen waren. »Gehen Sie zurück in Ihre Zimmer«, keifte der Typ vom Empfang. »Hier gibt es nichts zu sehen. Und wir erstatten nichts zurück, wenn Sie die volle Stunde nicht ausnutzen.«

Carol Gilchrist seufzte. Ihr Sohn wollte an diesem Abend seinen fünfzehnten Geburtstag feiern, und sie hatte auf eine ruhige Schicht gehofft. Sie umfasste ihre Dienstwaffe ein wenig fester und trat auf die Frau in Pink zu.

»Stehen Sie auf. Nehmen Sie die Hände hinter den Rücken. Sie sind verhaftet.«

Starr vor Schock ließ sich Pixie Handschellen anlegen, während Carol ihr ihre Rechte verlas.

»Wo ist Ihre Waffe?«

»Auf dem Boden.« Pixie nickte in Richtung Bett, und Carol sah den Griff einer Pistole unter der Tagesdecke hervorschauen. Sie zog sie mit der Schuhspitze heraus, ohne dabei die Frau aus den Augen zu lassen.

»Ist das Ihre einzige?«

»Ja.«

»Wissen Sie, wer diese Leute sind?«

»Der Mann ist Richard Jordan. Das ist Elektra Jordan« – sie wies auf Elektra und dann auf Sophie – »und das da auf dem Boden ist Sophie Graham.« Pixie senkte den Kopf, und Tommy Cortez fragte sich, ob sie wohl betete.

»Sind Sie sicher?«, fragte Carol.

»Ich kenne sie seit der Schulzeit.«

»Und was ist geschehen?«

»Elektra hat ihren Vater erschossen, weil er sie sexuell missbraucht hat. Ich versuchte sie davon abzuhalten, sich selbst umzubringen. Wahrscheinlich ist dabei meine Pistole aus Versehen losgegangen und hat Sophie getroffen. Ich weiß nicht, was wirklich passiert ist.« Pixie sprach die Worte aus, als würde sie sie aus einem ihr fremden Buch vorlesen.

»Ist diese Waffe registriert?«

»Ja.«

»Warum sind Sie hier?«, fragte Tommy in nüchternem Tonfall.

»Elektra rief mich an und trug mir auf, Sophie zu erzählen, dass sie damals während der Schulzeit eine Abtreibung hatte und keinen Blinddarmdurchbruch. Und da wusste ich, dass sie die Brücken hinter sich einriss. Denn von der Abtreibung wusste keiner außer mir. Sie hat es sehr gewissenhaft geheim gehalten, verstehen Sie?«

Tommy schüttelte den Kopf. Er verstand gar nichts.

Pixie liefen die Tränen über das Gesicht. »Ich habe versucht, ihr dabei zu helfen, ein neues Leben anzufangen. Aber sie konnte das alte einfach nicht loslassen. Der Einfluss ihres Vaters war einfach zu groß.«

Tommy seufzte. »Und was ist mit der anderen?«

»Ich wollte Sophie nicht töten«, beteuerte Pixie. »Verdammt, alles ist schief gelaufen.«

Carol Gilchrist, die neben Sophie auf dem Boden kniete, blickte zu Pixie auf.

»Ganz ruhig, Baby«, sagte sie. »Sie lebt.«

64

Bobby Conran stand am Ufer und starrte auf das Wasser, auf jene Stelle mit Namen Hell's Gate, wo sich der Harlem und der South River vereinigten und eine mörderische Strömung entstand. Boote bekamen Schlagseite, wenn die Strömung sie erfasste, und die Maschinen mussten kämpfen, um sie dem Sog zu entwinden.

Bobby fuhr sich mit der Hand durch das blondierte Haar und dachte an seine Schwester. Er hatte Donna geliebt. Sie fehlte ihm. Obwohl er nicht in der Lage gewesen war, sie zu beschützen, hatte er doch wenigstens ihren Tod gerächt.

French McCall, dieser arrogante Schwanzlutscher! Bobby hatte beobachtet, wie French in jener Nacht mit Donna in der Disko sprach, und wie er später so tat, als würde er die Disko allein verlassen. Nicht schwer, eins und eins zusammenzuzählen. Nicht schwer, herauszufinden, wo er wohnte.

Bobby zog das Messer aus seinem Jackett. Er hing daran, und es war ein Jammer, dass er es wegwerfen musste, aber es wäre zu riskant, es zu behalten.

Er fühlte keine Reue, dass er einem Mann das Leben genommen hatte. Er hatte lediglich ein Ungleichgewicht im Universum korrigiert. French McCall verdiente nicht zu leben, wenn Donna tot war. Sie war Bobbys einzige Familie gewesen. Jetzt war er ganz allein.

Er legte das Messer in eine Tasche, in die er bereits ein paar Steine gefüllt hatte. Nachdem er sie so weit er konnte in das schwarze, aufgewühlte Wasser geschleudert hatte, sprach er ein kleines Gebet.

»Hey du! Wie geht es dir?« Pixie reichte Sophie einen großen Strauß rosafarbener Pfingstrosen.

»Gut, danke«, erwiderte Sophie. »Die sind wunderschön, aber du musst mir nicht dauernd Blumen bringen.«

»Wirklich nicht? Du bist nun einmal der erste Mensch, auf den ich geschossen habe, daher bin ich etwas unsicher, wie man sich verhält. Außerdem will ich nicht, dass du es dir anders überlegst und mich doch noch verklagst.«

»Ich glaube, wir können mit Sicherheit sagen, dass die Blumenstrauß-Phase vorbei ist.« Sophie steckte die Pfingstrosen in eine Vase, ordnete sie ungeschickt mit ihrer freien Hand an und stellte sie auf den Küchentisch. »Hast du Probleme mit den Journalisten?«

»Das Übliche. Ich habe ihnen gesagt, sie sollen sich verpissen. Obwohl, nein, das habe ich nicht gesagt. Mein Anwalt hat mich angewiesen, vulgäre Ausdrücke zu vermeiden. Bist du es nicht leid, dass sie vor deiner Tür campen?«

»Doch. Hin und wieder geht Mrs Mazzi zu ihnen und spult ihren Text ab. Komischerweise scheint ihr das Spaß zu machen.«

»Mein Anwalt meint, dass die Presseleute das Interesse verlieren, sobald der nächste Promi in die Entzugsklinik kommt.«

Sophie lachte und nahm zwei Bier aus dem Kühlschrank. »Ich wollte dich noch etwas zu French fragen«, sagte sie. »Ich dachte, er hätte unter der Trennung von Elektra gelitten – warum wollte er ihr dann bei der Flucht helfen?«

Pixie drehte den Verschluss ihres Bieres auf und nahm einen tiefen Schluck. »Ganz einfach: Er wusste nicht, um was es in Wahrheit ging. Er dachte, da liefe irgendein krummes Spiel, dass ich Elektra erpressen würde und er die neue Identität für mich besorgen sollte. Die Sache mit Donna und der

Kreditkarte war seine Idee – er wollte dich glauben lassen, dass du Fortschritte machst.«

»Und er hat Donna umgebracht?«

»Davon kann man ausgehen.«

»Und wer hat ihn umgebracht?«

»Sie haben Donnas Bruder geschnappt. Ein Pärchen, das es in der Nähe von Hell's Gate im Gebüsch trieb, hat beobachtet, wie er ein Messer in eine Tasche steckte und sie anschließend ins Wasser warf.«

»Worüber hast du dich eigentlich damals mit Elektra gestritten? Candace erzählte, ihr hättet euch richtig gezofft. Sie glaubt, es sei um einen Mann gegangen.«

Pixie trat ans Fenster und schaute auf die Straße. Vor dem Haus parkten drei Ü-Wagen. »Ging es auch, auf gewisse Art. Ich sagte ihr, sie müsse sich endlich mit der Sache mit ihrem Vater auseinander setzen und professionelle Hilfe suchen. Ich sah schließlich, wie sie litt. Aber Elektra war anderer Meinung. Sie meinte, es sei das Beste, es geheim zu halten. Je geheimer es war, desto unwirklicher erschien es ihr.«

Ein langes Schweigen entstand, bis Pixie sich schließlich vom Fenster abwandte. »Im Grunde ihres Herzens glaubte Elektra, es sei ihre Schuld gewesen, dass ihr Vater sie missbrauchte, verstehst du? Als sie mich anrief, nachdem Russ tot war, und mich bat, ihr zu helfen, ging ich darauf ein, obwohl ich hätte wissen müssen, dass es nicht der richtige Weg war. Aber ich dachte, dass sie vielleicht von ihrem Vater freikäme, wenn sie verschwinden könnte. Ich habe mir etwas vorgemacht. Und damit muss ich nun leben.«

*

In der Bar herrschte wieder mehr Betrieb, und Sophie arbeitete Nacht für Nacht bis in die frühen Morgenstunden. Danach lief sie ziellos durch die Straßen von Manhattan und vom East River zum Hudson. Financial District, The Village, Gramercy Park, Chelsea – ganz gleich, wohin ihre Schritte sie führten, Sophie registrierte es nicht. Sie wusste nur, dass es wichtig war, die Augen offen zu halten. Denn wenn sie sie schloss, sah sie Elektra.

Als sie eines Morgens um zehn zurück zu ihrer Wohnung stolperte, mit Blasen an den Füßen und Augen, die vor Übermüdung brannten, stellte sie fest, dass die Reporter verschwunden waren. Stattdessen saß Thomas auf der Treppe zur Veranda. Er hatte es sich mit einer New York Times, einer Tüte Muffins und einem Becher Kaffee gemütlich gemacht.

»Hey«, begrüßte er Sophie. »Ich hab in der Zeitung von dir gelesen und dich im Fernsehen gesehen. Und weil du jetzt offenbar ein Promi bist, habe ich mich gefragt, ob du noch eine Stelle als Paparazzo frei hast.«

Sophie stemmte die Hände in die Hüften und starrte ihn an.

»War das zu geschmacklos? Falls ja, entschuldige ich mich. Ich dachte nur, du wärst es vielleicht langsam leid, von allen immer nur bedauert zu werden. Du weißt, dass es mir natürlich auch Leid tut, oder?«

»Die meisten Leute bedauern mich gar nicht«, sagte Sophie und ließ sich neben Thomas auf die Stufen sinken. Er roch so gut wie eh und je. »Sie wollen nur die blutigen Details hören. Man hat mir sogar schon für eine Wahnsinnssumme einen Vertrag für ein Buch angeboten. Und ich müsste es noch nicht einmal selbst schreiben.«

»Und machst du es?«

»Was glaubst du?«

»Na ja, soweit ich das nach einem Date beurteilen kann – oder sagen wir, nach einem halben Date –, würde ich sagen nein, du machst es nicht.« Thomas hielt ihr die Tüte hin, und Sophie nahm sich einen Muffin.

»Danke«, sagte Sophie. Sie aßen schweigend, und Sophie stellte fest, dass man mit Thomas gut schweigen konnte.

»Also, was meinst du? Wegen der Paparazzo-Stelle?«

»Nun«, Sophie tat, als würde sie überlegen. »Die Bezahlung ist grauenhaft, aber die Arbeitszeiten sind ganz okay. Und alle anderen Bewerber waren, um es milde auszudrücken, unbefriedigend.«

Sie sah Thomas an, und als er sie anlächelte, hatte sie plötzlich ein Gefühl, als hätte sie in einem Garten voller Unkraut eine wunderschöne Rose entdeckt.

»Ich nehme den Job.« Thomas griff in die Tüte und holte einen weiteren Muffin heraus. »Wann kann ich anfangen?«

65

Elektra wurde in New Jersey beerdigt, unweit des Mary-Lovell-Internats. Thomas holte Sophie und Lulu in seinem Mustang ab, und sie fuhren die ganze Strecke mit offenem Verdeck. Es war ein heißer Tag, und Sophie schwitzte in ihrem einzigen schwarzen Kleid, das aus Schurwolle war. Lulu trug Pink. Ihren Respekt vor dem Anlass bekundete sie dadurch, dass sie ihr Haar zurück in sein natürliches Dunkelbraun gefärbt hatte.

Es war keine große Trauergesellschaft. Candace und Bridget waren gekommen – zusammen mit Bridgets Mann – und Pixie natürlich. Robert Bragg erschien mit einem Blumenstrauß. Außerdem erkannte Sophie ein paar Lehrer vom Mary-Lovell-Internat wieder. Sie wirkten viel kleiner, als sie sie in Erinnerung hatte.

Der Sarg war mit Lilien bedeckt, deren Duft in der Sommerluft schwebte und sich mit dem Geruch von Gras und Kiefern vermengte. Irgendwo wurde ein Rasenmäher angeworfen. Während der Pfarrer die Trauerrede hielt, hatte Sophie für einen kurzen Augenblick das Gefühl, sie hätte French McCall hinter den Trauergästen im Schatten einiger Bäume stehen sehen, aber als sie blinzelte, war das Bild wieder verschwunden.

Als der Sarg langsam in die Erde gelassen wurde, drückte Thomas Sophie sanft den Ellbogen. »Alles okay?« Sie nickte.

Nach der Beerdigung gingen die Trauergäste langsam durch die Mittagshitze zurück zum Parkplatz.

»Wir sollten uns besser aufmachen, wenn du deinen Flug noch erwischen willst.« Thomas sah zum dritten Mal innerhalb einer halben Stunde auf die Uhr. Sophie wusste mittlerweile, dass er ein sehr pünktlicher Mensch war. Er hatte ihr einmal erklärt, dass Musiker eben ein besonderes Verhältnis zum Timing hätten.

»Warte mal, Sophie!«, rief Pixie. Sie löste sich von Candace und kam auf Sophie zu, während sie mit einer Hand in ihrer Handtasche wühlte.

Dann reichte sie Sophie einen Umschlag, auf dem ihr Name stand.

»Elektra hat ihr Testament geändert«, erklärte Pixie. »Bevor sie starb. Sie wollte, dass du das hier bekommst.«

»Danke, Pixie.«

»Danke nicht mir, ich befolge nur ihre Anweisung.«

Sophie nickte, und die beiden standen einander einen Moment lang verlegen gegenüber.

»Also, pass auf dich auf, okay? Und ruf mich an, wenn du zurück bist.« Pixie umarmte sie. »Ich will wissen, ob es dir gut geht.«

»Natürlich rufe ich an«, versprach Sophie und war überrascht, dass sie es ehrlich meinte.

»Jetzt komm, Kleine«, drängte Thomas. »Ich lasse nicht zu, dass du deinen Flug verpasst.«

Der Anruf war eine der größten Überraschungen gewesen, die Sophie im Anschluss an Elektras Tod erlebt hatte. Er war gekommen, als Sophie sich eines heißen Nachmittags hingelegt und versucht hatte, sich auszuruhen.

»Sophie?«

»Ja.«

»Ich bin's, Jefferson – dein Vater.«

Sophie setzte sich auf.

»Bist du noch dran?«

»Ja«, sagte Sophie. »Ich bin noch dran.«

Eine kleine Pause entstand, und es krachte in der Leitung, oder vielleicht war es auch ihr Vater, der nervös die Luft einsog. Er räusperte sich. »Wie geht es dir?«

»Mir geht es gut.«

»Gut.« Wieder ein langes Schweigen. »Ich habe alles über diese Geschichte gelesen ... was passiert ist ... und dann hat deine Tante angerufen.«

»Das wäre nicht nötig gewesen. Mir geht es gut, wirklich.«

»Gut. Gut. Wie dem auch sei, ich habe mich gefragt ob ... ob es etwas helfen würde – ob du Lust hättest, hierher zu kommen und ein bisschen bei mir zu sein. Ich bezahle den Flug«, fügte er hastig hinzu.

»Dich besuchen?«, fragte Sophie verblüfft.

»Ich weiß, du hast in letzter Zeit viel zu kämpfen gehabt. Edie sagte –«

»Wo bist du?«

Ihr Vater räusperte sich. »Santa Fe. Hier ist es schön. Ich glaube, es wird dir gefallen. Sehr groovy. Viele junge Leute. Gute Vibes.«

»Groovy? Vibes?« Sophie unterdrückte ein Kichern. Was glaubte ihr Vater eigentlich, in welchem Jahrzehnt er lebte?

»Ich dachte, wir könnten – du weißt schon, abhängen. Bier trinken. Uns gegenseitig auf den neuesten Stand bringen.«

Uns gegenseitig auf den neuesten Stand bringen. Darauf fielen Sophie gleich mehrere schnippische Antworten ein, aber sie sprach keine davon aus. »Äh, Jefferson, ich bin nicht besonders unterhaltsam im Moment«, sagte sie stattdessen. »Wegen allem, was passiert ist. Trotzdem danke.«

Sie wollte gerade auflegen, als ihr Vater etwas Überraschendes tat. Er lachte. Sein tiefes, ansteckendes Lachen, das von purer Lebensfreude zeugte und das Sophie als Kind immer so geliebt hatte.

Schließlich fing er sich wieder. »Sophie, wie du besser weißt als jeder andere, war ich noch *nie* besonders unterhaltsam, also würden wir ein gutes Paar abgeben. Was sagst du?«

»Ich erwarte gar nichts«, erklärte Sophie Thomas, als sie Elektras Umschlag in die Handtasche steckte.

»Was uns betrifft?« Thomas schlug entsetzt die Hand vor den Mund. »Aber ich hab doch schon das Muster für unser Porzellan ausgesucht!«

»Idiot! Von meinem Vater. Er ist anders als die anderen.«

»Natürlich ist er das. Er ist dein Vater.«

»Wahrscheinlich stehe ich vor ihm und habe ihm gar nichts zu sagen.«

»Dann bekifft ihr euch eben und starrt Kakteen an – oder was immer man in New Mexico tun kann.«

»Ich finde, dein Vater klingt ziemlich cool«, warf Lulu ein. Sie kletterte auf die Rückbank des Mustang und fächelte sich Luft mit einem Spitzenfächer zu. »Aber das denkt man immer, wenn es nicht der eigene ist.«

Sie trafen frühzeitig am Newark Airport ein. Sophie überprüfte noch einmal ihre Taschen und verabschiedete sich von Thomas und Lulu. Dann kaufte sie sich einen Roman und eine Flasche Wasser und ging in den Warteraum, bis ihr Flug aufgerufen wurde.

Erst als ihr Flieger in der Luft war und die Erdnüsse und Getränke verteilt worden waren, öffnete Sophie mit zittrigen Fingern Elektras Brief. Er war auf Büttenpapier geschrieben und auf den Tag vor ihrem Tod datiert.

Komisch, Post von einer Toten zu bekommen, oder?, begann Sophie zu lesen. *Entschuldige, wenn es dir unangenehm ist, aber ich habe in den letzten Tagen viel nachgedacht und beschlossen, dass ich dir etwas geben will. Nicht ärgern! Es steckt nichts anderes dahinter, als dass ich dich mag, und ich glaube, dass wir unter anderen Umständen Freundinnen hätten sein können. Jetzt, wo ich nicht mehr lange durchhalten muss, fühle ich mich besser als seit Jahren. Es ist wahr! Ich bin frei und bereit, hinzugehen, wo immer Leute wie ich enden. Ich bin nicht wählerisch. Solange es nur nicht in der Nähe meines Vaters ist, wird es mir bestens gehen.*

Was mich zur Frage des Geldes bringt. Tote haben bekanntermaßen keine Verwendung dafür. (Denk dran, du darfst dich nicht ärgern.) Ich habe tonnenweise von dem Zeug. Meine Mutter hat mir alles hinterlassen, und es hat sich herausgestellt, dass viele ihrer grässlichen alten Skulpturen sich ganz gut verkauft haben. Das hier ist für dich, So-

phie. Ich habe dich benutzt, um meinen Vater zu mir zu bringen, und das tut mir Leid. Betrachte es als Ablass, wenn du willst. (Okay, es steckt also doch noch etwas anderes dahinter.) Du bist in eine schreckliche Situation geraten, und ich habe dich benutzt, deshalb fühle ich mich zumindest ein klein bisschen besser, wenn ich dir das hier gebe.

Ich wünsche mir, dass dir das Geld ein wenig Luft verschafft. Mach ein Aufbaustudium, zieh eine Yak-Farm auf, nimm dir ein Jahr frei und steig auf Berge. Oder zerreiß es und wirf es aus dem Fenster, was du willst.

Sophie zog den Scheck einer Bank auf den Cayman Islands aus dem Umschlag. Er war auf fünfundsiebzigtausend Dollar ausgestellt. Eine Menge Luft. Sophie stopfte ihn zurück in den Umschlag und zog ein zweites Blatt heraus. Es war eine Skizze von ihr, wie sie in dem Restaurant in Washington Heights saß. Elektra hatte sich selbst neben Sophie gezeichnet. Sie hatten die Arme umeinander gelegt und lächelten. Sophie ließ die Skizze sinken und las Elektras Brief weiter.

Das zweite ist ein kleines Souvenir von unserem gemeinsamen Abend. Ich glaube, ich habe dich schon einmal in der Schule gezeichnet, aber das Bild hast du bestimmt nicht aufgehoben. Sentimental, ich weiß, aber ich wollte, dass du etwas von mir besitzt, das mich nicht nur als Opfer zeigt. Ich hoffe, du behältst mich auch noch anders in Erinnerung.

Ich wünsche dir ein schönes Leben, Sophie Graham.

Elektra

Danke an Ray Pierce,
James O'Connor
und David Corbett
für ihre Geduld
beim Beantworten
von Fragen zu Recht
und Unordnung.

Chris Niles

Die Originalausgabe erschien 2004
unter dem Titel *Vanished* bei
Pan Macmillan, London

Marion von Schröder ist ein Verlag der Ullstein Buchverlage GmbH

ISBN 3-547-71061-8

Copyright der deutschen Ausgabe
© 2005 by Ullstein Buchverlage GmbH, Berlin
Alle Rechte vorbehalten
Copyright © 2004 by Chris Niles
Gesetzt aus der Sabon
Druck und Bindung:
Bercker Graphischer Betrieb GmbH & Co. KG, Kevelaer
Printed in Germany